suhrkamp taschenbuch 1118

Robert Walser
Sämtliche Werke in Einzelausgaben
Herausgegeben von Jochen Greven

Achtzehnter Band

Robert Walser, 1878 in Biel in der Schweiz geboren, lebte als junger Dichter und Commis in Zürich und anderen Städten seiner Heimat, dann als freier Schriftsteller in Berlin, wiederum in Biel und schließlich in Bern. Er starb 1956, nach Jahrzehnten stiller Zurückgezogenheit als Anstaltspatient.

Die Zeit um die Mitte der 20er Jahre gehört zu den produktivsten Perioden in Walsers Schriftstellerleben. Während er in der ihn umgebenden Gesellschaft wie im literarischen Leben seiner Zeit ein Außenseiterdasein führte, hatte er sich mit Kühnheit und Konsequenz einen ganz eigenen Stil, eine avantgardistische Technik der literarischen Mitteilung erarbeitet. Seine zwischen Bericht und Glosse, Erzählung und Essay hin und her spielenden Prosastücke fanden gerade 1926 in großer Zahl Eingang in das Feuilleton angesehener Zeitungen und Zeitschriften zwischen Zürich, Berlin und Prag. Für eine Buchausgabe indessen sollte sich damals kein Verleger mehr finden lassen – so wurde der Reichtum dieser Texte erst postum aus dem Nachlaß und den verstreuten Abdrucken wieder versammelt: ein für die meisten Leser erst noch zu entdeckender Schatz, dessen erregende und bestürzende Qualitäten Robert Walser wie einen Zeitgenossen vor uns treten lassen.

Robert Walser

Zarte Zeilen

Prosa aus der Berner Zeit
1926

Suhrkamp Verlag
Zürich und Frankfurt am Main

Diese nachgelassene Prosa erschien erstmals
1967 in Band VIII der Edition «Das Gesamtwerk» im Verlag
Helmut Kossodo Genf und Hamburg.

Umschlagabbildung:
Félix Vallotton, Landschaft bei Loguivy, 1923
(Ausschnitt)

suhrkamp taschenbuch 1118
Erste Auflage 1986

Druck: Nomos Verlagsgesellschaft, Baden Baden
Printed in Germany
Umschlag nach Entwürfen von
Willy Fleckhaus und Rolf Staudt

2 3 4 5 6 – 04 03 02 01 00 99

ZARTE ZEILEN

AUS DEM LEBEN EINES SCHRIFTSTELLERS

Hie und da sieht man, etwa, wenn man sich umdreht, ein leuchtendwarmes Damenhutrot, daraufhin das zitterigschimmernde Weiß eines Birkenstammes. Die prinzipale Farbe um diese Jahreszeit ist natürlich grün, das bald leise, bald laut tönt, einen mit seiner jedesmaligen Besonderheit einladend, einem bekannt vorkommt und doch wieder neu anmutet. Die Wiesen haben eine andere Art von Grün als die Bäume. Wie kommt es, daß man Dich nirgends sieht. Du scheinst Dich vom Geschäft, gesehen und als liebenswürdig empfunden zu werden, vollständig zurückgezogen zu haben.

O, was für rote, blaue Tulpenklänge mir heute vormittag, ungefähr um halb zwölf Uhr, aus einer unbekannten Villa in die Ohren herabsprangen, -klangen und -fielen, als wenn mir jemand, den ich nicht sah, der drinnen in der Stube gestanden wäre, ein aus Herzbezauberungen bestehendes Geschenk zugeworfen hätte. Die Sache war aber die: es spielte drinnen jemand Klavier. Dem Tastenanschlag nach mochte es ein Mädchen sein, die «Tochter des Hauses». Ich liebe es außerordentlich, wenn in einem Hause musiziert wird und mich der Zufall oder das, was man so nennt, am freundlichen Gebäude vorbeiführt. Das Überraschende ist's, was mir an solchen bürgerlichen Übungen gefällt. Man kommt so von irgendwo daher, den Kopf voll Gedanken, die ins Bewußtsein hineinflattern, und wieder daraus hinaus und wieder hinein, und nun bringen Dir plötzlich Finger, übers Klavier galoppierend, oder über den stilliegenden See solchen Instrumentes wie in einem Kahne gleitend, einen lieben Gruß dar. Solltest Du da nicht etwa wie ein Lehrling innerlich jauchzen, für den das Leben noch ein vollkommen Fremdes, Unerlebtes ist?

Wenn man auch weiter gar nicht nötig hat, erlabt, erquickt zu werden, die Frau, die man Musik nennt, mahnt einen daran, daß man die Seele ist, die sich irren kann, erinnert einen daran, daß man, obwohl einem das vielleicht sehr luxuriös erscheint, gern getröstet ist. Sie nimmt von unsern Verschlossenheiten gleichsam einen Deckel weg, ähnlich, wie es der Arzt bei einem Patienten tut, von dessen Wunde er den Verband entfernt, um ihren Zustand zu untersuchen. Wund sind wir ja in gewissem Sinne alle, nur gewöhnen wir uns an, über diese zu zarte Tatsache, die vom Alltag nicht berücksichtigt werden kann, und die darum nicht vorhanden sein darf, hinwegzugehen.

Gestern sah ich einen Kavalleristen durch die Landschaft jagen, die von Frühlingsbegrüntheit strotzte, und wenn ich eine Laute mit auf den Sonntagsspaziergang genommen hätte, der mich an einem imposanten Schloß vorbeiführte, das ich vor so und so vielen Jahren schon einmal als Rekrut altertumsfühlend «gestreift» habe, würde ich den einsamschönen Cinquecentobau freudig über die Bäume hinüber etwa mit den Worten angesungen haben wie: «Hinter welchem Fenster ruhst du, Engel?» Natürlich hätte ich's in Gedichtform rezitiert, und

Dorfmädchen wären herbeigekommen und würden den fahrenden Journalisten und Sänger mit verwunderten Augen groß und lang angeschaut haben, sich fragend, wer er sei, und woher er komme.

Ich lief gestern acht Stunden, indem mich meine Wirtin wissen ließ, sie sähe einen Mieter nicht sonderlich gern, der nichts täte, als zu Hause sitzen und Skizzen verfassen, wie vorliegende eine sein mag.

In der Stadt wieder dufteten Nelken dicht neben Geisteserzeugnissen in Buchläden. Hier stand ich vor roten Kugeln, das waren Holländerkäse. In einem Schaufenster befanden sich nichts als Damenstrümpfe. Schneidig begleitete ich zwei schöne Unbekanntheiten in Frauenform in ein Kaffeegeschäft, um dort eine Weile in ihrer Nähe zu sein, die für mich kostbar war.

Die Körper, die Kleider, die, weil sie Reize bedecken, reizend sind, die man liebt, weil sie Liebenswürdigkeiten einhüllen und sich bei jeder Bewegung des Körpers sanft schmiegsam mitbewegen, die Glücklichen, denn ich halte, o, du Gymnasiastenidee, Frauenkleider für glücklich und geschützt, darum, daß sie schützen, schmücken dürfen.

Die Worte haben ein Leben, die Waren, die Arbeit, und in jedem Gemüt sammeln sich Gesamtbedeutungen an, und lachende Wirtinnen in Landgasthäusern sind wieder eine andere Art von Zeugnis des sich überall bekundenden Daseins. Während des Gehens auf der Landstraße kam ich in ein Selbstgespräch hinsichtlich der Bedeutung der Ehe, die ich zu ihrem Vorteil, d.h. im Interesse ihrer Lebefähigkeit nicht überschätzt wissen möchte. Immer wird ja um einer Überschätzung willen etwas unterschätzt, das auch wichtig ist, denn alles ist wichtig.

Ich habe das Vergnügen, zu sagen, daß ich in einer

Ausstellung das Selbstporträt eines großen Malers und an einer Plakatsäule die Ankündigung vom Aufgeführtwerden eines berühmten Theaterstückes sah. Das Bildnis hatte etwas Treuherziges; das Theaterstück – doch, ich studiere und finde das Wort nicht, bin aber deswegen nicht auf mich böse.

Ich lese gegenwärtig einen sehr geschmackvoll geschriebenen Roman.

Ich bin tätiger, als es den Anschein hat.

Ich mache auf mich den Eindruck der Aufgewecktheit, halte das zunächst für befriedigend und mute mir auf Grund dieses Zustandes etwas zu.

DIE DAME AM FENSTER

Einzig, um einen bleibenden, festen, abgeschlossenen Eindruck von ihm zu haben, verließ ich jenes schwarzglänzende Gemach, jenen, wie ich versucht sein könnte zu sagen, stark nach Dunkelheiten duftenden Marmorsaal. Seine Dunkelheit besaß gleichsam eine schneeweiße Jungfrauhelligkeit. Ich wohnte dort übrigens nicht länger als ungefähr zwei Monate; es können auch drei gewesen sein. Da in das Gemach, ich kann es unmöglich anders als mit diesem etwas altmodisch klingenden Namen bezeichnen, keine Sonne drang, ließ ich den ganzen Tag Kerzen brennen, die goldgelbes Licht im großen, schlanken Raum verbreiteten, der mir immer rund vorkommen zu wollen schien, obschon es sich keineswegs mit ihm so verhielt. Ich ermangelte weder eines größeren runden noch eines kleineren viereckigen Tisches. Letzterer diente mir zum Ausarbeiten von Manuskripten, die ich, wenn sie fertig waren, in eine Schatulle gleiten ließ, das heißt versenkte. Das Etui selbst verdient, daß ich von ihm berichte, keiner, der es sah, habe Mühe gehabt, es für ein Kunstwerk zu halten; denn ein solches war es. Der Fußboden war spiegelglatt. Ein zierliches Mädchen, eine Art jugendliche Dienerin, der ich, wenn sie so am Boden kauerte, im Scherz den Fuß lachend auf den schönen, weichen Nacken setzte, der schwanenhaft schimmerte, war täglich mit Ordnen, das heißt Instandsetzen oder Polieren dieses Bodens beschäftigt. Begreiflicherweise schlief ich, vielleicht von ein paar Ausnahmen abgesehen, in diesem Gemach des Nachts ungemein gut. Hierüber brauchen wohl kaum viele Worte gemacht zu werden. Ich genoß die Lust, einige Freundinnen zu besitzen. Eine dieser Freundinnen ließ es sich angelegen sein, mit anderen Worten, machte es sich zur sehr feinen Pflicht, meinen Wohnraum mit Blumen auszuschmücken, die mit ihrer Gegenwart natürlich die Annehmlichkeit erhöhten, die Wohnlichkeit sozusagen zu etwas Bezauberndem gestalteten. Die Blumen stammten aus einem Blumenladen, der den ganzen Tag von einem über die Kinder der Natur herabrieselnden Springbrunnen gekühlt wurde. Auf meinem Tisch lagen ausgewählte Erzeugnisse der Buchmacherei oder des Literaturgewerbes. Man konnte sich da mit bedeutendsten Namen bekannt machen. Was mich betrifft, so bin ich in diesem Gemach nicht gerade sehr fleißig gewesen, weil ich gleichsam jede Minute bedauerte, die ich nicht zum Anschauen eines Spiegels benützte, der mich in einem fort über die Zierlichkeit und Eleganz seiner Arbeit staunen ließ, von dessen vornehmem Aussehen ich mich kaum loszulösen vermochte. Das Zimmer mochte zur

Barockzeit hergestellt worden sein und besaß noch ganz und gar, indem es nicht der geringsten Änderung hatte unterliegen müssen, den damaligen zartpompösen Charakter. Kommoden und Tische ruhten auf Rehbeinen und -füßen, und nun komme ich auf folgendes zu sprechen: man wird es mir vielleicht abzustreiten versuchen, daß mich etliche Mal, und zwar um Mitternacht, Idealia besuchte, die ich so nenne, weil ich sie als mein Ideal erklärt hatte. Wenn sie kam, lag ich im tiefsten Schlaf, der mich jedoch am Spüren ihrer Zugegenheit nicht hinderte, die aus einer Art Getön bestand, als wenn eine Harfe im Zimmer zu klingen angefangen hätte. Mir war, wenn sie sich über mich beugte, als läge ich unten in einem Schacht gebettet, der an schwindelndglatter, senkrechter Heruntergestürztheit nichts zu wünschen übrig gelassen haben würde, und als schaue ich wie durch eine Glas- oder durchsichtige Wassermasse zu ihrem fernen, hohen Gesicht empor, das mir unsäglich schöngeformt vorkam. Arbeitete ich am Schreibtisch, so legte sich jeweilen ein Tiger dicht neben mich hin, derart, daß seine Schnurrbartspitzen meine nackten Beine kitzelten. Ich pflegte mir die Freiheit herauszunehmen, bloß mit einer Art Hemd bekleidet meine Zeilen zu bedenken und hinzuskizzieren. Laßt mich aber nicht vergessen, euch die schönste Frau vorzustellen, die je einem emsigschaffenden Schriftsteller, auf einer dicht über dem Schreibtisch und Fensterausblick angebrachten Terrasse oder Altan stehend, die schmeichelnde Schönheit, die süße, frische Formung ihres Beingefüges oder -werkes zeigte, indem sie sich etwas an den Strumpfbändern schaffen machen zu wollen schien. Die Strümpfe, die die beiden rundlichen Wunder bedeckten, waren rosafarbig und umhüllt vom

Anstandsrock wie von der Weltweißheit selber. Die rötliche Färbung schien mir grünlich und bläulich zu sein, und das Weiß wurde zu sanftstrahlendem herrschenden Golde. Oh, mir war, indem ich dies anschauen durfte, als blickte ich in Gottes große Güte hinein und in alle Rätsel und ins leichtfaßlichste Unbegreifliche und in die ernsthafteste Leichtsinnigkeit und in Städte und Dörfer und ins Weite und ins Nahe und wie in meine eigene Seele. Gewiß muß es auch Freundinnen geben, die die Langmut und Geduld haben, uns die Strümpfe zu stricken, und diese besondere Gattung scheint mir jedes Lobes wert zu sein. Tagsüber empfing ich etwa den Besuch eines Mädchens, das mir mit Gebärde und Miene zu verstehen gab, sie wünsche von mir aufgerüttelt zu sein, denn sie litt, wie sie kundgab, an Trägheit, und wenn ich sie hie und da recht barsch «hernahm», war sie mir dankbar. In lebhafter Menschen Beisein können wir träge und in Gegenwart Ermüdeter lebhaft werden. Wenn ich mich mit diesem Mädchen herumzankte, nannte sie das eine entzückende Unterhaltung und beglückwünschte sich, in meiner Nähe gewesen zu sein.

Meinem Gemach gegenüber wohnte eine ältere Alleinstehende, die mir eines Tages folgende kleine Geschichte erzählte:

«Ich bin heute, wie Sie sehen, alt. Als ich blühend jung war, lebte ich in einem Verhältnis zu einem gleichzeitig schlichten und schlimmen Dichter, der sehr treue Augen besaß. Wenn er mich schon mit seinem Mund fein anlächelte, so tat er das mit seinen Augen noch tausendmal schöner. Nie hat es ein Augenpaar gegeben, das glückverheißender war. Er führte viele zarte Herzen damit irre. Nun gefiel es mir, zu ihm zu sprechen, ich wolle mich so lang von ihm trennen, bis ihm endlich einmal ein großer Wurf gelänge, das heißt, bis er ein Buch voll gesunder, ernsthafter, kräftiger Zusammenhänglichkeit verfaßt und sich damit zündenden Beifall bei denjenigen geholt habe, auf die es ankomme. Jahre vergingen; ich wartete vergeblich. Nie, nie erschien die große Leistung. Seit siebenundzwanzig Jahren blicke ich zum Fenster hinaus, wie Sie es mich in diesem Moment, mein Herr, tun sehen. Er schweift irgendwo herum, indes mein Haar bleicht, und indes mir die Wangen einfallen, die er rosig sah, als ich ihm das Versprechen abnahm, wovon ich Ihnen gehorsamst Mitteilung gemacht habe und das ihm zu erfüllen scheinbar keine Sekunde einfiel.» «An Ihrer Stelle», sprach ich, «würde ich mich besonnen haben, ehe ich so anspruchsvoll gewesen wäre. Wir dürfen immer viel von uns selbst, nicht aber sehr viel von unseren Mitmenschen verlangen.» Wehmütig lächelnd sagte sie: «Ja, ja» und begleitete, was sie anmerkte, mit einem mehrmals wiederholten, gedankenvollen Kopfnicken.

Vielleicht ruft dieses Prosastück auch ein Kopfschütteln hervor.

DAS SCHÖNE KAMMERMÄDCHEN

Ich verehrte ihre Verehrung, gehorchte ihrem Gehorsam, deren Augen blau strahlten, deren Hände ebenso klein wie fest waren. Mit sich war sie hart, doch halt, ich muß annehmen, man verstehe mich nicht recht. Sie diente, und für mich schien es nichts Schöneres geben zu können, als der Dienenden meinerseits zu dienen, indem ich ihre Dienstbarkeit liebte. Nach und nach dürfte im Leser Klarheit entstehen, obschon er nötig haben wird, mich noch besser verstehen zu lernen. Ich will mich glauben machen, ich dürfe sie munter Klarinetta nennen.

Ihre Herrin verlangte unbedingte Unterwerfung von ihr, und nun unterwarf ich mich meinerseits ihren Unterwürfigkeiten, die mich entzückten, weil ich sie an sich schön fand. Sie gehorchte ihrer Herrin, ohne ihr im geringsten zu schmeicheln, sie liebte sie ohne jede sichtbare Lieblichkeit, war ihr mit der Miene der Treulosigkeit und Überhebung treu und unterhielt sich mit der Unterhaltungsbedürftigen dadurch, daß sie andauerlich schwieg. Sie kochte, fegte, putzte, rieb und hieb hie und da aus Lust am Zanken und Freude am Hauen auf den Schreiber dieser vielleicht sehr romantischen Zeilen, die ich mit allem Bedacht verfasse, damit sie wie ein Lächeln aussähen. Klarinetta zitterte über ihre Schläge und schämte sich über ihr Zürnen, aber dann gesellte sich immerhin zum Blau ihrer Augen ein Wangenmorgen- oder -abendrot, und ich sagte ihr mit der Stimme aufrichtigen Belustigtseins, beide Farben hätten Ähnlichkeit mit einem prächtigtönenden Konzert, und beinahe täglich lief ich ja denn auch in die wirklichen Konzerte, wo ich den Herrn spielte, was mir meiner Meinung nach ziemlich vollkommen gelang.

Und wo ich anderweitig lieben lernte.

Man lasse nicht außer Betracht, daß ich aus Soirées usw. allerlei Flammen im wunderbar belebten Herzen, oder, bescheidener gesagt, Innern, nach Hause trug, wo auf der Treppe meist eine Frau stand, die zu wünschen schien, ich bändelte mit ihr an. Diese Frau sagte mir, sie schätze Klarinettas Herrin sehr, wonach ich die Sprecherin sogleich als hübsch erklärte. Ich umfaßte übrigens eines Nachmittags die Gestalt des Kammermädchens, als wir zusammen aus dem Fenster schauten, mit großer Sorglosigkeit, und siehe, die sonst Ablehnende nahm die Zutulichkeit an. Wie schön sie mich in diesem Augenblick anschaute, kurz und tief, mit herrlicher Fröhlichkeit, worin vielleicht die Frage zur Sprache kam: «Bist du mein Traum?»

Hier muß ich aber bekennen, daß es sich mit ihrem Lebenstraum eigentümlich verhielt, den ich nie ganz zu erraten vermochte, was aber einen wertvollen Reiz auf mich ausübte. Sie hatte vielleicht das Bild eines liedersingenden, durch Länder und Wälder ziehenden Wanderburschen im Herzen oder aber ebensogut einen Salongott, einen von jenen verfeinerten Gebildeten, die tadellos angezogen sind und deren vorsichtige Umgangsweise wie eine verführerischflatternde Fahne empfängliche Seelen aufs begreiflichste zu täuschen vermag, womit ich mich vielleicht angenehm, nicht aber passend genug ausdrücke. Zu singen verstand sie nicht, aber dafür sang ihre Herrin schon allein mit ihren niedlichen Füßen, und da Klarinetta ihrer Herrin täglich die Schuhe anzuziehen hatte, bildete auch sie, wie sie kam und ging, einen Gesang für mein Ohr, und die Küche, worin sie amtete oder hantierte, erhielt landschaftliches Gepräge, ich sah, wie sich Häuser im spiegelglatten Wasser abspiegelten, prächtiglackierte Wagen durch hundertjährige Alleen fuhren, Dächer von stolzen Schlössern in der Sonne schimmerten, Touristen am Felsrand im Gras lagen, Flüsse sich durchs bebaute Gelände schlängelten und Klöster machtvollwirkend in Hügelsätteln ruhig schlummerten.

Die Herrin hatte die Gewohnheit, sich wie ein Kind zu benehmen, indes sich die Zofe gern wie eine ernste Vielwissende benahm und von ersterer als amüsant empfunden wurde. Was das Geprügeltwerden durch Klarinetta betrifft, fühle ich mich zu einer Verbesserung genötigt, indem ich diesbezüglich beifüge, daß die Ohrfeigen aus denkbar unzweifelhafter Achtung stammten, die die Glückliche und Beglückende vor mir hatte. Eine Natur wie sie versucht immer nicht viel anderes als ihre Vergnügtheit, die sie geringschätzt, zu vermindern, indem sie sich lediglich zu Pflichterfüllungen berufen wissen will, und weil es ihr behagt, etwas zu bedauern, ähnlich wie Nachtigallen, wie uns die Fabel erzählt, gern klagen.

Sie wurde nie mit mir fertig, ich ebensowenig mit ihr, sie wieder nicht mit ihrer schönen Herrin, diese ihrerseits weder mit mir noch mit ihr. Das Mädchen mahnte mich an eifriges Schriftstellern, begehrte aber nie in Kenntnis davon gesetzt zu werden, und so las ich jeweilen, was mir einigermaßen gelingen mochte, der Hausfrau vor, vor der ich bei solchen Gelegenheiten wie ein mit des Daseins Sinn vertrauter, in des Lebens Verschlungenheit verwickelter Dichter stand, den die weibliche Teilnahme, das Interesse einer Interessanten freute.

Nie begriff ich mich ganz. Die Straße leitete mich wie an einem seidenen Band, einem ironischkichernden Schnürchen stets wieder sachte ins Stübchen, und schrieb ich, so ging dann und wann leise die Türe auf; mit einem «bist du zu sprechen?» erschien nichts, wozu ich nicht hätte ja sagen können. Ich selbst habe vielleicht wenig oder kein Verständnis für diese Worte, die insofern gut sind, als Menschen, die mir räumlich fern sind, sich mir aber auf andere Art nähern, sie verstehen.

«Alles das muß natürlich einstweilen so sein. Wir sind ja vielleicht alle, alle verzaubert, diese ihre Unbefriedigtheit verbergenden Herren und diese ihre Müdigkeit verhüllenden Frauen. Was wird aus uns allen? Mir scheint dies eine selbstverständliche Frage. Halte ich hier eine Art Rundschau ab? Mädchen treten aus vornehmen, altertümlichen Häusern, und sie sehen aus, als wären sie aus nichts als Milch konstruiert. ‹Nein, nein›, hörte ich vor einigen Tagen solch ein Milchgesichtelchen sagen. Was lehnte sie so laut, lebhaft und naiv ab? Und ich, der ich anscheinend so sehr verwöhnt bin, der ich als geziert gegolten habe und vielleicht heute noch gelte, unterhielt mich kürzlich mit einer der hervorragendsten Deplaciertheiten. Durfte eine so fragwürdige Unterredung stattfinden? Salondamen warfen die Hände erschrocken über den Kopf, als sie mich in so unempfehlenswerter Gesellschaft sitzen sahen. ‹Du könntest mein Bevorzugter sein, wenn du dich ein wenig danach benehmen wolltest›, sagte eine Schöne zu mir, die auf meine Unerfahrenheit reflektierte. Ich wich ihr mit den Worten aus: ‹Etwas hält mich ab, dir etwas zu sein›. Zuerst wollte ich ihr etwas von Lämmergeiern erzählen, ich zog jedoch die einfache, bescheidene Ausdrucksweise vor. Es hat ja etwas Schmeichelhaftes, wenn einen plötzlich eine Frau ‹nicht mehr kennt›. Manchmal kommt mir vor, als wenn jeder dem andern etwas vorzuwerfen habe, wie wenn alle voll eines verhaltenen Ungehaltenseins über dieses Zeitalter seien, das wie eine unerledigte Aufgabe, wie eine Arbeit aussieht, die noch zu verrichten und darum lästig ist. Die Menschen greifen nach frohen Minuten, die ihnen entfliehen. Freude scheint uns kostbarer als je, aber wir begehen vielleicht einen schweren Fehler, uns ihretwegen zu beunruhigen, die die Unruhe nicht liebt. In all dieser Eile sitzt eine gewaltige, schleppende Langsamkeit. Wären wir ruhiger, langsamer, so ginge es uns besser, ginge es schneller mit unserer Angelegenheit vorwärts, die von uns Vergnügungslust verlangt, damit das Geld zirkuliere, und die wieder Genügsamkeit von uns fordert, damit sich der Geldwert erholen könne. Das Geld lechzt, stöhnt in blonden, bebenden, blendenden Haufen in den Kreditinstituten. Es bebt nach dem Erlebnis, nach Gebrauch wie eine Frau, und es zittert wieder in silberner, goldener Verschämtheit um sein Prestige; es will überall herumwandern und will doch wieder, einem Heiligtum gleich, unangerührt liegen bleiben. Es will leben und zugleich schlummern, verwendet sein und wieder Spekulationsobjekt sein, um dadurch höheres, größeres Leben hervorzurufen. Vielleicht ist jetzt in uns allen eine kaum zu bändigende Lust, uns gegenseitig herunterzureißen. Verdienen würde sicher jeder, daß dies geschähe. Wir haben alle unerhört gesündigt, obwohl sich keiner zu sagen vermag, inwiefern. Ich selbst laufe in der Vorstellung herum, man lauere mir auf. Einer meiner Bekannten, der eine Persönlichkeit ist, der man eine gewisse Bedeutung nicht absprechen kann, wurde auf einem Abendspaziergang von Leuten durchgeprügelt, die kaum ahnten, was sie da Hübsches ausführten. Neulich lud ich eine Abenteurerin zu mir ein, über deren Äußeres ich nur so viel verrate, daß sie einen nicht allzu köstlichen Pelzmantel trug. Benahm ich mich nicht einzig um dieses Ausstattungsstückes willen seiner Besitzerin gegenüber äußerst artig? Nun hatte ich ein

Schriftstück auf dem Tisch liegen, das sie mir wegnahm. Ich meine, daß dies ja gewiß nicht sehr viel zu bedeuten hat, aber man sieht hieraus, wie wir uns alle zu hintergehen bestrebt sind. Sind wir die Beute einer Verworrenheit geworden? Wenn ich still bin, flucht man mir, bis ich anfange zu fluchen, worauf alle anderen ihrerseits still sind. Wie sieht die Welt gereizt aus.»

Ein großer Hund stand dicht vor mir und dem Monolog, den ich führte: «Sei so gut und verhalte dich anständig. Du willst mich doch nicht etwa beißen?» Er schaute mich bloß bös und dumm an. Ist nicht Bosheit immer etwas Dummes? Ich fürchtete mich nicht schlechtweg vor dem dummen Hund, der mich angreifen zu wollen schien. Eher fürchtete ich für mein Kleid, von dessen ordentlichem Zustand ich ein ausgesprochener Freund bin. Der Hund schien denn auch meine Befürchtung zu berücksichtigen. Er trat ab, ließ mich weitergehen. Kleine, knurrende Hunde werden ausgelacht. Große dagegen erregen im Nu eine Menge Bedenken. Die Wiese links und rechts vom Weg lächelte mich zart aus. Sie war noch nicht sattgrün, eher erst grünlich, und in dieser Grünlichkeit lag Spöttelei. Aber ich spöttle über nichts so leicht und gerne als über Spöttisches. Gern seh' ich ein, daß das boshaft von mir ist. Ein Wirtshaus ließ ich vorläufig liebloserweise unbeachtet. Dafür trat ich in einen ländlichen Spezereiladen und kaufte Zündhölzchen. Das Töchterchen hatte fabelhaft funkelnde Wangen und prächtigblonde Löckchen, und die Mutter des Mädchens behandelte mich sehr nett. Von dieser Artigkeit hochgehoben, pries ich Landwirtschaft, Äcker- und Wiesenleben laut, wo allemal ein Wäldchen die Nützlichkeit schön abgrenzt, wo man nur ißt, was man eigenhändig pflanzt und schlachtet, wo die Luft so appetitlich ist wie die Arbeit, und wo kein Haus am andern klebt, sondern jede Wohnstätte gleichsam freiatmet. Indem ich dies sprach, aß ich ein Stück Schokolade. Ein Stückchen vom Stück gab ich einem Knaben. Bäume schmückten dekorativ den Weg. Nun bin ich aber in einem Städtchen, doch halt, vorher noch folgendes: Glaubt man, weil Petrarca seinerzeit Sonette schnitzelte und schrieb, sei es nun keinem sonstigen Dichter mehr gestattet, sich seinerseits in dieser Versart zu versuchen? Das wäre noch schöner!

BÜHNENBESPRECHUNG

Da ging ich nun so. Ein Herr fragte mich um eine Auskunft, die ich ihm gab. Ich hatte mich da also höflich gezeigt, und nun hatte ich ja da so ein Theaterbillett in der Hand, nein, nicht in der Hand, sondern in der Tasche. –

Ich dachte in einem fort an dieses kleine Besitztum. Ich hatte das Billett gekauft; infolgedessen war die Karte mein Eigentum. Heute abend würde ich mich strahlend im Theater auf den und den Platz setzen, und zwar ziemlich zierlich und würdevoll, vielleicht sogar ein wenig geziert, es käme dies ja ganz darauf an. Einstweilen setzte ich mich am Waldrand auf eine Bank. Wie das für mich schön war. Es war fast ein wenig wonnig. Beinahe würde ich gesagt haben: wohllüstig, aber man gebraucht diesen Sprachausdruck heute nicht mehr. Die Achtzehnjahrhundertdichter taten das. Wir heutigen sind differenzierter, gleichsam zarter geworden, empfindsamer, verantwortungsvoller.

Abends um acht Uhr saß ich im Theater.

Zwei Frauen saßen neben mir, die ich nicht näher zu bezeichnen brauche, da sich hieraus nichts Wesentliches ergäbe. Die eine wies einen Bubikopf auf; die andere trug eine elegante Abendtoilette und hatte gewissermaßen etwas Aufgeklärtes im Antlitz, und nun glaube ich absolut nicht nötig zu haben, den Titel des Theaterstückes anzugeben, das da gespielt wurde. Es könnte das ja vielleicht verstimmend wirken. So viel jedoch darf ich sagen, daß ich angestrengt bemüht war, den Inhalt des Stückes richtig aufzufassen. Der Zuschauerraum war übrigens durchaus nicht bis auf den letzten Platz besetzt. Die Füllung ließ zu wünschen übrig. Dieses Zuwünschenübriglassende erschien mir als nicht uninteressant, d.h. es berührte mich beinahe als etwas Angenehmes.

«Du verstehst uns nur halb», rief mit einmal die Tänzerin oder Schauspielerin aus, die vorn an der Rampe der Bühne agierte, indem sie aus ihrer Rolle ins Menschliche, Persönliche zu fallen schien, und indem sie sich an mich wandte, was mich natürlich sehr verwunderte. Für mich war's etwas Zauberhaftes. Mir war, als wäre ich da in einen Roman verwickelt, aus dem es kein Heraus mehr gäbe, als befände ich mich als Erzählungsfigur in einer Geschichte.

«Aber du gibst dir wenigstens die erforderliche Mühe», fuhr sie fort, die mich von unten voll anschaute, der ich oben auf der Tribüne saß. Ob sie sang oder sprach, will ich unentschieden lassen. Jedenfalls beliebte es ihr zu äußern:

«Aber ich verstehe mich vielleicht selber nicht. Längst solltest du anders sein. Viele erwarten das von dir. Ob auch ich es erwarte, darf ich dir nicht sagen, da dir das schmeicheln würde. Stütze doch nicht deinen Kopf so bequem in die Hand. Die Blondheiten meines Haares umwallen dich und mich. Nein, vielleicht nicht ganz so. Gewiß aber kann ich von der Schwarzheit meines Kleides glauben, daß sie dich umnimmt und dich an der Fülle und Schärfe deiner Beobachtungen verhindert. Deine Beobachtungen untergraben dich. Du bist zu etwas viel Schönerem bestimmt als zu Bekrittelungen. Du bist dazu bestimmt, dich beflammen zu lassen, und dazu, daß du nach Beendigung der Aufführung dieses Stückes unten am Portal des Theaters auf diejenige wartest, die sich hier so sonderbar an dich adressiert, was du gar nicht verdienst, da du die ausgedehnteste Unbedeutendheit der Welt verkörperst.»

Hier lachte sie hell auf, nahm ihre Rolle wieder auf, indem sie sich spielend an ihren Partner wandte. Begreiflich ist, daß sich die Zuschauer ein wenig über der Künstlerin Herausfallen aus den Obliegenheiten ihres Berufes düpiert fühlten, aber man vermied es, ein Erstaunen geltend zu machen, das den Gang der Dinge hätte aufhalten können.

Auf dem Nachhauseweg war ich die Beute der gedankenreichsten Gedankenabwesenheit. Das war subtil. Ein Ausspruch St. Evremonds fiel mir ein, der dahin zielt, zu glauben, es sei vielleicht besser, das Leben zu genießen, als es zu erkennen. Über eben angeführte geistvolle Persönlichkeit las ich dieser Tage in einer Zeitschrift einen Aufsatz.

Was die Liebenswürdigkeit betrifft, so ist es vielleicht von mir unrichtig, wenn ich hie und da schon geglaubt habe, ich neigte zu einem zu netten Benehmen. Lieb sein kann ja freilich mit Schwierigkeiten verknüpft sein.

Aber ich will es wagen.

Ich weiß, daß es nicht genügt, Vertrauen zu sich selbst zu haben. Ich werde an jemand zu glauben haben. Das ist schwerer, aber auch schöner als das erste, aber gewiß gibt es nur auf diesem Weg eine Entwicklung. Das Vertrauen, das man in jemand setzt, braucht sich nicht durchaus zu bewähren.

Ich glaube, daß die Vertrauenden immer gewinnen.

PORTRÄT EINES KAUFMANNES

Indem ich diesen Kaufmann porträtiere, bin ich ein Historiker und bedaure, daß mein Gegenstand ein ungenügender Napoleon war, der immerhin ein interessantes Profil aufwies, womit er besonders beim Eintritt in einen Salon jeweilen auf die Damenwelt gewiß nicht wenig Eindruck machte. Die Erlebnisse seiner Knabenzeit sind mir unbekannt. Ich lernte ihn kennen, als er dreißig Jahre zählte und somit auf der Höhe seines Lebens stand. Darf ich sagen, er sei auf seine Art etwas wie ein Blaubart gewesen? O, keckeste aller Anspielungen, du berührst mich beinahe komisch! Insofern mag er ein geringstufiger, unvollkommener Blaubart gewesen sein, als er gegenüber seiner Gattin zur Eifersucht neigte, die ihm infolgedessen entfloh. Nachdem sie die wünschenswerte Distanz zu ihm gewonnen hatte, fing sie von neuem an, ihn hochzuschätzen. Er besaß ein Töchterchen von ihr; sie hatte aber nicht weniger Besitzlust in bezug auf die kleine, heitere Welt, die so eine Tochter darstellt. Sie sandte vertraglich Verpflichtete ab, denen es gelang, dem Vater seine Herzensfreude zu entwinden und sie der Frau

Mama zuzuführen, welche begreiflicherweise über den Erfolg ihrer Manipulation jubelte. Jetzt, o betrogener Vater, wirf die Hände über den Kopf zusammen und raufe dir das spärlich vorhandene Haar aus. Wir scherzen hier, und dennoch ist's uns Ernst, und nun warf er sich auf eine beispiellose Menge von Geschäften, und eines Tages, anläßlich eines Diners, also so gegen zweiundzwanzig Uhr nachmittags, gelangte er mit der sehr ergebenen Anfrage an eine sehr kluge, graziöse Frau, ob sie sich bereit erklären könnte, die Lebensbahn mit ihm zu teilen, mit anderen Worten, ihn zu heiraten. Sie sprach lächelnd: «Nein, nein», korrigierte sich jedoch blitzschnell und fügte bei: «Na, dann meinetwegen», denn für sie bedeutete diese Heirat ja, wie sie zu ahnen imstande sein mußte, einen Aufstieg. So war er denn jetzt zum zweiten Male vermählt; er richtete sich so elegant und dabei so gemütlich ein wie möglich, lud Leute von Bemerkenswertigkeit zu sich ein und bekundete ein Talent darin, daß er nicht verhinderte, daß es in seiner Wohnung sozusagen allabendlich lebhaft herging. Mir lieh er, nebenbei erwähnt, einmal einen Mantel, und indem er merkte, daß mir das Kleidungsstück paßte, überließ er es mir stillschweigend zu fortwährendem Gebrauch.

Charakterisiere ich aber hiemit meinen Mann? Kaum! So will ich also Fortschritte in meiner Darstellung zu machen versuchen.

Ich werfe auf, daß es ihm beliebte, sich immer ein bißchen kräftiger zu gebärden, als er in Wirklichkeit sein mochte. Nicht, daß ich behaupten möchte, er habe geprahlt. Keineswegs! Aber er berauschte sich an der Vorstellung einer Macht und einer Gesundheitsfülle, die leider zum Teil Illusion blieb; Geduld und Ausdauer in der

Geschäftsführung schienen ihm versagt zu sein. Dafür war er außerordentlich unternehmend, und doch war er das wieder im eigentlichen Sinne nicht. Er hatte stets eine Zigarre im Mund, und diese Zigarre offerierte und erwarb jeweilen, schloß Verträge usw. ab, setzte Preise fest. Seine Zigarre tat das, nicht er, und doch war's natürlich wieder nur er und sonst niemand anders, der es tat. Jedenfalls rauchte er viel und gern, und er pflegte mit Vorliebe zu irgend jemand zu sagen: «Warten Sie einen Augenblick», oder ganz einfach bloß: «Fabelhaft.» Und dann bat er riesig gern jemand zu Tisch, und eine Zeit lang besaß er eine geradezu mustergültige Köchin, und nicht nur die ganze Stadt kannte und nannte ihn, nein, auch das ganze Land und prozentual der übrige Erdteil. Vielleicht schadete ihm seine geläufige Zunge, die als ein gefürchtetes Instrument bezeichnet werden muß. Ich kannte eine schöne Frau, die zeitweise mit Haß von ihm sprach, weil ihr zu Ohren gekommen war, wie achtungslos er über sie geurteilt hatte. Tatsache aber war, daß er reicher und reicher wurde, und ferner war Tatsache, daß er vielen begabten, lebenslustigen, schaffensfröhlichen Leuten Kredit gönnte. «Hier habt ihr so und so viel Geld; bringt mir dafür das und das zustande», sprach er zu ihnen, und eine solche Sprechweise imponierte, das versteht man.

War er ein genialer Mensch? Ich verneine diese Frage.

Für kolossal klug hielt ich ihn. Mit seinem Betragen wußte er mitunter zu bezaubern, also sehr für sich einzunehmen, aber bei allem dem schien er nur beständig mit einem Degout vor sich und vor allem andern kämpfen zu müssen. Die Genialität zeichnet sich aber dadurch aus, daß sie nichts von Ekel weiß und nie an der eigenen Person Sentimentalität wahrzunehmen in die unappetitliche Lage kommt. Wenn bedeutende Menschen sentimental sind, verringert das natürlich ihre Bedeutendheit. Die Sentimentalität ist eine Feindin der Entwicklung. Können Gemütsmenschen große Menschen sein? Dieser Fall mag ja vorkommen, sicher aber nur selten. Unser Kaufmann hier wurde vielleicht nur so aus Zufall Kaufmann, und doch lebten hauptsächlich Kalkulationen in ihm, und wieder zeigte er für jede Art Bildung, Wissen die erstaunlichste und schönste Fähigkeit, sich zu enthusiasmieren. Er hätte stiller, sanfter, gütiger sein sollen, aber was soll das heißen: er hätte sollen? Er war eben der, der er war, und als solcher ließ er mich einmal durch einen seiner Vertreter brüsk abfertigen, weil ich ihn für eine Angelegenheit zu gewinnen suchte, deren Geringfügigkeit ihn beleidigte. Ich erinnere mich, wie sehr ich bei diesem Anlaß innerlich über ihn den Kopf schüttelte, als verstände ich mich nicht und ihn ebenso wenig, und ich bemühte mich, einen Menschen vergessen zu lernen, der sich mir gegenüber so aufgeführt hatte, daß ich mich in den Glauben verlor, er wäre mein Freund, aber er war vor allem sich selbst nicht befreundet, und unter diesem «Kulturskandal» litt er. Ich benenne das ja vielleicht etwas eigenwillig. Während er mit sich nicht übereinstimmte, wurde er von vielen bewundert. Er sehnte sich aber nach dem Klang der Schönheit, nach dem Seltenen einer Romantik und verschmähte, verachtete wieder das alles, hieß es beständig willkommen und verjagte es beständig und glich, was Geschäft und seinen Menschen anbelangt, einer mit hunderten von Erwerbsmöglichkeiten ausgestatteten Katastrophe. Von Zeit zu Zeit aß er gern unfein, schlecht, grob, weil seine feine Küche das Verlangen nach ungewürzter Gourmandise in ihm weckte.

Sein Verständnis für Literatur war größer, sicherer, besser fundiert als sein sonstiges Kunstverstehen. Übrigens entstammte er einer Familie, die sich zwischen ihren Mitgliedern zu familiär machte. Er lernte natürlich bald, was guter Ton ist, aber er brachte ihn nicht von zu Hause mit, und vielleicht gelang es diesem Großbürger nie, mit dem Kleinbürger in ihm gänzlich fertig zu werden, den Kreis zu überschreiten, zu überwinden, dem er entsprang.

Wenn uns eine Erweiterung befriedigen, seelisch, geistig beköstigen soll, muß sie mit unserer Art ausgefüllt werden können.

KAFFEEHAUSAUFTRITT

Ich wurde wegen angeblicher Schwäche heftig angegriffen. Heftiges Angreifen ist aber selber schwach. Ich nenne ihn selbstverständlich nicht, der mich mit einer Heftigkeit angegriffen hat, die von einer nicht ganz passenden Besorgnis zeugt. Ich verstand den Angreifer, der dies aus Besorgtheit war, sehr gut, weshalb ich seine Heftigkeit sogleich entschuldigte. Ich fand hierzu die nötige Kraft. Er besorgte nämlich, ich sei jetzt keine Kraft mehr. Seine Besorgnis setzte das Geständnis eines sozialen Bekümmertseins ab, indem er die Ansicht gleichsam vor mir auseinanderarbeitete, ich bedeute heute dem Vaterland nichts mehr, während ich ihm einst etwas bedeutet hätte. Eigentlich merkte ich hiervon nicht viel. Solche Sachen merken und konstatieren andere immer eher als das Ich, das so etwas aus Bescheidenheit nicht wahrnimmt. Versteht man mich? Er versetzte mir, bildlich gesagt, einen

Stoß aus Furcht, ich möchte verkommen, gelinder gesprochen, gegenüber gewissen kulturellen Forderungen gleichgültig werden. Ganz bestimmt trat er da also mit einer Forderung an mich heran. Früher sei ich eine hochinteressante Nummer gewesen, indes ich seiner Meinung nach heute nur noch vegetierte, vor mich hinliebte und -lebte. Ich muß zugeben, daß ihn meine Ruhe sehr empörte; für ihn und seine geistigen Regsamkeiten besaß sie etwas Unfaßbares. Er begriff gar nicht, wie ich überhaupt noch zu atmen, um mich zu blicken wagte. Er saß so da, und ich saß auch so da. Wir behaupteten beide, wie soll ich sagen, unsere Plätze und beschäftigten uns damit, uns unsere Meinung ins Gesicht hineinzusagen, weshalb wir eine Art Schauspiel bildeten. Wir bildeten beide einen Auftritt in einem Bildungsdrama. Seiner Auffassungsweise nach stand ich einst als Kapabilität da. Jetzt aber schaute er mich ganz einfach als eine Art Unbrauchbarkeit an. Einst diente ich meinem Vaterland aufs feinste, trefflichste dadurch, daß ich ein schön gedrucktes und möbliertes, Pardon, beumschlagtes Gedichtbuch herausgab. Welch eine imposante Leistung das war! Heute leistete ich nichts, rein gar nichts, und deswegen war er mir böse, woran ich ihn nicht zu verhindern vermochte, schon deshalb nicht, weil ich seinen Zustand durchaus begriff. Der nicht sehr wünschenswerte Auftritt fand in einer Kaffeehalle statt, wo Angehörige guter Kreise, Leute von nettem Äußeren ein und aus zu gehen pflegen.

«Weshalb zürnt er mir?» fragte ich mich, und ich gab mir folgende Antwort: «Weil ich keine Kolossalität bin. Er glaubt, das Vaterland bedürfe vieler in jeder Hinsicht ungewöhnlicher, hervorragender Erscheinungen, um fähig zu sein, zu gedeihen. Er hält mich für einen Feind der Gesellschaft, weil ich eine ziemlich glückliche, ruhige Haut bin.» So oder ähnlich versuchte ich mir seine Haltung zu erklären. Es gibt Menschen, die grimmige Gegner alles Mittelmäßigen sind, und das Unglück will, daß ich mich seit einigen Jahren sorgfältig, das heißt vorsichtig aufführe. Sorgfalt und Vorsicht sind aber der Gipfel der Mittelmäßigkeit.

Ich gebe nun ein folgendermaßen lautendes Resümee: Meine Freunde werden von mir gebeten, sich möglichst zu fassen, das heißt Überblick über ihre eigenen Mängel zu gewinnen. Er, der mir Mangelhaftigkeit zum Vorwurf macht, befindet sich nämlich in ähnlichen Umständen; er verfügt so gut über Mängel wie ich. Er vergaß das in dem Auseinandersetzungsaugenblick total.

Ich teile den Fall der Öffentlichkeit mit, weil ich ihn an sich für interessant halte.

Wenn ich seiner Meinung nach früher dies und das fertigbrachte, so freut mich dies fraglos. Ich arbeite weiter. Das darf er ebenfalls. Wer arbeitet, setzt sich der Möglichkeit aus, Fehler zu begehen, Unzulänglichkeiten zu offenbaren. Wir tun alle gut, Geduld mit uns und denen zu haben, die uns umgeben. Auch ihm gelang nicht jedes Werk, worüber ich mich um seiner Seele willen aufrichtig freue, denn eine Seele nimmt Schaden, wenn sie die allzu schmeichelhafte Erfahrung macht, daß ihr alles Beginnen spielend gelingt. Meine christlichen Gesinntheiten freuen sich, daß auch er gleichsam anfechtbar dasitzt oder steht.

Ich spazierte neulich mit einem Mädchen, die Geist besitzt, und die ein Buch von ihm las. Kam ihr das Buch als etwas wie ein Meisterwurf vor? Nein, sie sagte, sie finde es weitschweifig. Sein Gegenstand käme ihr, mit der Ausgedehntheit, Seitenzahl usw. verglichen, unbedeutend vor. Ich rief aus: «Da haben wir's.»

Ich hätte von Holz sein müssen, wenn ich mich nicht bewogen gefühlt hätte zu lachen. Ich lachte über mich, über ihn, über unsere gehabte Aussprache, über den heftigen Angriff aus nichts als Besorgtheit, über seinen Irrtum bezüglich meiner und seiner eigenen Fähigkeit und im allgemeinen über den launenhaften Lauf der Welt.

EMIL UND NATALIE

Große Flocken flogen einst in einen Schloßhof. Ich brauche kaum zu betonen, wo das war. Es genügt, daß es vorkam.

Gestern benahm ich mich wieder einmal so recht hübsch unverantwortlich, alle Sparsamkeitsgrundsätze lagen mir fern.

Wie hat mir übrigens damals ein kluges, liebes Landmädchen Socken gestrickt, und wie bestrickte mich vor nicht langer Zeit in einem von sonntagvormittäglichen Glocken umtönten Hausgang nasenflügelbetörender Duft von saurem Mocken.

Mir ist, als seien gestern alle Biergläser, deren Gestalten meine Gedanken fast stocken machten, von kolossalischem Format gewesen. Nichtsdestoweniger nahm ich es mit einem jeden von ihnen auf. Keine Erfindung, sondern nackte Wahrheit ist, daß ich mir das schönstanzuschauende Stück Käse schmecken ließ, das sich denken läßt.

Selten kam mir die Stadt, in der ich schon so häufig schlichte Gedichte mit gen Himmel gerichtetem Gesichte gedichtet habe, so sagen-, so geschichtenhaft vor wie gestern abend.

In einem Lokal von schier schon meilenweitem Umfang saß weiter niemand als ein betrachtungenanstellender Finanzmann. Anderswo saß wieder einer, der ein Haus, eine Domäne, eine Villa oder ein Pferd zu kaufen beabsichtigen mochte.

Unwillkürlich dachte ich im strahlenden Saal an Lampendochte, die einst nur spärliches Licht verbreiteten.

Ich darf wohl aufwerfen, ich hätte einer Zeitungsverkäuferin eine Zeitung und einem Blumenmädchen ein Blumensträußchen abgekauft, das ich ins Besitztum einer Frau übergehen ließ, die mich zu glauben aufmunterte, sie liebe es und möchte es gern ihr eigen nennen.

Lange blieb ich, Allgemeines in Frage ziehend, vor einer im Schaufenster eines Warenhauses ausgestellten Kombination stehen, bis es mir endlich auffiel, wie's mir eigentlich längst eingefallen sei, mir zu sagen, es sei Zeit, weiterzugehen.

Da ging ich, und mit mir gingen alle diese vielen andern. Ich ging mit zahlreichen parallel, doch da gab es etliche, die mich kreuzten.

Mit welcher Bewegtheit schaute ich den Bewegungen eines Mädchens zu, die unverkennbar tanzte. Vorwürfe zartester Art zogen durch die Empfindsamkeitshallen meines Herzens. Noch nie hat mich übrigens eine Lektüre so bezaubert wie die, die sie mir lieh, die ich liebe.

Natalie hieß einst eine Treulose, Emil ihr Getreuer. Sie saßen auf einer Bank; ringsumher war's still. Er hatte sein Vetterligewehr bei sich.

Natalie schien einige Ursache zu haben, vor dem Instrument zu beben, aber wie wäre Emil fähig gewesen, zum Äußersten zu schreiten? Er war ja so gebildet! Als es vorkam, daß er sich in den Anblick der Schlankheit ihres

Halses vertiefte, entsank ihm das Gewehr. Sie atmete erlöst auf.

Die Alpen sahen wie Zeugen eines Auftrittes aus, der sich in Emils und Nataliens Innenleben abspielte. Auf ihre Frage: «Was nahmst du dir vor?» antwortete er: «Ich wollte mich an dir rächen.» – «Wundervoller Mensch», kam es über ihre Lippen.

Und sie küßte ihn.

Im Bewußtsein, etwas Wertvolles geschrieben zu haben, erhebe ich mich.

REVOLVERNOVELLE

Klar ist mir heute dieses eine: ich hatte in einer Nachmittagskinovorstellung mit einem Mädchen im Schulpflichtalter auf übrigens sehr zarte Art schöngetan. Ich finde es entzückend und aller erdenklichen Anerkennung wert, wenn solche lieben Unaufgewachsenheiten in gewisser Hinsicht erwachsen genug sind, daß sie es gleichsam spielend zustande bringen, einen angemessenen Verweis auszuteilen. Die Kleine, die mir gänzlich unbekannt war, strafte also alle meine Bewunderungen, womit ich sie gleichsam streichelte, mit stolzester Verachtung.

Beglückt, wie ich gestehen möchte, eilte ich ins nahegelegene Café, in der gewiß schätzenswerten Absicht, Zeitungen zu lesen, die Töne einer melodisierenden Kapelle umflogen mich rosenbuketthaft. Ich bin in bezug auf Musik unbestreitbar empfindlich. Welcher halbwegs Kultivierte wäre es nicht? Das kleine Kinomädchen hatte Hände gehabt, die mich an etwas Täubchen- und an etwas Traubenhaftes erinnerten. Süß war's, wie diese

Wunder von Händen mir die Einbildung übermittelten, daß, wer sie anschaue, selig sei.

Eine noch immer sehenswerte und schöne, also nicht mehr ganz junge, sondern, was die Altersstufe anbelangt, bereits, wie man sagen möchte, arrivierte Frau fixierte mich mit Augen, die mir befehlen zu wollen schienen: «Du gehörst mir, daß du's weißt.» Es war dies auf offener Straße, nämlich ehe ich in besagtem Unterhaltungsraume anlangte. Bevor ich in dieser Geschichte weiterfahre, mit der ich Beifall zu ernten hoffe, und ich wünschte, daß mich diese Hoffnung nicht tröge, füge ich folgendes leise bei: Eine Eifrige begegnete mir, die mich offenbar kannte, etwa vom Hörensagen, und die mir hellstimmig entgegenhielt: «Sie verdienen eine Ohrfeige!» Wenn sie nicht Glätterin von Beruf war, täuschte ich mich in ihr schwer.

Da ich das aber nicht glaube, so darf ich diese kleine Nebensächlichkeit für abgehandelt halten und nun von der schönsten Mädchenstimme der Welt reden. Diejenige, die dieselbe ihr eigen nannte, besaß gleichzeitig die geschmeidigste Figur und eine Inkarnation von einem Lächeln, die mit einem Juwel verglichen werden könnte, wenn Kleinodien nicht Steine sondern weich wären, denn das Lächeln Irmas, so nannte sie sich, von der ich hier rede, und die mich sicher bespötteln würde, wenn sie's hörte, glitzerte gleichsam von unmittelbarem Leben. Wenn sie lächelte, so tat das auch ihre übrige Konstitution, was ich für eine Rarität halte. Man vermochte Irma zu vergessen, gewiß, aber wenn man sie sah, war's einem, als hätte von diesem Augenblick an das Weiterleben keinen Wert mehr, als würde man finden müssen, man hätte genug gelebt, um sich dankbar vom Dasein zu verabschieden.

Gern würde ich übrigens jetzt von einem Degen anfangen zu phantasieren, verbiete mir das aber, weil sich jedes Eintreten ins Allzustarkaufgetragene bei der besseren Leserschaft unmöglich macht. Eine Geschichte darf nicht zu spannend sein, sonst zerreißt sie.

«Du mußt ihn züchtigen!»

Wer sprach so zu mir? Irma? Ja, und ich war begreiflicherweise über dieses Wort ein bißchen bestürzt, d.h. die Beauftragung machte mich schon des Anstandes, des Friedens wegen verlegen. Rasch sammelte ich mich jedoch und fragte sie: «Was ist dir? Sprich dich aus.»

«Du kennst Kategorio», sagte sie, indem sie sich neben mir auf dem Plüschsofa niederließ. «Soeben war er hier und hat mich nicht angeschaut, er, der mich jedesmal, sobald er mich antraf, mit seinem Blick um Nachsicht gebeten hat – seine soeben stattgefundene Ignorierung hat mich – häßlich gemacht.»

Ich wollte einwenden: «Darin irrst du dich!», sah aber sogleich ein, daß sie von ihrer Überzeugtheit nicht abzubringen sei. «Der Moment ist für mich kritisch. Kategorio besitzt, wenn auch nicht gerade auf ausschlaggebendem Gebiet, Einfluß», brachte ich betreten vor. Plötzlich geriet ich in einen sogenannten heiligen Zorn. «Warte, du Schurke», rief es in mir. «Du wagst es, mir Gelegenheit zu geben, nicht recht zu wissen, wie ich mich zu verhalten habe?» Ich küßte Irma die nicht bloß parfümierte, sondern auch noch behandschuhte Hand, eilte hinweg, hörte sie hinter mir silbrig auflachen, was mich in meinen Entschließungen nur noch mehr bestärkte, schleuderte einen Verstandesmenschen, der mich aufzuhalten sich bestrebt zeigte, zur Seite und lief auf den Hügel hinauf, wo sich das Trokadero befand. Dort angekommen, begab ich mich im Instinkt, daß ich befähigt sei, den Leib des Glücks zu umfassen und an mich zu ziehen, an den Spieltisch.

Das Resultat meines Kampfes mit der Bank braucht wohl kaum bekannt gemacht zu werden. Der Spielsaal sah mit seinen Besuchern, die sich, in Gruppen zerstreut, darin aufhielten, elegant, d.h. angenehm aus. Um ihn zu kennzeichnen, möchte ich hervorheben, er habe den Eindruck der Wohnlichkeit auf mich gemacht. Da ich anspruchsvoll bin, will dies etwas heißen. Die Herren trugen zum größten Teil Schwarz, indes die Damen von der heiteren Freiheit Gebrauch zu machen schienen, in allen Farbennuancen zu brillieren. Die kürzesten Röckchen flößten mir die Idee ein, sie dürften kürzer sein.

Wenn jemand hinter oder neben mir die Bemerkung machte: «Er hat Glück», so verließ es mich, aber ich zog es von neuem an. Die Wände des Saales bestanden aus einem einzigen Spiegel. Während des Spieles dachte ich flüchtig an eine Dorfschullehrerin, die sich dadurch auszeichnete, daß sie mir gestanden hatte, sie liebe mich. Wie weit mir dies schon zurückzuliegen schien! Eine Spielerin fiel mir durch fürchterliche Nervosität auf. Vielleicht war aber letztere bloß sich und den andern vorgetäuscht. Übrigens gibt es Krankheitszustände, die uns behagen, die uns lieb sind, was Worte sind, die sich vielleicht zur Einschüchterung von Gesundheitsfanatikern eignen. Das wahre Gesundsein gipfelt in einem Sichwillkommenheißen.

Ich sage nun vielleicht etwas Anfechtbares, erstens, weil es affektiert klingen könnte, und weil es zweitens wie eine Art Enthüllung aussieht, mit andern Worten, weil sich unter den Lesern Leute finden könnten, die berechtigt zu sein wähnten, mich von diesem Erzählungsabschnitt an für einen Apachen zu halten.

Amerikano erblickend, an dessen vorteilhafter Aufführung nicht zu zweifeln ist, schrieb ich mit Bleistift auf ein Blättchen Papier: «Gib dir mit dem Überbringer dieser Handschrift Mühe. Seit langem wünscht er, sich mit dir zu unterhalten. Er ist kein Phraseur; er räsoniert nicht. Du wirst ihn deiner würdig finden.» Mit dieser an Irma gerichteten Empfehlung trat ich auf einen Menschen hinzu, dem ich durch Einhändigung dessen, was ich geschrieben hatte, zu verstehen gab, daß er mir sympathisch sei. Nachdem er das Blatt überflogen hatte und Umstände machen wollte, erklärte ich ihm: «Das gibt sich schon.» Anscheinend war er mir dankbar, d.h. ich machte die Beobachtung, daß er sich freute. «Nun zu ihm!» rief ich aus. Köpfe von Anwesenden bogen sich verwundert nach mir um. Es kann uns begegnen, daß wir außer acht lassen, daß man sich nicht theatralisch betragen soll.

Ich fand Kategorio, der meiner Auffassung nach eine Art Beobachter oder Schriftsteller ist, der beispielsweise sich selbst einer fortgesetzten Aufmerksamkeit würdigt, wovon er sich nicht loszureißen vermag, weshalb er zu Vernachlässigungen gelangt, über deren Tragweite er sich kaum Rechenschaft ablegt, in einer Poetenpositur an eines der Fenster des Saales gelehnt. «Dummkopf», sprach ich ihn an, «weißt du nicht oder tust du bloß, als hättest du nicht in Erfahrung zu bringen verstanden, daß es Mädel von nicht zu unterschätzendem Wert gibt, die zu ihren Freundinnen offenherzig sagten: Wie nett doch dieser Kategorio ist! Für diese höchst strafwürdige Unwissenheit mußt du jetzt sterben.»

Mit dieser Äußerung zog ich einen Revolver hervor. Ich trage einen Revolver, weil das poetisch ist.

Kategorio ist ein poesieloser Poesiefabrikant, während ich der poetische Poesieverächter bin.

«Du stehst als Irma-Abgesandter vor mir», sprach er, d.h. er stammelte das.

Ich hatte angenommen, er würde zurückwanken. Ich hatte mir mit der hohen Voraussetzung geschmeichelt, er würde schon beim Anhören der Ankündigung, er müsse sterben, das ihn beseelende bißchen Geist aufgeben. Dies schien aber keineswegs so sein zu wollen. Vielmehr wies er mit sonderbar-schöner, höflicher Gebärde auf das dem Trokadero gegenüberliegende Haus hin und sprach: «Ich war hier in den Anblick eines Gegenstandes der Zärtlichkeit vertieft, wobei ich gern gestehe, daß die Madonnenbilder zahlreich sind, die irgendwo leben und mich interessieren. Dir geht es vielleicht ebenso.»

In einiger Entfernung stand in der Tat auf einem Balkon eine junge Dame, die ich nicht charakterisiere, weil mir das als unangezeigt erschiene.

Novellisten sollen dezent sein.

«Sei froh», sprach ich zu Kolportario, d.h. Entschuldigung, zu immer noch weiter keinem andern als Kategorio, «daß mich eine Kinovorstellung, die ich heute nachmittag mitansah, vom Gebrauchmachen dieses Wildwestinstrumentes hier exemplarisch abhält.

Ich habe dich beben gesehen, das genügt.»

Mit vernichtendem Blick entfernte ich mich von ihm.

Folgenden Tages besuchte ich eine Kunstausstellung.

DER KUSS (II)

Ich wurde meiner hübschen Handschrift wegen von einem meiner Lehrer sehr gelobt. Die Welt flog über dem Elternhause vorüber. Lange erschien mir nichts mehr. Ich zählte Geld, das mir nicht gehörte, stellte Schecks aus. Somit schien mir, ich sei im Dienste eines Bankhauses. Aus dieser Situation heraus entstanden mir Briefe an eine Frau. In einem derselben schrieb ich: «Ich bin immer wie in einem Zentrum. Das Leben verdurstet; es lechzt umsonst nach mir. Ich blicke es bloß so an, trage es in mir wie ein Liebender das Abbild seiner Seelenlust.» Wieder vergingen Zeiten. Auf einmal stand ich an einem klaren, schmalen Bach, der durch ein idyllisch gelegenes Gäßchen floß. Ein bildhübscher Knabe sprang zu mir, nahm mich bei der Hand, wie wenn ich seit langem sein Freund gewesen wäre. «Komm», sprach er, und ich ließ mich von ihm fortziehen. Offensichtlich war er feiner Leute Kind. Zunächst kamen wir in ein Zimmer, worin Fische hin- und herschwammen. Die Luft in dieser seltsamen Art von Gemach bestand in einer Atmosphäre, die sowohl ihnen wie uns zu atmen gestattete. Bald stand ich vor einer sehr zart aussehenden Frau. Im Nebenzimmer redete ihr Gemahl mit einem Fremden, d.h. mit jemand, der mir fremd, ihm aber gewiß bekannt war. Plötzlich stand mir die Frau ganz nahe. Übrigens muß ich zuvor ein Bilderbuch durchblättert haben.

Die Frau bat mich: «Höre auf, höre auf.»

Ich bin bezüglich dieser Sprechweise eine Erklärung schuldig, die ohne weiteres erfolgt. Es handelte sich hier um ein Wirklichkeitserlebnis, ohne daß ich die Stadt genau anzugeben vermöchte, die den Schauplatz hiefür abgab. Ich gab nämlich der Frau, die vor Schlankheit schon fast spindeldünn war, Küsse, die sie stumm von mir erbeten hatte. Ihre Blicke hatten mir gewissermaßen auf mahnende Art empfohlen, zärtlich zu ihr zu sein, und nun? Was nun da war, das war katastrophal. Ich tat etwas Entsetzliches. Immerhin tat ich es sehr ruhig, gleichsam vom Leuchtturm still aus mir wachsender Überlegenheit herab. Ob ich sie kalt küßte, bloß gehorchend, dienend, möchte ich nicht ohne weiteres festzustellen gewagt haben. Daß es sich aber zur «Tragödie» ausdehne, wurde mir von Kuß zu Kuß, von Atemzug zu Atemzug bewußter. Die Küsse, die ich küßte, waren durchaus unhörbar; aber nicht unhörbar, sondern geeignet, vernommen zu werden, war das aus der Marter tönend heraufsteigende Stöhnen, der sie unterworfen wurde. Durch mich, durch sich? Ich will das nicht auslegen. Die Lage war so: wenn meine ineinander verflochtenen Küsse nicht in einem fort ihren Mund zugedrückt hätten, sie also nicht daran verhindert worden wäre, sie hätte laut geschrien. Um Hilfe? Das kann ich wieder absolut nicht sagen. Sie war in hohem Grad meine Gefangene, wie ich wieder meinerseits von ihr unterjocht war. Kaum wage ich zu beschreiben, wie das Leben, das ihren Körper durchflammte, ihr diesen ihren feinempfindenden Körper beinahe zerriß. Obschon ich mich sehr um sie sorgte drückte ich küssend immerzu. Ob ich drückte? Das ist noch eine Frage, die man untersuchen müßte. Vielleicht habe ich nicht im mindesten gedrückt, und vielleicht war gerade das das Fürchterliche. Ich scheine sie halb freigelassen und halb befangen gemacht zu haben. Wie leise, wie vorsichtig, wie ungenügend ich das sage. Aber vielleicht verhalte ich mich absichtlich so. Erstens gilt es ja, den guten Ton zu bewahren, zweitens aber war ich mir bewußt, daß, wenn ich so recht zerflattert, zerfahren, zerstreut, verträumt mit meinem Mund über den ihrigen hinziehe, das eine Wirkung hervorrufe, als gingen für sie Erde, Himmel und Hölle in eines. Der Druck eines Kusses darf nach meiner Erfahrung nicht gedrückt, sondern er soll möglichst nur angedeutet sein; er soll sagen: ich könnte, falls ich wollte. Unter solcher Art von vielleicht beinahe satanischer Unbefangenheit zerfloß sie. Ich war ihr ein Wild-Engel, d.h. alle Wildheit war nun ganz in ihr. Mir war es aber gegeben, diese Wildheit in ihr zu wecken, und ich weckte sie, nicht mit Stürmischkeit, nein, mit Sanftheit. Als sie umzusinken drohte, hielt ich sie.

Jetzt aber sah uns ihr Gatte.

Aber lassen Sie mich Ihnen um Gotteswillen erst rasch noch etwas von dem Flüstern sagen, das der Armen entquoll, die mir in den Armen lag. Wer war von uns beiden dämonischer, ich oder sie? Ich frage mich das, weil sie mich mit vor Lust jubelnden Augen bat: «Hab' mit mir Erbarmen.» Wenn ich barmherzig mit ihr gewesen wäre, würde ich da nicht erbarmungslos, rücksichtslos mit ihr gewesen sein? Ihre Qual war ja ihre Freude. Ich sagte, daß jetzt ihr Lebensbegleiter zu uns ins Zimmer schaute. Wir hatten ganz nah an der Türe zusammen «kulturell gearbeitet». Wie ich da spaße! Ist das nicht herzerschütternd? Und ich bin von den Sittsamkeitssorgen, die sie sich im Taumel des Entzücktseins machte, überzeugt. «Was gibt es hier?» Mit dieser weniger gesprochenen als schon eher gezischten Frage auf den Lippen, die kreideweiß schäumten wie Wellen auf einem vom Wind in die Empörtheit gejagten See, stürzte er sich auf mich los. «Du irrst dich in mir», rief ich hell auf und warf ihn auf den Tisch, der den Charakter eines Studiertisches aufzuweisen schien. Er glänzte von tragischem Schwarz, ich meine, er sah sowohl elegant wie äußerst ernst aus. «Wenn du etwa meinst – –.» Ich war von einer Kaltblütigkeit ohnegleichen. Aber ich kann zum Glück versichern, daß ich es bei der Selbstaufmunterung bewenden ließ. Ich lebe, und er lebt auch. Wenn er mit sich oder mit mir oder sonstwem unzufrieden ist, mache er's mit sich aus. Was geht mich einer an, den ich auf einen Tisch warf?

Dies mit dem Kuß gab es in solcher Vorzüglichkeit bei mir nie mehr.

SALONEPISODE

Überhaupt schon bloß eine Frau Doktor! Das Milieu, worin sie regiert! Dieses Sonnige! Die Bücher, die bei ihr aufliegen! Ich liebte einst einzig deshalb ein Dienstmädchen, weil ich mich in ihre Herrin verliebt hatte.

Wie ich als Typ von Belang dastand. Ich saß zwar, indem ich Tee schlürfte. Auf dem Tisch lag ein Erzeugnis meiner Feder. Ich nannte mich damals Ruprecht, weil ich hie und da ruppig auftrat. Der Herr des Hauses staunte mich verhohlen an. Vielleicht gestand er sich, ich sei ein Lebensbeherrscher. Von Zeit zu Zeit trat ich ans offene Fenster. Nachlässig warf ich einen Blick auf das, was unten in der Straße vorging. In unsagbarer Ruhe verharrte das Pflaster. Die Unterhaltung, die ich führte, war glänzend, d.h. ich legte Literaturkenntnis an den Tag, daß es nur so blitzte. Mein Anzug war übrigens die Einfachheit selbst. Ich sah somit sehr gediegen aus. An die Kinder richtete ich passende Worte.

Mit einmal hörte ich aus weiter Ferne einen schwachen Pfiff. Über mein Gesicht verbreitete sich ein Interessiertheitsschimmer, der kaum wahrnehmbar sein konnte. Um zu zeigen, daß ich Manieren hätte, faßte ich Frau Doktor bei der Hand. Der Doktor sah es und verbiß seine Überraschtheit. Eine anwesende Dame bewitzelte die Neutralität der Schweiz. Ich tat bei diesem Anlaß, als stammte ich aus Paris. Über das Gesicht der Frau des Hauses ergoß sich ein Betretenheitsmeer. Sie wurde abwechselnd rot und schneeweiß. Jetzt klingelte es.

«Ich weiß, wer es ist», sprach ich und eilte zur Türe und ließ Meta eintreten.

Als die Anwesenden sie sahen, riefen sie unbewußt: «Ah». Dieser Ausruf entglitt ihnen, weil in der Tat das Mädchen, das ich ihnen vorstellte, entzückend aussah. Wissen Sie, groß, und dazu trug sie noch Schuhe mit unerhört hohen Absätzen. Ihre Augen schienen ihre Bläue der Ostsee entlehnt zu haben. Das Köpfchen verschwand fast in der goldenen Flut ihres wunderbaren Haares, das mehr als geringfügige, eher schon winzige Näschen sah man kaum. Dieses Kaumvorhandensein einer Gesichtspartie bildete ein Juwel.

«Du Böser», sagte sie. Nichts als das, und setzte sich und fing etwas zu erzählen an, was für sämtliche, die es hörten, spanisch sein mußte. Nur mir war die Sprache und der Inhalt verständlich.

Ich sah der Frau Doktor an, daß sie im Unterbewußtsein für die Vorgelassene und Hereingezogene schwärmte. Meta war ja auch ein zu kostbarer Gast in diesen Kreisen.

Was mich betrifft, so verstehe ich sowohl mit den Geistigen, Feineren, wie mit den Angehörigen des «Volkes» umzugehen. Ich bilde vielleicht in dieser Hinsicht eine Art Brücke. Meta hatte scheinbar sehr viel auf dem Herzen. «Wie sie Sie liebt», sagte der Doktor.

«Dieser Herr interessiert sich für deine Wenigkeit», wandte ich mich an Meta, die aber hierfür gar kein Ohr besaß. Für sie gab es hier nur einen Menschen, und der war natürlich ich. Sie schaute sich die Leute, die liebenswürdige Blicke für sie hatten, an, aber sie machten keinen Eindruck auf dieses Naturkind. Ich selbst bin ein Gemisch von Natur und Zivilisation; somit war ich für sie vorhanden.

Jetzt schrieb der Doktor auch bereits eine Novelle, wozu ihn Metas Erscheinung inspiriert hatte. Das Manuskript gedieh Zug um Zug. Er schrieb wie von einem Fieber ergriffen. Lächelnd schaute ich ihm zu.

Meta fand für nötig oder für schicklich, die Beunruhigte, Imstichgelassene zu spielen. Sie hatte es aber lediglich auf mein Portemonnaie abgesehen. Als ich ihr ein Goldvögelchen ins Händchen gleiten ließ, umarmte sie mich, küßte mich mit Küssen, die nach viel Verstand dufteten. Im selben Augenblick sank sie in Ohnmacht. Frau Doktor rief: «Herrjee, was stieß dieser Mädchenfigur zu?»

Plötzlich riß jemand die Tür auf. Es war Jaromir. Kaum hatte ich ihn erkannt, als ich auch schon aufgesprungen war. Ich wußte, wen er suchte. «Schade, daß mein Mann in seiner Novelle unterbrochen werden muß», entfuhr es der Frau Doktor. Inzwischen hatte ich natürlich Jaromir zu Boden gerungen. Das verstand sich von selber. Ich setzte ihm den Fuß auf den Nacken. Er zerbrach sich das Nasenbein. Meta brach in ein göttinnenhaftes und zugleich schulmädchenhaftes Lachen aus. Ich warf sodann Jaromir zur Türe hinaus.

Einsam-seltsam lag seine Mütze noch im Salon, den jetzt Meta durch einen Liedvortrag schmückte und vergrößerte. Musik macht uns glücklich, gut und groß. Frau Doktor besaß die Güte, meine Gesponsin, falls ich so sagen darf, taktvoll auf dem Fortepiano zu begleiten. Der Doktor und ich sprachen sodann über die allgemeine Lage.

Es war vier Uhr nachmittags, und ich spürte in den Fingerspitzen das stille Ruhen und moosige Dampfen meilenweit entfernt liegender Wälder und das sagenhafte Schlummern von Seen, so außerordentlich feinfühlig bin ich. Ich bin ja so zart. Vorliegende Zeilen dürften es beweisen. Eine Bildhauerin meißelt gegenwärtig an meiner Büste.

«Meta ist für mich die Poesie», sagte der Doktor leise zu demjenigen, der ihm antwortete: «Für mich ist sie die Wirklichkeit.»

Ein Knabe aus der Vorstadt, der Meta als Page diente, langte nun mit einer Botschaft für sie an.

«Ich muß gehen», sprach sie. Bequem entfernte sie sich. Kaum, daß sie grüßte.

FREUNDINNEN

Meinem Fenster gegenüber erhebt sich ein Hügel.

Das Fenster steht offen.

Auf dem Hügel stehen zwei junge Herren.

Es ist Sonntagvormittag.

Die beiden Herren sehen mich von ihrem Standort aus am Tische schreiben, und nun schreibe ich folgendes:

Ich stand einmal hinter einem Vorhang. Alice und Helene waren dabei, sich zu «trainieren». Worin bestand ihre Übung? Ob ich das unbefangen sagen werde? Warum nicht? Alice spielte die Herrscherin, Helene die Ergebene, Untertänige. Jedenfalls waren es also zwei grundverschiedene Rollen. Ich halte es für sehr nützlich, wenn Leute irgendeine Rolle zu spielen Lust haben. Hier waren es diese zwei feinen, hübschen Mädchen. Jede war auf ihre Art hübsch, jede auf besondere Art lebenempfindend. Ich verhielt mich in meiner «Stellung», auf dem «Aussichtspunkt», mäuschenstill. Helene diente Alice als eine Art Schemel; sie schien in jeder Hinsicht vergnügt über die Übernahme dieser «Sendung». Die Herrschende schien mißvergnügt, und es ist ja auch eigentlich immer so. Es ziemt sich, daß die Befehlenden, Anordnenden Sorgen haben, die Unterliegenden sind hievon aufs angenehmste befreit. Unfreiheit kann eine große Masse Freiheit in sich bergen; Unabhängigkeit kann Sklaverei sein. Alice war die Unabhängige, die Folge davon war, daß sie eine große Verantwortung trug. Verantwortung ist ein Gewicht von reinster Geistigkeit. Alice personifizierte die Angestrengtheit, die Würde, die Moral, die Regierung, während sich in Helenens Hingegebenheit selbstvergessene Sinnlichkeit manifestierte, süß wie geniale Musik. Musik hat in ihrem Wesen etwas Verantwortungsloses, Schaukelndes, Daseinsbejahendes. Ich schaute direkt in die Augen Alicens. Wie sie mir groß, bös erschienen! Sie erblickte mich nicht, der ich sie doch in einem fort beobachtete. Helene war etwas wie ein einziges Freudelächeln. Sie starb fast vor stiller Genugtuung.

Opferte sich diejenige, die die Unterjochende spielte, derjenigen, die die Unterdrückte spielte, auf? Wohl möglich! Die Überlegene fühlte sich nicht; das tat jedoch die andere. Alice hatte die Füße, die in sehr eleganten Schuhen steckten, leicht auf die Kauernde gesetzt, gestellt. Vielleicht war die Diktierende arm an Beziehungen, hatte niemanden, und es kann sehr gut möglich sein, daß Helene, die den Schemel bildete, reich an Bekanntschaften war, die sie aber eine um die andere verschmähte, weil sie ihr nicht viel sagten. Vielleicht besaß sie einen Anbeter erster Qualität, einen um ihr Wohlergehen Besorgten, und um die Herrschende kümmerte sich niemand, und hier bei Helene war sie die Gebende, Begnadende, die ihre Schwester, das Kind des Lebens und der Gesellschaft, mit Vergnügungen, Vergnügtheiten überschüttete.

Seltsame innere Schicksale gibt's und unzählige, nie wahrgenommene, richtungangebende Bestimmungen.

Laßt uns des Lebens nimmerwelkende Möglichkeiten loben, Freundinnen.

ELMENREICH

Elmenreich rief einer Gruppe von Draufgängern die Bemerkung zu: «Meine Herren, Sie sind medioker», ohne daß er den Sinn seines Wortes vorher erwog. Seine Absichtslosigkeit hatte Erfolg, indem Ungezwungenheit stets einen guten Eindruck macht.

Die hübsche Superiora wird mir gegenüber nach und nach wieder zutraulich. Einst war sie sehr von meiner Artigkeit überzeugt, was ich vielleicht zu wenig schätzte.

Wie kam mir gestern abend das Leben schön vor! Ich grüßte einen Bekannten, der sich mit einigen Frauen unterhielt, mit der graziösen Redensart: «Salü Blagueur.»

Der Umstand, daß Elmenreichs Körper einem Geistesvorratshaus glich, seine Geistigkeit jedoch anderseits Gestalt besaß, schien Grund darzubieten, ihn gleichzeitig zu meiden und aufzusuchen.

Frau Sorgenvoll freute sich über die schimmernde Menge ihrer Bedenklichkeit wie über einen Halsschmuck, womit ich sagen will, sie sei auf sorglose Art besorgt gewesen.

Meine Kombinationslust läßt mich von einem jungen Menschen sprechen, der mir kürzlich nicht ohne Eitelkeit gestand, er sei ein Taugenichts. Er sprach: «Ich versuchte die Landwirtschaft zu ergründen, aber statt dessen erlebte ich eine Liebe zu einem schönen Mädchen. Einige Manieren erwarb ich mir in glänzenden Städten spielend. Vorübergehenderweise ließ ich's mir bei wohlwollenden Wohlhabenden wohl sein. Man erwies mir eine gewisse Achtung, weil ich die Geduld hatte, mir Lehren erteilen zu lassen. Anhöhen erlaubten mir, in Ebenen herabzusteigen; Niederungen ließen mich Hügel oder Berge erklimmen. Einmal umhalste mich eine vielleicht etwas zu temperamentvolle Frau.» – Ich flößte ihm mit dem Wort Zuversicht ein: «Tüchtige sind beinahe nur zu zahlreich.»

Genannte Frau Sorgenvoll war Aktivmitglied eines Kreises Verantwortlicher, wozu unter andern ein sich behaglich mit Begriffen von Lebenseleganz befassender Bibliothekar gehörte, den häusliches Glück umzitterte, indem seine Gattin ausgezeichnet kochte.

Elmenreich und der Bibliothekar kamen insofern sehr gut miteinander aus, als sie sich den Sport gönnten, sich gegenseitig hochachtungsvoll zu verachten.

Blättermassen schwebten über den zahlreich im Garten anwesenden Chaoszerspaltern. Als Elmenreich an Frau Sorgenvoll vorbeiging, sagte er ihr scherzweise ins röselige Ohr: «Das schönste Ziel sind Ziellosigkeiten.»

Auf die Frage, die jener Taugenichts an mich richtete, ob ich glaube, daß er hoffen dürfe, unglücklich zu werden, erwiderte ich zart: «Kaum.» – Als er schalkhaft sagte: «Vielleicht bin ich zu gutherzig», lautete meine Entgegnung: «An so etwas würde ich an Ihrem Platz nicht unbedingt glauben.»

Mit dem Hut höflich in der Hand stehen diese Eichendorff- und Dostojewski-Figuren plötzlich da, und man gewinnt den Eindruck, daß sie ganz gut mit sich auskommen. – Elmenreich fühlte sich zum Schreiben einer Biographie berechtigt.

SELENWANDERUNG

Als früherer Prediger oder Pfarrer, er fungierte ja eigentlich immer noch als solcher, obschon er offiziell seines nicht unheiklen Amtes enthoben worden war, benahm er sich, wie er selber auf Befragen gern zugibt, mitunter wohl beinahe etwas zu frei, was von durchaus nicht Wenigen klar festgestellt werden konnte. Daneben glaubte man Grund genug zu haben, ihm allerlei zu verzeihen, denn erstens besaß er eine, man möchte sagen, unverwelkliche äußerliche Schönheit, und diese vermag ja, wie man weiß, zu bestechen. Zweitens über seine innerliche Jugend, ich meine, seine Beseeltheit, sein Herz, das sich immer wieder aus der Menge der Herzlosigkeiten, deren er sich im Lauf der Zeit schuldig machte, siegreich hervorhob. Dieses zweite Moment, seine Bravheiten, die nicht im Meer seiner Untugenden umzukommen begehrten, denen dies gar nicht gegeben zu sein schien, nötigte immer wieder seine ihn mit vielerlei Verachtungen zierenden Mitbürger, ihn gewissermaßen vielleicht etwas verschämt oder verstohlen zu achten. Heute findet ein bescheidenes evangelisches Fest mit auf Tischen hingestellten Kaffeetassen statt, die weiß schimmern, und die zum Blau, womit der Himmel ausstaffiert ist, gut passen. Nun ist unter anderm bekannt geworden, daß sich der einstige Seelsorger so weit heruntergelassen hat, daß er sich von der Summe seiner natürlichen Güte hinreißen ließ, im Verein mit einer Taglöhnerin eine Wirtshausreise zu unternehmen, auf der es etwas laut hergegangen zu sein scheint. Diese Frau benimmt sich jetzt ihm gegenüber womöglich ein bißchen zu vertraulich, aber geniert ihn dies? Absolut nicht! Das ist ja das Bedenkliche. Darf ich ihn nunmehr, nachdem ich ihn mit obigen einleitenden Worten dem werten Leser vorgestellt habe, selber reden lassen?

Er schrieb:

Wie war sie gestern abend herrlich frisiert, die mich nicht mehr kennt, weil ich ihr eine sie zu sehr verblüffende Artigkeit erwiesen habe. Man bedenkt zu wenig, daß Höflichkeiten erkälten, Auszeichnungen mißtrauisch machen und darum unangenehm berühren können. Wie sie all diese Zeit her stolz leidet! Das dürfte jedoch meines Ermessens nach etwas zu «romanhaft» gesprochen sein. Übrigens sah sie ein paarmal früher viel schöner aus. Sollte sie gleichsam, was ihre Haltung, ihr Selbstbewußtsein betrifft, ein wenig «nachgelassen» haben? Mir kommt das zu meinem Bedauern so vor. Meine Augen, mit deren Ausdruck, deren treuherzigem Licht ich sehr wahrscheinlich auf eine zu leichtsinnige Art zu spielen liebte, scheinen vielen Menschen, wie ich annehmen darf, zu sehr gefallen zu haben. Speziell hierüber wäre manches zu sagen. Nun von etwas sehr Merkwürdigem! Wird man mir erlauben, mich kurz zu fassen? Was ich hervorheben will, ist, daß ich seit einiger Zeit nicht gut, d.h. nur sehr mangelhaft, gleichsam vorschriftswidrig schlafe, was sich natürlich auch bei andern ereignen kann. Sollte ich nervös sein? Ich möchte das durchaus nicht glauben. Gestern begab ich mich mit der Idee zu Bett, es könnte sein, daß ich sanatoriumsbedürftig sei. Was soll ich von mir denken? Jedenfalls scheine ich berechtigt zu sein, über meinen «Gesundheitszustand» zu stutzen, der sehr gut und zugleich wieder ungemein schlecht ist. Wie ich aber gestern in einem Saale prachtvoll aß, beinahe dürfte ich meinen, tafelte und soupierte. Ich bestellte zuerst Fisch, der sich anscheinend in einer wundervollen Sauce ausgezeichnet aufgehoben fühlte. Indem ich einem andern Gast zuschaute, wie er seinerseits gabelte, verzehrte meine Phantasie, indes mich mein eigenes Essen beschäftigte, noch das fremde. In solchen Dingen ist man imstande, tatsächlich etwas zu weit zu gehen. Aber wie offen ich dies hier bekenne! Sollte solche Ungeschminktheit nicht Anerkennung verdienen? Nachdem ich mich ein Weilchen besonnen hatte, was ich nun fernerhin gerne zu mir nehmen würde, ließ ich Bohnen mit Geräuchertem aufrücken. «Was ich für einen Appetit habe», unterließ ich nicht, zu mir zu bemerken. Diejenige, die sich schön frisiert hatte, benahm sich inzwischen so: bald schaute sie mir, wie mir vorkam, ziemlich freundlich zu, bald aber wieder senkte sie den Blick zu Boden, wie man zu sagen pflegt, so als fände sie mich unbescheiden. Ich schriftstellere ja seit einiger Zeit, und dann und wann laufen begreiflicherweise Honorare ein, von denen ich mir beinahe einbilde, es sei geschenktes Geld, womit ich nicht unbedingt sehr sorgsam umzugehen nötig hätte. «Mitten in der Nacht» erwachte ich dann.

Ob ich sonst noch irgendetwas zu «beichten» haben könnte? Ich rede jedoch jetzt von etwas «Ernsthaftem», nämlich von einem nächtlichen Phänomen, das mir meine Vernunft empfiehlt, ja nicht zu ernst aufzufassen, denn sind wir nicht alle in Gottes großem Schoß wie Lämmlein, wenn wir uns als eine große sowohl wie kleine Gemeinde betrachten, als stark sowohl wie schwach? «Wie machtlos bin ich nun schon wieder», rief ich nicht allzu laut aus, indem mich eine «unbekannte Hand» aus dem Schlaf warf, der für uns ja etwas wie ein liebes, warmes, willkommengeheißenes Haus ist. Ich stand auf, nein, zuerst hörte ich unten auf der Straße Schritte, die ich so genau wie möglich beschreiben will. Diese Schritte, diese Tritte waren etwas höchst Seltsames. Indem ich nämlich erwachte, ließen sie sich sofort vernehmen, unmittelbar auf das Erwachen hin. Bereits hatte ich sie in andern, in vorangegangenen Nächten vernommen, genau dieselben. Bisher hatte ich ihnen weiter keine Bedeutung beigelegt. Ich hatte unter anderm gedacht: «Da geht einer vorbei.» Was konnte daran liegen! Gestern aber fiel mir zum ersten Mal auf, daß es haargenau dieselben kleinen, netten, schnellfüßigen, leichten, fröhlichen Schritte sind, die «all diese ganze Zeit über» vernehmlich wurden. Ich komme nun aufs Aufstehen zurück, von dem ich bereits etwas voreilig sprach. Mit einer gewissen Befürchtung, jedenfalls einer mir selber sonderbar vorkommenden Hast, sprang ich zur Uhr, die auf dem Tisch lag, um den Zeitpunkt festzustellen. Es war drei Uhr, und im selben Augenblick, als ich es konstatierte, sprach ich: «Ist's möglich?» Eine Art Zittern befiel mich. Ich gestehe dies aufs Risiko hin, für furchtsam gehalten zu werden. Die Tage sind hell, aber die Nächte dunkel und schwarz, was immerhin ein Unterschied ist, kein großer und dennoch ein sicher überaus bedeutender. Mich frappierte nämlich mit einmal, daß mir der nächtliche Wanderer auch schon um ein oder vier oder fünf Uhr hörbar gewesen sei, also zu verschiedenen Stunden, und immer war es absolut derselbe. «Das geht nicht natürlich zu», sagte mir der Verstand, wobei mich derselbe gesunde Menschenverstand sogleich belächelte. Aber trotz dieses Belächeltwerdens glaubte ich an den «hohen Ernst» der Sache, wie ich mich im Stillen mir gegenüber ausdrückte, mit nur zu viel Deutlichkeit, jedenfalls äußerst aufrichtig, eine sogenannte Gänsehaut spürend, die sich meiner bemächtigte. Ich weiß nicht, ob einige meiner werten Mitbürger gelegentlich auch schon mit einer Gänsehaut näher bekannt gemacht worden sind. Vielleicht existieren etliche, die es erlebten. Beiläufig erwähnt, kenne ich einen Arzt, der sich bei diesem oder jenem Anlaß dahin geäußert haben soll, daß er es unmöglich ablehnen könne, an ein Jenseits zu glauben. Noch mehr; ein Kollege von mir, also ein Schriftsteller, und dazu einer, der geschätzt wird, was ihm vermutlich lieb ist, befaßt sich seit einiger Zeit aufs ernsthafteste mit der Astronomie, d.h. mit dem Zusammenhang des Weltensystems mit den Wesenheiten unseres Erdenlebens. Fast möchte ich sagen, ich sei froh, daß mir dies beizufügen einfiel.

Man kann sich nichts Drolligeres, Lebensbejahenderes vorstellen als das Marschiertempo jenes unbekannten Wanderers oder Cherubs, der mir wie «das Geschöpf meines Schlafes» vorkommt, da er jedesmal zu wandern beginnt, sobald ich wach werde. Vielleicht sitzt auf seinem Kopf ein befiedertes Hütchen. Genagelt scheinen mir seine Schuhe keinesfalls zu sein. Fast einem Schweben ähnelt sein Schreiten. Gewiß ist sein Gesicht nicht unhübsch. Groß, schwer oder sehr stark kann er nicht sein. Wohin wandert er jedesmal? Wo liegen seine Ziele? Mir ist das rätselhaft. Und warum schreibe ich jetzt so kurzatmig? Sollte das ein Beweis der Schwierigkeit oder der Unmöglichkeit sein, mich bezüglich der Beschaffenheit des Wanderers zurechtzufinden, an den diese oder jene Frau vielleicht denkt? Jacket und Hosen sind vielleicht bei ihm nicht von ein und derselben Färbung. Sollte es denkbar sein, daß ihm Verse zu dichten hie und da einfiel? Ich wünsche ihm nicht, er wäre noch nie geküßt worden. Wie seine Schritte förmlich allemal lachen. Eine solche junge Zuversichtlichkeit! Ein «Doppelgänger»? Diese Frage stand plötzlich wie eine «Figur» vor mir. Gab es nicht einen bekannten Roman, der diesen Titel trug? Von wem dieser Roman wohl war? Hm! Bestand der Wanderer aus Seele von mir? War ich es also zum Teil selber, der jedesmal da unten vorbeilief? Verhielt ich mich zugleich seßhaft und wandernd, teilweise abwartend und andersteils vorwärtseilend, pflichtenerfüllend und pflichtlos? «Bah, was kümmert es mich zunächst!» Dies aussprechend, bemühte ich mich, wieder einzuschlafen, und nun finde ich, daß mich Nachdenkliches aus Nachdenklichem erlösen und daß mich wieder Gedankenloses gedanklich machen kann. Einwandfrei scheint mir zu sein, daß mich der Tag öfters zu ernst stimmt. Vielleicht, daß sich das dann nachts geltend macht.

Aber wie atmet man aus Nächten, die fragwürdig gewesen sind, die uns zu kämpfen gegeben haben, lebenliebend auf und hält wieder manches von neuem wert, daß man es begrüße.

DIE WEISSE DAME

Als ich vergangene Nacht von einem Ausflug zurückkam, der zwanzig Stunden in Anspruch genommen haben mochte, es zirka drei Uhr morgens, demnach stillste Nacht war, sah ich eine Gestalt, sie stand unbeweglich an einem Pfeiler, doch ich werde nachher hierauf zurückgreifen.

Ich lasse mir ein gewisses impertinentes Gesicht von nun an nicht mehr gefallen. Wovon spreche ich da? Ich ziehe vor, aufzuschieben, das zu sagen. Hindiesbezügliche Erklärungen werden zuverlässig folgen, ich verspreche das, und nun weiter.

O, Othello, wie weit kam es mit dir? Ich begreife nicht, aus welchem besonderen Grund mir die Nennung dieser Bühnenfigur über den Mund springt, der bei Erwähnung eines zu leidenschaftlich Liebenden theatralisch bebt.

Es gibt eine Freundlichkeit des Benehmens, die arrogant wirkt. Ich spiele mit diesem Satz auf das bereits höflich angeführte Gesicht an, dessen Ausdruck ich satt zu haben scheine. Sollte es ein Kollegengesicht sein? Wohl möglich! Einstweilen jedoch rede ich lieber wieder ein wenig über die Eifersucht, die an sich schwarz wie die Nacht ist. Schwarz ist die Farbe des Peches.

Noch wage ich nicht, mich eingehend über besagte nächtliche Figur zu äußern, die sich durch denkbar stillstes Dastehen auszeichnete. Herrlich, das muß beigefügt sein, gestaltete sich mir der Genuß der erlebten Wanderung zu, ich möchte betont haben, etwas Großem. Vom Gipfel eines Berges herab leuchtete eine elektrische Lampe in die Niederung herunter, wie eine sich auf der Stirne eines Mädchens von Welt befindliche Perle.

Die Vergleichung ist poetisch; ich fühle es. Um so nachdrücklicher, ruhiger, und mit um so festerer Stimme, von der ich hoffen darf, sie besitze zugleich den erforderlichen Weichheitsschmelz, gewissermaßen bei einem Oberton von Energie einen Unterton der Verbindlichkeit, kann ich den Verlauf dieser vielleicht leichtsinnig, d.h. unbesonnen begonnenen kurzen Geschichte fortsetzen und mit Genugtuung erhärten oder die Behauptung aufstellen, ein Vortragender, der zu weiteren Kreisen sprach, habe ein durchaus nicht unvorteilhaftes Porträt von mir auseinandergebreitet, indem er mich seinen Zuhörern als ein *enfant terrible* vorstellte. Ich saß mit in den Reihen derer, die feierlich auf die Ansprache lauschten und verhielt mich anstandshalber still, d.h. erklärte mich mit der sehr interessanten Art der Darlegung einverstanden, denn ich hielt das für das beste.

Aber jenes Gesicht voll einer noblen, feinen Unverschämtheit nehme ich nicht glatt hin. Der Inhaber dieses in der Tat von hoher Entwickeltheit beweisablegenden Antlitzes scheint berufen zu sein, sich insofern bei mir zu entschuldigen, als er sich zu einer anderen Miene die Kraft haben wird aufzuraffen. Ich zweifle ja übrigens keinen Augenblick daran, daß er es tun wird. Ob ich wohl mit Recht argwöhnen, d.h. glauben oder vermuten darf, diejenigen, die man die Gebildeten nennt, belustigten sich auf irgendeine Art und Weise am Auftreten der sogenannten Ungebildeten, wie sich diese ihrerseits wieder an jenen auffrischten und erquickten? Vielleicht findet in dieser Hinsicht eine Sorte gegenseitiger Belebung statt, was an sich gewiß zu begrüßen wäre.

Wie sie seltsam eckig, kantig dastand, jene zweifellos gebildete, nächtliche, weiße Dame! Als von Bergen herab zu schreiten kommender Wanderer hatte ich natürlich vor der Erscheinung keinerlei Furcht, höchstens, wie soll ich sagen, einigen mit Mitleid vermischten Respekt. Wer war sie? Hatte sie mir etwas zu sagen? Ihr Kopf schien mir im Verhältnis zur Länglichkeit der Gestalt von überraschend geringem Umfang zu sein. Die ausgestreckte Hand war von des Gewandes Weitheit vollständig verdeckt – Malerisches, das mir sehr gefiel.

Jetzt aber, Leser, mache dich auf eine Entsetzensszene gefaßt. Ich stieß heute früh einen Gegner, der mich vielleicht im Grunde hochschätzt, der also womöglich gar nicht ist, was er mir seit langem zu sein scheint, mit dem bloßen Aufsetzen eines künstlich konstruierten, fröhliche Überlegenheit heuchelnden Lächelns in den Zustand totalster Lebensaufgehörthabenheit hinein. Er sank hin, um nie wieder aufzustehen.

Diese Existenzkämpfe, die in einem fort stattfinden, um Straßen und Plätze mit Renaissanceauftritten zu schmücken! Die weiße Nachtgestalt ist und bleibt für mich, fast hätte ich gesagt, zum Glück ein Rätsel.

Bevor ich mich aus dem Lager oder Bett erhob, es mochte vielleicht fünf Uhr Morgen geschlagen haben, dachte ich tief sowohl über Literatur und die Möglichkeit von Gespenstererscheinungen wie speziell über Ritterlichkeit nach, zu der wir heute so gut wie zu allen Zeiten verpflichtet sein mögen. Ich warf jedoch auf, daß diese Art Pflichten ihre Grenzen haben, mich vom Ergebnis meiner Meditation vollauf befriedigt fühlend. Ich erklärte den Mann im allgemeinen wie die Frau für humanitätstributpflichtig.

Eine zufällig irgendwo in Augenschein genommen habende Photographie wies mir einen Gatten neben seiner bildhübschen Frau Gemahlin vor. Beiläufig erwähnt, machte er mir den Eindruck, als leide er unter einer gewissen distinguierten Othellohaftigkeit. Ich nehme mir vor, mich in Zukunft aufs vertrauenvollste durch den Schwarm zu schlängeln, den man Öffentlichkeit nennt. Wie mich die arme weiße Dame dauert!

Hoffentlich schimmert durch die Ritze dieses nicht allzu fest zugenagelten Ausrufes das Freudenfeuer und die Festtagsfunken echter Herzlichkeit, die ebenso schöne wie heitere Flamme eines bißchens Liebe, das uns allen not tut.

Mitbürger, wollen wir nicht abwechslungsweise in Sachen Anteilnehmen beides zu sein versuchen: geizig und verschwenderisch, karg und prunkvoll, und wollen wir nicht, nachts nach zwölf, wenn die Stadt einem Feenbild gleicht, und uns die Seele begegnet, die ich hervorzuheben unternahm, mit der ergebenen Anfrage an sie herantreten, ob wir ihr dienen könnten, denn es könnte die Seele Europas, vielleicht sogar die Weltseele sein, die da stockt, nicht mehr laufen will.

DAS «TAGEBUCH»-FRAGMENT VON 1926

Heute machte ich ein nettes, kleines, nur geringfügiges und -ausdehniges Spaziergängelchen, trat in eine Lebensmittelhandlung und sah darin ein nettes Mädchen von gleichsam auch nur geringer Größe in sichtlich bescheidener Haltung stehen. Auf dem Spaziergang überlegte ich mir ein wenig, mit was für Worten ich eine Arbeit zu beginnen haben würde, die ich hier niederzuschreiben anfange, und deren Niederschrift mich voraussichtlich etwa zwanzig Tage lang beschäftigen wird. Während dieses Zeitumfanges werde ich also ziemlich emsig sein, nicht ohne mir dann und wann eine Ruhepause zu gönnen, womit ich sagen will, daß mich dieses «Journal» hier in keiner Weise überanstrengen wird. Ich würde natürlich statt «Journal» ebenso gut «Tagebuch» haben sagen können. Ich meine, daß ich mir vorgenommen habe, diese Zeilen, die vielleicht Interesse auslösen werden, was ich natürlich lebhaft wünsche, so ungeziert, demnach also auf so einfache Art wie möglich hinzuschreiben; mit andern Worten bin ich bestrebt, jedes «Flunkern» sorgfältig zu vermeiden. Was ich vorbringen möchte, ist, daß ich in hiesiger Stadt, die für mich sozusagen wertvoll geworden ist, eine Reihe, d.h. einige in der Tat nette, teilweise sogar beinahe imposante Frauen kennen zu lernen Gelegenheit hatte, was eine Anmerkung ist, von der ich gestehe, daß sie mich freut. Wen würde die Sympathie, die er sich angewöhnen durfte zu ein paar lebensfröhlichen und vertrauenerweckenden Gestalten zu hegen, nicht befriedigen können? Ich bin also, seitdem ich die Stadt bewohne, worin mir gestattet worden ist, mich aufzuhalten, hie und da, d.h. ziemlich häufig verhältnismäßig glücklich gewesen. Darf ich dies auszusprechen wagen, ohne befürchten zu müssen, für leichtsinnig oder oberflächlich usw. gehalten zu werden, und darf ich nunmehr daran erinnern, daß ich gestern Abend gleichsam eine recht angenehme Bekanntschaft weitergedeihen lassen durfte?

Ich unterhielt mich nämlich gestern abend sehr spät noch auf der stillen und wie ich offen gestehe nächtlichruhigen Straße mit einem von unseren jungen Intellektuellen, einem Studierenden, über den Sinn und den Wert der «Psychoanalyse». Wie heiter, warm und schön zu diesem Zeitpunkt der Nachthimmel mit seinen Sternen prangte! Gewiß glich es einem Prangen. Der Sternenhimmel erschien mir wie ein früchtebeladener, freundlicher Baum; dann glich er wieder einem feinbestickten Hemd oder einer prächtig mit Ornamentierung ausstaffierten Robe. Ich wünsche nun nicht, daß mir diese Anspielung etwa übel genommen, d.h. als eine Verstiegenheit oder etwas dem ähnliches ausgelegt werden könnte. Ich habe die Empfindung, als habe man heute nicht «eigentlich mehr», oder vielleicht besser gesagt, vorläufig «noch nicht» das Recht, sich «poetisch» zu betragen und auszudrücken. Das mag daher rühren, weil ich die Zeit, worin ich in Gesellschaft meiner Zeitgenossen lebe, für sehr ernst halte, worin ich wahrscheinlich nicht irregehe, mich, wie ich glaube, kaum täusche, denn wovon anderem unterrichtete mich gestern eine Zeitungsnotiz, als von steigender Arbeitslosigkeit in dem und dem Lande? Schon hieraus ersieht man ja eine bestimmte Wirtschaftsnot. Mangel an Betätigungsgelegenheit ist eine nach meiner Meinung sehr schwer in Betracht fallende Not, die natürlich immer existiert hat, doch schon seit langem nicht mehr in so starkem Maße wie in unseren Tagen.

Ich sprach da also von einem Gespräch und von einer Zeitungsmeldung und habe angekündigt, daß ich mich für einige Frauen erwärme, die gleichsam etwas wie meine erklärten «Lieblinge» seien. Mit diesem Frauenkennengelernthaben ist es nun freilich wiederum gar keine so wichtige Sache, indem ich diese Frauen nur so, vom irgendwo Gesehenhaben, Mit-den-Augen-Gestreifthaben, her, kenne, denn ich muß in der Tat bekennen, daß ich ja in gewisser Hinsicht überhaupt nicht in das gehe, was man Gesellschaft nennt. So z. B. bin ich in dieser Stadt kaum irgendeinmal irgendwohin «eingeladen» worden. Sollte sich bewahrheiten, daß ich gewissermaßen die Rolle eines Außenseiters auf hiesigem Platze spiele, und sollte ich richtig gehen, wenn ich mir vor das Bewußtsein führe, ich hätte diese Rolle eigentlich seit jeher gespielt? In dieser Hinsicht hätte sich also in Bezug auf mein Verhältnis zu dem, was Umgebung oder Umwelt war und ist, wenig oder nichts, was einer Veränderung gliche, zugetragen. Ich bin ein Schriftsteller, den ein paar Leute sich in den Kopf gesetzt haben, «Dichter» zu titulieren. Daß ich, was derartige Titulierung betrifft, denkbar nachsichtig, nachgiebig bin, versteht sich für mich ganz von selber. Ich für mich fand von Zeit zu Zeit für angezeigt oder für passend, mich als «Journalist» zu bezeichnen, vielleicht aus weiter nichts als aus purer Laune, und nicht im entferntesten damit einen «Grad» oder eine «Stellungnahme» andeuten wollend.

Gibt es nicht übrigens ein paar Menschen, die sich erstens für mich interessieren, und die sich zweitens vor einiger Zeit geäußert haben, ich wäre, mit früherem Auftreten verglichen, wesentlich «stiller» geworden. Nun ist dies nämlich vielleicht geradezu Tatsache.

Einen Spezereihändler sehe ich öfters, d.h. beinahe täglich mit einer gewissen Vergnüglichkeit seine Gänge besorgen, die aus Geschäftigkeit, zugleich aber auch aus durchaus freiheitlichem Sich-gehen-Lassen zu bestehen scheinen, und eine sogenannte Persönlichkeit, d.h. einer der ein Amt versieht, ein gewisses Gewicht besitzt, grüßt mich, wenn er mir begegnet, ungemein höflich.

Immerhin dürfte es nachgerade Zeit geworden sein, daß ich vom «Erlebnis» vorsichtig mich anschicke zu reden. Wird es etwas von Bedeutung sein? Diese Frage wird sich von selbst beantworten.

Ich sei immer noch «haargenau» derselbe Ungezwungene, Natürliche, war vor einigen Wochen jemand sichtlich bemüht, mich glauben zu machen.

Dieser erste Abschnitt hier dürfte mit einer Art Einleitung verglichen werden können.

Wird es sich bei allem dem, was ich hier, wie soll ich sagen, zur Sprache bringe, um etwas wie eine Liebesgeschichte handeln? Wäre es möglich, daß ich mich hiesigenorts zu irgendwelcher Stunde gar bis über die Ohren hinaus verliebt hätte? Würde so etwas nicht womöglich geradezu unglaubhaft anmuten? Denn immer hielt ich mich und hielten mich «alle andern» für sozusagen lieblos, für unfähig, begeistert zu sein, für außerstande, sich zu enthusiasmieren, für irgend etwas zu schwärmen, feurig für dieses oder jenes einzutreten, sich entzückt, entflammt zu fühlen.

Neulich las ich, daß es Kleinasiaten gewesen sind, die ums Jahr 700 vor Christi Geburt zum ersten Mal Geld in Münzform prägten.

Ich lese zu Zeiten recht viel; dann aber wieder zeitweilig beinahe nichts.

Ich darf doch wohl jedenfalls annehmen, daß das, was mir hier nach und nach, d.h. in aller erwünschten Gemütsruhe, entsteht, geistiges Eigentum sei, indem ich mich gedanklich auf ausschließlich eigenem Boden bewege und seelisch auf dem fuße, was mir lediglich durch mich selbst bekannt wurde.

Doch diese zahlreichen Büchelchen da?

Zunächst scheine ich um eines weiblichen Vornamens willen in nicht unerheblichem Zweifel zu sein. Es handelt sich um Benamsung einer «Heldin». Irgendein anderer Autor würde sich vielleicht deswegen beunruhigt fühlen; ich aber glaube entschiedenes Vertrauen zu mir haben zu dürfen, und ich glaube des weiteren, daß mich eine Zerstreuung, wie sie mich z.B. gestern vom Weitererzählen, vom Festhalten an vorliegender Aufgabe bis zu einer gewissen Grenze ablenkte, nicht wird hindern können, mitzuteilen, daß mir die Abbildung einer Gräfin zu Gesicht kam. Ich blätterte vor vielleicht vierzehn Tagen, mich auf dem Land aufhaltend, in einem Zeitschriftjahrgang, worin ich die Dame abgebildet fand, die mir einen, ich möchte beinahe sagen, unfaßbar feinen Eindruck machte, d.h. einen Eindruck von außerordentlicher Zartheit und Milde und doch zugleich vielleicht wieder von einer eigentümlichen, ungewöhnlichen – Gewöhnlichkeit. Das Bild stammte von einem Maler, Zeichner oder Meister her, der ein spindeldünnes, vor körperlicher Belanglosigkeit kaum wahrnehmbares, da bei aber sehr kluges, spirituelles Männchen gewesen zu sein scheint, so eine Art gutmütiges, hochbegabtes Koboldchen oder Teufelchen, ein Beobachterlein von sozusagen bester Qualität. Ich bitte übrigens wegen einer Abweichung, die womöglich nicht am Platz ist, gebührend um Entschuldigung und teile mit, daß jene Zerstreuung, von der ich gesprochen habe, in einer Abendgesellschaft bestand, die, wie gesagt, gestern stattfand. Ich saß da so im Kreise einer angemessenen Anzahl munterer, junger Mädchen, über fremde, bedeutende Gegenden, tagtägliche Bürotätigkeit und Tanzkunst mit ihnen redend. Darf ich beifügen, daß mir Tatsache zu sein scheint, ich schriebe weniger um etwaigen Lohnes, also weniger um des Geldes willen als vielmehr lediglich des Anziehenden wegen, das in der jedesmaligen Angelegenheit, im Objekt, für mich liegt, und darf ich mir das zu glauben bitten? Ich finde z. B., daß das Schreiben gleichsam Hand in Hand mit dem Leben geht; es ist mit ihm verflochten; meiner Ansicht nach darf und soll das so sein. Soviel in Bezug auf die Bedeutung oder die Macht der Ablenkung von der sogenannten geraden Straße des Arbeitens, für die gar nicht von Belang ist, ob sie schnurgerade auf und davonlaufe, oder ob sie Abbiegungen, Abzweigungen in sich einbeziehe und mit sich nimmt. Erna? Sollte dies die richtige Heldinnenbezeichnung sein? Noch wage ich mich hierüber nicht zu äußern, wage nach dieser Richtung hin noch immer keine Entscheidung zu treffen. Dürfte ich denken, daß mir vielleicht schon heute nachmittag oder dann doch spätestens morgen früh das Wörtchen, das mich aus aller Verlegenheit befreit, einfallen wird?

Ich hoffe, es werde so sein.

Vor zirka fünf oder sechs Jahren langte ich in hiesiger Stadt an, die kein überaus großes, aber dafür bildhaftes, ausdrucksreiches Städtegebilde ist. Es mag elegantere, mondänere Städte geben als die unsrige, doch dafür genießt sie den Vorzug des Ursprünglichen, des Kräftigen, Unangekränkelten, worüber ich übrigens nicht viel sagen möchte, da mir das ganz und gar nicht zusagt, denn ich will hier ja eine Geschichte, nicht einen Essay herstellen. Ob wohl die Grundlage, das Fundament, das Gerüst für den ruhigen, sorglosen Aufbau schon vorhanden sein mögen? Ich stelle dies mit unerhörtem Mut den Eventualitäten anheim. Bricht die Geschichte zusammen, so würde ich mir halt sogleich irgend etwas anderes, etwas Neues vornehmen, da ich mich nie auf eine einzige Schaffensidee stütze, sondern regelmäßig innerlich darauf beruhe, daß es etwas Vorzügliches, Ausgezeichnetes in der moralischen Welt gibt: die Parallele, womit ich das sich nebeneinander hinziehende Zusammengehen verschiedener Absichten, Wünsche, Bestrebungen meine, die sich nicht täuschend wie Zwillinge oder Drillinge, aber doch einigermaßen ähnlich sind wie artig und glücklich miteinander auskommende Geschwister.

«Theoretisiere doch da nicht meilenlang und -breit», würde vielleicht jetzt jemand im Recht sein, mir zuzurufen. Bin ich es etwa selbst, der es mir zuruft; bin ich selber derjenige, der mir wie ein Kritiker freundlichmahnend auf die Schulter klöpfelt, als wenn er mich erinnern wollte, daß ich längst hätte dazu kommen sollen, zu eröffnen, ich sei zeitweise hier als Kanzlist angestellt gewesen und hätte einen im allgemeinen netten, brauchbaren und darum begrüßenswerten Posten preisgegeben, weil mir eine rundliche Geldsumme in Form einer wesentlich niedlichen Erbschaft in den Schoß oder in die Tasche gefallen sei. Auf Grund des Sümmchens, das unerwartet, wie aus dem bläulichen, weißgeäderten Himmel, einem Geschenk ähnlich, auf meine Schultern herabfiel, um mich mit seinem Gewicht lustig zu beladen, glaubte ich mich in schöner und vornehmer Ausschließlichkeit der Dichtkunst sowohl wie der Lebensvergnügtheit widmen zu sollen. Gleichzeitig hinterbrachte mir ein an sich treffliches weil unbescholtenes Mädchen, daß bei einer Witwe ein Zimmerchen, ein echtes Dichterzimmerchen zu haben sei, in das der Sonnenschein wie ein goldener Engel hineinfalle, um es mit Musiziereréien und Phantasievorstellungen zu bezaubern. Auf das mir nicht übel scheinende Anraten hin begab ich mich spornstreichs an Ort und Stelle, und die Sache hatte in der Tat ihre Richtigkeit, d.h. die Mietangelegenheit wurde, und zwar nicht ohne einige Grazie meinerseits sowohl als seitens der Vermieterin, formell abgemacht.

Nach einigen Tagen schon, nachdem ich in der neuen Wohnung wohnlich, d.h. heimisch geworden war, betrat ich sodann eine Vergnügungshalle, wo ich diejenige pompös-zierlich auftreten sah, in deren Erscheinung es mir gegeben war, mich mit einem Schwung zu verlieben, den ich keinesfalls bei einer Persönlichkeit gesucht hätte, die sich bis dahin durch Trockenheit, Vorsichtigkeit usw. hervorgetan hatte, wie die, die von mir repräsentiert wird. Ich hauchte bloß dies eine: «Bin ich bestraft oder belohnt, bereichert oder ein vollständig Ärmlicher, und ist es wirklich nur ein menschliches Etwas, wirklich keine aus dem Universum herabgeflogene Göttin, die ich mit den unnützesten, unwürdigsten Augen, die es je gab, schaue und sehe, großaufgerissenen Blickes in die Blindheit sinkend», und indem ich solches oder ähnliches Glücksgeflüster zu mir sprach, schien es mir um mich geschehen.

Aus Rücksicht darauf, daß sie noch unerschrocken und unverletzt unter den Lebenden weilt, lasse ich ihre Kostümlichkeit, die Farbe, die sie trug, den Schnitt ihres Gewandes, ihre Gesichtszüge, ihre Höhe, Größe und besonders ihre Art, wie sie sich frisieren zu lassen liebte, unbeschrieben. Ich brauche nur so viel zu bekennen, daß sie mir ausnehmend schön, unvergleichlich schön, unsagbar schön und in eben so unaussprechlichem Grad wertvoll vorkam, und daß ich sie von da an immer in der denkbar begreiflichsten und taktlosesten Art und Weise angaffte, worin ein für mich bis dahin nieerlebtes und -empfundenes Glück lag.

Ich nahm mir also heraus, glücklich zu sein, und die Mitteilung dieses Umstandes führt mich auf den Gedanken, ich sei damals gewissermaßen, was meine Schriftstellerei anbetrifft, stecken, haften geblieben. Ich könnte sagen, ich sei damals ein bißchen geistlos gewesen, hätte keinerlei arbeiterliche Energie in mir lebendig zu machen verstanden. Alles in allem hatte ich es um jene Zeit erstens mit einer Witwe, die ich an sich sehr nett fand, zweitens mit deren Dienstmädchen oder Aufräumerin, die mir an sich ebenfalls ungemein gut gefiel, drittens mit schriftstellerischen Versuchen, die mir nicht gelingen wollten, viertens aber mit genannter Maschine zur Hervorbringung höchsten Entzückens mitten in mir zu tun.

Bereits schien mich mein Ideal einigemal minimal beachtet zu haben, was ich schon für überaus viel hielt, indem ich es als die blühendste aller Freundlichkeiten auffaßte. Sah ich dann dort im Kaffeehaus nicht eines Tages, als ich mich wieder einmal daselbst voll Seligkeit aufhielt, einen anziehenden, jugendlichen Lakaien dem Lift entsteigen, der sich scheinbar als ein glänzend funktionierendes Verkehrsmittel auswies? Wie käme ich dazu, über jene holde Zeit voll bedeutsamen «Unsinnes» einen Vorhang vollendetster Schweigsamkeit und nicht zu übertreffender Zurückhaltung herabfallen zu lassen? Mir gebrach es damals, mit einem Wort, an der Schreibtechnik. Sämtliche Unbehülflichkeiten, die ich fabrizierte und in einer sich nicht ziemenden Simplizität verfaßte, wurden dem ahnungslosen Absenderlein jeweilen mit verbindlichstem Dank zurückgeschickt. Also war ich damals, mich mit Verfassereien befassend, die keine Flügel besaßen, sozusagen nicht auf der «Höhe». Flügel der Arbeitsamkeit und Liebhaberflügel sind eben zweierlei.

Erst viel später eignete ich mir Routine an. Vielleicht darf ich heute diesbezüglich sagen, daß mich ausgiebiges Michtummeln in dem, was man Wirklichkeit nennt, brauchbar werden ließ; durch allerlei Bewegung im äußerlichen Leben öffnete sich mir nach und nach ein inneres, und das bißchen Glück oder Anerkennung, das ich mir mit meinem Schriftstellern erwarb, das gleichsam gewachsen war, verdankte ich der Unaufhörlichkeit des Umstandes, daß ich betreffs Empfinden, persönliches Wünschen auf eine mich in gewissem Sinn erquickende Reihe von Hindernissen stoßen mußte und durfte.

Ich fing an, dadurch denken zu lernen, daß ich so lebhaft wie möglich zur Einsicht kam, wie ich ja eigentlich bloß vergessen hätte, zu wissen, daß ich im Grunde dessen fähig sei.

Unter den Bändchen, von denen ich zu sprechen versprach, wofür in vorangegangenem Abschnitt gesorgt worden ist, befand sich eine gewisse Cheminéegeschichte. Ich begreife heute kaum noch, wie ich so etwas je las.

Einstweilen lasse man mich ein bißchen Atem holen. Sogleich soll übrigens weitergefahren werden.

Wie bin ich bei der nur leisesten Vorstellung, die Anstrengung, die sich auf den schon vorliegenden und noch folgenden Blättern abspielt, könnte mir mißlingen, unmutig gegen mich gesinnt, gestimmt; wie zittere ich beispielsweise förmlich vor Verachtung gegenüber mir selbst, wenn ich mir einbilde, es könnte möglich sein, daß mir die Schilderung des Liebeserlebnisses mißlänge, das ja den eigentlichen Gegenstand einer Arbeit bildet, worin ich mir auf das festeste untersagte, Schützengrabenepisoden oder dergleichen anzubringen, die in diesen unseren friedensuchenden Nachkriegstagen störend wirken würden, d.h. geneigt sein könnten, eher einen Mangel an Interessiertheit als eine aufrichtige Teilnahme auszulösen. Nun können ja anderseits Liebesaffären verhältnismäßig uninteressant ausfallen; ich bin überzeugt, daß es eine derartige Möglichkeit, eine solche «Gefahr» hier für mich gibt. Nichtsdestoweniger fahre ich mit vielleicht überhaupt noch nie dagewesener Unerschrockenheit im Berichterstatten oder Erzählen fort und teile zunächst formell oder rein prinzipiell mit, es sei meine Meinung, daß eine Novelle eher in der Lage sei, Einbildungshaftes, Erfundenes zu vertragen als ein Wirklichkeitsbericht, dessen Wirkungen an genaue, wahrheitsgetreue Angaben geheftet zu sein haben. Letzteres ist mit gegenwärtigen Bemühungen der Fall. Nun muß oder aber darf man nach meinem Dafürhalten mit der wahrheitsmäßigen Berichtablegung «irgend etwas anzustellen wissen», d.h. man wird etwas Kompositionelles damit vornehmen, eine Aufgabe, der ich mich anläßlich dessen, was hier vor sich geht, lebhaft unterziehe, indem ich etwas so Lesenswertes wie möglich hervorzubringen versuche, und gerade deswegen «bebe» ich ja so sehr und bin um meiner geringen Kräfte willen in einem Meer von hin- und herwogenden, wellenähnlichen Zweifeln, von denen ich nur hoffen kann, daß sie mich nicht verschlingen werden, was ich für außerordentlich schade hielte. Allgemein gesagt, glaube ich, daß derjenige Schriftstellersmann oder Bediente im Dienste des Schriftwesens am sichersten und unbesorgtesten schreibt, der es mit Freuden, der es gern, d.h. mit voller Lust und Liebe tut, der im Schreiben, im Schweben über die zahlreichen Schwierigkeiten hin, die man vielleicht mit einer Art von Abgründigkeiten vergleichen kann, ein Vergnügen, und zwar ein möglichst auserlesenes, seltenes, findet.

Vergangene Nacht kam mir Folgendes in den Sinn, das vielleicht etwas Belustigendes enthält: Was das Element des Komischen betrifft, so kann man es ernst nehmen, und was die Bedeutung des Ernsten oder Tragischen anbelangt, so kann man etwas Lustiges, Komisches darin entdecken. Letzthin berührte mich beispielsweise anläßlich eines Theaterabends das Finale von Mozarts Oper Don Juan beinahe ein bißchen belustigend, was ich mich keinen Augenblick verhindern will, ehrlich herauszusagen. Das Tragische bedeutet meinem Gefühl oder meiner sogenannten Anschauung nach die eine Hälfte der Erdkugel oder des Erdenlebens, während man dem Komischen, haargenau so viel Wichtigkeit darstellend, die andere, ebenso große Hälfte auszumachen erlauben wird. Ich für mich empfinde dies ganz einfach als ein ethisches Grundgesetz, worüber natürlich viele, die über solche Erscheinungen nachdenken, anders zu urteilen sich genötigt sehen können.

Licht und Luft und Helligkeit seien für Häuser das weitaus beste, dachte ich gestern auf einem kleinen Abendspaziergang, als ich an Wohnhäusern vorbeizugehen Gelegenheit hatte, die sich allzu sehr hinter «schützendem» Wachstum, wie z.B. lebenden Hecken, verbargen, die bloß Straßenstaub aufbewahren, wie etwa in Gemächern viele unnötige Nippsächelein auch nur so eine Art Erhalter und Aufbewahrer ungesunder Luft sind, weil sie vielfach in ihrer schnörkeligen Niedlichkeit staubig bleiben.

Bilden solche Zwischenbemerkungen für mich etwas wie Ausruhegelegenheiten oder etwas wie Brücken, die ich über die Momente, wo mir vielleicht gerade nichts Neues mitzuteilen einfällt, tiefbaumeisterähnlich wie über Flüsse schlage, die überbrückt werden müssen, wie man es in der moralischen Ordnung bei vorkommender Unartigkeit, Störrischkeit zu tun pflegt?

Unsere Stadt zeichnet sich durch wäldliche Umrahmtheit aus. In einem von den Wäldchen oder Wäldern, die sich nach dieser oder jener Richtung hin ausdehnen, sah es gestern allerliebst, gleichsam flatterig aus. Das Waldinnere hatte irgend etwas Gesprenkeltes, lustig durch allerlei Lichterchen Belebtes, Geteiltes, Unterbrochenes, Beleuchtetes. Der Anblick besaß etwas Harmloses und zugleich Umgarnendes, und wie ich so in diesem reizenden Spitzen- oder Garniturhaften umherging, fielen mir frühere Gänge durch andere Wälder ein, wovon ich vielleicht noch reden werde, sobald der passende Anlaß da sein wird, was bald der Fall sein kann. Einen Knaben will ich ebenfalls zunächst noch nicht erwähnen, sondern ihn mir gleichsam aufsparen, als sei es einstweilen noch nicht schicklich, als würde ich es sozusagen vorerst noch nicht für gegeben erachten, ihn vorzuführen. Vorläufig kann ich immerhin gestehen, daß es ein Sohn aus anscheinend bester Familie ist und daß er mir längst aus dem Gesichtskreis entschwand, wie mir manches sonstige, das ich wertschätzte, vom Zufall oder von des Lebens Notwendigkeit gleichsam entführt worden ist. Was Liebe betrifft, so ist dies eine Welt, die man ebensogut geringschätzen und als nebensächlich empfinden wie hochheben und als hauptsächlich hinstellen und -pflanzen kann. Wie man sieht, bin ich mir der Zweibedeutigkeit von etwas Schönem und Gutem vollkommen bewußt, und ich werde wohl bitten dürfen, mich weder für einen einseitig schwärmenden Schäfer noch für einen ausgemachten Zyniker und Vernichtiger halten zu wollen, was Extremlichkeiten wären, die für mich nicht maßgebend sind. Merkt man denn nicht schon der Schreibweise an, deren ich mich hier bediene, daß ich Leidenschaftlichkeit nicht auf meine Fahne habe malen oder zeichnen und sticken lassen? Wohl darf man sich zuweilen als Mensch leidenschaftlich-unbesonnen benehmen, aber für den Schriftsteller ziemt sich in jeder, also auch in dieser Hinsicht eine heitere, gemächlich liebende und deutende Überlegenheit, das versteht sich ja eigentlich schon ganz von selber, und man entschuldige eine Auslassung, die überflüssig ist, weil man ihren Inhalt still voraussetzt.

O, wie betrug ich mich gegenüber jener Erna närrisch, die nichts dagegen einzuwenden haben wird, daß sie den

Namen beibehält, der ihr verliehen wurde. Sagte doch einer der größten Dichter, die existiert haben, daß Name bloß Schall und Rauch sei, was man freilich nicht allzu wörtlich zu nehmen sich erlaubt, wenn man manches mit einem Namen verknüpfte Vorteilhafte in Betracht zieht. Man wird den Ausspruch jenes Dichters als einen philosophischen auffassen müssen oder dürfen, und nun spreche ich plötzlich von einem vielleicht zweiunddreißigjährigen Menschen, dessen etwas blasse, zarte Bekanntschaft mir eines Sonntagvormittags in einem Wirtschaftsgärtchen zufiel, und mit dem ich auf die gesprächigste Art und Weise, uns über eine Menge von Gegenständen verbreitend, in solch ein Wäldchen spazieren ging, wie sie sich parkähnlich um die Stadt herumziehen, wo wir uns, behaglich miteinander plaudernd, auf eine Bank setzten. Einer der Gesprächsstoffe, die wir sozusagen aus der Schatulle gemeinsamer Unterhaltung hervorzogen, bezog sich auf Goethe, wonach wir gleichsam wie auf «Verabredung», d.h. so, als habe es sich von selber gegeben, auf eine Gefolgschaft weniger großer, immerhin ansehnlicher, d.h. moderner Schriftsteller, die durch literarische Erzeugnisse im Verlauf ihres Schaffens von sich hatten reden machen, zu sprechen kamen. Das Wetter war bei Anlaß des Zusammenseins mit diesem jungen Vertreter von Bildung und Wissen sehr schön. Ich erinnere mich eines leisen, feinen Windchens, das mit der ihm eigenen Annehmlichkeit sowohl durch die Blätter der hochaufragenden Bäume wie um unsere beiden Köpfe oder bedeutenden und unbedeutenden Stirnen glitt und strich, womit ich durchaus keinen schlechten Witz gemacht, sondern etwas ausgesprochen haben möchte, das zur Zulässigkeit sowohl wie zur in uns allen vorhandenen, uns von allem Stolz von Zeit zu Zeit wohltätig ablenkenden, menschlichen Unzulänglichkeit Beziehung hat. Ich möchte hervorgehoben haben, daß ich da mit einem durchaus ernstzunehmenden jungen Menschen sprach, und gehe nun da so ins Ungewisse, d.h. nein, nicht ganz so, vielmehr in etwas Zigeunerisches, das derjenige demonstrierte, der von Erna behauptete, sie sei sein ein und alles, womit ich mich selbst meine.

Ich siedelte nämlich sehr häufig aus einem Wohnplatz, aus einem möblierten Zimmer ins nächstbeste andere, wodurch ich mich ganz einfach bloß ein bißchen belebte, mir Abwechslung zu verschaffen gesucht habe, was man, wie ich hoffen darf, wenigstens einigermaßen wird begreifen und daher wird billigen können. Mußte es für mich nicht ein allerdings, aus gewissem Gesichtspunkt gesehen, rügenswertes Vergnügen sein, mich in mancher Häuslichkeit «neugierig» umzublicken? Man sollte zwar nie neugierig, sondern immer eher nur wissensbedürftig usw. sein, aber mußte es nicht äußerst nett für mich sein, verschiedenartigst eingerichtete Appartements und die Qualität von verschiedenen Treppenhäusern festzustellen? Fast jedes Haus weist ja einen besonderen Charakter, eine beinahe nur ein einziges Mal vorkommende Färbung, Mutmaßlichkeit, Stimmung auf. Hier sind Treppen aus Stein, dort aus Holz. Hier denkt man beim Anblick eines Wohnraumes an etwas Miniaturhaftes; dort wieder mahnt uns der Eintritt in eine Wohngelegenheit an die Möglichkeit der Existenz von sogenannten Gemächern oder Sälen. Was den Begriff Fenster betrifft, so kommen gewiß ebensooft und ebensogern kleine und geringfügige wie große, stattliche Öffnungen darbietende vor, und was mich betrifft, so gebe ich natürlich den größeren Fenstern vor den engen, nur karge Aussicht gewährenden den Vorzug.

Mir wird ganz bauherrenmäßig zu Mut, und ich scheine mich beinahe zum Architekten zu entwickeln, wenn ich mich so baulich und wohnlich ausdrücke und interessiere.

Bald wohnte ich eine Zeitlang bei einer aus durchaus eigenem Ermessen, also freiwillig aus ihrem Dienst ausgetretenen Krankenschwester, bald wieder bei einer Gemüsehändlerin. Im ersten Fall handelte es sich um ein mit Balkon ausgestattetes, und im zweiten und letzteren um ein Hofzimmer.

Die Zimmeraufstöberei, d.h. die Suche nach einem Schaffensatelier und zugleich geeigneten Schlafbehältnis, gestaltete sich für mich ja jeweilen, ersuche ich höflich zu bedenken, zu einer Spaziergänglichkeit und Gliederbelustigung im Freien ersten Ranges. Heute staune ich beinahe über die Tatsächlichkeit meiner Gesundheit, ohne im mindesten mit dem körperlichen Wohlsein prangen zu wollen, was mir nicht als sehr fein vorkäme. Aber ich bin mir und dem Gott über uns immerhin dankbar, klage mich aber der Saumseligkeit, des mir geradezu lachhaft vorkommenden Zögerns bezüglich der Erklärung an, die ich abzulegen garantiert habe, als mir einfiel, ein Büchelchen zu erwähnen, das die Geschichte vom Goldfabrikanten und seinem Gehilfen enthielt. Ich hatte mir nämlich etwa ein Jahr lang zur sehr merkwürdigen, eigentlich ein bißchen komischen Gewohnheit gemacht, erstens solche Bücherchen sehr eifrig zu lesen und zu studieren, um unmittelbar darauf und zweitens aus dem Gelesenen eine eigene Erzählung, d.h. irgendwelches Possierliches, Witziges, Selbstisches, Vergnügtes, Tändelndes herauszuholen, über welchen Umstand, der ein literarisches Kuriosum gebildet haben mag und gewesen sein dürfte, ich zweifellos nähere Auskunft schuldig zu sein scheine; denn die Sache mit dem Herauszupfen, Hervorrupfen von Schreibanläßlichkeit aus einem fremden Erzeugnis, wie ich sie zu meinem lebhaftesten Leidwesen zeitweise betrieben habe, hat, wie ich vermuten darf, Aufsehen hervorgerufen.

O, Goldfabrikant samt deiner hilfreichen Hand, wie bedächtig las ich dich!

Im großen und ganzen konzentriere ich mich, ich setze dies als ziemlich gewiß und mit der Versicherung der Dienstbeflissenheit voraus, auf den Aufenthalt bei der Witwe, schon darum, weil sie nachsichtig mit mir war.

Da ich hier keinen Roman, vielmehr bloß, wie ich dies ja bereits auszusprechen mir erlaubt habe, eine sich in angemessene Länge ziehende Kurzgeschichte schreibe, die auf absolutestem Eigenerleben fußen muß, so lautet nämlich der Auftrag, dem ich mich widme, so brauche ich mir auch gottlob keinerlei Sorgen wegen einer allfälligen Romanidee zu machen. Ich bedarf da also ganz und gar keiner «Ideen», sondern ich soll und will lediglich einer Kette von Erlebtheitserscheinungen den denkbar statthaftesten Ausdruck verleihen, indem ich um möglichst angenehme, gefällige Einteilung besorgt bin. In meinen Augen ist nämlich die Pflicht, sich beim Schreiben von Selbsterlebtem einen gewissen, erträglich scheinenden Zwang in bezug auf Form usw. aufzuerlegen, etwas ohne weiteres Annehmbares. Meiner Ansicht nach hat sich ein Schriftsteller Mühe zu geben, so zu schreiben, als säße oder stände er in einem Salon und erzähle anwesenden netten, für das, was sich schickt, empfindlichen Menschen mündlich eine nicht gar zu amüsant sein sollende Geschichte; denn wer zu sehr belustigt, wer in keiner Weise davor zurückschreckt, die Ursache von allzuviel Fröhlichkeit zu werden, den hält man nicht für einen Bürger sondern ganz einfach bloß nur noch für einen Narren. Man darf ein Lächeln, aber kein Gelächter mit dem, was man an Unterhaltung darbietet, erwecken, und wer nicht verachtet sein will, muß, wenn er spricht, so zu sprechen und sich so zu äußern suchen, daß sich bei seinen Zuhörern ein wünschenswerter Grad von leichtem, passendem Ernst bemerkbar macht. Bezüglich der Kunst der Unterhaltung gilt dies bei mir als eine unumgängliche Vorschrift, und was ich da rede hat mit Gekränktheit oder Bosheit nichts zu tun, selbstverständlich jedem im Allgemeinen sein Portiönchen Erfreutheit von Herzen gönnend. Prinzipiell bin ich der Meinung, daß die Menschheit möglichst glücklich sein darf, da dies ja heute eine weitverbreitete, ja, man kann vielleicht sagen, allgemeine Anschauung ist, der ich unter keinen Umständen entgegengearbeitet haben will.

Im Schoße einer Familie, um von etwas anderem zu sprechen, schrieb ich in einem Dachkämmerchen, das mir diejenigen, zu denen ich zu wohnen gekommen war, einräumten, eine Art Roman, über den ich allerlei zu sagen haben werde, wobei ich mich kurz und bündig fasse, wessen ich meine Leser im Voraus vergewissern möchte.

Das intelligenteste, lebhafteste Mitglied jener Familie

war die eine der beiden Töchter, mit der es sich ungemein gut plaudern ließ, und die ich um ihrer anerkennenswerten Eigenschaften willen die Tüchtige nenne; die ich vielleicht eines Tages gebeten hätte, mich für ihren jederzeit sich um gutes Übereinkommen bemühenden Gatten zu halten, wenn ich mir nicht würde haben vorhalten müssen, daß ich selber ebenfalls nützlich und tüchtig sei, und daß zwei ähnlich Tüchtige eigentlich nicht so recht zusammenpaßten. Sie besaß außerdem eine etwas zu sprachgewandte Zunge, um deretwillen mir in bezug auf die Denkbarkeit einer Verehelichung begreifliche Bedenken aufstiegen. Gerne würde ich vorbringen, daß ich zur Mutter dieser Tüchtigen gesprochen hätte: «Wenn Ihr Fräulein Tochter nicht die Tüchtigkeit selbst wäre, so könnte ich mich entschließen, mich ihr in vollem Umfang zu weihen.» Offen gestanden entspräche jedoch eine Aufzählung der Stattgehabtheit eines solchen Gespräches auf keine Art der Wirklichkeit, weshalb ich das Vorgetragene dementiere.

Was das Buch betrifft, das ich damals schrieb, es war dies zu einer Zeit dicht vor dem Aufenthalt bei der Witwe, mit der ich meine Leser bereits ein wenig bekannt gemacht habe, so ist dieses Manuskript nie gedruckt worden, weil es zahlreiche Fehler hinsichtlich der Wirklichkeit enthielt. Unter anderem phantasierte ich in jenem übrigens umfänglich nicht allzu starken Werke von einer Liebesszene, wobei der Held des Romanes vor einer Frau von Welt in die Knie sank. Wenn sich dies nun tatsächlich mit mir irgendeinmal zugetragen hätte, so würde die Zärtlichkeitsbeschreibung in Ordnung gewesen sein. Da sie sich aber auf eine sogenannte dichterische Einbildung stützte, so wurde sie mit Recht als wertlos, oder doch wenigstens, was ihren Wert anbelangen mochte, als anfechtbar taxiert.

Ferner faselte oder phantasierte ich in jenem Manuskript von einer Banknote, die der Held der Erzählung eines Tages einem Mädchen aus dem Volk auf ungemein generöse Weise zum Geschenk gemacht habe, was sich neuerdings als eine Phantasiertheit ablehnenswertesteter Art entpuppt hat.

Doch das Prächtigste und Schönste ist die Kutsche oder Karosse, die in dem Roman von mir vorkam, den ich hier, wie man sieht, einer ruhigen und freundlichen, aber, was Wahrheit des Geschehens anbetrifft, mitleidlosen Kritik oder Besprechung unterwerfe.

In besagtes Fuhrwerk ließ ich bei prächtigstem Wetter unerwartet einen Abenteurer zu einer Schönen äußerst behende hineinspringen, um ihr zu versprechen, zukünftig ihr Beschützer oder etwas dementsprechendes zu sein, was ein wunderhübscher Auftritt gewesen wäre, falls er sich in Wirklichkeit ereignet hätte und er die Bedingungen der Theorie der Unerläßlichkeit des Tatsächlichen beim Geschehnishaften erfüllt haben würde, was sich aber mit der scharmanten Gedichtetheit und Ausklügelei wiederum nicht bewahrheitete, natürlich zu meinem überaus großen, nachherigen Bedauern; denn alle Verleger, die einst Zutrauen zu mir gehabt hatten, weigerten sich, ein Werk in ihren Verlag aufzunehmen, dem man mannigfaltige Unwahrheiten anmerkte.

Der Held eines wirklich wertvollen Produktes der Literatur darf sich nicht so betragen, daß er sich nicht in einem fort, in allem, was er tut und spricht, mit dem Verfasser decken läßt: so, und nicht anders lautet eine der bemerkenswertesten Vorschriften hinsichtlich der Büchermacherei, und ich zolle derartiger aufmerksamer Kontrolle meinen ungeteilten Beifall, obschon sie sich um jene Zeit gegen mich selbst richtete, wodurch mir ein gewisser Schaden entstanden sein mag, den ich aber dadurch zu überstehen in die Lage kam, daß mir jene besprochene nette Erbschaft zufiel, die mir gestattet hat, mich in aller Behaglichkeit und pekuniärer Gesichertheit gleichsam auf mich zu besinnen.

Ein Buchhändler und Verleger, dem ich um jene Zeit eine Reihe Artikel zur Herausgabe in Buchform anbot, sandte sie mir mit der stolzen Bemerkung zurück: «Mein sehr geehrter, aber anscheinend nicht sehr emsiger, pflichteifriger Herr, wissen Sie nicht, daß ich sämtliche Bücher, die ich versende, eigenhändig verpacke und zuschnüre und auch noch eigenhändig und -beinig zur Post trage? Nehmen Sie sich an mir ein Beispiel.»

Da es heute Sonntag ist, will ich es beim diesmal Angeführten bewenden lassen und mich vom Schreibtisch erheben.

Soeben läßt sich das Schallen eines Glöckchens vernehmen. Morgen wird zeitig und hurtig weitergefahren. Auf Erna zurückzukommen wird mich freuen.

Endlich bin ich da also sozusagen in mein eigentliches, mir, wie es mir vorkommt, von der Vorsehung als Turn- und Tummelplatz angewiesenes Gebiet hineingeraten, aus etwas Phantastischem hinaus in etwas Tatsachenhaftes hineingeglitten. Nicht oft und nicht aufrichtig genug scheine ich mir hiezu gratulieren zu können, denn wohin, in welche Lächerlichkeit hinab, würde ich gelangen, wenn ich mir in den Kopf setzte, fortzufahren, Geschichten zu verfassen, die etwa mit den Worten anfingen: «Der Vorhang flog zurück, und eine hochaufgerichtete Frauengestalt zeigte sich in gebieterischer Haltung und mit ungefähr ebensolcher Miene ihrem über einen so überwältigenden Anblick in jeder Hinsicht und nach allen Richtungen hin tiefbenommenen, zugleich erschrockenen und entzückten Liebhaber, der selbstverständlich in seiner Freude, seine Geliebte wiederzusehen, körperlich sowohl wie seelisch zu schlottern begann. Momente lang herrschte tiefes Schweigen, bis sie mit einem prachtvollen Brustton sprach: ‹Du wagst es, Dich überhaupt nochmals vor meinem dich mit gebührender Geringschätzung strafenden Antlitz blicken zu lassen? Entferne dich!›»

Wie sähe es in einem Zeitalter, wie es das unsrige ist, das an nüchtern-praktischen Einrichtungen und Meinungen nichts zu wünschen übrig läßt, aus, wenn sich ein Dichter oder Schriftsteller herausnähme, sich von einer so überspannt-romantischen Seite zu zeigen. Erinnere ich mich doch, vor noch nicht allzu langer Zeit einer Zeitschrift ein Manuskript eingesandt zu haben, das der Herausgeber des Blattes, das ich mit meiner Einsendung zu beehren oder zu beglücken dachte, mit der belehrenden Bemerkung schleunigst wieder in meinen Besitz wandern ließ: «Für unzeitgemäße Späße bin ich zu meinem Bedauern unempfindlich, mein lieber Herr Romantiker, oder wie Sie sich sonst angeredet haben wollen, und wenn Sie im Sinn haben sollten, mir nochmals irgendeine Arbeit aus Ihrer Feder zuzuwenden, so ist es dringend nötig, daß Ihnen vorher einfällt, daß ich mich an einer Entwicklung eifrig beteiligt habe, die nicht aufzuhalten gewesen ist, und mit welcher die gesamte denkende Menschheit Schritt zu halten für erforderlich fand.» Immerhin darf ich hier beifügen, daß mich ausgerechnet in den Tagen, als mir Obigangebrachtes arrivierte, zwei Führende, was Bildung und Kultur betrifft, zu Ehrenabonnenten ihrer Organe oder Wochenschriften ernannten, freilich in der Voraussetzung, daß ich mich danach benähme; und nun gebe ich mir ja dann auch die denkbar größte Mühe, nicht übermäßig aber doch einigermaßen ernsthaft zu sein, nämlich ungefähr so, wie es unter gebildeten Menschen gang und gäbe, will sagen, willkommen ist.

Nebenbei gesagt, finde ich es ja allerdings beinahe ein bißchen schade, daß ich hier zugunsten eines mir zur Vorschrift gemachten annehmbaren Betragens vielleicht eine ganze Menge von Lustigkeiten in die strikteste Nichtbeachtung sinken lasse. Inzwischen fällt mir folgendes ein, das ich auf die Gefahr hin, in einen «Fehler» zu fallen, gutmütig vorbringe:

Einmal war einer vorhanden, der nicht reich war, der es aber anscheinend schrecklich gern gewesen wäre, weil ihm das Verdienen des täglichen Auskommens Mühe bereitete. Uns allen geht es vielleicht im Grunde so. Der Reichtum ist an sich gewiß etwas Wunderschönes. Nun saß der Besagte eines Tages, während das Wetter eine wahre Liebköselei an Annehmlichkeit bildete, in einer ländlichen oder städtischen Gartenwirtschaft, wo es sich zutrug, daß ihm statt eines vornehmen, schimmernden silbernen bloß ein bescheidener bleierner Löffel neben den Teller gelegt worden war. Als er dies wahrnahm, wurde er beinahe bleich vor Furcht, man könnte ihm den schlichten Löffel etwa deshalb gegeben haben, weil man ihn nicht für reich sondern für ziemlich arm halte. Erstaunt, verblüfft, entsetzt sprang er von der Bank, auf der er Platz gewonnen hatte, auf, um gehörigen Ortes eine verhalten-flammende Reklamation anzubringen. «Bin ich eigentlich der, der ich zu sein scheine oder irgendein weniger in Frage Kommender und ins Gewicht Fallender?» fragte er, wonach ihm geantwortet worden zu sein scheint: «Bitte, beruhigen Sie sich. Sie können so reich oder so arm sein, wie es Ihnen beliebt, so ist jedenfalls die Hinlegung eines ärmlichen Löffels neben Ihren geschätzten Teller bloß eine auf Zufälligkeit beruhende Tatsache, die Sie ersucht sind, nicht ins Tragische zu ziehen. Potztausend, wie Sie feinfühlig sind! Ihnen kommt es offenbar auf Schritt und Tritt auf nichts so stark an, wie auf die Ehre, die aber doch wohl nicht das Allerwichtigste und -nächstliegende im Leben sein kann, und die man daher besser nicht allzuspitzig nimmt.» Durch solche freundliche und menschliche Aufklärung entwaffnet, gab er sich einigermaßen zufrieden, wenn auch die Löffelgeschichte immer noch bis zu einem gewissen Grad in seinem durch eine Kleinigkeit aufgewühlten Wesen fortzitterte. Sehenswert war, wie seines Gesichtes Betroffenheit allmählich, d.h. mit einer Langsamkeit, die er für durchaus nötig halten mochte, verflog, Stück für Stück derselben für eine dramatische Gewaltigkeit haltend, woran er sich gleichsam sattaß.

Für eine sehr gute, brauchbare Art von Weltgewandtheit und Gescheitheit halte ich anhaltende Inanspruchgenommenheit, die derart sein darf, daß man beispielsweise nicht einmal Zeit findet, Briefe zu beantworten, die einen in hohem Maß interessierten, was momentan bei mir der Fall ist, dem Redensarten auf der Lippe schweben, wie etwa: «Entschuldigen Sie, wenn ich Ihnen zu vernehmen und zu beherzigen gebe, daß mir mein Pflichtenkreis zur Zeit nicht erlaubt, mich mit Ihnen zu befassen, weshalb ich Sie um gütigste Geduld bitte.»

Mir fällt bei dieser Gelegenheit ein: Einmal, es ist dies schon recht lange her, saß ich mit jemand zusammen, der sich an die übrigen, die ihm und mir Gesellschaft leisteten, in dem Augenblick, als ich den Mund zum Sprechen öffnete, mit dem Ausruf wandte: «Jetzt fängt er an», so, als wenn ich nun wieder einmal, einer Plausibilität, einem Ruhm, Ruf oder einem Herumreden gehorchend oder irgendein Gerücht bestätigend, Lustigkeitsfeuerwerke abzufeuern gewillt gewesen wäre, was ich jedoch in jenem Moment keineswegs im Sinn hatte. Ich erinnere mich aufs lebhafteste, wie mich die Schablonierung, Abstempelung meiner schließlich nicht lediglich aus Spaßhaftigkeit bestehenden Art und Weise aus der Stimmung, d.h. aus der guten Laune brachte, die eben nun einmal bei jedem etwas Feines, Leichtausdemgleichgewichtzubringendes ist, die man überhaupt bei keinem allzu bequem voraussetzen sollte. Die Zurechtweisung, die ich bei jenem Anlaß dem Ausposauner meiner anscheinend-speziellen Eigenart erteilte, fiel freilich zu derb aus, was in solchen Fällen bedauerlicherweise zu geschehen pflegt. Werden wir verstimmt, so gelangt eben unsere Verstimmtheit auch zum Ausdruck, wozu wir nicht berechtigt sind, was aber jeder Seelenkenner ganz natürlich finden wird. Die Voraussetzungen der Lustigkeiten werden von einer Art Erdreich des Ernstes gebildet, worin wächst, was amüsant ist; auf der andern Seite gedeihen Ernsthaftigkeit und Zuverlässigkeit in einer genügend dichten Schicht von Lebenslust.

Arme Erna, wie sie warten muß, bis ich endlich neuerdings von ihr rede. Vielfach ließ sie sich in Gesellschaft einer Begleiterin blicken, mit der ich sie das eine oder andere Mal lebhaft und eigentümlich gestikulieren sah, was sich selbstverständlich allerliebst für mich ausnahm. Entweder traf ich beide auf der Straße oder im Salönchen an; sie machten den etwas altväterisch anmutenden Eindruck der schwesterlichen Unzertrennlichkeit, der mich, wie sich dies ja gar nicht anders denken ließ, vorbehaltlos entzückte; denn wer mir lieb ist, an dem liebe ich eben einfach alles, seine Gepflogenheiten, Begleiterscheinungen, was ohne weiteres verständlich sein dürfte.

Werde ich nun vielleicht etwas über meine Gedichte mitzuteilen haben, die ich schon sehr früh als jugendlicher Mensch schrieb, die später vielleicht etwas zu luxuriös herausgegeben wurden, und die es mir jetzt einfiel, Erna als eine Art von Huldigung zu übermitteln? Welch unüberlegter Streich das von mir war!

Leise tritt anderseits die Verpflichtung an mich heran, die «Zweite» vorstellig zu machen, nämlich diejenige, die ich ziemlich bald nach der Ernazuneigung liebte.

Nebenbei erwähnt, korrespondiere ich heute, d.h. zur gegenwärtigen Zeit mit einem sich um die wichtigsten Probleme bekümmernden, anscheinend irgendwelchen Aufstieg versprechenden oder darstellenden, zweifellos ernsthaft mit sich ringenden Intellektuellen.

Aber zuerst habe ich die Gedichte-Angelegenheit zu ordnen. Hätte ich ihr die Reimereien vielleicht lieber nie einsenden sollen? Wirklichkeit ist immerhin, daß dies geschah, und da ich es hier hauptsächlich auf das, was wirklich in bezug auf mich vor sich ging, absehe, so ergibt sich, daß mir die Obliegenheit entsteht, mich hierüber zu äußern, gleichviel, ob ich das mit Vergnügen tun würde oder nicht.

Um auf Mozarts Don Juan zurückzukommen, dessentwegen ich mich bereits einmal verlauten ließ, so fällt ohne Schwierigkeit auf, daß dieser Gestalt jedenfalls das Verdienst beizumessen ist, viel von sich reden, mancherlei über sich denken, raisonnieren gemacht zu haben. Don Juan stellt den Schlechten dar, über den so und so viele Gute immerhin zu etwas wie ihrer Erquickung ehrlich haben staunen, an dessen Auftreten sie sich ein mahnendes Beispiel haben nehmen dürfen, und dessen Figur zahlreiche Kunstbeflissene, wie Dichter, Maler oder Komponisten zu vielfachen Darstellungs- oder Symbolisierungsversuchen begeistert hat. Eine derartige Tatsache, was die Belebung der Moral betrifft, wird man meiner Ansicht nach eher Grund haben, in Betracht zu ziehen als zu ignorieren; denn von solchem Sichbewußtwerden hängt gerade für eine Allgemein-Entwicklung viel ab.

Ich wünschte, daß sich die Schlechten nicht zu schlecht, die Guten ihrerseits nicht zu gut vorkämen.

Ich vermag mich eines übrigens kaltblütigen, also vollkommen ruhigen, frohlockenden Lächelns nicht völlig zu erwehren, wenn ich mir sage, daß ich gestern Abend unter der Meinung litt, meine begonnene Kurzgeschichte befinde sich auf einem unrichtigen Geleise, daß ich jedoch heute früh deshalb nicht die geringste Sorge mehr nähren zu müssen glaube. Für möglich muß ich immerhin halten, daß mich mein Glaube täuschen kann, was ja für jeden Gläubigen überhaupt gilt, aber Glaube und Zuversicht werden für um so wertvoller, stärker gehalten, auf je zarteres, schwankenderes Selbstvertrauen sie sich stützen. «Ich traue mir nicht recht, aber ich glaube mir» rede ich zu mir selber, und ich werde ja erleben, wie sich dieser Spaziergang ins Gebiet meines Erlebnisses hinein entwickeln wird, das mich problemhaft, mit den rätselhaften Augen des noch nicht Gelöstseins, anschaut, und das auch ich ähnlich anschaue. Schon nur, daß ich jetzt etwas wie eine «Pflicht» übernommen habe, stimmt mich froh, und wenn ich bis jetzt anscheinend ziemlich fleißig theoretisiert habe, so tat ich dies mit vollem Bewußtsein, nämlich, um mir eine Basis oder eine Art Rahmen zu schaffen, in den ich das Gemälde dessen, was ich im Sinn zu bilden habe, mit aller Vergnügtheit würde hineinmalen können. Was das Theoretisieren betrifft, so kommt es ja lediglich darauf an, ob es sich interessant gebe oder ermüdend; ersteres ist natürlich letzterem bei weitem vorzuziehen. Die Theorie ist ganz einfach sozusagen eine «Welt» in und an sich, und diese Welt erfordert so gut ihre Darstellung wie die praktische, mit andern Worten, die Theorie ist weiter nichts als eine «etwas andere» Wirklichkeit. Die Praxis ist die eine Art von Wirklichkeit und die Theorie die brüderliche oder schwesterliche. Darf ich hoffen, den gewiß überaus geduldigen, sanftmütigen Leser mit dieser offenherzigen Erklärung befriedigt zu haben? Ich füge noch bei, daß ich Theorie für unpassend in Fällen halte, wo sie uns ähnlich einem Schulknaben, der die Schulstunde «schwänzt», gleichsam entwischt; sie darf eben nicht ausreißen, womit ich sagen will, daß sie sich als nichts anderes geben darf, als was sie ist, und daß sie, insofern sie ehrlich und gehorsam ist, ihre Statthabung findet. Unter keinen Umständen irgend etwas vorgaukelnd oder vorschwindelnd, beispielsweise mehr aus dem Helden dieser Geschichte, nämlich aus mir selber gestalten wollend, als was ich mir den Eindruck mache, daß ich sei, hie und da womöglich eine örtliche oder zeitliche Veränderung im Interesse der Lesbarkeit und des guten Geschmackes, gerade herausgesprochen, vornehmend, was mir nicht als in einem Widerspruch zur Wirklichkeitstheorie stehend vorkommt, fange ich zunächst nochmals saftig und kräftig an, mitten ins Herz oder Allerheiligste des Tempels der Theorie hineinzulustwandeln, um im allgemeinen über die Frauen den gewiß annehmbaren Gedanken anzubringen, daß es nützlich und schön sei, sie zu kennen, daß es aber ebenso nützlich oder eventuell noch viel schöner sei, ihnen auf Grund genauer Kenntnis ihrer Art beizustehen, zu dienen, indem man sich vielleicht bemühen würde, ihnen weniger in die empfindsamen Seelen hineinzusagen, wie sie sind, als ihnen vielmehr mit der Andeutung zu begegnen, was sie unter den und den Umständen aus sich zu machen imstande sein könnten. Gewiß ist es ja mit Opfern verbunden, Aufklärungen zu verbreiten, und dies gilt nun nicht mehr bloß für die Frauen allein sondern geht die Menschheit überhaupt an, so groß und so vielversprechend sie sein mag.

Mit dem Abschnitt, der von meinen Gedichten handeln wird, hoffe ich denen Vergnügen zu verschaffen, die die Gewogenheit haben wollen, ihn seinerzeit zu lesen. Ich selber freue mich auf kommende betreffende Abhandlung im Voraus aufrichtig. Welch ein Glück ist es für mich, daß ich aus dem harten Kampf mit kunsttechnischen Befürchtungen als stiller Sieger hervorging, und so kann ich um so munterer auftischen oder zu Gehör tragen und bringen, ich hätte heute morgen gedacht, in welch starkem Grad erstens die Tonleiter bedeutsam sei, indem sie sich ja zur Grundlage aller vorhandenen Musik gebrauchen lasse, die in ihren Ausgebildetheiten nachher kranke Herzen großartig tröste, niedergeschmetterte Seelen gütig wiederaufrichte, fröhliche, gesunde Gemüter ans Vorhandensein der Wehmut, des Schmerzes mahne; zweitens es aber auffalle, daß die Eltern in ihren Wohnungen sich vielfach oder vielleicht zum größten Teil immer noch aus der Erziehung der Kinder nicht viel anderes oder besseres als ein Privatvergnügen machen, indem sie zu ihrer Freude die Kinder gern sich einfältig benehmen lassen. Aber andererseits, so stellte ich mir wieder vor, wer würde es wagen, in die Familienkreise hineinzudringen, um Vätern und Müttern die natürlichste Erholung und Erheiterung zu Gunsten einer Erziehungstheorie zu untersagen, die, wenn sie auch die beste der Welt wäre, dennoch einen Irrtum darstellen könnte, womit ich eröffnet haben möchte, daß ich die Familienfreuden für unerläßlich halte, auch wenn sie den Bildungsbestrebungen hinderlich sind, mit denen man es meiner Meinung nach nicht allzu genau nehmen darf, ähnlich wie die Saiten eines klängebergenden Instrumentes nicht allzu straff angezogen werden dürfen, wenn man wünscht, sie blieben im Brauchbarkeitszustand. Mir scheint, es sei vorzuziehen, wenn etwas, das überaus wichtig ist, mangelhaft walte, als gar nicht.

Doch nun hervor mit Dir, Du mir geradezu eine glänzende Beute bildender Schulkamerad! Meintest Du etwa, Du entschlüpftest meinen Aufmerksamkeiten? Da kanntest Du mich schlecht!

Schon die längste Zeit lauere ich ihm schriftstellerisch

auf, den ich nunmehr mit unleugbarer Wucht anpacke. Schulkameradschaft in spätern Tagen, o, wie drollig scheinst Du mir zu sein! Wie ich mich freue, ihn abzukonterfeien. Zunächst dies: er will größer, bedeutender sein, als er in Wirklichkeit ist, was er fraglos deshalb tut, weil er die Wirklichkeitstheorie entweder nur teilweise kennt oder sie ihm total fremd ist. Man kann behaupten, daß er sich sozusagen niedlich, graziös, d.h. etwas naiv aufbauscht. In der Sprache des Charakterisierens nennt man das blähen. Richtig, richtig, er bläht sich, mit andern Worten, er meint, meint sich furchtbar. Er hält es z.B. für eine kolossale Leistung, daß er eines Abends einer reisenden Engländerin auf ihre Anfrage hin, wo sie wohl schicklicherweise übernachten könne, sein Heim zu diesem Behuf anbot. Seither meint er, er sei ein Kenner Englands. Solch eine Vermessenheit! Warte, dir will ich! Ganz zufälligerweise brachte er es zum Hausbesitzer. Speziell hierauf bildet er sich überraschend viel ein. Er läuft euch mit einer Meinung von sich herum, daß euch unwillkürlich die Lust ankommt, davonzulaufen, wenn ihr ihn wahrnehmt. Seine Eingebildetheit entsetzt mich nämlich ganz einfach. Bei allem dem ist er von einer schreckenerregenden Gutmütigkeit. Seine Harmlosigkeit fällt gebührend auf. Meine freundschaftliche Ereiferung für den Gegenstand läßt mich keine andern als kurze Sätze flechten. Später komme ich immer noch früh und rasch genug zu den denkbar längsten. Seitdem er sich emporraffte, an ein Fräulein die Worte zu adressieren: «Würden Sie's mit mir, was die Gesamtheit des Lebens betrifft, versuchen wollen?» kommt er sich als etwas Vollkommenes und daher Unantastbares vor. Gleichwohl taste ich ihn hier mit sehr merkwürdiger Schonungslosigkeit, unter Berücksichtigung geringfügigster Rücksichtnahme, an, d.h. so, als sei es nicht im Entferntesten nötig, ihn um Erlaubnis zu bitten, ob ich das auch tun dürfe. Meine Berechtigung, ihn zu porträtieren, scheint sich auf vollendetster Wirklichkeit zu gründen.

«Du mißfällst mir», glaubte er mich eines Vormittags vor ungefähr zwölf, nein, nicht vor so viel, sondern bloß vor zirka acht Jahren anreden zu sollen.

Zur Strafe, daß er das zu mir zu sagen wagte, was etwas wie eine Anmaßung von ihm gewesen zu sein scheint, entwerfe ich nun diese Skizze hier, die ich für nachweltfähig halte, denn mir kommt vor, sie gehöre zum Schneidigsten, was mir je aus der Schreibfeder hervorfloß oder -sproß. Er scheint zu phantasieren, er verfüge über zahlreiche Bediente; ich weiß das, und infolgedessen füge ich es dem bereits über ihn Gesagten bei. Einmal kaufte er in Florenz, er vergißt nie, zu glauben, daß er sich tatsächlich einmal kurze Zeit dort aufgehalten hat, eine Statuette, was aber keineswegs beweist, daß er über Kunst ein auch nur dünnes und dürftiges Verständnis besitze oder sein eigen nenne. «Wie es dem Armen hier übel geht», hätte ich unwillkürlich Lust, mir einzureden, aber eine Löwenstimme brüllt mir zu: «Kein Erbarmen!» Zur Zeit sieht er schon lebhaft mithergenommen aus. Mit welchem Satanismus ich das konstatiere! Seine Frau ist weniger hübsch als er, der Schurke, als den ich ihn erkläre, weil er einzig deshalb eine unauffallende Frau heiratete, damit ihn die Eifersucht nicht heimsuche, von der er klug genug gewesen zu sein scheint, zu vermuten, daß sie seine kostbare Gesundheit zu untergraben fähig wäre. Daran, daß die Eifersucht ein Tapferkeitsgradmesser ist, dachte er nicht, obgleich er mit der Miene eines Alleswissers einherstolziert, dem ich hier ein Denkmal von bleibendem Wert setze.

Die Sache ist die, daß er einmal mit mir in dieselbe Schulklasse ging, und daß er jetzt hochgradig böse auf mich ist, weil ich ihm das Empfinden übermittle, er bewege mich nicht dazu, ihn zu bestaunen, deshalb, weil er's zu etwas gebracht habe. Er zürnt seinem ehemaligen Schulkameraden, weil dieser es seiner Meinung nach zu nichts brachte, dennoch aber seine Fröhlichkeit nicht verloren hat. Dieser Umstand bringt ihn auf, weil er ihn nicht zu fassen vermag. In bezug auf meine Schriftstellerei vertraute er mir mit einer belachenswerten Gebietermiene und -stimme an, er vermöge nicht klug daraus zu werden, er begreife jedesmal nicht, ob ich es ehrlich mit meiner Sprechweise meine oder nicht. Er weiß also nicht recht, ob er mich für aufrichtig oder für unaufrichtig halten soll, womit er natürlich weder seiner Intelligenz noch seiner Gemütsart das allerbeste Zeugnis ausstellt.

«Du solltest so dichten und schreiben, mein Lieber, daß es mir leicht einleuchtete», besaß er mir gegenüber die Unverfrorenheit zu beantragen. Es ist klar, daß mir der Antrag als eine Lächerlichkeit vorkam, an der ich keinen Augenblick zweifelte.

«Ich habe es zu etwas gebracht; du aber nicht; folglich bist du mir jedesmal, wenn ich dich sehe, im Wege.» Eine solche oder ähnliche Sprache führte er, von der man sagen darf, sie sei die blühendste Herablassung, zugleich aber die mitleideinflößendste Ungemütlichkeit selbst gewesen.

«Da du's zu etwas brachtest, so sei doch ruhig. Erfreue dich deines Eszuetwasgebrachthabens», erwiderte ich und meinte ich ihn besänftigen zu müssen, doch er mißtraute mir, wie er mich auch jetzt noch in der denkbar ausgedehntesten Art und Weise mit seinem Mißtrauen bekränzt, krönt, schmückt und auszeichnet.

Er hat es offenbar geistig noch nicht so weit gebracht, um zu wissen, daß der Mißtrauische stets demjenigen indirekt schmeichelt, den er solcher Bedenklichkeit würdigt. Weil ich es zu nichts brachte, fürchtet er mich. Was für eine unermeßliche Sottise! Was für eine innere Armut im äußeren Hauseigentümerszustand! Er ist ein Gemachter, ich nicht. Er kämpft nicht mehr, er hat es nicht mehr nötig, ich aber habe es gottseidank noch nötig, und weil ich etwas, das sehr schön und lieb und angenehm ist, noch nötig habe, beneidet er mich. Er sieht, daß ich immer lache, wenn ich ihn sehe. Ich tu es nicht laut, sondern bloß so mit dem Gesicht. Er vermag also ganz einfach die Wirklichkeit meines Gesichtes nicht zu ertragen. Fort von ihm und auf die Gedichte losgesteuert jetzt! Ich befehle mir das, als wäre ich mein Hauptmann, und als sei es dringend erwünscht, mir zu gehorchen. Schwer, dessen bin ich mir bewußt, versündigte ich mich mit dieser Schulkameradenabbildung. Doch warum besitzt er ein Haus und ich keins? Um dieses Umstandes willen seien mir meine Spötteleien hoffentlich verziehen. Ich für mich finde sie nicht schlimm. Was er dazu sagt, danach braucht meiner Ansicht nach keiner von denjenigen zu fragen, die ich mit dem, was ich sprach, unterhalten zu haben glaube. Bis auf weiteres darf man mich für einen Bösewicht halten. Doch schnell noch einen kleinen Beitrag betreffs Besteuerung von Einwohnern, die es zu nichts im Leben brachten, wie Poeten usw.

Auf eine amtliche Einladung hin, mich zu einer Taxationsbesprechung in die Büros, die hierfür vorhanden sind, einzufinden, ging ich dorthin, wo mich ein Beamter mit dem Gutachten zu beruhigen bestrebt war, ich sei seiner Auffassung nach, und da ihn die Poesie glauben mache, sie sei zart und schonungsbedürftig, ungefähr wie ein Dienstmädchen einzuschätzen, wonach ich erwiderte: «Ich bin Ihnen für milde Betrachtungsweise ungemein dankbar, und Ihre Klassifizierungsgabe hat für mich selbstverständlich etwas durchaus Erquickliches. Die Poesie geht in der Tat gern seit alten Zeiten schon in dienendem Sinn von Haus zu Haus und kann in Wahrheit ebenso leicht als weiblich wie als männlich empfunden oder genommen und genossen werden.»

Infolge dieses Gespräches wurden sowohl der Steueranordnende wie der Steueraushändigende oder -berichtigende in Sachen Situationswürdigung einig.

O, welch eine Sehnsucht ich habe! Was für eine Sehnsucht könnte das sein? Wenn man mich das fragen würde, so könnte es Wirklichkeit werden, daß ich mich bezüglich einer den Erfordernissen genügenden Antwort in die eminenteste Verlegenheit geworfen sähe. Seelisches ist ja solch ein Rätsel, eine solche Vereinigung voller Widersprüche. Fange ich hier an zu klagen? Pfui! Als wenn das eines aufrechten Fahnenträgers des Schriftstellerberufes würdig wäre! Aber ich will gestehen, daß ich eine außerordentlich schlechte Nacht hatte. Vielleicht ist es das, was mich so melancholisch macht. Bin ich denn aber wirklich und wahrhaftig melancholisch? Wäre es möglich, daß ich das für wahr hielte? «Fluch dir, du elende, erbärmliche Fessel, du Knechtschaft, die ich mir betreffs der Verwirklichung der Wirklichkeitsidee auferlegen ließ», könnte ich heute früh beinahe die größte Lust haben, mit der lauttönendsten Stimme auszurufen, was ich aber «wieder einmal» selbstverständlich aus dem Gefühl des verfluchten, verabscheuenswürdigen Anstandes heraus säuberlich unterlasse. Es scheint mir bewußt zu sein, was für ein hochanständiger Salonmensch ich geworden bin. Bin ich in jenem «Salönchen» solch eine Salonerscheinung geworden, als ich mich aufs reizvollste von Schlagsahnenmanieren umschlossen und umgeben sah? Wirklichkeit scheint in der Tat zunächst zu sein, daß ich Sehnsucht in mir verspüre, grimmig meine «Revolutionslocken» zu schütteln. Wie sich da schon wieder die Salönchenallüren geltend zu machen belieben! Wenn ich doch dies niedliche, zierliche Zeug «zerschmettern» könnte, aber ums Himmels willen, wäre denn das nicht in jeder Hinsichtsdimension jammerschade? Mir kam übrigens, ich bitte hunderttausend Mal um Entschuldigung, der vielleicht geradezu ungeheuerliche, höchst abenteuerliche Gedanke, ob mich nicht vielleicht gerade die Frauen total mißverständen. Doch was kann es mich groß kümmern, ob ich verstanden oder falsch aufgefaßt werde? Als wenn es mir nicht vollständig schnuppe sein müßte, ob man mich gütig und liebreich oder abneigungsvoll und ungünstig ansähe oder beurteilte. Heute früh scheint sich in der Tat zu bewahrheiten, daß es mir gleichgültig ist, ob man mich mit einem Süßholzgesicht oder mit einem Sauerkrautantlitz betrachtet. Aha, da fällt es mir endlich gottseidank ein: ich dachte nämlich zu meiner Freude sowohl wie zu meinem sehr feinen, leisen Schmerz an das Vorhandensein, d.h. an die Tatsächlichkeit der Parallelbestrebungen, über deren Eigentümlichkeit ich mich bereits sehr sorgfältig geäußert habe. Interessiert es mich denn wirklich, die jetzige Aufgabe weiterzuverfolgen? Auf diese Frage habe ich trotz allem, was ich gegen dieses Problem einzuwenden haben könnte, nichts anderes als ein kräftiges, entschiedenes Ja in Bereitschaft; denn was ich begonnen habe, muß, muß nun einmal weiterangestrebt sein; es ist dies für mich ein Evangelium; es ist dies für mich eine eiserne, eherne, steinerne oder marmorharte Vorschrift, als wenn sie mir vom himmlischen Vater selbst erteilt worden wäre. Ein Zurück gibt es jetzt also nicht mehr, sondern es existiert für mich in dieser Beziehung bloß noch ein befehlshaberisches, unweigerlichen Gehorsam an der Tagesordnung erklärendes Vorwärts. O, wie ungern ich dies alles einsehe, wie gern, mit welch versilbertem, vergoldetem oder vernickeltem Vergnügen ich in diesem Augenblick, der mir um solch lieben, frommen Wunsches willen kostbar vorkommt, wieder irgendeine vielleicht ganz einfältige, aber dafür lustige Geschichte erzählte, deren ich allerdings, bei näherem Bedenken, sehr viele, vielleicht überhaupt nur schon allzuviele verfaßt und in die weite Welt hinausgesandt habe, mir vermutlich meinen guten Ruf, wenn nicht vollständig so doch zum Teil verdorben habend. Ich sagte neulich zu jemand, der sich mit allen Zeichen der Befreundung gewissermaßen an mich anschloß, es könne sich als notwendig ergeben, daß ich als eine Art büßender Heinrich von Trotzkopfia nach einem reueheischenden, hohnvoll auf mich herunterlächelnden Canossa laufen oder doch wenigstens marschieren und pilgern müsse. Sehr ernst, d.h. bedeutungsvoll schwieg derjenige, zu dem ich dies sprach, zu der ihn vielleicht gar nicht als sehr unwahrscheinlich berührenden Eröffnung. Ich spreche hier von einem jungen Intellektuellen, der in meinem «Erlebnis» irgendwelche, d.h. keine ganz unbeträchtliche Rolle spielt, was sich davon herschreibt, daß mich aller Wahrscheinlichkeit nach die jungen intelligenten Leute gleichzeitig verachten und schätzen, gewissermaßen zu gleicher Zeit, gleichsam in einem und demselben Atemzug, liebhaben und als einen Schädling ansehen, was ich mich verpflichtet gefühlt habe, hier anzubringen, weil diese Angabe oder dieser Hinweis keinerlei Zufälligkeit, keinerlei Laune darstellt, sondern für das, was bei mir Wirklichkeit ausmacht, charakteristisch ist. Die sogenannte junge Welt beschäftigt sich nun einmal zum Teil lebhaft mit mir, wofür ich ihr meinen wärmsten Dank auszusprechen folgerichtigermaßen bemüht bin. So wurde z.B. gestern Abend von Angehörigen der aufwachsenden Intelligenz konstatiert, daß ich verstrubeltes, verworrenes, revolutions-generalhaftes Haar mit mir herumtrage. Mit Napoleon ließ sich einst ein Arzt nach Ägypten mittransportieren, dessen Porträt mir in der Wohnung eines angesehenen Einwohners meines Geburtsstädtchens mit den nötigen Aufhellungen gezeigt wurde, auf was ich zu reden gekommen bin, weil ich mich habe bewegen lassen, mangelhaft gekämmtes Haar zu erwähnen, das zu den genannten Zeiten etwas wie Mode gewesen zu sein scheint. Heutzutage ist diesbezüglich die peinlichste Geordnetheit, die allergrößte, ausgesprochenste Geglättetheit Mode. Ich gehe wohl kaum fehl, wenn ich annehme, daß wir uns im Zeitalter der Ausgleichungsbemühungen befinden. Glätten, streicheln, schmeicheln, zärtlich, zuvorkommend, hilfreich, dienstfertig sein: in diesen Eigenschaften, in solcher Art scheint unsere gegenwärtige Gesellschaftlichkeit zu gipfeln, und ich bin der letzte, der es unternehmen würde, zu einer Institution der Gegenseitigkeit, zu einer Herausmodellierung des wirklich gesitteten Menschen Nein zu sagen, dessen langsames Entstehen ich vielmehr beinahe jubelnd, d.h. jedenfalls freudig begrüße, denn es scheint mir Zeit zu sein, daß wir uns alle bemühen, uns ein bißchen zu bessern, innerlich und vielleicht auch äußerlich zu verschönern und das Leben anders begreifen, feiner verstehen zu lernen, als wie es bisher der Fall gewesen sein mag.

Ich löse nun vorläufig mein Versprechen, in Bezug auf die Gedichtbucheinsendung an Erna tunlich Auskunft zu geben, ein, dadurch, daß ich zur Mitteilung gelangen lasse, wie ich ihr aus dem Witwenmansärdchen heraus schrieb:

Vollkommen verehrtes und hochgeachtetes
Fräulein.

Zunächst dies: o, wie sind Sie jung! Sie sind lustig, drollig und bedeuten für meine Sie vergötternde Seele einen Gegenstand tiefstempfundener Gerührtheit. Sie rühren mich deshalb, weil ich Sie liebe, und ich liebe Sie deshalb, weil ich absolut nicht weiß, weshalb ich's eigentlich tun muß, aber weil es der Fall ist, übersende ich Ihnen hier meine in der Leipziger Buchdruckerei und -binderei gedruckten und gebunden wordenen Verse, gleichsam als ein Zeichen, daß es vielleicht das höchste Glück ist, verliebt sein zu dürfen, nicht nur dem Anschein nach sondern in Wirklichkeit verliebt, wie es sich bei mir verhält. Die Gedichte selbst glühen vor Glück, von Ihren holden Augen, die groß wie Perlen sind, die in der Meerestiefe unten wachsen, was vielleicht lediglich poetisch und nicht der Richtigkeit entsprechend gesagt ist, wahrgenommen, angeschaut zu werden, und meine Hand, die Ihnen diese Epistel schreibt, zittert ganz poetenhändeähnlich. Ich liebe Sie also jedenfalls unbeschreiblich, aber um mich Ihnen näher vorzustellen, erzähle ich Ihnen mit Ihrer gütigen Erlaubnis, daß ich, seit ich Sie zum ersten Mal sah, nicht mehr anders kann als Sie schön finden, derart, daß Sie für mich die Schönste sind, obgleich Sie in Wirklichkeit vielleicht nur die Dritt- oder die Viertschönste sein mögen, und daß ich einer bin, der sich eines Nachts recht spät nach Hause verfügte und an der Haustüre plötzlich zu der sehr unangenehmen Überzeugung kommen mußte, daß er den Hausschlüssel oben in seinem Zimmerchen auf dem Schreibtisch hatte liegen lassen, und dem nun ein junger Angehöriger der besseren bürgerlichen Kreise, der im selben Haus wohnte, glücklicherweise in diesem tragikomischen Moment dadurch aus der Verlegenheit herauszuhelfen kam, daß er seinerseits das verwünschte sowohl wie erwünschte Instrument bei sich hatte, nämlich, wie Sie ahnen werden, den Hausschlüssel, womit er die zugeriegelte Türe in eine offene verwandelte.

«Darf ich mit hineinspazieren?» fragte ich mit gebührender Höflichkeit.

«Darf ich meinerseits die Frage an Sie richten, ob Sie derjenige sind, der dichtet?» fragte er, und ich bejahte seine Frage, die mir als durchaus passend vorkam, und trat hinein und war natürlich dem jungen Menschen für die Artigkeit, die er an den Tag oder vielmehr an die helle Mondnacht legte, dankbar.

O, wie kleinbürgerlich ich Ihnen gewiß hiemit jetzt erscheine, Fräulein, aber wenn Sie gestatten, so berichte ich noch von etwas anderem, nämlich davon, daß ich eines Nachmittags, um die Zeit nach dem Abendessen, bei einem durchaus nicht unbedeutenden Bekannten saß, den ich plötzlich, d.h. in einer für ihn völlig unerwarteten Art und Weise fragte, ob er glaube, daß ich Feinde hätte. Ich vermochte mich nämlich «seit einiger Zeit» nicht vom seltsamen Gefühl loszulösen, meine Existenz bilde für manchen etwas Unangenehmes, irgend etwas, was man nicht willkommen heißen kann. Er schaute mich rasch, d.h. mit einem nichts- sowohl wie vielsagenden Blick an und antwortete: «Was Sie vermuten, scheint zu stimmen, aber gewiß, lieber Freund, besitzen Sie auch Freunde, und es dürfte sich vielleicht als eine Wirklichkeit ausweisen, daß die Zahl Ihrer Freunde annähernd die gleiche sei wie die Schar oder Anzahl Ihrer Herrschaften Gegner, aber weshalb kommen Sie auf eine solche ganz und gar nicht zu dem Bilde, das man sich von Ihnen mit Vorliebe macht, passende und stimmende Unerfreulichkeit zu reden, die ja für mich sowohl wie auch für Sie ganz einfach eine überaus grandiose Nebensächlichkeit ist, so viel scheinbare Wichtigkeit sie speziell für Sie besitzen mag?» Auf diesen Bescheid hin sah ich mich natürlich sogleich zu einer Art Umkehr oder Drehung veranlaßt, womit ich andeuten will, daß ich für geziemend hielt, von etwas anderem, d.h. von etwas Unpersönlichem anzufangen zu sprechen. Als wenn nicht beinahe jeder seine Freunde sowohl wie seine Gegner hätte, die ihm das Leben sowohl angenehm wie sauer machen; denn zum Süßen gesellt sich instinktiv das Saure, zum Schönen das Unschöne; das wird doch wohl notwendig so sein müssen.

Wie es mich übrigens wundert, daß ich gerade Ihnen, einem so jungen Mädchen, so ernsthaft zu schreiben vermag, weshalb Sie gewiß beinahe Nachsicht gegenüber mir auszuüben nötig haben, wozu ich Sie eigentlich keineswegs das Recht habe zu veranlassen, aber stellt man denn nicht gern eher an die Jugend als an das Alter die Zumutung der Beherztheit, doch nun gestehe ich Ihnen, daß ich bei einer Frau wohne, die Witwe ist, die einen Gatten ertragen mußte, den sie nicht auszustehen vermochte, und die sich nun vielleicht für mich, wie man sagt, ein bißchen interessiert, mit der ich jedenfalls hin und wieder in der Küche recht lebhaft plaudere. Da sie sich häufig in der Küche aufhält, finden eben unsere Gespräche in diesem und in keinem andern Teil ihrer Wohnung statt, und wenn wir zusammen reden, so pflegt es meist vorzukommen, daß sie währenddessen sitzt, ich indessen stehe, was vielleicht lediglich deshalb vorkommt, weil in den Küchen gewöhnlich ein Mangel an Stühlen vorherrscht. In ihrer Küche ist es übrigens für eine Frau von zarter Gesundheit verhältnismäßig feucht und kühl. Das Dienstmädchen dieser Witwe sagte mir, nebenbei angebracht, bei irgendeiner Gelegenheit, ich bliebe wahrscheinlich am gescheitesten Junggeselle, was ich als einen sowohl unklugen wie sicher wieder ziemlich klugen Ausspruch aufzufassen versuchte. Jetzt aber, mein Fräulein, scheint es mir höchste Zeit zu sein, Ihnen zu eröffnen, daß ich von der Meinung erfüllt bin, zahlreiche meiner Zeitgenossen seien der Ansicht, ich sei ein fürchterlich mittelmäßiger Mensch, denn nicht wahr, ich dichte Sie ja hier eigentlich gar nicht an sondern schreibe Ihnen einen wahren Geschäfts- oder Vereinsmitgliedsbrief im trockensten Berichterstattungsstil. Früher, d.h. schon vor manchem Jahr, sagte mir einmal ein sehr gewitzigtes, aufgewecktes Mädchen ins kolossal feinfühlige Ohr hinein, sie sei von der Überzeugung durchdrungen, daß ich leidenschaftlicher schreibe als lebe, mich lebhafter am Schreibtisch aufführe als im Alltag, womit sie vielleicht auf etwas «sehr Eigentümliches», das sie ahnen mochte, anzuspielen beliebte, nämlich darauf, daß anscheinende Unwirklichkeit für mich inhaltreicher, d.h. wirklicher sei als die sogenannte, vielgerühmte und -gepriesene, tatsächlich vorhandene Wirklichkeit. Vielleicht sprach sie mich mit den Worten, die sie an mich richtete, unbewußt, unwillkürlich als einen Phantasten oder Dichter an. O, wie werden Sie mir zürnen, Fräulein, daß ich es wage, ein Dichter zu sein, denn ein Dichter sein bedeutet doch nun einmal nichts Geringeres und nichts Geschätzteres sein als das denkbar unnützeste, unbrauchbarste Möbel, als welches ich mich liebevoll vor Ihnen verbeuge, natürlich den Hut dabei abziehend, in der Voraussetzung, ich verfügte über einen solchen. Unsäglich lieb wird mir durch den Gedanken an Sie immerhin meine mich ans Empirezeitalter mahnende Mansarde. Meine Witwe oder Hausfrau ist Inhaberin eines Damenhutgeschäftes oder weiblichen Kopfbedeckungssalons, der ihr naturgemäß mancherlei zu sorgen, zu rechnen gibt. Schon einmal anerbot ich mich ihr als Gehilfen, der für sie, damit sie sich schone, korrespondieren oder Gänge in die Stadt besorgen würde, aber sie hat sich zu meinem Angebot noch nicht äußern wollen, vielleicht deshalb nicht, weil sie eine sogenannte wacker eingeschüchterte Frau ist, eingeschüchtert durch alles das, was sie erlebt hat, indem sie eben manches Ungute mit in

Kauf hatte nehmen müssen. Nun kann ich Ihnen versichern, daß ihr gerade ihre Schüchternheit sehr nett zu Gesicht und Betragen steht. Da sie mich schon ein paar Mal im Zustand einiger Herausgeputztheit hat die Treppe heruntereilen sehen, wobei sie vermuten durfte, ich hätte im Sinne, mich «sehen zu lassen», irgendwie und -wo «aufzutreten», so mag sie immerhin im Stillen von mir denken, ich wäre, was man einen «Löwen» nennt. Sicher haben Sie bereits in Erfahrung zu bringen verstanden, sind in die Lage gekommen, sich sagen zu lassen, was ein Salonlöwe ist. Doch genug hievon und lieber noch rasch, mit Ihrer Einwilligung, von etwas, das ich Ihnen gar zu gern anvertrauen möchte, nämlich davon, daß man manchenorts sehr neugierig ist, «wer» ich eigentlich sei, wie ich mich ausdrücken, benehmen würde, wovon ich etwa spräche, welche Meinungen ich aufwürfe, denn ich bin «ihnen allen», ich weiß das sehr wohl, viel zu still, sie sagen von mir, ich sei allzu verschlossen, aber das wurde bereits in frühester Jugend von mir gesagt, und ich verstehe nicht recht, weshalb man mich eigentlich immer anders haben will, als wie ich von Geburt aus bin. Wie ungalant es von mir ist, Ihre schönen Augen, die ich schon an und für sich anbetenswürdig finde, dadurch zu einer ungebührlichen Anstrengung zu veranlassen, daß ich Ihnen einen so umfangreichen Brief schreibe, was ich im Grund gar nicht für möglich gehalten hätte.

Wollen Sie auch dies noch mitanhören, daß ich früher Bücher schrieb oder verfaßte, worin ich mich gleichsam verkappt, maskiert habe, indem da etwas Ungezwungenes, irgendwelches Ungenaues bezüglich dessen, was als «wahr» anerkannt wird, mitspielt, nämlich, daß sich der Verfasser etwas eitel in den jedesmaligen Romanhelden abspiegelte, die er doch zum Teil erfand, denen er allzu viel, d.h. weit mehr Schönes, Bedeutendes andichtete, als wie es sich mit der Bescheidenheit, dem Mittelmaß, das ja eigentlich die Welt regiert, vertrug. Derlei Beschaffenheit, oder, falls man so sagen darf und will, Machwerk oder romantische Fabrikation, derlei Verschönerung, die sich aus strengeren, exakteren Grundsätzen nicht rechtfertigen ließ, derlei Aufbau von allzu rosigen und angenehmen Erscheinungen, vor allem derlei Selbstverherrlichung, Selbstschmeichelung sind mir im Lauf der Zeit von der Leserwelt teilweise arg übel genommen worden, und, wie ich Ihnen, mein Fräulein, in aller Aufrichtigkeit gestehen darf, nicht ohne Begründetheit, also ganz einfach bis zu einer gewissen Grenze mit vollkommenstem Recht.

Aber ich liebe ja jetzt, doch was werden Sie dazu sagen? Ich bin hierauf riesig gespannt. Übrigens erkundigte sich eine Persönlichkeit nach mir und meiner Schriftstellerei, die mir etwas wie eine kommerzielle Kapazität, etwas wie ein Handelskapitän zu sein scheint. Somit fahre ich gleichzeitig mit meiner vielleicht in mancher Hinsicht nur zu feurigen Phantasie auf den Meeren da draußen und finde mich wieder durch die lieblichste und daher faßbarste Hemmung, nämlich durch meine Zuneigung zu Ihnen, auf heimatlichem Boden eingewurzelt. O, wie freue ich mich, Sie ja sicher bald, ziemlich gewiß schon heute wiederzusehen. Mehr darf ich Ihnen zu lesen nicht zutrauen.

Beruht denn dies alles in der Tat auf Wirklichkeit, wie z.B. dieses, daß ich noch immer nicht das geringste Beben in den Beinen spüre? Ich richte mit einer Unwillkürlichkeit, an der ich keine Minute zweifle, die Frage an mich: «Wie alt bin ich denn jetzt nachgerade eigentlich?», und ich möchte mich bewogen fühlen, in den gewiß sehr gewissenszarten, verantwortlichkeitsreichen Ausruf zu fallen: «Ach, Freund», oder auch: «O, Freundin, warum bin ich noch so jung, warum kann ich nicht mit geziemender Ältlichkeit sprechen, auftreten, warum will oder kann sich noch immer nichts in mir biegen, schmiegen, oder weshalb ist dies offenkundig nicht in genügendem Maß der Fall. Ich wünsche nämlich heute beinahe, längst hätte in mir etwas brechen, mitten entzwei brechen mögen, ein unbeugsames, stolzes, freies, flottes, mutiges Etwas, ein Etwas, wovon ich mir im Grund gar keinen Nutzen verspreche, ein überflüssiges, luxuriöses, gleichsam gebirgshaft übereinandergelagertes Etwas, obwohl ich mich womöglich anderseits über sein vorläufiges Nochimmervorhandensein riesig freue. Selbstverständlich war ich wieder einmal gleichsam wie zur Abwechslung im Variété, vornehmer, d.h. passender gesagt, Kabarett, und ich lege mir diesbezüglich die ernsthafte Frage vor: «Wann wirst du dich endlich, endlich nicht mehr zu amüsieren begehren?» Klar ist mir immerhin in gegenwärtigem, sehr feinem Seelenmoment und zu dieser Morgenstunde, daß ich's hübsch fände, am Hals eines lieben Menschen, beispielsweise einer duldsamen Frau eine geschlagene Stunde lang aufrichtig zu klagen, ich meine damit nicht, irgend etwas oder irgendwen anzuklagen, nein, keineswegs, sondern bloß so ins Allgemeine hinein zu wehmüteln. Übrigens kann ich betonen, daß dies immerhin nur eine jetzt bereits vorübergegangene Stimmung gewesen ist, meinetwegen eine Art Wunsch, der sich inzwischen schon wieder aufgelöst, gleichsam aufgegessen, verspeist hat. Gewisse Wünsche, Neigungen sind gleichzeitig hohe Herrschaften und niedrige Dienerschaften, die befehlen und gehorchen, oder sie sind in ein und derselben Sekunde Mund und vorzüglich mundende Speise, und sie gleichen, so würde man vielleicht meinen können, dem Begriff Vater und zugleich wieder dem Begriff Kind oder Knabe und seien Mutter und Tochter usw. Jedenfalls findet man mich einstweilen artig und folgsam zu meiner Aufgabe zurückgekehrt, an deren Weiterführung ich mich selbst einige Tage lang verhindert zu haben scheine, indem ich einigen Alltäglichkeiten erlaubt habe, mich zu beanspruchen, wie z. B. Korrespondenzen mit diesen und jenen Personen es taten. Beinahe komme ich mir wie einer vor, der sozusagen die Flucht vor der Pflicht ergriff. Wie eine Art übrigens sicher sehr wertvoller verlorener Sohn kehre ich in vorliegendem Abschnitt zum übernommenen Auftrag zurück, ein Ichbuch zu schreiben. Ich bin gleichsam während dieser verflossenen paar Tage durch die braunen Wälder des Meiner-nicht-sicher-Seins, des Unentschlossenseins gelaufen. Hohe Phantasiebäume ragten über mir in den bläulichen, weißen Raum. Ist nicht jeder Baum ein Gedicht, und sind nicht infolge dieser Vergleichung alle Wälder Gedichtsammlungen? Ich meinte zwei Tage lang auf das aufrichtigste, ich hätte den Brief, den ich seinerzeit an Erna schrieb, vorenthalten, also nicht veröffentlichen sollen, hielt also diese Bekanntmachung für einen Fehler und lief deshalb in den Untröstlichkeitswäldern herum, als wenn ich selber würde haben Jagd auf mich machen wollen, als wenn ich Jäger und Gejagter in ein und derselben Person gewesen wäre. Heute kommt mir zum Glück jener Brief harmlos, demnach durchaus passend und anerkennenswert vor. Beweist er nicht unter anderem eine erstaunliche Trockenheit des Sehens oder des Auffassens? Dieser Brief stellt übrigens keineswegs ein photographisch treu abgebildetes Stück Wirklichkeit dar, sondern er beruht zum Teil auf einer immerhin vielleicht ganz hübschen Eingebildetheit. Ich meine, es gehöre zur Vervollständigung dessen, was wirklich ist, daß man sich hie und da etwas einreden oder einbilden dürfe, mit andern Worten, unsere Einbildungen sind genau so wirklich, wie es unsere sonstigen Wirklichkeiten sind. Das Gefühl ist nicht minder Wirklichkeit wie der Verstand. Dies dürfte mit geradezu phänomenaler Raschheit einleuchten. Natürlich bin auch ich des Glaubens, daß es im höchsten Grad nützlich sei, wenn man Einbildungen bekämpft, doch neige ich zur Ansicht, daß man es mit diesem Kampf nicht i-tüpfchenhaft genau zu nehmen braucht. Übrigens ist es für mich unabweisbar, mir zu gestehen, daß es durchaus kein großes Erlebnis ist, worin ich mich mit allen diesen Zeilen abspiegle, was vielleicht für die Literatur oder für die menschliche Allgemeinheit nicht von großer Bedeutung sein wird. Es hat sich, wie ich gestehen muß, in den letzten Tagen etwas in mir gegen die Art gesträubt, wie ich mich da ausschließlich mit mir selber abgebe. Ich lief in der starken Befürchtung durch die Straßen, es wäre denkbar, daß ich der Leserwelt eitel erscheinen könnte, aber wir sind ja, sobald wir irgendwo in Gesellschaft auftreten, oder Kultur treiben, ohne weiteres eitel, denn die Kultur selber ist ja gewiß nichts anderes als die Eitelkeit selber, sie muß sie sein, und wer ganz und gar darauf verzichtet, eitel zu sein, der geht verloren, oder er gibt sich preis. Hinsichtlich des Vorwurfes der Ichsucht bin ich also vollständig beruhigt, indem ich glaube, daß es kleinlich, schwächlich wäre, dem Ich und dem, was damit zusammenhängt, aus dem Weg zu gehen. Eine Erzählung im Ich-Stil oder in der Ich-Vortragsart erfordert eben an sich etwas wie Mut, was übrigens eine ganz schlichte moralische Erscheinung ist. Schlichtes Auftreten setzt immer ein bißchen Tapferkeit voraus, und mit dieser Art Tapferkeit aufs beste ausgestattet, bringe ich nunmehr vor, ich hätte in diesen bereits mehrmals erwähnten Tagen, die soeben an meinem Ich vorübergingen, indem sie Spuren, Falten, Einschnitte usw. in meinem Wesen hinterlassen zu haben scheinen, eine Frau kennen gelernt, die sich dadurch gleichsam reizend benahm, daß sie sich bedeutender gebärdet haben könnte, als die Wirklichkeit zuließ. Die Wirklichkeit runzelte gleichsam bezüglich ihres Benehmens, das etwas zu romantisch zu sein schien, die Stirne. Nicht ich runzelte über die Frau die Stirne, sondern das Wirklichkeitsprinzip tat dies, das mich all' diese Zeit über begreiflicherweise beherrscht, weil mich eine Wirklichkeitsgeschichte beschäftigt, die ganz und gar nicht den Zweck hat, besonders interessant zu sein, die vielmehr lediglich wahr sein will. Sodann bin ich mit einer ausgezeichneten Schrift ins vornehmste Kaffeehaus gegangen, um sie daselbst, von den Klängen einer Musikkapelle begleitet, aufmerksam zu lesen. Die Aufmerksamkeit meines Lesens glich in der Tat beinahe schon einem Studium. Ich glaube bestimmt, daß man sich in mir irren würde, wenn man dächte, mir wäre es mit meiner Schrift und meinem musikdurchdufteten und -durchsäuselten Kaffeehaus ums Hochstapeln oder um etwas dem ähnliches zu tun gewesen, was keineswegs der Fall sein konnte, da ich mich bei diesem Anlaß sehr still verhielt. Über die Möglichkeit, daß man mein Auftreten als hochstaplerisch empfinden könnte, lächelte ich stillvergnügt. Mir kam es ja hauptsächlich auf die Bewältigung von etwas Schwierigem an, indem es sich nämlich um eine höchlich ernsthafte, wissenschaftliche Schrift handelte, die mir um ihrer Exaktheit, womit sie sich mir entgegenstemmte, oder um ihrer Tiefe willen poetisch vorkam. Als Belletristiker fühle ich mich in keiner Weise berufen, auseinanderzusetzen, worin der hohe Wert dieser Schrift bestanden habe, die einen durchaus echten Gelehrten zum Verfasser hatte. Kam ich im übrigen nicht, nebenbei gesagt, zufälligerweise in diesen Tagen, von einem fast frühlinghaft warmen Herbstregelein genetzt, in ein altbekanntes, ländliches Haus, das eine Lesehalle enthielt, deren Wände mit allerhand altertümlichen Bildern geschmückt sind? Bewunderte und liebte ich dort nicht die blaubraune, blumenhafte Fensteraussicht? Diese Aussicht besaß für mich eine sprechende Ähnlichkeit mit einem Bouquet, so und nicht anders möchte ich sie charakterisieren.

Somit wäre ich wieder bei dem Knaben angekommen, auf den ich in einem der vorigen Abschnitte in Aussicht stellte, zurückzukommen, nachdem ich über so und so viel anderes gesprochen haben würde. Dieser Knabe ist von mir eines schönen Vor- oder Nachmittages in einer Anlage oder öffentlichen Promenade launenhafterweise fêtiert, will sagen, verwöhnt, verhätschelt worden, dadurch, daß ich ihn, weil er mir gefiel, mit einigen kleinen Annehmlichkeiten beschenkte. Dies ist in Wirklichkeit in bezug auf den Knaben alles, was ich mir vornahm, in dieser sich mehr und mehr in die Länge ziehenden Geschichte anzubringen, in die mit einer Gewißheit, die ich quasi freundlich belächle, recht bald schon der Abgesandte oder Vertreter eines Verlagshauses hereinzutreten Gelegenheit bekommen wird, als wäre die Geschichte vielleicht weniger ein Salon als bloß eine bürgerliche Stube, und als würde es draußen vor der Türe klopfen, und der Eigentümer des Zimmers rufe mit der ihm eigenen hellen Stimme: «Herein.»

Ich darf jedenfalls feststellen, daß ich von Neuem oder Frischem band und knüpfte, was bereits aussah, als falle es auseinander. Mir scheint, es sei mir gelungen, den Faden gewissermaßen wieder in die Hand zu bekommen, der sich mir vorübergehend entwand.

Was hatte ich nötig, wie kam ich dazu, meine Interessiertheit einem Zeitungsblatt zu widmen, worin von einer Theaterkrisis, verbunden mit einer Schauspieler- und Schauspielerinnenfrage, die Rede war? Daß ich dieses Leitartikellesen nicht lassen kann, das eine so zerstreuende, manchmal geradezu geistesabwesend machende Wirkung hat.

Sei mir willkommen, fallengelassene, preisgegebene Absicht. Du rührst mich, Bemühung, die ich im Stich ließ.

Wird vielleicht nun ein Gespräch stattfinden?

BRIEF FÜR ALLE

Viele Leute zeigen mir die erstauntesten, interessiertesten Gesichter. Gestern, zu übrigens bereits später Stunde, wurde mir der Anblick eines ungewöhnlich schönen Mädchens zuteil. Ich hatte das Mädchen schon mehrmals gesehen, aber sie hat gestern mit ihrer zugleich weichen und festen Gestalt einen besonders feinen, angenehmen Eindruck auf mich gemacht. O, was gibt es für schöne, gute, liebe Menschen! Es gibt Mädchen, die aussehen als wären sie körpergeformte Töne und klingende Blumen und duftendes Licht und gedichtete Düfte und unwahrscheinliche Wirklichkeiten und auf Wirklichkeit basierende Trugbilder und trügerische Lügen und mit seltsamer Geschicklichkeit erfundene und mit höchstem Talent zusammengelesene, aufrichtige Aussagen aus zaghaftem, triumphierendem Mund vor den Thron Gottes, und Hirtinnen, die zugleich Schäfchen sind, und Unanrührbarkeiten und wieder zugleich Erscheinungen, die bestimmt sind, in eine Unaufhörlichkeit hinein liebkost zu werden, so, als könnten sie bloß im Angefaßtwerden gedeihen, und wie gesagt, die Menschen sind noch nie, wie heute früh und gestern abend, überrascht gewesen; lange, fragende Blicke flogen umher, aber warum erzähle ich Ihnen das, warum füge ich frohlockend bei, daß mich eine Geduldige, Fügsame mit der Zusammengestelltheit aller ihrer Summen von Anmut spontan grüßte, und warum springt mir der Ausruf über die Lippen: «Ich beherrsche Sie», was vielleicht absolut keinen Sinn hat, aber ich glaube irgendwo gelesen oder gehört zu haben, daß vage, zufällig gesprochene Worte Wirklichkeit werden, und nun glaube ich des bestimmtesten, daß Sie mir unterliegen, und daß Sie sich deswegen beinahe etwas wie eine Ohrfeige geben, keine große, starke, vielmehr bloß so eine spöttische, und ich nehme an, daß Sie sich über sich lustig machen. Ich tat das ja auch schon oft, auch ich bin schon in die Lage geraten, die mich bewogen hat, mich auszulachen.

Mir kam gestern vor, als langweilten, enervierten, ermüdeten sich gegenseitig die Menschen; es war dies so eine Empfindung, man kann sagen, eine Alltagsstimmung. Sie haben sich also in mir sehr getäuscht, und über dieses Ihr Prachtexemplar von Fehler freue ich mich natürlich geradezu über die Maßen. Schade, oder vielmehr: nett von Ihnen, daß Sie sich bezüglich des Verhältnisses geirrt haben, das zwischen uns besteht. Fröhlich ist's, für wie schwächlich, für wie zimperlich, für wie kleinlich, für wie engherzig und egoistisch Sie mich hielten. Ich bin mit einmal groß, was ich so in den Vormittag, ins Zimmer hinein, auf diesen Streifen Papier hinschreibe; ich weiß nicht, ob das stimmt, was ich da sage, aber ich habe Lust, es zu sagen, und in einer Lustigkeit liegt eine hohe, ernste, tiefe Bedeutung. Und Sie werden mich nie zu Ihnen kommen sehen. Sie erwarteten, daß das geschehen wird, aber schon heute kann ich Sie versichern, daß ich die Eroberung eines Menschen gemacht habe. Vielleicht ist das gar nicht wichtig, aber eine Erwerbung kann weitere Erwerbungen zur Folge haben. Sie nahmen mir etwas, indem Sie sich dem Glauben überließen, der Ihnen vorplauderte, ich würde mir dieses Etwas holen wollen. Ich schenke es Ihnen aber, weil ich unbedingt groß vor mir dastehen will, nicht vor Ihnen, nicht vor der nahen Umgebung, nicht vor der abwägenden Gesellschaft, einzig vor mir, indem das ja auch vollkommen genügt, da ich mich lediglich an Ihnen ganz abscheulich und furchtbar rächen will, was ich zwar auch nur so vor mich hinspreche, ohne irgend etwas dabei zu denken. Ich hob aber bereits jenes Seltsame hervor, das sich bei spielenden Einfällen geltend macht.

Ich bin der Riese, der sich erträgt, der sich die Aufladung der Last, die ich ihm zumute, gefallen läßt, und bin der Knabe, der mit Bällen spielt. Ich verstehe ausgezeichnet Ringe, Reifen usw. zu werfen und aufzufangen. Auf mich wurde schon sehr oft gezielt, und ich bin getroffen worden, und ich habe das Getroffenwordensein von mir abgeschüttelt. Indem ich auf Sie ziele und Sie treffe, verfehle – ich Sie. Sie haben also Ursache, froh zu sein, aber inwiefern Sie froh sind, betrügen Sie sich. Wenn Sie sich durch den Inhalt dieses Schreibens besiegt fühlen, sind Sie Sieger. Ich hoffe in Ihrem Interesse, daß Sie den Kopf nachdenklich in Ihre, fast hätte ich gesagt, geistreiche Hand stützen. An Ihrem Platz würde ich mich aufraffen, im Absender dieses nur kurzen Platzregens von Worten eine Beträchtlichkeit ersten Ranges zu erblicken. Ihre Augen sind jetzt großgeöffnet, und jene gestern gesehene Schönheit, von der ich Ihnen anfänglich sprach, liegt vielleicht jetzt noch im Bett, oder, wenn sie sich schon voll Grazie von ihrem Lager oder vom Pfuhl oder vom Diwan erhoben hat, so kämmt, glättet, ordnet sie sich in diesem Augenblick ihr Haar. Sie hörte gestern

Musik und empfand nichts dabei, d.h. sie dachte an nichts. Wenn mich die Musik an nichts denken macht, finde ich sie fade, d.h. überflüssig, mithin lästig. Sie ist entweder für mich der Goldrahmen, der die durch sie geborenen Gedanklichkeiten einfaßt, oder aber die Frau, die kein Kind hat. Ich grüße Sie vom Felsen meiner Sieghaftigkeit herab aufs freundlichste.

Ich saß einmal in einem Zuschauerraum, und auf einem Bühnengebirge stand Josef Kainz als schlachtengewinnender Markus Antonius und lachte auf unvergeßliche Art auf den ebenso biederen wie besiegten Brutus herab. So tu ich's mit Ihnen, aber meine ich's etwa schlimm? Und gibt es nicht viele Frauen, die wenig Freude am Leben haben, und kommt nicht beinahe für jeden der schöne Augenblick, wo er sich sagt, er sei besiegt? Bald kann ich, wenn ich Lust dazu habe, jemand glücklich machen. Wahrscheinlich werd' ich's tun, aber man will manchmal beglücken und stört dann nur, und wir machen vielleicht solche ohne unser Wissen glücklich, die wir uns vorgenommen haben, zu kränken.

Es hat beinahe etwas Boshaftes, nichts zu hassen.
Aus diesem Grunde machen sich Liebende verhaßt.
Gleichmaß ist schön und schwierig und fern.

EINER SCHRIEB

Wie ich damals zaghaftübermütig von Dir fortsprang! Die Freude, Dich unerwarteterweise wiederzusehen, Dich ein ganz klein wenig gealtert, vielleicht ein bißchen verblüht zu finden, die einst an Zartheit, Unangegriffenheit der Kirschblüte glich, ließ mich tanzen. Du sahest es.

Deine Gestalt erschien mir rührender, liebenswürdiger als je. Aber ich grüßte Dich doch immerhin einmal so wie man grüßt, wenn man gänzlich ergeben ist, und Du danktest mir kaum merklich. Was hat es seither in meiner Persönlichkeitswelt für ein Herumwandern gegeben! Das schöne Mädchen dort im dunklen Treppenhaus. Es war ungefähr neun Uhr abends, und die Erscheinung machte mich sprachlos und glücklich. Zürnst Du mir, daß ich außer Dir, ich meine, abgesehen von dem Glück, das Deine Bekanntschaft mir schenkte, so oft glücklich gewesen bin? Nur z.B. schon jener kleine Knabe. Heute ist er mir total aus dem Gesichtsfeld verschwunden. Wie ich mich zerstreut ausdrücke! Meine sprachliche Fähigkeit zittert, scheint mir heute von sonderbarer Unsicherheit, obwohl ich jetzt sehr ruhig bin. Ich schrieb übrigens von besagtem Knaben, der mich stets sehr artig grüßte, sobald er mich sah; der sich dann aber eines Tages mir gegenüber benahm, als fühlte sich seine Jugendlichkeit genötigt, mich zu ignorieren, was ich «köstlich» von ihm fand, einem aus manchen Ursachen bedrängten, beengten Mädchen, bei der ich nun hie und da zu Besuch bin. Für mich könnte es vielleicht hier amüsant sein, indiskret zu werden, mit andern Worten, es würde mir hier spielend leicht möglich sein, dieses und jenes «auszuplaudern»; ich würde das aber nachher für sehr unfein, unhübsch von mir halten. Du hältst mich ja für brav und liebevoll, noch immer, obschon ich Dir eigentlich noch nie ein Zeichen, einen kleinen Beweis hievon gegeben habe. Ich bewohnte vorigen Sommer eine Zeitlang einen wahren Saal. Als ich ihn verließ, verkleinerte er sich, zog er sich zusammen, so sehr bedauerte er mein Ausziehen aus ihm. Ich möchte aber durchaus nicht, daß Du dächtest, ich redete unernsthaft. Du darfst mir glauben, wenn ich Dir sage, ich sähe ein, daß ich viel Ursache hätte, seriös zu werden. Mir scheint, ich vermöchte auf ein Meer höchst unberechtigter Heiterkeit zurückzublicken, die einesteils aus mir selber stieg, anderseits von außen, von anderswoher auf mich drang. Wie schön kam mir übrigens eine Frau vor, die Dir ein wenig glich, die aber vielleicht vornehmer ist als Du, die mich auf eine ohne weiteres begreifliche Art einlud, sie nach Herzenslust zu bewundern, zu bestaunen, zu lieben, zu ehren und sie so schicklich wie möglich zu begleiten. Ich konnte das aber nicht, denn sogleich standest Du vor mir. Du verhindertest mich schon oft, mich komisch zu machen, indem ich Augenblicksimpulsen gehorcht hätte, die doch beinahe jedesmal den unangenehmen Eindruck der Ungefestigtheit in denjenigen erwecken, zu deren Stolz es gehörte, sie hervorzurufen. Den Frauen wird ja alles Erwünschte rasch unerwünscht, alles Angenehme und Reizende nur zu bald reizlos und lästig, was davon herrührt, weil sie sich nicht kontrollieren, worin sie etwas wie Genie offenbaren, einen sehr feinen Takt gegenüber sich selbst. Sie sind jeden Augenblick geneigt, sich ebensosehr gehen zu lassen wie zusammenzunehmen; sie sagen zum Leben in derselben Minute sowohl ja wie nein, was eine beachtenswerte Klugheit zu sein scheint, die aber in Wirklichkeit weiter nichts als Natur ist, trivial gesprochen ein Erhaltungsinstinkt. Ich habe da so in einer Art Landhaus gewohnt, das in einer Gegend liegt, wie man sie sich schöner, heiterer, gefälliger nicht denken kann, und doch meinte ich dort gleichsam klagen zu müssen. Hauptsächlich hatte ich sehr unruhige Nächte, was mir total unverständlich blieb, denn ich glaubte doch gerade «auf dem

Land» gut schlafen zu können, eine Meinung, die sich keineswegs bewahrheitete. Hohe, reich mit Grün bekleidete Bäume umragen, umrahmen jenes Haus. Früh morgens um vier Uhr fingen die Vögelchen in ihrer Unschuld an zu konzertieren. «Besitzen diese Kreaturen irgendwelches Recht, zu beanspruchen, für gebildet gehalten zu werden?» fragte ich mich, indem ich auf ihre gesanglichen Leistungen, auf die Äußerungen ihrer fröhlichen Kehlen lauschte. Ich fand für erlaubt, jene mir selber gestellte Frage zu verneinen. Darf ich Dir gestehen, daß ich einer Dame, die ich kaum je sah, von der ich bloß so hörte, von Deiner Vorhandenheit und dem damit verbundenen Wert zunächst ergebenst Mitteilung machte, und darf ich Dich bitten, deshalb nicht überrascht zu sein? Du hast jedenfalls durch mich nichts zu befürchten, da Dir bekannt ist, wie schonend, rücksichtsvoll, verhältnisabwägend ich bin. Vor einigen Tagen lief ich nun nach einer neuen Wohnung herum, wobei mir niegeschaute und längstvertraute Gesichter begegneten. Zwei fremde Frauen erbaten sich von mir, den sie wahrscheinlich erstens für höflich, zweitens für einigermaßen aufgeklärt hielten, eine Auskunft, die ich ihnen nicht vorenthielt, sondern bereitwillig erteilte. Sie wünschten zu wissen, wo sich die Hauptverkehrsader unserer Stadt befinde. «Sie brauchen sie nicht zu suchen, denn Sie sind mitten in ihr», lautete meine Wegweisung. «Wir glaubten auf einer Abzweigung zu sein», bemerkten beide, indem sie mir viel zu artig für mein bißchen Artigkeit dankten. Schade, daß ich eine Stube nicht mietete, die mir als die heimeligst, sorgfältigst möblierte der Welt vorkam! Der mit einem Linoleum bedeckte Fußboden dieses Zimmers glänzte vor Vergnügen in der Hoffnung, er dürfe sich einbilden, ich würde Lust haben, mich von ihm nun nicht mehr zu trennen. Ein alter, bemalter Ofen schaute mich nur schon beinahe mit zu viel Überzeugtheit an, daß es mir einfiele, mich mit ihm zu befreunden. «Ich will Ihnen das Zimmer schenken, lieber, graziöser Herr, falls Ihnen beliebt, sich darin aufzuhalten, und falls Ihnen gefällt, es als Ihr Eigentum anzuschauen», sprach die Zimmervermieterin. Eine andere Frau hatte ein Zimmer zu vergeben, das ungeheuer teuer zu stehen kam, weil es oval war. Sahest Du schon je einen solchen Raum? Irgendwo schaute mich, als ich anklopfte und mir geöffnet wurde, eine der wundervollsten Katzen an, die je innerhalb des Rahmens der Gesellschaft vorgekommen sein mögen. Begreifst Du, daß mir diese Katze unvergeßlich geblieben ist? Die Katze schien mir zuzuwispern: «Wie du mir, was mich betrifft, lieb wärst, würde mir schwer fallen, dir zu erklären. Du würdest aber den ganzen Tag nichts tun, als dich mit mir abgeben und infolgedessen Zeit verlieren. Also geh' nur lieber wieder!» Ich unterließ nicht, dieser Einzigartigkeit von Katze, mich von ihr verabschiedend, mein Kompliment zu machen. Gestern ging ich in den Wald, der in einen grünen Blütenstaub gehüllt war. Ich wurde unter dem jungen Laub von oben bis unten grün; am Gesicht, an den Händen, am Gewand, an den Schuhen setzte sich die fröhliche Farbe staubig an. Ich glich einem Gepuderten. Von allen nahineinanderstehenden Bäumen fiel das Lustige, Schöne, Liebkoselige herab. Ich befand mich in einem stillen Taumel. Meine Bewegtheiten legten sich samt der Oberaufsicht, die ich, was meinen Menschen betrifft, bilde, zu Boden. Ich sang Lieder, nein, nicht so, es entstunden vielmehr stumm in meiner Trockenheit Feuchtigkeitsklänge, ich meine damit Gerührtheiten. Meine Augen wurden zu einer Niegesehenheit an totalem Ungetrübtsein. «Seele, willst du nicht so freundlich sein und ein wenig weinen?» bat ich sanft die wonnig Schlummernde, und nun bin ich hier und habe Dich lieb, und ich würde fähig sein, auf alle Fragen, die Du an mich richten würdest, vermittelnd zu antworten. Jedenfalls bin ich Dir überaus gut.

BRIEF AN EIN MÄDCHEN (II)

Man verfährt nun in gewissen Häusern anders mit dem Schreiber dieses Briefes, aber vielleicht hat sich doch noch nichts verändert. Bis dahin freut mich doch wenigstens schon meine stille, sicher noch nicht sehr bedeutende Beziehung zu Ihnen. Heute rühmt man mich, um mich morgen mit um so unfeinerem Behagen zu tadeln. Ich nehme alles das so ruhig wie möglich hin. Man will mir allerlei Einbildungen einflößen, z. B. die Einbildung, daß ich über ein großes Vermögen hätte verfügen können, woran selbstverständlich nichts Wahres ist. Ich fahre zunächst fort, mir selber zu gehorchen. Heute früh war ich zu den Leuten freundlicher, als ich vermuten durfte. Bereits schrieben Sie mir wieder einen neuen Brief; im vorausgegangenen standen einige mir unverständliche Worte, die ich liebe, weil sie mich zum Rätselauflösen veranlaßten. Gestern erlaubte ich mir gegenüber einem schönen, etwas seltsam aussehenden Mädchen eine abfällig lautende Bemerkung. Vielleicht gefiel ihr die Unbesorgtheit meines Redens so in die Luft hinein. Möglich ist, daß sie mir um der Verachtung willen, womit ich mir herausnahm, sie zu behandeln, Achtung schenkte. Die Menschen sind ja voll Launen, voll Widersprüche. Sie schliefen auf meinen Brief hin gut, schrieben Sie mir. Sollte Sie mein Brief auf irgendeine Art betäubt, und sollte ich dies beabsichtigt haben? Ich vermag das nicht festzustellen, kann aber nicht glauben, daß ich Ihnen mit Absicht so schrieb, wie's mir gelang. Vielleicht schlummern in mir unausgebeutete Adern, unbenützte Eigenschaften. Ich hoffe dies natürlich lebhaft. Gestern erschien mir eine junge Frau wie von ganz neuartiger Schönheit umflossen, umweht, umlodert. Ich spreche von einer Dienerin, die jeden Augenblick, möchte man sagen, aufgefordert, d.h. milder gesprochen, eingeladen wird, sich stolzer zu benehmen, als sie eigentlich ist, denn es finden sich viele Menschen, die bedient und zugleich beherrscht sein wollen, indem solches Gegensätzliche einen Reiz, einen Zauber auf sie ausübt. Die meisten Menschen wünschen bezaubert zu werden. Eine uralte Sehnsucht wurde vielleicht im Menschengeschlecht wieder jung. In dieser Hinsicht scheint mir die gegenwärtige Menschheit völlig vag, unruhig, abenteuerlich. Diejenige, von der ich Ihnen soeben sprach, ist eine von denen, mit denen man sich unterhalten, die man jedoch nicht ernst nehmen darf. Übrigens werde ich diesem Mädchen, die ich im Hinblick auf ihr Verhältnis zur Welt, zur Gesellschaft, eine Frau nenne, wahrscheinlich nächstens schreiben, obschon ich noch absolut nicht weiß, was es sein wird, was ich ihr mitzuteilen haben werde. Will ich ihr bloß Grund geben, ein bißchen zu lächeln? Jedenfalls ist es ein Mädchen, von der ich mir vorstelle, sie sei schön im Glück.

Unter dem Fenster meiner Stube reden verschiedene Kinder. Das stört mich ein bißchen im Schreiben, aber woher nähme man die Berechtigung, zu verlangen, beständig hübsch unbelästigt zu bleiben? Wenn man denen, die uns zürnen, ins Auge zu blicken vermag, so hat man aufgehört, eigenen Mißgestimmtheiten irgendein Gewicht beizumessen. Unzufriedenheiten sind belanglos. Dagegen ist die Kunst, sich jeweilen einverstanden zu erklären, meergroß und -weit, und es ist schön, sich dieser Kunst zu widmen, die ebenso süß wie schwierig ist und einen ebenso freundlich wie stark macht. Doch wie steht es nun mit Ihnen und den Ihrigen? Ich erinnere mich, eines Abends mit unangebrachtem Wohlwollen behandelt worden zu sein. Ich hätte Anlaß gehabt, jene Menschen darauf aufmerksam zu machen, daß ich im Leben stehe, nicht aber auf der Schulbank sitze. Wenn man sich aber immer rechtfertigen, verteidigen, ins richtige Licht stellen wollte, würde man sich eine Menge unerquicklicher, nutzloser Arbeit aufhalsen. Eine der Hauptaufgaben, die es für mich gibt, bleibt doch immer die, daß ich mir das Vergnügen an allen Kreisen und an allen Äußerlichkeiten und Äußerungen nicht nehmen lasse. Ich halte es für sehr wichtig, möglichst lang und andauernd bei guter Stimmung zu sein, weil ich mit der Übelgelauntheit mich selbst quasi außer Kurs setze. Ich befand mich z.B. vor einiger Zeit noch im Besitz der und der Gedanken. Inzwischen entwichen sie mir, nun muß ich sie aufsuchen, als wären sie Schäfchen, die sich verirrt hätten, und als wär' ich ihr Hirt, der nicht genügend acht auf sie gab. Wird es mir gelingen, sie wiederzufinden? Meine Gedanken sind mein Seelenzustand; dieser macht meinen Gesundheitszustand aus. Ich hatte, muß ich gestehen, bisher immer gewissermaßen irgendeine «Geschichte» im Kopf. Auch heute habe ich wieder gleichsam eine solche auf Lager. Ich könnte sie Ihnen erzählen, aber ich will es nicht tun, weil ich nicht Lust habe, als Lustibus vor Ihrem zarten Herzen, das Sie schmerzt, zu erscheinen. Ich fühle mich genötigt, alle meine bisherigen Munterkeiten geringzuschätzen; es handelt sich für mich darum, daß ich Mittel und Wege finde, mich ernst nehmen zu können, weil ich das Bedürfnis danach habe. Es gibt Menschen, die sich für fein halten, die es aber keineswegs immer sind, und zwar hauptsächlich deshalb nicht, weil sie ihre Feinheit darauf zu gründen bestrebt sind, daß sie andere als unfein erklären, was aber an sich sehr unfein ist. Ich kenne eine Reihe Menschen, die gleichsam darauf erpicht sind, mich als einen Heiterkeitsausbund zu empfinden, in mir bloß eine Lachmaschine zu erblicken, aber das echte Lachen hat sozusagen seine Hoheit, es kann mit einem Staat verglichen werden, der gut regiert sein will, es ist nicht das Zufallhafte, als was man es betrachtet, es will gewisse Bedingungen erfüllt sehen. Lebenslust ist durchaus keine Gegnerin des Lebensschmerzes; sie fühlte sonst nicht genügend Existenzberechtigung. Ich werde über diejenigen hinwegzublicken wissen, die den Wunsch haben, ich möchte kein «Gewissen» besitzen, und ich werde beklagen, daß es Narren unter uns gibt, die angesichts von Geisteshelligkeiten finster werden. Ich werde sehr wenig und sehr viel und sehr viel und wieder sehr wenig sein. Oft staune ich über mich, darum, daß ich es immer verstanden habe, leichtsinnig zu scheinen, womit ich womöglich solchen einen Dienst erwiesen habe, die sich von der Ärmlichkeit nicht zu trennen vermochten, sich zu weigern, mich zu achten.

Sie sind still, und ich bin es auch. Sie heute zu sehen,

wird mich freuen. Ich schrieb Ihnen etwas, was Ihnen auffallend offen vorgekommen sein kann, nämlich, daß ich nicht blind bin, daß ich Ihnen nicht blind ergeben sei. Gewiß nehmen Sie mir diese Äußerung nicht übel. Ich weiß nicht, wer es ist, der an der Fassade des Hauses musizierend auf- und abgeht, und ich weiß auch von Ihnen noch nicht viel, aber ich spüre Sie. Aufgegangenheiten können sich sehr leicht in ein Untergegangensein verwandeln. Ich meine, man lebt sich in jemand nur noch mit Mühe hinein, von dem man genau Kenntnis hat.

Ich verstehe Sie noch nicht; darum leben Sie für mich, und die Zeichen Ihres Daseins sind mir angenehm.

VEREHRTE FRAU

Ich schreibe Ihnen vermutlich nur wenig, da die Sonne schon verschwunden ist, es bereits begonnen hat, Abend zu werden, wonach freilich mit unabweisbarster Zuversicht ein neuer Morgen zu erwarten ist.

Vorübergehenderweise befindet sich meine Lebenslust in einer Art von womöglich ziemlich beklemmender und daher verhältnismäßig ernstzunehmender Krisis, die mich nicht zu verhindern vermag, Sie mit dem erforderlichen Höflichkeitsmaß zu bitten, in Ihren Briefen nicht von allzu wichtigen Dingen sprechen zu wollen, wie z.B. von Persönlichkeiten von überragendem Belang, über die man besser ehrfurchtsvoll schweigt als mit staunenerweckender Ungezwungenheit redet.

Gehören Sie zu den Jetztlebenden, bei denen es eine scheinbar schwierig zu überwindende Gewohnheit ist, die Grenzen einer uns von der Vernunft vorgeschriebenen Respektierung zu überschreiten und den Takt, den uns die billige oder kostbare Denkweise dringlich empfiehlt, aufs aufmerksamste außer acht zu lassen?

Als wenn Sie zu erraten fähig gewesen wären, Sie hätten in mir eine entweder durchweg oder doch annähernd heitere, kompliziert-unzersplitterte Existenz zu erblicken, glaubten Sie Anlaß zu haben, in Ihren überaus schätzenswerten nachherigen Episteln jede gleichsam gipfelerklimmende Bedeutelei zu vermeiden. Vielleicht änderten Sie sich hindiesbezüglich nur schon, weil ich Ihnen schrieb, ich sei eventuell geneigt, Sie samt der Zahllosigkeit Ihrer hochachtbaren Wunderlichkeiten zu heiraten.

O, wie werden Sie von meinen sämtlichen, falls ich dies für möglich halten dürfte, übriggebliebenen Zärtlichkeiten beinahe demütig ersucht, mir zu erlauben, Ihnen die Ankündigung zu unterbreiten, in unserer naturumschlungenen Stadt sei soeben ein weltstädtischangehauchtes, im übrigen durchaus familiäres Tee- oder Kaffeehaus aus Komptabilitätsgründen eingegangen. Herrlich war es, wie es sich für mich unter den entzückenden Unterjochungsfähigkeiten eines Mädchens daselbst saß, in dessen Schönheitsansammlung ich den vortrefflichen Einfall hatte, mich zu verlieben, nach deren Gegenwart ich mich aber heute, indem sie meinen Augen inzwischen total entschwand, keineswegs sehne, da ich absolut nicht das bin, was man einen Steckkopf nennt, der sich in der Einbildung zu verschmachten entschließt, seine Wünsche müßten sich unbedingt erfüllen.

Für die verhältnismäßig nett, d.h. leslich gedruckte Beschreibung Ihres Lebens, die Sie die Güte besaßen mir zuzusenden, spreche ich Ihnen den aufrichtigst empfundenen Dank aus, und ich rufe, falls ich dies darf, aus: Bei Gott, Sie sind beinahe etwas wie eine Dichterin, die vielleicht wegen nichts als Bequemlichkeit lieber lediglich schriftstellert als dichtet.

Obschon Sie meinen vielleicht ein wenig drollig verfaßten Heiratsantrag verlachten, nahmen Sie ihn nichtsdestoweniger bis zu einem gewissen Grad ernst. Ich erbat mir von Ihrer Frohmütigkeit Auskunftserteilung über Ihr äußerliches Aussehen, eine meiner Ansicht nach kluge Bitte, auf die Sie, wie ich dies ja kaum anders erwartete, nicht eingingen. Beispielsweise scheint Ihnen meine durchaus ehrlich gemeinte Frage, was für Schuhe Sie trügen, ob ungenügend- oder einwandfreisitzende, unbeantwortbar vorgekommen zu sein.

Ich hielte es für in gewisser Hinsicht nämlich riesig verlockend, mit meinem Munde, dem die Fügung bisher nur mittels Zuhilfenahme eines mich mit überhaupt nichts oder mit wenig Zufriedenerklärens zu küssen gestattete, zum Ihrigen, den ich noch nicht kenne, in wirklichkeitsmäßige Berührungsbeziehungen zu treten.

Bilden Sie sich übrigens ja nicht etwa ein, daß nicht auch noch andere Frauen mit dem Schreiber und Absender der Zeilen korrespondieren, in denen ich einstweilen gehorsam vor Ihnen knien will.

BRIEF AN DIE GEDULDIGE

Meine Kollegen, vielleicht nicht alle, aber doch wahrscheinlich viele von ihnen, arbeiten ganze Nächte durch, während ich dies seit langem nicht mehr getan habe. Heute, liebe Frau, teile ich Ihnen beim Lampenlicht mit, daß ich seit ziemlich geraumer Zeit, d.h. seit ungefähr anderthalb Jahren, eine Geliebte habe, und ich benachrichtige Sie gleichzeitig von einem sehr eigentümlichen Umstand, nämlich davon, daß sich die letzte Nacht mein Bett auf sehr sonderbare Art geregt hat, als hätte es sich über mir wölben wollen, gleichsam so, als wolle es mich umschlingen und erdrücken, und das tat niemand anders, als sie, einzig und allein sie, die ich liebe.

Was diese Liebe zur Geliebten betrifft, so merke ich immer erst dann etwas davon, wenn's mir irgendwie schlecht geht, wenn sich eine Not, ein Übelbefinden hoch vor mir aufbäumt. Wenn irgendein Unfaßliches mir imponiert, mich in die Nachdenklichkeit hinabwirft, taucht jedesmal sie in all ihrer gradlinigen, schlankgewachsenen Impertinenz dicht vor mir auf, denn das ist's nämlich: impertinent ist sie, womit ich sagen will, daß ich sie für kolossal ungebildet halte.

Sie trug eine Zeitlang Samthalbschuhe, gerade wie Sie sie zeitweise getragen haben, und sie trägt auch denselben Vornamen, und sie hat auch ihre Ruhe gleichsam von Ihnen geborgt, das bißchen Trägheit des Herzens, dieses kleine, allerliebste, heimelige, hübsche Sümmchen von Gleichgültigkeit, womit sich manche Frauen der unteren Klassen glücklicherweise ausgestattet sehen. Ich weiß übrigens nicht, ob ich sie heute noch liebe; man weiß das ja meines Erachtens nie genau, und es ist ja auch nicht nötig, daß man's weiß. Doch ich werde Ihnen das auf eine andere Art schreiben. Die Fasson, wie ich mich Ihnen hier anvertraue, hat womöglich für Sie etwas Beleidigendes. Das fällt mir auf.

Sie werden da mit jemand verglichen, von der ich verächtlich zu reden begonnen habe; ich kann somit auch von Ihnen keine hohe Meinung haben. Und dann dieses Bett, das sich gegen mich empört hat. Wie werden Sie das verstehen können? Das Bett wurde still; dann aber schienen mir meine Hände abfallen zu wollen. Diese meine Hände waren mit einemmal ganz eigenwillige Geschöpfe geworden, und als solche wünschten sie irgendwohin in' die Nacht hinaus spazieren zu gehen, und als ich sie an der Bewegung verhinderte, fingen sie an zu weinen wie unzufriedene, kleine, kranke, von Ermüdetheit gereizte Kinder.

Vermögen Sie sich das vorzustellen? Daraufhin schlief ich tief ein. Ich bekomme, nebenbei gesagt, hie und da etwas wie einen epileptischen Anfall, und das tobende Bett mag mit Erwähntem in Verbindung zu stellen sein. Ich hatte in letzter Zeit sozusagen Fieber, aber wenn ich Ihnen nun gestehe, sehr verehrte Frau, daß ich mitunter nachts das Gefühl bekomme, als bröckelten, moderten mir Hände und Füße, wie wenn sie sich verflüchtigen, auflösen wollten; wenn ich beifüge, daß ich in solchen Momenten auf eigentümliche, aber auch einfache Art beinahe Staub, Mörtel, Erde werde, daß ich das ganz deutlich spüre, so werden Sie finden, daß ich Ihnen hier Unheimliches auftische.

Und nun wieder dieses sich hochaufbäumende Bett, das übrigens sogleich wieder sittsam und artig wurde, und meine Geliebte, die bloß dazu da zu sein scheint, damit sie sich in Fällen geltend mache, wo der Tod groß hervorkommt. Oh, welch' einen lustigen Brief ich Ihnen schreiben zu können glaubte, und nun entstand mir da ein tiefgedanklicher, in seiner Nachdenklichkeit und Frostigkeit beinahe vornehmer.

Ich lag wach da und hatte nicht die mindeste Abneigung gegen mich oder sonst irgend jemand und empfand auch nicht die kleinste, nähnadeldünne Angst vor mir oder meiner Umgebung oder vor der Weltidee, die schmeichelhaft und dennoch so rücksichtslos ist. Morgens bin ich dann jeweilen wieder gesund. Wenn Sie meine Geliebte sähen, würde es Ihnen vielleicht einfallen, sie für mittelmäßig zu erklären. Sie schreibt Gedichte und wohnt an einem See und hat einmal einem älteren Galan einen Abwehrstoß vor die sündhafte Brust versetzt.

Und ich habe Sie nun also gekränkt, aber wie kränkte ich erst sie, die ich zu anderer Zeit mit Koseworten anrede, aber wie hat nicht sie denjenigen gekränkt, der Ihnen hier schreibt, es ist eine lange, sorgenbange und wieder total sorglose Geschichte. Wie schön war gestern das Gesicht des Daseins, das Gras gelb, auf dem Weg lagen gefällte Baumstämme, und ein Kollege von mir verheiratete sich in ein Gebirgsdorf. Ob er dort Werke von bleibendem Wert dichten wird? Ich schnitt mir eine Haselrute ab, damit ich etwas in der Hand hätte, das mit einer Peitsche Ähnlichkeit habe und ich mir wie die Beardsleysche Mademoiselle Maupin vorkäme. Es gibt zweierlei Schriftsteller, solche, die so geläufig, belanglos und reichlich schreiben, wie Redelustige in Gesellschaft zu reden pflegen, und solche, die in ihrem Schreiben ganz andere Leute sind als im Konversieren.

Ich sandte Ihnen einige Zeitungsausschnitte, damit Sie sähen, daß ich tätig sei. Hände, die in die andere Welt hinüberzuziehen neigen, sind recht zweifelhafte Anhänger. – Ich hoffe heute nacht besser zu schlafen. Sie weiß ja auch ganz genau, wie lang Sie schon meine überaus gütige, nachsichtige Freundin sind. Wenn ich sie nur nie mehr sehe! An diesem Wunsch werden Sie ermessen können, was

mochte nun ungefähr fünf bis sechs Uhr Abends geworden sein, in allen Einzelheiten wie ein Mensch gefiel, der ein ebenso schönes wie heiteres Gesicht besäße und sich so benähme, wie ich's wünschte. Die Feuchtigkeit, auf deren Fläche ich still, manchmal aber wieder mit entzückend aus dem Gebiete meiner Launen hervordringender Lebhaftigkeit dahinfuhr, sei eine mich liebende Seele, der es Freude verursacht hätte, daß sie tage- oder meinetwegen jahrelang geduldig auf meine Ankunft habe warten dürfen, und die sich jetzt kräuselig auf ihrem Äußeren und unten, tiefinnerlich in der Unsichtbarkeit ihres Wesens nicht mit mir zu versöhnen nötig habe, da sie sich ja beständig mit dem Gegenstand ihrer Neigung einig wußte, kam mich eine mit der Umgebung harmonierende Träumerei an, die mich auf den Gedanken kommen ließ, ich sei mitleidig, und es müsse wehmutbeseitigend wirken, mein Wohlwollen zu wecken.

Schön ist's, wie Landschaften, ohne ihrem Antlitz die geringfügigste Veränderung zuzumuten, schmeicheln können. Aus allem, was ich Dir hier sage, geht übrigens mit genügender Unzweideutigkeit etwas Unmodernes hervor, und vielleicht ist gerade dieser Umstand die Ursache, weshalb die Modernen sozusagen aufmerksam auf mich blicken, als mache sie meine Unwissenheit bezüglich dessen, was Mode ist, staunen, als hielten sie diesen Mangel für irgendwelchen Vorzug, als überzeuge sie meine Unbehilflichkeit vom Vorhandensein einer Kraft in mir. Eine Bildungsanstalt schaute zwischen einer anmutig gegliederten Baumgruppe wirkungsvoll, weil unauffällig, hervor, und jetzt gab es hoch oben im Luftigen, dessen Anblick mich aus Unerlöstheiten erlöst hätte, falls ich nicht einig mit mir gewesen wäre, eine wundervolle

Wolkensprache, und daß das Wasser nur von bescheidenen Erhebungen umgeben war, empfand ich als eine Gebärde der Höflichkeit, und dann dachte ich an Gestalten eines großen Dichters.

BRIEF AN EINEN ENTWICKELTEN

Es könne niemals mehr wieder gut mit mir werden, glaubtest Du mir zu verstehen geben zu sollen. Dieser gleichsam gebieterisch abweisende Ausruf entglitt früher schon Deinen gewiß recht braven Lippen. Als es dann mit der Zeit aussah, ich hätte einiges geleistet, ich hätte mir dieses und jenes zu Herzen genommen, hätte auf alles mögliche acht gegeben, z.B. auf die sehr berechtigten Vorwürfe, die Du mir machtest, wäre bemüht gewesen, mich zu korrigieren, tratest Du mir mit einem höhnischen «Zu spät» entgegen, was mich zuallererst deshalb frappiert hat, weil sich mir dadurch gewissermaßen Dein Charakter zeigte, der mir kein sehr starker zu sein scheint. Sollte ich Dich um Deines eilfertigen, hastig-heftigen «Zu spät» willen beinahe beklagen dürfen und müssen? Sollte ich mir mit der Meinung schmeicheln dürfen, daß Du Dich mit diesem gleichsam kreischenden, zerknirscht-hysterischen «Zu spät» vergeblich gegen ein Individuum zur Wehr zu setzen bemüht bist, das Dich nie und nimmer zu fragen braucht, ob es das Recht auf sein Leben habe oder nicht, das sich um dieses «Zu spät» deshalb vielleicht gar nicht kümmert, weil es Dir absolut nichts nachfragt, Du ihm den Eindruck machst, Du seiest Deiner nicht sicher, und es sei infolgedessen ganz und gar kein Vorteil, gemeinsame Sache mit Dir zu machen? Ich erinnere mich beispielsweise, daß Du mir schriebest, Du hättest Dich nach allen Richtungen hin entwickelt, für gut findend, mich an meine Zurückgebliebenheit zu mahnen. Ich wäre somit Deiner Ansicht nach, was Intellektualität betrifft, zurückgeblieben, indes Du, wieder Deiner Ansicht nach, Schritt zu halten verstanden hättest; anders gesprochen, wäre ich alt geworden, indes es Dir gelungen sei, dem, was man Jugend nennt, zu zeigen, wie Du jugendlich geblieben seist, oder den Starken zu beweisen, daß Du stark seist usw. Darf ich Dir frank und frei heraussagen, daß ich an die Möglichkeit glaube, Du sähest Dich durch eine gewisse Art Einflüsterung am Richtigblicken verhindert, und Du wüßtest dies ganz genau, zwängest Dich aber aus Rücksicht auf den Einfluß, dem Du Dich nicht zu entziehen vermagst, zu unrichtigen Auffassungen, die Dich nun einmal verführt haben, mich ungünstig anzuschauen. Ich erblickte nämlich letzthin ein Bild von Dir, auf dem Du in der Tat «gezwungen» in die Welt schaust, so, als würde es Dir schwer gemacht, Dich Deiner selbst und Deiner Umgebung zu freuen, was ich mit einer Art innerlichem Nikken, einem, ich möchte sagen, mit der Seele ausgesprochenen «Ja, ja» wahrgenommen habe. Das Bildnis stimmt mit dem mich beinahe ein wenig komisch anmutenden «Zu spät» denkbar vollkommen überein, nämlich mit einer aus Anstandsgefühl unterdrückten Heftigkeit, die Dir anhaftet. Du und Deinesgleichen kommen mir vor, als wäret Ihr um Euch und Euer Ansehen kolossal besorgt und müßtet Euch ganz fürchterlich ernsthaft mit der sehr armseligen kleinen Frage beschäftigen: «Mit wem dürfen wir verkehren, und mit wem nicht? Wessen Umgang, wessen Beisein könnte uns schaden und wessen

Gesellschaft uns nützen?» Darf ich Dir eine kleine Erinnerung auftischen, die ich Dich bitte, mir nicht zu verübeln? Einmal, da Du noch voll Humor zu sein schienst, gestattetest Du Dir den Witz, Du fürchtetest, Du sähest wie ein Bankdirektor aus und gar nicht mehr wie ein Angehöriger der kulturell Kämpfenden. Du meintest damals ganz einfach eingestehen zu sollen, Du müßtest empfinden, Du habest äußerlich und vielleicht auch innerlich gealtert. Gewöhnlich verhält es sich mit dem Altsein und dem Jungsein so: wenn wir sehr ausdrücklich bestrebt sind, jung zu sein, fallen wir leicht einer üblen Stimmung, einer schlechten Laune als Beute anheim, während es uns viel leichter ist, die gute Verfassung zu bewahren, bei fröhlichem Gemüt zu bleiben, wenn uns genanntes Bestreben weiter nicht im mindesten kümmert, es uns eventuell ganz und gar nichts anficht, als alt dazustehen; denn dieses emsige Bemühen um Jugend und jugendliche Art hat doch auf den ersten Blick Ähnlichkeit mit einer Verbissenheit, mit einer Entschlossenheit, die fast etwas Erzürntes an sich hat, als sei man voll Ängstlichkeit oder voll Ungehaltenheit gegenüber der Natur, der wir die Herrschaft ja doch nicht zu entwinden vermögen, jedenfalls nicht total, d.h. nicht auf die Dauer. Zu Deinem berühmten «Zu spät» möchte ich mir erlauben zu bemerken, daß es von Natur wegen nie zu spät ist, Vernunft, Güte, einige Liebe usw. an den Tag zu legen, Elemente, die in und an sich sind, was sie sind und sich nicht um irgendwelchen Ansehens willen manifestieren. Ändere ich mich beispielsweise, so tu ich das nicht um der Gesellschaft willen, sondern durchaus nur mir selber zu lieb, denn in der Änderung liegt ja für mich eine Freude, und gegenüber der Freude, die ich mir dadurch bereite, daß ich mich bildend bewege, sinkt jedes «Zu spät» in eine absolute Wirkungslosigkeit hinab, ich meine damit, daß es sinnlos ist, mir zu sagen, es sei zu spät, wenn ich in diesem unglücklichen Zustand des Zuspätgekommenseins mich so und so oft verstanden habe, glücklich zu machen, worauf es ja, wie wir alle ganz genau wissen, einzig und allein ankommt. Denn was wäre alle unsere Bildung wert, wenn sie uns nicht beglückte? Wenn mich die Bildung innerlich unglücklich beeinflussen würde, was hätte ich nötig, mich um sie zu bemühen, welchen menschlichen Grund hätte ich, zu wünschen, ich dürfe mich mit ihr beschäftigen? Du selbst weißt es, und alle Gebildeten wissen es, daß es, besonders zur heutigen Zeit, eine große Frage gibt, die auf die Möglichkeiten bezüglich der Vereinigung von Glück und Bildung hinzielt, und Du wirst nicht abzustreiten vermögen, daß jedem, auch dem Geringsten, Gelegenheit gegeben ist, sich sowohl Bildung wie Glück anzueignen, d.h. sich mit dem soeben angedeuteten Problem, das die gesamte Gesellschaft angeht, abzugeben. Dieses Dein «Zu spät» besitzt ja doch wohl lediglich Rahmencharakter; in der Welt gibt es hunderte von sozialen Rahmen, von denen jeder letzten Endes dem andern durchaus gleich ist, weil sich innerhalb einer jeden von allen diesen Einrahmungen ein Glück zeigen und eine Bildungsbemühung äußern können, und was die Entwicklung betrifft, deren Idee sich vielfach zu einem bloßen Schlagwort auswuchs, so ist gerade sie etwas Veraltetes, d.h. Uraltes und hört überhaupt ganz von selbst für keinen auf, weil sie das Menschheitsgeschick selber ist, also eigentlich etwas Selbstverständliches, etwas, das ebenso gut ein Glück wie ein Unglück sein kann, ein Gebot der Natur, das wir nicht umhin konnten und auch fernerhin nicht umhin können zu befolgen, dessen Befolgung uns ebenso leicht arm wie reich zu machen bestimmt ist. Du z.B. gewannest mit Deinem Dichentwickelthaben allerlei, aber Du hast allem Anschein nach auch hiebei irgendwie eingebüßt, es sind Dir dadurch Sorgen erwachsen, die ich Dir, um ein wenig ironisch zu werden, herzlich gern gönne. Beispielsweise fühlst Du Dich infolge Deiner Entwickeltheit zu viel mehr Ernsthaftigkeit verpflichtet, als es früher der Fall bei Dir war. Wo Dich vielleicht heute gern, wie ehemals, eine Heiterkeit ankommen möchte, mußt Du sie im Hinblick oder in Anbetracht der Grundsätzlichkeit, die Du Dir zu eigen machtest, ablehnen, ein Verfahren, das nicht berufen sein kann, Dich fröhlich zu stimmen. Heute bewegt sich kein Lüftchen, so, als lebe die Zivilisation und vermöge doch wieder sich nicht so recht lebendig zu fühlen, als wünsche sich etwas Wichtiges, Bedeutendes zu bewegen und finde die nötige Harmlosigkeit nicht, auszuschreiten, als sei das kulturelle Dasein seines eigentlichen Seins nicht sicher, als mißtraue sich das Vertrauen, als liebe sich die Liebe nicht, als zögere die Güte, gütig zu sein, die Lust lustig, der Schmerz schmerzhaft, die Freude freudig. Ereignisse sind ereignislos; die Anteilnahme scheint die Kraft nicht zu haben, Anteil zu nehmen. Ich will nicht entscheiden, ob Du nicht besser getan hättest, Dich mir gegenüber weniger selbstgenügsam zu geben. So viel steht für mich immerhin fest, daß auch Du, wie jeder Beliebige, suchen mußt, ob es Dir gelänge, ein echtes Lächeln abgerundeter Übereingestimmtheit mit Dir auf Deinen Mund und in Dein Herz zu zaubern, für welchen feinsten Triumph es weder ein zu früh noch ein zu spät gibt, diese selige Meeresstille in uns mit ihren Tiefen, die männlich und kindlich sind, und die man duldet, da sie mit ihrer Masse den Spiegel der Oberfläche tragen. Hast Du mir nicht dasjenige zum Vorwurf machen wollen, worauf sich meine geläuterte Situation stützt, die ja ohne ihren Abgrund eine Seifenblase, ein Nichts wäre?

An Dir liegt es nicht, an Dich ist es nicht gebunden, ob es gut mit mir stehe oder nicht, sondern bei mir, womit ich nicht behauptet haben will, ich hätte niemanden nötig, womit ich aber die Meinung ausgesprochen haben möchte, daß mich andere in genau so erheblichem Maß nötig haben können, wie ich sie. Indem Du nichts von mir wissen willst, verhinderst Du Dich, Nutzen aus mir zu ziehen. So, wie es ist, flößen wir uns keine Besorgnis ein, benachteiligen wir uns gegenseitig nicht, legen wir uns kein Hindernis in den Weg, kämpfen wir weder zusammen noch gegeneinander, fördern und stören uns nicht, schauen uns aus sauberster Distanz bloß an. Jeder würde es für sehr gewagt halten, sich dem andern zu nähern, sich auf irgendeine Art mit ihm einzulassen, alteingepflanzter Abneigungen Unannehmlichkeit voraussetzend. Du denkst im Vordergrund Deines Denkens an das Deinige; ich mit demselben Gewohnheitswerkzeug ans meinige. Du kommst mit Deiner Vorgefaßtheit nicht sehr weit; ich ebenso wenig, was übrigens vielleicht ganz gut so ist.

Ich lasse Dich wissen, daß ich mit einer gewissen Vergnügtheit ins Auge fasse, daß wir versucht haben, uns aufzusparen, und daß uns das gelang. Du erscheinst mir heute recht mittelmäßig, aber ich zweifle nicht, daß Dich Deine Mittelmäßigkeit vor Dir selbst rettete, wie mich meine eigene Mittelmäßigkeit bis dahin gebracht hat, wo ich zur Zeit bin, und mir scheint, ich sei berechtigt, zu glauben, daß wir beide klug gewesen sind, mehr aber nicht, und daß alles, was uns umgibt, Klugheit von so geringer Art zu äußern noch jahrelang wird für gegeben halten müssen.

Mithin leb' wohl!

EIN UNARTIGER BRIEF

Nun sei es in Ihrem Hause wieder still, schreiben Sie mir, verehrte Frau, gerade, als wenn es anders als still, als wenn es sehr laut zugegangen wäre, da ich mich für einige Stunden bei Ihnen aufhielt. Wir flüsterten doch ängstlich, vorsichtig und zaghaft genug miteinander, und worin bestand denn unsere Unterhaltung, wenn sie nicht hauptsächlich darin bestand, daß wir uns in einer langandauernden Verlegenheit, in einem Überrascht- und Erstauntsein anschauten? Ungefähr jede Minute fiel ein Wort, das vielleicht bloß eine gehauchte Silbe, ein kaum vernehmlicher Laut gewesen sein mochte. Erwarteten wir denn nicht jeden Moment das Auftreten, das urplötzlich sich geltend machende Erscheinen Ihres schätzenswerten Herrn Gemahls? Sprach ich in Ihrem Hause, im Zimmer, worin Sie mir das Vergnügen gewährten, Ihnen gegenüber zu sitzen und den Wohlgeruch Ihres Kleides einzuatmen, eigentlich anders als in einem fort um die Anmut, die Schätzenswürdigkeit Ihrer Ehre zitternd, an die ja auch Sie in einem fort dachten? Von Zeit zu Zeit fielen mir irgendwann und -wo gesehene Landschaften ins lebhaftest aufgestachelte Gedächtnis. Ich weiß nun natürlich nicht, wohin sich Ihre Gedanken verloren haben mochten; von den meinigen bin ich keinen Augenblick im Zweifel, wessen Sie sich in aller Lautlosigkeit und in aller Bangigkeit, die mich im tiefsten Inneren entzückte, erkühnten. Vielleicht ähnelte Ihr Denken in meinem Beisein einem um Hilfe rufenden klagenden Gejubel. Wie merkwürdig ich mich hier übrigens ausdrücke! Schon in Ihrem ersten, sehr liebenswürdigen Briefe nennen Sie mich auf eine mir nicht ohne weiteres verständliche Art und Weise Ihr Licht, eine Auffassung, womit Sie mir auch in Ihrem zweiten Schreiben geglaubt haben schmeicheln zu müssen. Darf ich Ihnen bekennen, ich sei der Meinung, einer Dame stehe es nicht sonderlich wohl an, einem Vertreter des stärkeren Teiles der Menschheit allzu große Artigkeiten zu sagen, obwohl ich Sie ja im übrigen ganz gut begreife, denn ein Lob auszusprechen ist kürzer, bequemer und angenehmer, als einem Tadel oder irgendeiner Mißachtung Ausdruck zu verleihen, aber die Kunst der Geselligkeit, gnädige Frau, besteht darin, daß man sich im schönen, verbindungenherstellenden Bemühen geübt hat, weder Über- noch Unterschätzung merken zu lassen, was beides als Bräuche zu bezeichnen sein könnten, die, ich bitte um Verzeihung, nach etwas wie Unkultur duften. Wissen Sie, daß Sie mir in der Tat sozusagen ein wenig als noch in einer gewissen Unwissenheit umhertappend vorkommen?

Ich rede sehr offenherzig, aber ich richte ja diesen Brief nicht an Sie, sondern an die Öffentlichkeit, die kein so zarter Apparat ist, daß man glauben müßte, sie zerbräche vor Gekränktheit über eine womöglich etwas schonungslose Aussage. Ich halte viele gebildetscheinende Frauen für in ziemlich umfangreichem Maß ungebildet, und es freut mich förmlich, den Einfall gefunden zu haben, zu sagen, was mir diesbezüglich längst im Gefühl oder im Gemüt schlummert. Es sei nun rund um Sie wieder alles, alles leer, und Sie hätten eine Sehnsucht, ein unabweisbares Verlangen, zu mir zu kommen, vor meiner Türe zu stehen, hielten Sie für angezeigt, mir zu schreiben, über welche Äußerung ich mir nicht erlaubt habe, auch nur mit einem Muskel meines Gesichtes zu zucken. Ich schaute diese Äußerung bloß, wie soll ich sagen, großen Auges an, als mache sie mich staunen, wie wenn mir diese Äußerung als etwas Gemäldeartiges vorgekommen wäre. Ich halte Sie nämlich nicht für unglücklich, also nicht für das, als was es Ihnen zu passen scheint, mir vorzukommen, obschon ich mich vielleicht in dieser Hinsicht täuschen kann. Ich halte es aber für meine Pflicht, Sie nicht für unglücklich zu halten, sondern eher bloß für ein wenig gelangweilt, was doch aber weiter nicht schlimm ist, das werden Sie zugeben. Haben Sie etwa den Versuch machen wollen, mich sentimental zu machen? Wenn es so wäre, würde ich mir erlauben, Sie zu bitten, auf dieses Unternehmen zu verzichten, denn ich aß beispielsweise gestern eine Speise, die mich unbefriedigt ließ, und fühlte mich deswegen dennoch nicht im seelischen Gleichgewicht angegriffen, woraus Sie sehen können, wie schwierig es ist, mich zu anormalisieren. Ihre Aufgabe scheint darin zu bestehen, mir Mitleid mit Ihnen einzuflößen. Inwiefern Sie es nicht umgangen haben, mich Seelenfreund zu nennen, würde ich vielleicht das Recht haben, Sie zu bedauern, aber wenn Sie Lust haben, es Ihnen Vergnügen macht, wie eine Art Bettlerin vor der Türe meines Zimmers zu stehen, so dürfen Sie dies selbstverständlich zu jeder Tageszeit tun. Ich erlaube Ihnen, ganze Nächte lang in der Straße auf- und abzupromenieren, in der ich wohne; nur möchte ich Sie aufgefordert haben, sich für dies Geschäft möglichst warm anzuziehen, damit Sie sich nicht erkälten. Meine Meinung ist, daß man alles tun darf. Ich finde es also nicht unpassend, eher nur ein bißchen leichtsinnig von Ihnen, sich nach einer Berührung durch mich zu sehnen. Ich würde froh sein, wenn Sie sich dies alles lediglich eingeredet hätten, und wenn Sie sich, bei einigem Besinnen, von einer Romantik zurückziehen würden, die sich mir mit unserer heutigen Wirklichkeit nicht zu vertragen scheint. Was ich beifüge, ist, daß ich Sie für eine viel zu nette, feine und artige Frau halte, für eine viel zu zarte Seele, als daß Sie fähig zu sein vermöchten, meine Freundin oder Begleiterin zu sein, denn mir würde es vielleicht eines Tages einfallen, Sie dorthin zu ziehen, wo man mich mit allen Regeln der Kunst zu überlisten sucht. Sie würden in meiner Gesellschaft zu häufig Anlaß erhalten, Standhaftigkeit zu beweisen, und es wäre unhöflich von mir, Ihnen dies zuzumuten. Warum wollen Sie nicht das brave Frauchen bleiben, das Sie mit jeder Faser Ihres Wesens sind, und warum wollen Sie die nähere Bekanntschaft eines Menschen machen, der sich schon in Gemächern aufhielt, worin an der Wand vielleicht eine Abbildung hing, auf der ein hingerissenes Individuum vor einem gleichsam gläsernen, gelassenen hinkniete, und der sich überall befeindet und sich im Nu wieder zum Freund macht, was mitanzusehen für Sie viel zu enervierend wäre? Ich scheine etwas wie der Starke zu sein, der auf Sie, da Sie zart sind, anziehend einwirkt! Sie aber scheinen das Leben nicht zu kennen; Sie blickten bis dahin nur aus sauberster Distanz in die Welt hinein, mit deren Alltäglichkeiten ich vertraut bin, mit denen ich spiele. Für Sie wäre es aber nicht dasselbe. Sollte Ihr Herr Gemahl wirklich ein so unausstehliches Etwas sein, als das ihn eine Unverheiratete sicher nicht anschauen würde? Einer ledigen Dame würde er sicher im ganzen genommen gar nicht so unlieb sein.

Darf ich Sie bitten, sich vergegenwärtigen zu wollen, daß ich meine durchaus eigene, besondere, schöne, unschöne, liebliche, herbe Mission habe, und wie ich vor allem gern mir selber treu bleibe? Sie störten mich sehr, und was Ihre Ehe betrifft, so bin ich mindestens jede Woche einmal Passiv- oder Aktivmitglied bei einer Eifersuchtsaffäre. Für mich wäre das also nichts Neues. Bleiben Sie lieber, bitte, für mich ein fortwährendes, unauflösliches, hie und da zu Nachdenklichkeiten anlaßgebendes, hochanständiges, gutbürgerliches Rätsel. Auf mich machen Sie den Eindruck einer Frau, die sich mehr Bedeutung beimißt, als ihr gestattet zu sein scheint. Möchten Sie nicht den Schreiber dieser Zeilen sich zu denjenigen Frauen hingezogen fühlen lassen, die sich dadurch gewissermaßen auszeichnen, daß sie eher in Wirklichkeit bedeutend sind, als daß es ihnen darum zu tun wäre, so zu scheinen? Dies ist sicher ein sehr herzhafter, weil unartiger Brief.

BRIEF AN EINEN EHEMANN

Sie zogen mich, sehr geehrter Herr, bezüglich Ihres Verhältnisses zu Ihrer Frau ins Vertrauen. Sie baten mich nicht um meine Meinung, die ich Ihnen hier gleichwohl bekanntgebe. Ich finde es von Ihrer Frau unverantwortlich, daß sie einen so wackern Mann, wie Sie sind, hinterging. Nichtsdestoweniger muß ich Ihnen gestehen, daß ich die Unverfrorenheit Ihrer Frau verstehe, indem Sie etwas Süßlichsaures an sich haben. Sie machen mir übrigens den Eindruck einer viel zu weitgehenden Vergnügtheit bezüglich Ihres Wertes. Anderseits begreife ich natürlich Ihren Stolz. Seitdem Sie von Ihrer Frau hintergangen worden sind, kommen Sie sich noch bräver und rechtschaffener vor als vorher. Ich mache Sie auf diese Eigenliebe ergebenst und gehorsamst aufmerksam. Ihrer Frau kamen Sie zu tugendhaft vor, als daß sie sich nicht hätte bewogen fühlen müssen, der Summe Ihrer vorzüglichen Eigenschaften entgegenzuarbeiten; denn das Zurschaugestelltsein der Tugend an einem Mann, als sei seine Tugend ein Gemälde und er die Wand, woran das Bild befestigt ist, hat für seine Frau etwas Revoltierendes. Ihre bis ins Unabsehbare ausgedehnte Solidität, mein Herr, gab Ihrer Frau Anlaß, Ihnen notorisch untreu zu werden. Sie sagten mit Ihrem hochgeschätzten Gesichtsausdruck in einem fort zu Ihrer Frau: «Paß auf dich auf; sieh dich vor usw.» Sie besitzen einen von Selbstgefälligkeit zusammengefalzten Mund, wie ihn ein mir bekannter erfolgloser Dichter aufweist, dessen Bedeutung sich darin deklariert, daß er bei sehr viel Begeisterung wenig Begabung und bei sehr viel gutem Willen wenig Glück hat.

Wenn lediglich die Meinung in Frage käme, die sich derjenige von seiner Frau gebildet hat, an den ich diesen Brief adressiere, so gliche sie einem von nichts als Elendigkeiten zusammengesetzten Eisenbahnzug. Sie schilderten sie mir als äußerst flatterhaft. Ich glaube gern, daß sie das ist, aber ich glaube ebenso leicht und gern, daß Sie es sind, der sie flatterhaft machte. Sie, der Sie einen Möbelwagen voll grauenerregender Ehrbarkeit darstellen. Ihrer

Frau wurde es übel an Ihrer Seite. In der Gesellschaft, die Sie Ihrer Frau gewährten, wurde die Pflanze moralisch krank, von der wir miteinander gesprochen haben, und deretwegen ich Ihnen hier mit allem mich kennzeichnenden Fleiße schreibe. Ihre meilenweite und -breite Rechtschaffenheit mußte notwendigerweise aus dem Gegenstande dieses Memorandums etwas in sittlicher Hinsicht Mißliches machen. Wenn Sie sie eines Tages oder zu verschiedenen Malen bei Unrechtschaffenheiten überrascht haben, so sind Ihre bereits hervorgehobenen Tugenden die Erzeuger davon. Die Tugend hat immer etwas Erbärmliches an sich, und das Laster besaß von jeher etwas Entzückendes und Hinreißendes, wobei ich natürlich den staaterhaltenden Standpunkt außer Betracht lasse. Ihre Frau war nicht verpflichtet, Sie von soeben angeführtem Standpunkt aus anzuschauen. Sie hätten, um sich Ihre Frau zu erhalten, hie und da auf süffisante Art Abwege betreten sollen; daß Sie das unterließen, bezeichne ich als eine ans Verbrecherische streifende Nachlässigkeit. Innerhalb des Gebietes der Rechtschaffenheit können Liederlichkeiten vorkommen.

Frohlocken Sie nicht!

Erwägen Sie reichlich, was diese Nachricht enthält. Verbieten Sie sich den geringsten Hauch von Glauben, Sie hätten die Untreue Ihrer Verjagten nicht mit der strahlendsten Redlichkeit verdient. Sie werden auch die Nachfolgerin der hier bedeutungsvoll zur Sprache Gelangten und von Ihnen mit gezwungenem Triumpheslächeln Verurteilten nicht zu behandeln wissen, und somit lade ich Sie ein, stets ein ganz klein wenig mürrisch zu sein und sich unter Erfülltheit solcher Bedingung für eine Untadelhaftigkeit zu halten.

BRIEF
AN EIN MITGLIED DER GESELLSCHAFT

Vor allen Dingen reden Sie ja immer sehr viel. Dieses Worte-über-Ihr-Reden-Verlieren geschieht ganz von selbst. Sie selber wissen ja mit der wünschenswertesten Genauigkeit, daß Sie nicht der einzige sind, der Tag für Tag viel spricht, daß dies vielmehr so ziemlich alle tun, daß das viele Reden über das Wissen oder über das Leben oder das häufige Sprechen infolge des vielen Wissens oder infolge des Bedürfnisses, viel zu wissen, zu den Allgemeingepflogenheiten gehört. Ich lernte beispielsweise jemand kennen, dessen Stand usw. ich Ihnen gewiß nicht anzugeben brauche, der an der Eigentümlichkeit sozusagen zu kranken schien, daß er bei sehr großer Redegewandtheit sich für unfähig hielt, ordentlich Konversation zu machen. Auf meine Bemerkung hin, er rede erstaunlich fließend, blieb er eine Minute lang wie versteinert vor Überraschtheit.

Sie sowohl wie die meisten Jetztlebenden müssen oder wollen also immer soviel wie möglich reden, was ja die Bildung so mit sich bringt, d.h. der Begriff dessen, was man Gesellschaft nennt. Sie und diese sehr zahlreichen andern haben aber das Gefühl, als vermöchten sie, kurz gesagt, nicht bis ins Licht vorzudringen, worüber wir uns beide ja anläßlich unserer neulich stattgefundenen Unterredung aufs eingehendste besprachen. Also redeten auch wir zwei lebhaft, d.h. wir zogen zusammen allerlei zu Rate oder in Frage, wir sind zwei bis drei Stunden hintereinander überaus beredsam oder gesprächig gewesen. Einen Tag später kam Sie die Laune an, mich zu benachrichtigen, ein bißchen Wind bewege sich vor Ihrem Fenster aufs schätzenswerteste hin und her, und daß Sie hievon ganz dekadent geworden seien. Als Angehörige der Intelligenz lag es für uns nahe, daß wir aufs Stillsein verzichteten, denn wenn zwei oder mehrere anläßlich eines Beisammenseins schweigsam sind, so legen sie zweifellos einen Beweis von Unaufgewecktheit ab. Unter anderem schrieben Sie mir, daß Sie sich nach etwas sehnten, nach einem viel schönern, größern, unmittelbareren Zustand, als der ist, worin Sie das Vergnügen oder Mißvergnügen haben, sich zu befinden.

Vielleicht werden Sie begreifen, daß es mir hier nicht ganz leicht ist, Ihnen Auskunft über Lebenskunst zu geben. So viel steht für mich fest, daß eine verhältnismäßig starke, helle Neugierde in Ihnen lebt, von mir zu erfahren, woher es kommt, daß ich ein Gesicht zu haben imstande bin, worin sich eine gewisse offenkundige Beliebtheit meines Ichs bei diesem selben Ich abspiegelt. Zunächst scheint mir das daher zu rühren, daß ich sehr oft unter Menschen gehe, ohne mich übrigens mit diesen Menschen auszusprechen. Ich möchte glauben, daß ich lediglich deshalb unter die Menschen gehe, um ganz einfach bloß so in ihrer Nähe zu sein. Tatsache ist, daß ich mir ein gewisses Wortkargheitsansehen verschafft habe, was natürlich für mich sowohl schmeichelhaft wie eine Art Skandal ist. Soviel meine ich Ihnen immerhin sagen zu dürfen, ohne die Zartheit Ihrer gesellschaftlichen Stellung und die Zierlichkeit und Feinheit Ihrer Erziehung zu verletzen, daß ich immer an irgendetwas glaube, daß es mir ein sehr großes Vergnügen gewährt, viele meiner werten Mitmenschen für außerordentlich klug, für viel klüger zu halten, als ich selbst bin, und daß gerade darin, d.h. in einer solchen Emporhebung meiner jeweiligen

Umgebung der Glauben besteht, der mich, wie ich Ihnen gern gestehe, Freuden erfassen läßt, die andern unbekannt sein mögen. Indem ich Sie auf einen Vorgang oder eine Bewerkstelligung oder eine Inszenierung aufmerksam mache, die man Beschwichtigung oder Selbstbeaufsichtigung nennen kann, bleibt mir selbstverständlich der Unterschied zwischen mir und Ihnen bewußt, der vielleicht gar kein großer zu sein braucht, zugleich aber doch wieder ein großer ist. Wenn ich Sie auch nur einigermaßen richtig zu beurteilen fähig wäre, so würde ich mir bezüglich Ihrer Persönlichkeit einreden wollen, sie habe noch wenig, d.h. so gut wie überhaupt keine Wandlungen usw. durchgemacht. Sie kommen mir, mit einem Wort, kolossal unangefochten vor, d.h. wie eine Erscheinung, an der das Leben noch beinahe keine Modulationen vorzunehmen Gelegenheit hatte. Sie würden also meiner Auffassung nach, die vielleicht eine irrige ist, eine Möglichkeit, die ich immer, zitternadelhaft, einer Herrin ähnlich, als Überwacherin über mein Denken einsetze, das Leben noch nicht kennen und daher die Wege noch nicht, die in die Fähigkeit führen, an etwas zu glauben. Das ganze weite Leben, ich meine, wenn dieses große Leben wirklich Leben sein will, so sammelt es sich zu einem bißchen Glauben an. Man wird plötzlich still, nicht wegen des Stillseins an sich, sondern weil man an etwas glaubt und einen dieses An-etwas-Glauben glücklich macht. Nun ist es mit diesem Glücklichsein eine eigentümliche, unter gewissen Voraussetzungen verächtliche Sache, indem nämlich diejenigen, die nicht glücklich sein wollen oder es zu sein nicht imstand sind, die, die es sind, die den Mut oder die Kunst besitzen, es zu sein, verachten.

Und nun teilten Sie mir da mit einer mich übrigens nicht überraschenden Deutlichkeit mit, daß Sie entschlossen seien, glücklich zu werden, so, als wünschten Sie sich Kenntnisse, die ins Gebiet des Lebensglückes fallen, anzueignen, aber mir fällt da plötzlich wieder einmal so eine Figur oder Gestalt aus dem täglichen Leben ein, nämlich ein Mädchen mit gleichgültigen und zugleich schmachtenden Augen, die ich entzückend fand, als ich sie sah, und die ich mir seither im stillen erlaubt habe zu lieben. Wenn Ihnen etwas begegnet, was Sie imstande sind zu lieben, so wird diese Empfindung Sie in allem, was für Ihr Glück nötig ist, unterrichten. Sie würden also am besten tun, den Unterricht in der Lebenskunst von Ihrer Aufmerksamkeit zu empfangen, und mir würde es bloß aufgegeben sein, Ihnen zu empfehlen, möglichst achtsam in den Alltag zu schauen. Sie scheinen gesagt zu haben, Sie glaubten an mich, und ich scheine wieder meinerseits genötigt zu sein, Ihnen von diesem anscheinend durchaus unrichtigen Weg abzuraten. Ich bin nicht Ihr Weg, sondern ich bin bloß einer, der Sie daran zu erinnern wagen muß, daß Sie sich selber nicht nur ein Weg, sondern zahlreiche Wege sind. Sie dürfen mich meiner Ansicht nach deshalb nicht als Ihren Weg betrachten, weil Ihnen die vielleicht für Sie freilich zu schwierige Aufgabe auferlegt ist, einen Weg mitten durch Ihr Noch-nicht-Erlöstsein zu bahnen.

Alles an Ihnen mutet mich jedenfalls sehr standesmäßig an. Indem ich überzeugt bin, daß Sie die eigentliche Stille, die etwas Kleines, aber zugleich etwas Starkes ist, keineswegs kennen, denn wie wäre es möglich, daß Sie sie kennten, da Sie sie mir als etwas Drückendes schildern, mache ich Sie darauf aufmerksam, daß, weil Sie das Leben meiden, die Stille Sie flieht, aber soeben erhalte ich Besuch, ein scheinbar durchaus nicht unbedeutender Draufgänger unterbricht mich, indem er ernsthaft zu mir hereintritt, was mich veranlaßt, aufzustehen, um ihm entgegenzutreten. Entschuldigen Sie, wenn ich hoffe, Sie nähmen mit wenigem gern vorlieb. Der Eingetretene wünscht nämlich von mir eine Erklärung. Er sieht sichtlich gespannt aus. Er spielt den Erschrockenen. Möglich, daß er wirklich konsterniert ist. Ich bin bereits vorbereitet, einige überzeugende Worte zu sagen. Er sagte mir, ich führte mich unglaublich jung auf, woraufhin ich mir Jugendlichkeiten ihm gegenüber herausnahm, über die ich ihm nun Auskunft schuldig zu sein scheine.

BRIEF AN EINEN ZEITSCHRIFTREDAKTOR

Ihre geschätzte Anfrage, sehr geehrter Herr Geschäftsführer, ob Ihre Zeitschrift meinen Beifall finde, glaube ich zu meiner Erheiterung dahin beantworten zu können, daß ich Ihnen gestehe, ich sei der Meinung, Sie protzten sozusagen zu allererst ein bißchen mit dem Titel, der mir zu offenherzig, zu vergnügt, zu stolz, zu siegesbewußt, zu eigenmächtig zu sein scheint. Ich finde nämlich, ein Buch-, ein Zeitschrift- oder ein Theaterstücktitel müsse Konventionalität, Schicklichkeit, Rücksicht usw. so kurz und selbstverständlich wie möglich zum Ausdruck bringen, gleichsam eine stille Freude, gesellschaftsfähig sein zu dürfen, ausatmen.

Der Titel Ihres literarischen Unternehmens, sehr verehrter Herr, trägt gewissermaßen rebellischen Charakter, was als erheblicher Fehler bezeichnet werden kann. Indem ich es mir zur Pflicht gemacht habe, über die Ausstattung Ihrer zweifellos schätzenswerten Zeitschrift nachzudenken, kam ich zum Entschluß, überzeugt zu sein, daß das Papier, das Sie verwenden zu können glauben, nicht nichtssagend, nicht bescheiden genug ist. Die heutige Welt, und wenn sie's auch tausendmal nicht zugeben würde, sehnt sich nach Inhaltlichkeiten, gleichsam nach einer auf irgendwelche Art verlorengegangenen Echtheit, nach etwas Zuverlässigem oder, wie man vielleicht wird sagen dürfen, nach etwas Fundamentalem. Obwohl mir scheint, daß dies niemand zuzugeben Lust hat, existiert meiner Ansicht nach sehr viel Möglichkeit, daß es sich dennoch so verhält. Irgend jemand, d.h. ein Schriftsteller von Bedeutung, sprach von einer erkrankten Welt, was mir persönlich als ein wenig kühn gesprochen vorkommt, wiewohl der Sprechende bis zu einem gewissen Gesichtspunkt durchaus Richtiges zur Sprache gebracht haben mag. Längstens wollte ich Ihnen, was die Art des Erscheinens Ihrer Zeitschrift betrifft, den Wunsch, der sich bezüglich letzterer in mir sehr bald bemerkbar machte, vors Bewußtsein führen, Sie würden womöglich gut tun, die Monatlichkeit oder sogar Vierteljährlichkeit Ihres jeweiligen Auftretens mindestens doch schon in ein vierzehntägiges, wenn nicht am besten in ein wöchentliches zu verwandeln bestrebt sein, da mir nur durch ein lebhaft-, d.h. raschmöglichst aufeinanderfolgendes Sichblickenlassen eine Zeitschrift imstande zu sein scheint, das Interesse wachzuhalten.

Gerne mache ich Ihnen ohne leiseste Honorarforderungen den Ihnen vielleicht sympathischen Vorschlag, zugunsten häufigeren Erscheinens die Pracht und Vornehmheit derselben in so starkem Maße, wie es Ihnen als erträglich vorkommt, einzuschränken, die ich, falls ich Führer zu sein in der Lage wäre, was übrigens vorläufig gar nicht mein Wunsch ist, überhaupt einstellte, da gerade der äußere Schmuck die Wirkung des Inhaltes sozusagen beschädigt. Prunkvolle Zeitschriften scheinen mir Ähnlichkeit mit schwerfällig daherschwimmenden Schiffen zu haben, die nicht genügend leicht lenkbar sind, während ich sie mir lieber als Flugschriften im Gewande von elegant dahinfliegenden, amüsant flatternden, zielsicheren Vögelchen vorstelle. Die Tatsache, daß die Kommandanten von Zeitschriften sich von der Befürchtung einschläfern und -wiegen lassen, die ihnen zuruft oder bloß einflüstert, sie dürften bezüglich dessen, was sie dirigieren, keine oder möglichst wenig Ähnlichkeit mit den täglich erscheinenden Blättern haben, hat für mich etwas, wie ich gestehen möchte, beinahe Belächelnswertes, weil ich sie als auf Unbegründetheit beruhend anschaue. Eine Zeitschrift versuche ganz einfach bloß unterhaltend zu sein, sie biete nach Möglichkeit liebliche, bildende Abwechslung, und wodurch kann sie dies schneller erreichen als dadurch, daß sie sich bemüht, treuherzig und zugleich geistreich auf recht viele Lebenseinzelheiten einzugehen und dadurch, daß sie es zu verstehen versucht, aus allerlei Geringfügigkeiten, aus Gegenständlichkeiten des Alltags etwas zu machen, womit ich meine, daß eine Zeitschrift jung, graziös, an Farbigkeit einem Garten, an Heimeligkeit einem liebenswürdig eingerichteten Haus oder meinetwegen auch bloß Häuschen ähnelnd, behend, dabei aber äußerst aufmerksam gegenüber allem Bestehenden, Erdhaften, Bodenständigen zu sein habe.

Was den Kreis betrifft, auf dessen Anteilnahme Sie zu

hoffen berechtigt sein könnten, mit dessen Kauflust Sie rechnen möchten, so werden Sie mir gestatten, Ihnen anzuvertrauen, daß Sie vielleicht ganz falsch rechnen würden, wenn Sie hauptsächlich auf denjenigen Teil der Gesellschaft zählen wollten, der in bezug auf Wohlhabenheit und Intelligenz an der Spitze steht. Wenn es mich selbst beträfe, würde ich mit einer Zeitschrift einer unscheinbaren Gruppe von zunächst ausschließlich sich mit sich selbst Unterhaltenden das Leben zu geben versuchen. Bekanntlich ziehen ja solche, die sich amüsieren, die unter sich etwas besitzen, wovon andere noch nichts wissen, die scheinbar ganz für sich Kultur hervorbringen, eben diese anderen unwillkürlich an, womit ich andeute, daß ich es bei Gründung und Fortsetzung einer Zeitschrift weniger aufs Hintertragen und Anbieten, als aufs Neugierigmachen ankommen lassen würde, denn bei ihnen, wie in so manchen sonstigen Fällen, will in erster Hinsicht ein Appetit, eine Lust, sich am zeitschriftlichen Gastmahl zu beteiligen, geweckt sein, und um dies herbeizuführen, muß zuerst der Tisch mit allerhand verlockenden Speisen, verführerischen Getränken auf schönen Schüsseln und in schimmernden Gefäßen, die eine Reinlichkeit abspiegeln, mit Sorgfalt gedeckt sein. Ihnen, mein Herr, muß Ihre Zeitschrift vor allem munden, Ihnen ist die Aufgabe gestellt, lachenden Gesichts am Zeitschrifttisch zu sitzen, damit dieser oder jener Sie ob dem, was Sie geschaffen haben, schmunzeln sieht, und damit der eine oder der andere und hierauf immer mehr Menschen und Zeitgenossen mit der Frage zu Ihnen kommen, was die Lustigkeit koste, die kein vulgärer Begriff, die nichts Gemeines zu sein braucht, unter der ein Gebildeter vielmehr etwas Daseinumspannendes versteht. Ich mache

Sie auf einen hohen Vorteil aufmerksam, der mit der Selbständigkeit sich geltend zu machen beginnt, und ich grüße Sie, Ihnen dringend kulturellen Wagemut empfehlend, aufs freundlichste.

Viel hängt für Sie davon ab, ob Sie Erziehungsgabe haben.

BRIEF AN EINEN VERLEGER

Ihnen für Übersendung Ihres Verlagskataloges mit einer Aufrichtigkeit dankend, die ich Sie bitte, für ursprünglich zu halten, lasse ich Sie gern vom Eindruck etwas wissen, den das Buch auf mich machte, aus dem mir zunächst die Gestalt eines anscheinend wackern Mannes entgegentrat, an dessen Ausdrucksweise mich gewissermaßen eine völlige Rücksichtslosigkeit in Erstaunen setzte und zugleich natürlich lebhaft interessierte. Ungeschminkte Äußerung in einer Epoche, die sich zu verschleiern liebt, löst zum mindesten eine heiterkeitschenkende Verwunderung aus.

Wenn neben dieser ersten, so außerordentlich markanten Figur die zweite eher nur kluge Zurückhaltung abspiegelte, als daß sie über eine große Kraft Fähigkeitsbeweise abzulegen für nötig hielt, so machte doch auch seine Erscheinung nichtsdestoweniger wieder keinen geringeren als den Eindruck ausgezeichneten menschlichen sowohl wie bürgerlichen Wesens, indem er gleichsam einen überaus bescheiden denkenden Weltmann verkörperte.

Die dritte Gestalt stellte sich als verblüffend umsichtigen Kalkulator vor, als einen Kaufmann, dem weiter nichts zu fehlen schien, als daß er etwas mutiger über die

Grenzen seiner Kaufmännischkeit hinausgegangen wäre. Mir schien, daß er sich für beinahe etwas zu mächtig, für zu fertig, für zu allseitig halten wollte; aber einem reichen und in großem Format sorgenden Mann steht ja eine gewisse Eitelkeit sicher an.

Wollen Sie, bitte, beim Lesen dieser Zeilen gütigst in Betracht ziehen, daß ich mich beim Charakterisieren befugt glaube, mich den holden Zufälligkeiten hinzugeben, mich für das, was ich Ihnen mitteilte, absolut nicht verantwortlich fühlend, da ich ja jede Namensnennung aufs Gewissenhafteste vermeide, die überdies meinem Schriftstellergeschmack gar nicht zusagt. Nur auf eine zu bequeme Art will sich die Menschheit, wie mir vorkommt, auf große Namen stützen, anstatt daß sie darauf hinaus ginge, sich eindringlicher als je auf sich und ihre wichtigsten Interessen zu besinnen, auf die Arbeit, die sie zu tun hat, und auf die Kunst, sich harmlos-unbenommen des Lebens zu erfreuen.

Ihre schöne, angenehme, teilweise gewiß tiefem Bedacht entsprungene Sendung machte mich mit einem grandiosen, tragischen Sterbebett aufs Bildhafteste bekannt, dessen Anblick mir den Ausruf entlockte: «Mit welcher sentimentalistischen Vorliebe schilderte er zu seinen Lebzeiten, was ihm nun selber widerfuhr.» Unwillkürlich ahmt man, wenn man sich in einem Gemach befindet, worin ein Gestorbener oder ein mit seinen Kräften Ringender liegt, taktvollerweise dessen Schweigsamkeit nach, weshalb ich zu einem andern Inhalt Ihres liebenswürdigen Geschenkes übergehe, zu einem aus sehr großer Bedenklichkeit beim Sprechen jeweilen nur kurze Sätze machenden Bedeutenden, dessen Trockenheit, Wortkargheit jedoch ein verhältnismäßig überreiches

Leben entsproß. Scheinbar monoton, wie er sich gibt, sieht man bei aufmerksamem Zuhören die vorsichtigsten Beteuerungen und Farben einer Poesie gleichsam Kanal sein, zum Hinausströmen in die weite Ebene des Aufnehmens und Miterlebens verhelfen, die um so mehr erquickt, als man sie im Besitz einer so zurückhaltenden Persönlichkeit nicht meinte vermuten zu dürfen. Sie haben mir die unterhaltendste Gelegenheit verschafft, mit zwei total unähnlich Aufwachsenden, aber Ähnliches Erlebenden nähere Bekanntschaft zu machen, und Sie trugen freundlich dazu bei, daß ich mich einem längst Bekannten wieder habe nähern können, der mir diesmal ein wenig fremd, will sagen, unlauter, sozusagen etwas gemacht, zurechtgestellt, vielleicht sogar etwas forciert-weichlich, gewollt-mitleidig zu erscheinen bestimmt war, womit ich ihm womöglich nicht ganz gerecht geworden bin. Aber ich glaube mir in einem Briefe Kritik herausnehmen zu dürfen, den ich an jemand richte, den ich für weitsichtig und unparteiisch genug halte, daß es ihm eher angenehm als unpassend sein kann, wenn seine Gabe würdig, d. h. mit der schicklichen Sachlichkeit, mit geziemender Kenntnis und mit einiger Freiheitlichkeit in Empfang genommen wird.

Ihren Katalog und folglich Ihr zweifellos eine Hoffnung darstellendes Unternehmen nicht überschätzend, wurde mir die Ahnung Ihrer Betriebsamkeit immerhin gleichsam lieb, womit ich mich achtungsvoll von Ihnen verabschiede, Sie zu Ihrer Herausgabe herzlich beglückwünschend.

Der Eifer, den man andere entfalten sieht, parallelisiert den eigenen, der nicht geweckt zu werden braucht, der sich indessen mit Vergnügen begleiten läßt. Für jeden, der sich bemüht, sind Bemühungen, die sonstwie aus dem Leben wuchsen, nicht gleichgültig, vielmehr bedeuten sie ihnen Gliederungen im Umkreis eines gemeinsame Wirkungen einschließenden Ganzen.

MORALPREDIGT

Zur Gebildetheit gehört, daß man sowohl nachsichtig wie in gewisser Hinsicht unerbittlich mit sich selbst verfährt. Hauptsächlich kommt es darauf an, nach Schmiegsamkeit auszusehen. Es gibt ja auch eine Geschmeidigkeit gegenüber sich selbst. Wenn eine Frau die Bemerkung über mich macht: «Wie er lächelt», befinde ich mich unbedingt im Zustand der Bildung, d.h. pardon, im Gebildetheitszustand. Gebildet sein und der Begriff von Bildung sind ja allerdings etwas Ähnliches und doch wieder etwas sehr Verschiedenes. Wenn du gebildet scheinen willst, mußt du dafür sorgen, daß du undezidiert auftrittst, nicht zu sehr natürlich, sondern bloß ein klein wenig. Eine kleine Portion Zaghaftigkeit nimmt sich für das gesellschaftliche Gefühl ausgezeichnet aus, und es ist ja auch eine tiefere Begründung dabei, und zwar folgende: Wir sind allerseits zur Rücksicht verpflichtet. Auf einem sehr flotten, selbstbewußten und sehr strammen Auftreten liegt der Schimmer der Rücksichtslosigkeit, des Egoismus, der als unpassend, unverhältnismäßig empfunden werden kann. Ein Gebildeter vermeidet unter allen Umständen, als brutal angeschaut werden zu können, er muß sich vor dieser Eventualität in einem fort leise fürchten. Sittlich ein bißchen fallen, ich meine, sich auf Abwegen antreffen lassen, das schadet an sich weiter nicht sehr viel. Sehr ungebildet sieht es hingegen aus, wenn der Irregegangene auf seine Abweichungen gegenüber denen, die Anstoß daran nehmen, stolz tut, d.h. sich vielleicht dazu verleiten läßt, mit den Verfehlungen zu prunken. Selbstverständlich kommt es einem Gebildeten zu, sich möglichst gut zu kleiden, was aber keineswegs so wichtig ist, wie man annimmt. Zu allererst muß er stets irgendeiner netten, möglichst artigen Anmaßung fähig sein. Man kann sich natürlich hierüber etwas Unrichtiges vorstellen. Eine Gebildetheit ohne eine geringe Dosis von Eingebildetheit scheint es nicht zu geben, aber auch hier macht sich wieder der Grundsatz geltend: nur um Gottes willen nicht zu viel; denn das Wesen der Gebildetheit besteht ja, das darf nicht außer acht gelassen werden, in einer Verflachung. Nur nicht zackig, stockig, störrisch, trotzig, kantig, eckig sein. Frech eventuell schon, zugleich aber gehobelt. Zu viel Fröhlichkeit scheint etwas ebenso Minderwertiges zu sein wie zu viel Ernst, merke dir das, und benimm dich nie ritterlich, wenn du gebildet erscheinen willst. Dagegen leuchten gewisse Dummheiten, was das Benehmen betrifft, wie Juwele, denn unsere Dummheiten, falls sie einigermaßen maßvoll bleiben, legen von uns ein Zufriedenheitszeugnis ab. Schaue stets in hohem Grad nach Gesättigtheit aus; sei weder zu flink noch zu träg, weder zu fleißig noch zu nachlässig, weder zu poetisch noch zu poesielos, vor allen Dingen beachte die Frauen weiter nicht; würdige keine Schöne irgendwelcher Aufmerksamkeit. Das tut kein Gebildeter, das tut ein Naturbursche. Der Gebildete versteckt die Natürlichkeiten. Gänzlich kann er sie nicht verbergen, aber er belächelt sie bei ihrem Erscheinen. Natürlich kommen allerhand Abstufungen beim

Gebildetsein vor. Auffassungsarten mögen erlaubt sein. Einer, der als gebildet gelten will, muß insofern in Übereinstimmung mit sich sein, als er sich eigentlich nie sehr hoch einschätzt. Es ist dies ja die tiefste und feinste Art von Anmaßung, die sich denken läßt. Gegenüber Vorwürfen, ob sie zutreffend sind oder nicht, machst du ein betroffenheitzumausdruckbringendes Gesicht, verstehst du?

EXPOSÉ

Wahr ist, ich geh' nicht häufig ins Theater. Ich sehe gern Schauspielerinnen im Kaffeehaus Zigaretten rauchen. Das Schauspiel läßt an Beziehungen zu der Zeit, worin wir leben, zu wünschen übrig. Man führt Dichtungen auf, die längst heruntergespielt sind. Hiebei hat es wenig Zweck, Namen anzuführen. Eine Schülerin von sehr einnehmender Gestalt interessiert mich. Sie begegnet mir hie und da in einer Allee, die früher hochherrschaftliches Gepräge trug. Das Theater besaß einst für alle etwas Hinreißendes. Die Galerien waren von Studenten und Studentinnen besetzt, die spärlich aßen, um sich Billets zu verschaffen. Damals schrieb ein hochaktueller Dramatiker Rührstücke für die gebildete Gesellschaft. Heute läuft die Jugend auf die Sportplätze. Man hat einzusehen begonnen, daß der Genuß eines Theaterabends nicht nur ein Genuß ist, sondern auch Kräfte in Anspruch nimmt. Unsere Epoche ist eine sanitarische. Die Frauen setzen alles Erdenkliche dran, hübsch zu bleiben. Hübsch sein ist ein Glück. Man will so lange wie möglich jung, gesund, schön, elastisch, liebefähig bleiben. Es wurde zu anstrengend, sorgfältig Toilette zu machen, und man zog den Kinobesuch vor. In hiesiger Stadt kenne ich zirka drei Menschen, was mir beweist, daß ich arbeitsam bin. Wer beschäftigt ist, lernt nicht so rasch Menschen kennen, wie wer herumspaziert und aufs Plaudern ausgeht.

Was das Welttheater betrifft, so sieht man klar, wie sich der Westen Europas jahrzehntelang Mühe gegeben hat, den Osten gleichsam aus dem Schlaf zu rütteln. Ich brauche bloß beispielsweise auf Gustave Dorés geistreiche, satirische Zeichnungen hinzuweisen, die auf das zaristisch regierte Rußland zielten. Der Osten ist «vom Bett» aufgestanden. Noch scheint er schläfrig, reibt sich die Augen. Vielleicht ist es noch verfrüht, zu sagen, er sei erwacht. England fühlt sich vom bloßen Gedanken an eine solche Möglichkeit unangenehm berührt. Man versteht das ja vollkommen. Zwischen China und Rußland gibt es Beziehungen, die man nicht genau kennt. Daß Europa Rußland feindlich gegenübertreten mußte, oder zum Teil wenigstens glaubte, es müsse es tun, ist für Europa peinlicher als für Rußland. Letzteres sah und sieht sich auch noch jetzt angegriffen. Es ist im Verteidigungszustand, der an und für sich vorteilhaft ist. Was geschieht in Indien? Man sieht, ich befasse mich mit großen Fragen. Frankreich hat Sorgen. Das geht noch an. Aber warum bewitzelt der Franzose so leichtsinnig gewisse Unbehilflichkeiten? Nun ist der Osten Europas kein Kind mehr, oder doch nur noch halb. Man muß insofern England loben, als es von sämtlichen westeuropäischen Nationen am wenigsten Lust zeigte, sich über die östliche «Kindlichkeit» zu amüsieren. Wie verhält sich Polen zu gewissen Wünschen betreffend die Änderung der Staatsform in Rußland? Der Westen, der zum Hochmut gegenüber dem Osten neigt, wird schwer zu bewegen sein, Vertrauen zu demselben zu gewinnen. Ich will nicht von «Bildungsdünkel» reden, obwohl ich mir hierzu das «Recht erteilen» könnte. Hochmut kann in gewisser Hinsicht schön sein, aber er ist immer eine sich früher oder später offenbarende Dummheit. Japan wartet klug ab; es ist, als sei es träge. Dem Europäer könnte man wünschen, er lernte ebenfalls etwas von der asiatischen Kunst, sich in die Zeit zu schicken. In Friedenssachen spielen Talent und Instinkt eine erheblichere Rolle als die gute Absicht, die an sich etwas total Charakterloses ist. Es wurden Anspielungen auf die «Friedhofsruhe» gemacht. Mir ist eine solche lieber als überhaupt keine. Die Lage Italiens ist wegen seiner Empfindlichkeit ungünstig. Warum sind die Italiener empfindlich geworden? Weil sich Deutschland empfindlich gezeigt hat? Das wäre ja sehr natürlich, wenn auch schon ein bißchen zu sehr nach Naturhaftigkeit aussehend. Politik fängt dort an, wo die Empfindlichkeit überwunden ist. Aber ist es denn gesagt, daß gute Politik getrieben werden muß? Schlechte Politik ist ja auch Politik, vor allen Dingen: Leben! In London ist ein Vertreter der Sowjetrepublik «gekränkt» worden. Überall wird denen, die gekränkt worden sind, das Gekränktsein zum Vorwurf gemacht. Frankreich ist «nur ein offizieller» Freund Englands. In der ganzen zivilisierten Welt bilden die hohen Gehälter eine Last. Die Staaten «ächzen». Ich seh's an mir, wie es im großen ist. Wenn ich guter Laune bin, gelte ich etwas, wie ich mich aber in dieser guten Laune erhalte, hierum kümmert sich begreiflicherweise niemand. In den Völkern zittert es wie in einem epileptischen Körper. Und ich bleibe bei der Überzeugtheit, der Westen habe den Osten derangiert. Deshalb ist nun der Osten ein «Bösewicht». Als ich eines Tages jemand über den Haufen warf, weil ich ihn lächerlich fand, schaute ich ihn auch noch strafend an. Irre ich mich nicht, so hielt ich ihm eine Rede über die Unverantwortlichkeit des mir an Kräften nicht Gewachsengewesenseins. Ein Witzblatt machte sich über eine hochstehende Persönlichkeit lustig. Dieselbe ohrfeigte dafür denjenigen, der ihr das Blatt überbrachte. Könnte man nicht hamlethaft vom Horizont sagen, er sei von Wolken bedeckt, die wie Kamele aussehen?

Ich gähne über diese Bemerkung.

Ich stehe mit diesem Abriß über die uns interessierenden Zustände wie auf einem Hügel; unten steht die Geliebte, die ich vom Aussichtspunkt aus anlache.

Könnte ich, was ich hier schrieb, Exposé nennen?

NOTIZBUCHAUSZUG

Dieses Prosastück dürfte einem Witz ähneln.

Es gibt für mich Umstände, Zusammenhänge seltsamer Art. Vielleicht existieren Folgerungen, Auswirkungen, die niemand wahrzunehmen vermag.

Ich erinnere mich eines Körbchens und eines großen, seltsamen Hauses. In der Nähe desselben ragte gleichsam ein See blau empor. Das klingt natürlich ein bißchen witzig, phantasiehaft. Man kann Eindrücke ins Bizarre steigern. Von einem gewissen ethischen, bildnerischen Standpunkt aus darf man das. Seen, die sich bergähnlich türmen, obgleich sie, gleich Seidentüchern, mäuschenstill liegen, können belächelt werden, was ja ganz und gar nichts schadet. Besagtes Körbchen wurde täglich zur

Morgenstunde von einer Frau herabgelassen, damit der Postbote die Briefe hineinlege. Der Frau fehlte irgend etwas. Vielleicht litt sie an Migräne. Jedenfalls war sie mir ein Rätsel. In diesem Hause sprach ich einmal mit einem jungen, vornehmen Mädchen. Ich war nämlich damals etwas wie Gehilfe, und während ich dem Mädchen auf allerlei Fragen Auskunft gab, schrieb ich emsig Adressen. Ich war eine Art Privatkorrespondent. Darf ich bitten, mir jenen wunderbaren See, der an Glätte einem Damenspielbrett glich, und der sich dennoch scheinbar krümmte und bäumte, nicht übelzunehmen? Ich gebe die Komik, die in dieser Sonderbarkeit liegt, zu und komme nun auf das eigentliche Sujet zu sprechen, nämlich auf Napoleon den Dritten, der bekanntlich einen zierlichen Bart trug und eine sehr elegante Figur gewesen ist.

Dieser hohe Herr verlor nachgewiesenermaßen einen wichtigen, einschneidenden Krieg. Nebenbei bemerkt, verlebte er einen Teil seiner Jugendzeit als Artillerieaspirant im Städtchen Thun, das mit seinem viertürmigen Prachtschloß die Eingangstüre ins Berner Oberland bildet. In Thun amtete meine Geringfügigkeit zeitweise als Spar- und Leihkassenangestellter, und im selben Städtchen dichtete Heinrich von Kleist seinen «Zerbrochenen Krug», der ein Lustspiel ist, das einst in Weimar prächtig durchfiel. Genannter Dichter übte sich gleichzeitig im hübschen Landhaus, das noch heute in der Nähe von Thun zu sehen ist, im Tragödienschreiben, in dem er wuchtig, leider aber sich vergeblich anstrengend, an die Gestaltung des Robert-Guiscard-Stoffes herantrat. Er hat uns diesbezüglich ein interessantes Fragment hinterlassen.

Napoleon der Dritte, so wird erzählt, stocherte eines

schönen Tages mit seinem Spazierstöckchen, das er stets bei sich zu haben pflegte, wenn er sich irgendwohin begab, auf der Fläche eines Courbet-Bildes geringschätzig herum, das in dem und dem Pariser Gemäldeausstellungshaus hing. Das Bild schien ihm nicht zu imponieren. Will ich nun etwa sagen, Napoleon der Dritte verlor einen Krieg, weil er in einem Kunstwerk herumspazierstöckelte? Nein, keineswegs, sondern ich begnüge mich mit dem Hinweis auf das Gesagte, das sich auf die Seltsamkeit im Gebiet der Zusammenhänge bezog. Es kann bedeutende Künstler, und es kann unbedeutende Herrscher geben. Niemand wird diese Möglichkeit anzuzweifeln für nötig erachten.

Napoleon der Dritte ragte hauptsächlich dadurch hervor, daß er eine schöne Frau hatte, die Eugenie hieß. Sie hatte die fabelhaftesten Kostüme an und offenbarte eine Haltung, deren Zauber sich niemand zu entziehen vermochte, der Gelegenheit bekam, sie zu sehen.

Nun ist es fernerhin seltsam, daß der Gegner des eben Besprochenen, Graf Bismarck, gern Heine las. Bismarck war doch konservativ. Wie lassen sich eine solche Geschmacksrichtung, eine solche Vorliebe verstehen? Diese Frage scheint mir keine schwierige. Heine amüsierte mit seiner Sprachbegabung und gewiß hauptsächlich mit der Fülle seines glänzenden Witzes den preußischen Grafen.

So hatte also ein Heine-Freund Glück, indes sich ein Courbet-Gegner mit Mißgeschick bedeckte.

Es ist bekannt, wie häufig Kaiser Wilhelm von Deutschland, der den Weltkrieg verlor, über die sogenannte Rinnsteinkunst herzog. In die Rinnsteinkunst bezog er auch Delacroix irrtümlicherweise mit ein. Er äußerte sich einmal über diesen Eminenten im Reich der Kunst recht abfällig. Ich besuchte nämlich bei irgendeiner Gelegenheit in Begleitung eines Freundes den Maler Max Liebermann, aus dessen Mund ich hörte, was ich soeben aussprach.

In diesem Fall ging es also einem Delacroix-Verkennenden so, wie er sich's nicht wünschte.

In Karlsbad unterhielten sich einst, in den dortigen Promenaden lustwandelnd, Goethe und Beethoven über dieses und jenes lebhaft und eingehend. In diesem Badeort von Weltruf saß einst Eduard von England im Theater und sah die Grete Wiesenthal tanzen. Sie tanzte ihm aber gewissermaßen zu schlicht, zu effektlos, zu sehr als Freudige, Glückliche, zu sehr das Herzliche, Naturhafte betonend. Herzlos verließ Eduard, während die Wiesenthal noch tanzte, den Zuschauerraum; doch siehe, dieser weltgewandte Rücksichtslose, dieser Grete-Wiesenthal-Unmöglichfindende, hatte Glück.

Wie begründete sich das?

Eduard der Siebente schätzte die Ballettkunst, den Spitzentanz. Der Naturtanz entsprach seinen Ansprüchen nicht. Er war der Grete Wiesenthal gegenüber in gewisser Hinsicht im Recht. Er bewies in diesem Fall, was er in anderen Fällen zu beweisen Anlaß fand: Bewandertheit. Genannte Künstlerin schien sich ihm nicht reserviert genug gebärdet zu haben.

Laßt mich von diesem Essay wegtreten!

Wenn ich Romantiker wäre, weinte ich vielleicht eine Träne. Dies hier ist nur ein Notizbuchauszug.

AUFSATZ ÜBER BISMARCK

Für eine Geringfügigkeit, wie ich eine bin, braucht es Mut, über einen so Großen, wie Bismarck war, zu schreiben.

Trotzdem er brav war, führte er Krieg, und trotz der Kriege, die er einzuleiten und zu befürworten schien, war er der zuvorkommendste Gatte.

Indem er auf einem Rittergut aufwuchs, benahm er sich, wenn vielleicht nicht immer, so doch meistens ritterlich. Damen gegenüber betrug er sich auffallend galant.

Seinem Herrn, der den Posten eines Königs bekleidete, diente er ehrlich. Dadurch, daß er ihm zu Dienst war, half er auch seinem Volke. Darf ich hervorheben, daß Bismarcks Wesen ein einfaches war? Man kann ja sehr einfach und zugleich sehr klug sein, und die Ehrlichkeit kann mit der Gescheitheit verbunden werden. Nicht immer sind Anhängliche unklug und Gute ungeschickt.

Bismarck machte sich durch seinen Realismus berühmt. Dennoch besaß vielleicht auch er eine romantische Ader, indem es möglich ist, daß er gern abends beim Lampenlicht Gedichte las.

Im allgemeinen benahm er sich rassig; er besaß, was man Einfälle nennt, er war originell, und er scheint eher von der Problematik alles Irdischen als von sich selbst überzeugt gewesen zu sein.

Er verfügte über einen sehr gesunden Verstand, womit er ausrichtete, was mitunter seinen Freunden ein Schmunzeln, seinen Gegnern aber eine Fülle von Mißbilligung abgenötigt haben mag.

Da er belesen war, konnte man sich mit ihm auf mannigfaltigste Art unterhalten. Wenn ihm auch in Gesellschaft nicht jede Sekunde ein verbindliches Lächeln gelang, so scheint er doch auch nicht in einem fort ein saures Gesicht gemacht zu haben.

Was seine Leistungen betrifft, so brauche ich mich kaum weitschweifig darüber zu äußern. Man kennt sie zur Genüge, wobei ich mir zu betonen erlaube, daß ich nicht alles, was ihm Vortreffliches gelang, aufs Konto seines eisernen Willens setze, denn ich zweifle nicht daran, daß er in seinen Unternehmungen vielfach weiter nichts als sogenanntes Glück hatte, womit ich das Bild seines Ansehens keineswegs verkleinere.

Bismarck wird oft selber nicht gewußt haben, wie klug er sich aufführte. Damit gelange ich zum Punkt, wo es mir passend scheint, zu sagen, er sei eine Art Künstler, d.h. ein ebenso vorsichtiger wie wackerer Spieler gewesen.

Von seinen Landsleuten verlangte er Hingebung. Er trat während seiner gesamten Laufbahn für Sparsamkeit, d.h. für Kräfteschonung, zweckmäßiges Rücksichtnehmen ein. Die sogenannte goldene Rücksichtslosigkeit wird er gekannt haben, doch fand er's nicht für erwünscht, für Verbreitung solcher Maxime zu sorgen, die doch nie von allen angewendet werden kann.

Amüsant an ihm ist, daß er mit Vorliebe einen Dichter las, der vorwiegend spottete. Er trug gern breitrandige Hüte und ließ sich auf Spaziergängen von einer Dogge begleiten, die er mit jener Achtsamkeit behandelte, die man den Unverstandenheiten zollt, die doch immer eher etwas Merkwürdiges als Minderwertiges für uns sind.

Irre ich mich nicht, so bestand Bismarcks Genie, wie bei so manchem andern Großen, aus Frömmigkeit. Vielleicht lächelt man über diese Ausführung, aber gerade darum schrieb ich sie, wie ich überhaupt diejenigen meiner Zeilen für die besten halte, die den Leser veranlassen, sich gegenüber ihrem Verfasser zu überheben.

DIE SCHÖNEN AUGEN

Von elegantem Pianospiel gleichsam begleitet, das den Weg aus dem Salon, worin es sozusagen seinen Ursprung hat, in den Sonntagvormittag hinaus findet, schreibe ich wieder so eine Art Aufsatz, worin ich zuerst sage oder zur Kenntnis gelangen lasse, daß ich drei Briefe empfing, wovon ich einen deshalb zunächst unbeantwortet ließ, weil es mir nicht als sehr einfach erschien, einer Einladung, mich zu äußern, die er enthielt, Folge zu leisten, während mich an der sofortigen, also raschen Beantwortung der beiden anderen nichts hindern konnte.

Apropos, schreibe ich etwa auch diesen Aufsatz oder Essay, wie scheinbar schon so manchen vorausgegangenen, wieder lediglich für nichts anderes als für Geld? Ich will diese Frage, ähnlich wie ich es mit sonstigen getan habe, der Bequemlichkeit halber offen stehen lassen und mitteilen, daß ich in einem von den besagten Briefen die Meinung aussprach, daß das Böse im Leben zu zahlreichen fördernden Ereiferungen Veranlassung gebe, daß die Bösen den Guten also in gewisser Hinsicht nützten, ihnen dienlich seien, ohne daß sie es freilich irgendwie zu beabsichtigen brauchen. Ich äußerte, daß es den Fehlerhaften, Bemängelnswürdigen gegeben sei, die Tugendhaften in Schwung zu bringen.

Übrigens scheint mir dieser brave, wackere Novellino

da und dort im Verlauf seines Lebenswandels mit nichts anderem als seinen wundervollen Augen Seelenschaden angestiftet zu haben, wobei ich selbstverständlich an Damenseelen denke, die von zarter, empfänglicher Art zu sein pflegen. Novellino kann lieb und treu und schuldlos dreinblicken wie ein Kind.

Einmal sagte ihm ein anscheinend dezidiertes Mädchen: «Wenn Sie fortfahren, mich anzuschauen, wie Sie's jetzt tun, so werde ich mich genötigt sehen, Maßregeln gegen Sie zu ergreifen», was gewiß das Schmeichelhafteste war, was je einem Augenpaar zum Vorwurf hätte gemacht werden können.

In einem Kaffeehaus hauchte eines Abends eine Grisette um Novellinos Augen willen, mit denen er sie anschmachtete, ihr graziöses Leben aus, was natürlich womöglich etwas übertrieben gesprochen sein könnte, wie ich gern zugebe.

Dieser Novellino scheint zu irgendwelcher Stunde in einem sehr schönen ehemaligen Rittersaal oder Zunftzimmer aus eigenen Werken vorgelesen und verhältnismäßig starken Beifall hierbei ausgelöst zu haben, inwiefern es auf Wahrheit beruhen würde, daß er eine Art Dichter sei.

Gelegentlich dieses Vortrages geschah es, daß sich eine Frau in den Schmelz und Glanz seiner Augen verliebte, die den Vorzug genoß, anwesend zu sein.

«Weil du so schöne Augen hast», sprach ihn einst mitten im Gewühl einer Millionenstadt eine Passantin an, «erlaube ich dir, mich nach Hause zu begleiten.»

Im zweiten der obenerwähnten Briefe bat ich einen Freund, er möge einsehen, wie es für ihn äußerst vorteilhaft sei, sich der Geringfügigkeiten seines Berufes möglichst intensiv zu erfreuen. Ich machte ihn sozusagen darauf aufmerksam, wie Kleine dadurch erst recht klein werden, daß sie mit ihrer Interessiertheit über den Rahmen ihrer Existenz hinauszielen, sich an fruchtloser und darum unschicklicher Anteilnahme zersplitternd.

Am lebhaftesten freute mich eigentlich der Brief, auf den ich noch gar nicht in die Lage gekommen bin, Antwort zu geben, dessen Beantwortung mich vor gewisse Schwierigkeiten stellt.

An den dichtenden Novellino anknüpfend, gestehe ich, daß ich letzthin die Idee nährte, es könnte sehr vorteilhaft sowohl für die Dichter oder Schriftsteller wie für die Gesellschaft sein, wenn erstere in gewissem Sinne organisiert, das heißt in einer Art Anstalt oder Institut untergebracht würden, worin sie, sagen wir, unter staatlicher Aufsicht, gemeinschaftlich zu arbeiten hätten. Lyrischen, epischen und dramatischen Begabtheiten würde ein kluges, umsichtiges Direktorium jeweilige passende Aufgaben zuweisen. Meiner Ansicht nach würde es zweckmäßig sein, die Schriftsteller acht bis neun Stunden arbeiten zu lassen, länger nicht, damit sie die wünschenswerte Munterkeitsmenge nicht einbüßten, die für eine gute Produktion unerläßlich ist. Daß die Dichter ganze Nächte hindurch zu dichten haben, eine solche Auffassung gehört doch wohl ganz einfach sozusagen der Vergangenheit an. In der Nationalschriftstelleranstalt müßte mir lebhaft, wenn auch nicht übermäßig, geschafft werden, und die Geistesarbeiter besäßen etwas wie Beamtengeltung im Lande.

Ich weiß natürlich sehr wohl, daß eine Möglichkeit vorliegt, die Idee, der ich hier Leben einzuhauchen bemüht bin, komisch finden zu können, was aber mit noch vielen anderen neuen Ideen der Fall sein kann.

Ich bitte sodann um zweierlei, erstens um die Güte, Novellinos schöne Augen im Auge, das heißt in freundlicher Erinnerung zu behalten, zweitens aber diesen Bösen nicht zu vergessen, von dem ich Ihnen vors Bewußtsein tragen zu dürfen geglaubt habe, er sei dadurch von indirektem Nutzen, daß er sich ja aufs scharmanteste bekämpfen lasse, was so und so viel Kräften irgend etwas zu tun gibt, die vielleicht sonst keine Beschäftigung hätten.

Nun las ich wieder einmal so einen Zeitungsartikel, worin von der «kleinen» Schweiz die Rede war. Der Artikelschreiber verstieg sich in den Ausruf hinauf: «Arme Schweiz!» Weshalb rief er das aus? Er tat es wegen ihrer Kleinheit. Obschon ich es keineswegs zu meiner Lebensaufgabe rechne, Kollegen usw. anzutasten, was an sich gar keinen Zweck hätte, muß ich von ihm, der den Artikel schrieb, den ich las, sagen, daß er riesig gern schreibt, seine liebe, kleine Schweiz betrübe, bekümmere ihn, verursache ihm Sorgen, indes ich dies, wenn nicht für völlig, so doch für ziemlich unbegründet halte. Der Artikelverfasser pflegt wegen der Schweiz in einem fort zu seufzen, weil sie «bloß» die ist, die sie ist. Ich meinerseits finde sie so, wie sie ist, erfreulich, indem ich ihr Gemälde, Gebilde schätze, das mir ein genügend bedeutendes zu sein scheint. Ihm ist nämlich die Schweiz nie bedeutend genug; er hat an ihr immer dies oder das auszusetzen; und weil er das tut, kommt er sich womöglich verdienstreich vor, und ich gönne ihm selbstverständlich diese Einbildung herzlich. Beispielsweise weiß er ganz genau, daß die Schweiz auf ihrer Neutralität fußt, aber er meint, er müsse wegen dieser Neutralität geächzt haben, weil sie nach seinem Gefühl einengend ist. Aber nach meinem Gefühl scheint sie dies nicht zu sein. Diese einengende schweizerische Neutralität hat ja höchst bedeutende Menschen hervorgebracht, was bekannt sein dürfte. Äußerlich ist die Schweiz klein, aber dafür kann sie gleichsam innerlich groß sein, wenn sie Lust dazu hat. Hierauf kommt es eben an: daß sie Lust hat, Lust innerhalb ihrer Kleinheit, Leben zu gestalten. Lust zu irgend etwas haben, ist an sich etwas Schönes, Großes. Ihm kommt die Schweiz arm vor; auf mich macht sie aber nicht diesen unangenehmen Eindruck. Er ist der Ansicht, sie leide unter einem Mangel an Bewegungsmöglichkeiten, sie könne nicht leben, sehe sich eingeschränkt, sie müsse sich, was Bildung betreffe, vom Ausland beeinflussen lassen. Sich bis zu einem gewissen Grad beeinflussen lassen, ist nun doch aber ganz natürlich, schließt allerlei Ersprießliches in sich ein. Ich würde also wegen dieses Umstandes meinen Kopf nicht hängen lassen. Nach mir findet jedes staatliche oder persönliche Leben seine Beschränkung. Ich würde also deswegen keinen Augenblick unwillig sein können. Derjenige, der gern Artikel über die Schweiz schreibt, hält z.B. die Angehörigen anderer Nationen für klüger und glücklicher als die Schweizer. Ich frage mich: wie kommt er dazu, so etwas zu glauben? Glaubt er nicht in genügendem Maß an die Schweiz? Es scheint fast so. Er besitzt eben diesbezüglich nicht das fröhliche, feste Zutrauen, das schon an und für sich schön ist. Ich aber entdecke dieses Zutrauen täglich in mir, nämlich, wenn ich frühmorgens aus dem Möbel steige, das unter der Bezeichnung Bett weltbekannt ist.

Ich erhielt also drei Briefe und machte darauf aufmerksam, daß ich nicht für durchaus nötig halte, Grenzen als etwas Unglücklichmachendes zu empfinden. Für die Schweiz hat die Neutralität eben etwas sowohl Fröhliches wie auch Ernstes, etwas das sowohl erleichtert wie vielleicht ein wenig bemüht; sie stellt etwas wie ein beständiges Problem für sie dar, womit sie sich abgibt. Sie ordnet sich, diesem Problem gemäß, immer wieder, so gut sie kann, ein, freut sich dieses Problemes, leidet wohl auch mitunter darunter. Dieses Problem ist ihr Leben; in ihrer Neutralität findet die Schweiz ihre Ein- und Ausatmung, sie besitzt um dieser Einrichtung willen manches und verzichtet aus Rücksicht auf dasselbe Wichtige auf manches, stützt sich auf etwas, womit sie sich einverstanden erklärt, auf etwas, was sie befriedigt, wenn sie sich dieses Befriedigtsein dann und wann vielleicht – diktiert. Ist denn nicht gerade letzteres interessant für sie, und daß sie Zuschauerin ist, wo andere Länder auf ihre Art, so, wie es ihnen zukommt, aktiv sind, erfordert Haltung, und mir leuchtet nicht ein, daß sie deshalb zu bedauern wäre. Was mir empfohlen worden ist, zu haben, zu tragen, zu begrüßen, zu beklagen, mein zu nennen und zu missen, das ist's ja, was mein Leben ausmacht.

Wer gern mit sich selbst geht und gut aussieht, wenn er's tut, der geht gern auch in Gesellschaft und sieht darin gut aus, inwiefern er mit sich übereinstimmt.

Wenn ich mich nicht täusche, so gefallen Novellinos Augen besonders darum, daß ein gewisses feines Weh in ihnen schimmert, so unbefangen, so fröhlich sie blicken mögen. Ähnlich blickt vielleicht die schweizerische Neutralität, die immer wieder um eines Verhaltenen willen, das sie zum Ausdruck brachte, gefallen konnte. Sollte Gefallenfinden so leicht sein?

EIN FEHLER

Ich weiß nicht, ob mir eine Höflichkeitsdissertation gelingen, d.h. entstehen würde, worin ich darzulegen entschlossen bin, daß ein sogenannter Grobian auf diejenigen Rührung auszuüben vermag, denen gegenüber er sich ungebührlich benahm, wenn ich eine hübsche Frau besäße, deren Bedeutung mich vielleicht auf reizvolle Art von einer derartigen zarten Obliegenheit abhielte. Ob taktvolles Benehmen sozusagen als etwas Unliebsames, dagegen Taktlosigkeit nach Ablauf einiger Zeit womöglich als wohltuend empfunden werden könne, lautete eine Frage, die ich auf einem Spaziergang neulich an mich richtigte, und die ich dahin beantwortete, daß ich mich glauben machte, es käme hiebei jeweilen auf Umstände, Stimmungen usw. an. Launen spielen ja im Leben eine große Rolle. Nun fällt mir launenhafterweise ein, ein schöner junger Mensch habe sich eines Tages leichtherzig-großstädtisch mit einer vielleicht gar nicht sonderlich hübschen, dennoch aber lieblich aussehenden Frau bekannt gemacht, die ihn anläßlich des Gespräches, das sie begonnen hatten zu führen, gebeten habe sie zu begleiten. In ihrer Wohnung angekommen, die ihm etwas Heiteres, ja sogar Schönes zu sein schien, habe er es sich auf ihre Bitte bequem gemacht, und auf seine Frage hin, womit er ihr gleichsam schmeichelte, ob er sogleich einen Aufsatz, der ihn beschäftigte, an einem von ihren Tischen ausfertigen dürfe, und die sie mit einem lächelnden: «Selbstverständlich! Warum nicht?» zu erwidern für gut fand, setzte er sich in einen anscheinend kunsthistorisch nicht uninteressanten Lehnsessel und schrieb:

Hatte dieser Diener Smerdijakow im Dostojewskischen Roman «Die Brüder Karamasow» auf Iwan, den gereiftesten, gebildetsten der Karamasowsöhne, Einfluß, dessen Überlegenheiten er doch total zu unterliegen schien? Ging von dem «krankhaften Naturburschen» etwas Anziehendes, Sinnreiches aus, das den «Gelehrten» betäubte, in irgendwelcher Hinsicht grundsatzschwankend machte? Iwan kann man sich nicht anders als stolz vorstellen, während man von Smerdijakow unmöglich anderer Meinung sein kann, als daß er feige und tückisch gewesen sei, obwohl er ein Zimmermädel mittels seiner sich ausnehmend weit ausdehnenden Artigkeit verhältnismäßig famos zu unterhalten wußte, indem er ihr abendlich, d.h. beinahe schwermütig klingende Liedchen mit durchaus unvollkommener Stimmlichkeit vorsang, womit er der volkstümlichen, weiblichen Seele ganz einfach, wie man zu sagen pflegt, flattierte. Bäumchen im Mondscheingärtchen mit kindhaft ausgebreiteten, an Unschuld, Hingebung usw. mahnenden, kleinen Zweigelchen. Hiezu hie und da ein Witz, so ein regelrechter, typischer Bedientenwitz, über dessen zaghafte Schnoddrigkeit leise gelacht wurde. Der Lakai wird ein Bein auf Weltmannesmanier über das andere gelegt, gestellt haben. Was man Manier nennt, nannte er zweifellos sein eigen. Jedenfalls war er Inhaber eines gewissen Savoir-Vivres; bis zu einer gewissen Grenze konnte er als ernsthaft empfunden werden. Iwan ging es in dieser Beziehung wahrscheinlich ähnlich wie dem Stubenmädchen; auch er wird ihn gleichzeitig geringgeschätzt und auf gewisse Weise geachtet, wenn nicht vielleicht sogar ein bißchen respektiert haben. Sollte man übrigens, um auf etwas Allgemeines zu sprechen zu kommen, Dostojewski als einen Fin-de-Siècle-Schriftsteller bezeichnen können? Indem ich von der Schwierigkeit überzeugt bin, die diese Frage demjenigen bereiten könnte, der es unternehmen wollte, sie auch nur annähernd zu erledigen, dringe ich ins Gebiet des Höflichkeitsproblemes hinein, worin es mir Bäume zu geben scheinen will, als habe man sich in einen großartig angelegten Park begeben, da ja die Höflichkeit eine Angelegenheit der schönen Form ist. Mir ist, beiläufig erwähnt, speziell die Ohrfeige, die der alternde Kauz von Karamasow von seiner aufrichtig entrüsteten Gattin erhielt, durchweg unvergeßlich. Was für eine erstaunliche Charakterzeichnung diese sich wahrscheinlich über die zartsinnige Züchtigung amüsierende Genüßlingsfigur ist! Sicher spöttelte er über das Komische des gattinnenhaften Denkzettels, der für ihn im Grund etwas Ausgleichherbeiführendes hatte. Eine solche Frauenohrfeige hat ja in der Tat eher etwas Genugtuungauslösendes als Kränkendes. Jedenfalls bedeutet sie einen überaus geistvollen Beitrag zu den Umrissen einer in hohem Grad bezeichnenden Erscheinung.

Bezüglich des Unhöflichen muß hervorgehoben werden, daß er sich Verdienste erworben hatte. Beinahe überall wurde er als ein Genie gefeiert. Nun kann es mitunter vorkommen, daß sich Musiker nicht durchaus ungeschickt über Schriftstellerei äußern, und daß Maler ziemlich viel von Musik zu verstehen scheinen. Diese Anmerkung stellt selbstverständlich nur eine sogenannte Floskel dar. Mir sind übrigens zwei Mädchen bekannt, die ausgezeichnet zusammen auskamen, und zwar insofern, als das eine Mädchen den dienstbeflissenen, jeden Moment besorgten, denkbar aufmerksamen Kavalier spielte, während sich das andere wie ein schwächliches, leichtverletzliches Herrinchen benahm, zu welcher Aufführung sie von ihrer Freundin, die in der Tat die körperlich und seelisch Stärkere war, lebhaft ermuntert wurde. Die Freundschaft war von so echter Art, daß es ihr beschieden sein mußte, reichliche Früchte zu zeitigen. Mir scheint an diesen beiden Mädchen nett zu sein, daß sie die Lebhaftigkeit aufzubringen wußten, hübsch zusammen zu phantasieren, und daß dies von einigem Nutzen sein kann, ist von ihnen zu ihrem Gedeihen bewiesen worden. Der Salonlöwe, von dem ich sprach, und von dem es ja vollständig gleichgültig ist, ob man wisse oder nicht, um welche Zeit er gelebt und welche Gegend er mit seiner Wirksamkeit verziert oder beehrt habe, beging eines Abends aus Empfindlichkeit in hellerleuchteter, festlich dekorierter Räumlichkeit eine Unschicklichkeit, d.h. er wurde plötzlich grob, was nicht nur den Anwesenden, sondern vor allem ihm selbst gewiß sogleich leid genug tat. Sein Kopf wies eine fabelhaft umfangreiche Haarfülle oder Mähne auf, die er von Zeit zu Zeit romantisch schüttelte. Nun ist die Sache die, daß ich mit einem Publizisten in einem Kaffeehause saß, wo wir uns über die Wichtigkeit von Fällen, wo es bei sonst anscheinend Artigen mit einmal zu völlig unvorhergesehener Unartigkeit kommen kann, eingehend unterhielten. Mein Kamerad, falls ich ihn so nennen darf, mißbilligte unsern Klienten unerbittlich, indes ich mir der Meinung zu sein erlaubte, für mich sei er ein Reicher, den plötzlich eine unstatthafte Aufwallung in einen Armen verwandelte, oder er erscheine mir wie ein Kraftvoller, den eine Art Schwächlichkeit vorübergehend überrascht habe. Wir saßen, kurz und gut, bei der Schale Kaffee und ereiferten uns wegen eines anscheinend etwas zu Eifrig- oder zu Stürmisch-Gewordenen, dem das Aufbrausen verziehen wurde, weil er Verdienste hügel- wenn nicht bergartig aufzuhäufen Gelegenheit gefunden hatte.

«Er benahm sich wie ein richtiger Stürmi», rief mein Partner aus. Ähnlich einem lockenschüttelnden Löwen entgegnete ich: «Gewiß tat er dies, aber war es nicht gleichsam großartig von ihm, sich stürmihaft zu benehmen, herrisch zu werden, auf unmittelbare, urwüchsige Art aus der Haut, wie man sagt, zu fahren, höchst naturhaft aufzubegehren? Gab er nicht erstens denen, die bei ihm waren, Gelegenheit, etwas Unalltägliches zu erleben, wofür sie ihm vielleicht im stillen dankten, und hat er zweitens nicht sich selbst dadurch, daß er sich unmöglich machte, zu sorgen genötigt, allmählich wieder möglich zu werden, was ja denn auch herbeigeführt wurde, indem ihm der Einfall kam, diejenigen Schritte zu tun, die ihm zum Verziehenwerden der Unverzeihlichkeit dringend erforderlich zu sein schienen? Zuerst tat er weh, um unmittelbar hierauf wohlzutun; zuerst protzte er, um allem Anschein nach danach sozusagen ein bißchen zu betteln, was ihn sauer genug angekommen sein wird. Er hat der Bitte die Erlaubnis, seinen Lippen zu entfliehen, erteilt: Nehmt mir meine Stürmischkeit nicht übel. War das nicht eine große Höflichkeit von ihm? Während der Arbeit der Selbstüberwindung dachte er an seine Verdienste, untersagte sich dies dann aber, und doch wollte ihm wieder der Stolz nicht erlauben, nachgiebig zu sein, aber wie stellte er sich dann doch herrlich auf den Standpunkt der Mitbürgerlichkeit, des Einsehens, wie schön es sei, daß bei aller Genialität oder Ungleichheit eine Gleichheit, die die zuverlässigste Gesellschaftsstütze sei, anerkannt werden dürfe und müsse», Worte, denen ich beifügen zu können glaubte: «Sind nicht gerade die Fehler, die wie Wegweiser auf die Richtung in das Verstehen hindeuten, das Leuchtende in einem Menschenleben?»

FRAUENAUFSATZ

Eine Frau muß nicht unbedingt hübsch sein. Wegen Hübschigkeitsmangel auf eine Frau geringschätzig herabzublicken dürfte als eine Grausamkeit bezeichnet werden. Grausamkeit scheint nun ja mitunter beinahe unerläßlich. Auf jeden Fall bedeutet Schönheit bei der Frau sozusagen irgendwelches Ziel. Ich will zum Anfangssatz meines Frauenaufsatzes zurückkehren.

Hübschheit ist demnach durchaus unerläßlich. Ist sie nicht vorhanden, so ist dies immerhin eine nicht ganz nette, angenehme Tatsache. Schönheit ist erstens Selbstzweck: diejenige, die schön ist, hat Freude an sich. Das dürfte nicht schwierig zu verstehen sein. Ob ein häßlicher Mann besser zu einer schönen Frau passe, als eine häßliche Frau zu einem hübschen Mann, ist eine Frage, die vielleicht zugunsten des Mannes beantwortet werden kann, d.h. ich bin da vielleicht auf unrichtiger Gedankenstraße. Inwiefern von einer Frau eher Schönheit gewünscht wird als von einem Mann, dürfte das Geständnis abgelegt sein, die Frauen seien als Figur, Erscheinung wichtiger als die Männer.

Ich will mich hierbei nicht länger, als nötig ist, aufhalten, sondern im Garten dieser Auseinandersetzung so vergnügt wie möglich weiterspazieren.

Ich werfe da diverse Fragen bloß so auf. Es gibt schöne Frauen, die kein starkes Temperament besitzen. Hier türmt sich ein Problem vor meinem schaffenden Geist auf. Ob ich es zu bewältigen wissen werde? Ich verlange zweierlei von einer Frau, erstens, daß sie denkbar hübsch sei, zweitens, daß sie sich quasi durchzusetzen vermag. Wenn eine Frau sich durchsetzt, setzt sie sich zugleich, ohne, daß sie dies zu beabsichtigen braucht, für ihren Lebensbegleiter ein. Schönheit ist schon an sich ein ausgezeichnetes Mittel, sich in der Gesellschaft die nötige Geltung zu verschaffen, aber dieses Mittel allein scheint ungenügend, vielmehr gehört noch etwas anderes dazu, nämlich ein Wille, sich zu behaupten, oder ein Wille, es zu etwas zu bringen, was ja eigentlich dasselbe, oder, wenn nicht, so doch etwas Ähnliches ist. Darf oder soll eine Frau stolz sein? Welche merkwürdige Frage!

Indem ich diese mir selbst gestellte Frage zu beantworten versuche, gelange ich zum Entschluß, mir vor die Augen, d.h. vor die Seele, noch besser, vor den Kopf zu führen, es sei schicklicher und besser, wenn eine Frau stolz auf sich ist als stolz auf denjenigen, mit dem sie marschiert und geht. Eine Frau muß womöglich Einbildungskraft besitzen, mittels welcher sie fähig zu sein hat, sich Wert beizumessen, und zwar natürlich möglichst viel, was durchaus Persönlichkeitsangelegenheit ist. Eine Frau, die beispielsweise stolz auf ihren Mann ist, macht weder auf diesen ihren Mann noch auf die Umwelt erheblichen Eindruck. Die Aufgabe aber einer Frau besteht im Zeitigen oder Hervorrufen von guten Eindrücken. Das Ziel der Frauen besteht in nichts anderem als worin auch das Ziel der Männer besteht, nämlich bedeutend zu sein. Die erste Bedingung hierfür ist die Schönheit, die zweite Bedingung die Belebung, d.h. Erhaltung derselben. Da das beste Mittel zur Belebung oder Erhaltung der Schönheit in der Belebtheit selber zu suchen ist, so wird man ihnen anempfehlen dürfen, von denen hier gesprochen wird, eine Tätigkeit zu haben, die weder zu anstrengend, noch aber auch zu geringfügig sein darf.

Eine bedeutende Frau ist also erstens eine schöne, zweitens eine tätige.

Welche von den beiden angeführten Bedingungen die ausschlaggebendere, wichtigere ist, halte ich für eine nur unter Berücksichtigung verschiedenster Gesichtspunkte beantwortbare Frage. Vergessen Sie nicht, das heißt lassen Sie nicht gänzlich außer Betracht, daß ein Dichter eine seiner Heldinnen sprechen läßt: «Staub lieber als ein Weib sein, das nicht reizt.» Man kann sagen, daß jeder Frau viel daran liegt, für schön, für anziehend gehalten zu werden. Übrigens ist dies ja bei den Männern mehr oder weniger auch der Fall. Jedem Mann liegt viel daran, von den Frauen als anziehend bezeichnet zu werden, wenn auch naturgemäß in entsprechend anderer Färbung. Es würde zu weit führen, wenn ich mich hier über die Kleidung usw. verbreiten wollte. Ich verzichte darauf, mich zu weit auszuspannen und komme auf die Schönheit zu sprechen, die sich nicht wehrt, also auf die Dulderinnen, die eine an sich gewiß interessante Spezies bilden, die aber kaum vorbildlich sein können. Da sie aber immerhin vorkommen, so mag ihnen ein bescheidener Platz, meinetwegen sogar unter einem Baume, gegönnt sein, wo sie sich der sehr zarten, stillvergnügten Übung überlassen können, die Hände zu falten und sich in eine Gedankenabwesenheit einzulullen, was mitunter sehr nett aussieht, in der Regel jedoch nur eine Not darstellt.

Hat eine schöne Frau nötig, klug zu sein? Ist nicht

Schönheit an sich schon etwas sehr Kluges? Was ich hier für Verfänglichkeiten aufwerfe! Eine kluge Frau ist noch keine bedeutende Frau, eine tüchtige noch keine schöne, eine gute und brave noch keine hinreißende usw. Besonders frappiert mich, was ich von der Klugheit sagte, die schon in der Schönheit allein liegt, und ganz besonders gibt mir zu denken, was ich von der Entsagung sprach. Ich hob den Stolz hervor, und dies bringt mich nun auf die Entsagung, und nun sage ich, daß eine Frau, die dafür sorgt, daß man stolz auf sie sein kann, sich Entsagung auferlegt, und mit diesem vielleicht bedeutsamsten Moment, was das Leben der Frauen betrifft, beendige ich diese Meinungsäußerung, die nicht eine reichere, als bloß bescheidene zu sein beansprucht.

Ich sprach also aus, daß ich für ersprießlich halte, wenn eine Frau, sagen wir, auf einen Teil ihres Vergnügens verzichtet, wenn sie in einem gewissen Sinn, in einer gewissen Ausdehnung entsagt. Vielleicht wird dieses Wort als etwas Eigentümliches empfunden. Aber das Leben hat etwas an sich, das nicht wünscht, daß man ihm nachjagt; und ich sprach im übrigen von der Bedeutung, und die will erworben sein, die fällt uns nicht als gebratene Taube aus dem Blauen in den Mund herunter, und ich hoffe, die Schönheit gehe mit dem Bewußtsein den gleichen Weg, daß uns Aufgaben auferlegt sind.

DER BUBIKOPF

Über diese, wie mir scheint, nach wie vor aktuelle Frage floß bereits ziemlich viel Tinte. Mich mahnt der Bubikopf an die italienische Frührenaissance. Jedenfalls ist er

Mode, und gegenüber letzterer gilt es, die nötige Reserviertheit zu bewahren. Wenn es Menschen gibt, die den Bubikopf für etwas Einfaches halten, so glaube ich behaupten zu dürfen, er sei raffiniert. Manchmal wirkt die Bubikopffrisur pagenhaft. Womöglich führt uns die Bubiköpfelei ins Gebiet der Ägyptologie. Übrigens hängt ja jede Mode immer mit irgendwelcher Ernüchterung zusammen. Gab es nicht schon im alten Babylonien bubikopfähnliche Figuren? Indem ich den mich diesmal beschäftigenden Gegenstand weder ablehne noch begeistert begrüße, finde ich, daß beim Bubikopf der Hals stark ins Licht fällt. Bubikopfaufsatz, du scheinst mir prächtig auszufallen! Ein ganz klein bißchen komisch ist für mich der Umstand, daß ich beim Anblick eines Bubikopfes an die Frauenrechtelei denke, die einst so wundervolle Wellen emporwarf, die sich mit gütigster Erlaubnis inzwischen scheinbar beruhigt, will sagen, gleichsam der Göttin Vernunft zur Verfügung gestellt haben. Vor Jahren besuchte ich eine Versammlung, die für die Rechte, von denen ich soeben sprach, lebhaft eintrat. Sollte der Bubikopf eine Ausgleichsbemühung bilden? Stellt er eine Brücke in die Verständigung zwischen beiderlei Geschlechtern dar? Man kann so etwas natürlich nicht haargenau wissen. Was für imposante Haarturnüren ragten in den Rokokoepochen empor. In der Biedermeierzeit wurden Schmachtlöckchen als passend empfunden.

Ich bilde mir zu meinem Vergnügen ein, der Bubikopf sei folgendermaßen entstanden: Von einem sich im Besitze einer wunderbaren Haarfülle sehenden Mädchen wünschte ein Mensch, der des Mädchens Liebhaber war, sie möge sich von ihrem Schmuck trennen, und siehe, sie erfüllte mit nichts zu wünschen übriglassender Pünktlichkeit seine Bitte, und der erste Bubikopf stand fix und fertig da. Klar scheint mir zu sein, daß mit dem Bubikopfhaarschnitt eine Illusion des Jugendlichen, Fröhlichen erweckt sein will. Man vermag daher diese Mode als eine gesunde zu bezeichnen. Im übrigen kokettiert sie vielleicht bis zu einer gewissen Grenze mit einer Unerreichbarkeit, nämlich mit der Freiheit, die zweifellos etwas Entzückendes ist. Ich bin der Meinung, daß es sich in jeder Hinsicht schickt, sich nach dieser Schönen zu sehnen. Man wird vielleicht die Gelegenheit haben, zuzugestehen, daß ich mich in meinen Artikel intensiv vertiefte, worin ich der Ansicht Ausdruck verleihe, daß sich die Bubitracht, ich meine, streng genommen, am ehesten für sehr reiche, talentierte, vornehme, unabhängige Frauenexemplare eignet, beispielsweise für Göttinnen.

Ich habe also einen ausgezeichneten Begriff vom Bubikopf.

HAMLET-ESSAY

Ich dachte heute an Hamlet. Nebenher gesagt, riefen mir soeben Kinder einen Übernamen nach. Ich bin infolgedessen bei glänzender Laune. Ein Freund brachte es dadurch zu etwas, d.h. ziemlich weit, daß er sich zu Zeiten, wo es ihm noch nicht gut ging, interessierend nach mir erkundigte, und daß ich mich in diese Interessebekundung freundschaftlich einließ. Das fiel mir gerade so ein, und ich schrieb es hier auf. Ich schreibe hier, weil's Sonntag ist, nur ganz wenig. Man soll den Sonntag durch Arbeitsamkeit nicht entweihen. Hiezu, finde ich, sind die Werktage da. Übermut an Kindern reizvoll zu finden, dazu bedarf es seelischen Gleichgewichtes. Ich bin jetzt im Besitz einer grandiosen Gesundheit. Wie erquickt's mich, damit zu prunken. Vielleicht werde ich, wenn ich dies aufgeschrieben haben werde, einen Sportplatz aufsuchen.

Hamlet ist gewiß die bedeutendste «moderne» Dichtung. Welche Folgerichtigkeit, welche großen Verhältnisse, was für eine junge Tonart! Und nun gelange ich zum Motiv dieses nur geringfügigen Essays. Hamlet spricht bekanntlich bei irgendwelchem Anlaß: «Reif sein ist alles.» Aber man bedenke, mit wieviel Melancholie er dies sagt. Welche Entsagung, welch ein Weltschmerz tönen in diesem Ausspruch! Er scheint zu weinen, indem er sich diesen Ausspruch abringt. Hamlet war ja in das merkwürdigste Geschick verwickelt. Wie oft ließ er seinen Kopf hängen. Seine Hände wurden mit der Zeit die Sensibilität selber. Ist es möglich, daß gerade ein Engländer eine so wunderbare Musikalität schaffen konnte, wie Hamlet sie darstellt? Ja, es war möglich, denn der Beweis liegt vor. Weil Hamlet mit seiner geliebten Mutter uneinig war, sah er sich zum Abfertigenlassen möglichst köstlicher Weisheiten verbunden. Wie gerne jedoch würde er auf dieses zweifelhafte Vergnügen verzichtet haben. Seine Mutter verehrend, zwang ihn seine Ehre, sein Gewissen usw., gegen sie vorzugehen, und weil er das tun mußte, entsprang seinen Lippen dieses an sich unsagbar traurige: «Reif sein ist alles.»

Soll nun für uns ein Wort Grundsatz sein, das ein überaus bedrängter, unglücklicher Mensch in seiner Qual aussprach? Reif sein? Was bedeutet denn das? Sind wir denn nicht eigentlich erledigt, sobald wir reif wurden? Greise, Greisinnen sind reif, aber sie lieben es nicht, an den Reifezustand erinnert zu werden. Wie mancher Reife wünscht seine Gereiftheit gegen ein bißchen Unreife umzutauschen, denn mit der Unreife fängt ja das Leben an. Der Frühling ist ja denn auch beliebter als der Winter, und nach einem Winter wird's ja stets wieder Frühling. Was gibt es für Gründe, sich auf die Reifheit viel einzubilden? Der so arme Hamlet sagt sich mit dem Wort: «Reif sein ist alles», eigentlich nichts anderes als abschiedsbereit sein, wie die Dinge für ihn lagen. Er war ein Todgeweihter, das fühlte er, und daher sprach er endgültig Weises in einem mit dem Leben so sehr fertiggewordenen Ton. Man sieht also gerade aus dem Hamlet, daß Reifsein etwas Nötigliches, also etwas ganz und gar nicht Wünschenswertes ist. Vielmehr ist uns, die wir leben, recht viel nette, fröhliche Unreife zu wünschen. Reife ist doch der Zustand vor der Fäulnis. Diese Tatsache wurde ja denn auch von Hamlet wahrgemacht. Hat man keine Augen? Man klammere sich doch nicht immer nur so an Färbchen, Ausschnitte, sondern überschaue einen gesamten Verlauf, ein Totalbild. Weil Hamlet total lebensmüde war, entfloh ihm das Weisheitswort, aber das Leben will etwas anderes von uns als Weisheiten, es will, daß wir ihm huldigen, fröhlich mit ihm übereinstimmen, es will, daß wir's lieben. Im Leben ist Liebeslust, Daseinslust die höchste Weisheit, also womöglich unreif sein. Innerhalb der Unreife liegen ja viel mehr Lebensmöglichkeiten als innerhalb der Ausgereiftheit. Hamlet nennt sich ja selber arm, und um seiner so erstaunlich klugen Aussprüche willen verachtete, haßte er sich. Es hat weit mehr Sinn, das Reifwerden zu verhindern, als es zu fördern. Was dann noch, wenn wir reif sind? Resignieren, zweifeln, nörgeln! Zeigt uns denn der große Dichter in seinem Hamlet etwas anderes als ein abschreckendes Beispiel?

Und jetzt erinnere ich mich, wie mir einmal ein Mädchen sagte: «Werden Sie nur nie zu klug.»

Wer klug ist, wird besorgt zu sein haben, sich Unklugheiten anzueignen, und wenn einer reif ist, sollte er schleunigst das Nötige in die Wege leiten, wieder ein wenig unreif zu werden, was ich für sehr weise gesagt halte, und ich füge noch bei, daß wir, wenn wir uns etwas Einheitliches sein wollen, Lust und Gläubigkeit brauchen. Leider gibt es unter uns zu viel übelgelaunte, lebensabgeneigte Leute, und man möchte sagen, daß unserer Gesellschaft nichts so gut täte, als daß sie vom männlichen und weiblichen Hamletischen gesäubert würde, womit natürlich allerlei gesagt sein will. Ich sehe täglich stolze, stolze Menschen und wundere mich daher nicht über das Vorkommen mannigfaltigen Unbehagens. Ich sage es mir und allen, daß wir beinahe etwas wie Bösewichte sind, die nichts voneinander annehmen wollen.

Als nämlich Hamlet merkte, daß man ein bißchen mit ihm zu spielen wünschte, wurde er böse, aber er fühlte, daß er damit ein Unrecht beging. In scheinbarem Zorn über seine Jugendkameraden warf er die Flöte hin. In Wirklichkeit war er über sich selbst zornig, dieser Intellektuelle, dem die reiche Intelligenz, die er besaß, Streich auf Streich spielte, Hieb auf Hieb gab. Er spielte den Wahnsinnigen, aber den Gütigen, Vergebenden, den Ausgleichherbeiführenden vermochte er nicht zu spielen. Man spielt dadurch zum eigenen wie zum Vorteil der andern, daß man mit sich spielen läßt, in ein Spiel einwilligt. Einige werden mir erklären wollen, das sei unmoralisch, ich aber bin von der Moral in der Biegsamkeit und vom Biegsamen in der Moral überzeugt. Nach mir würde es sich um Aufstellung einer Moral handeln, die sich dehnbar erweist, die Elastizität hat, die nicht starr ist, sondern sich unseren Spielen, dem Spiel des Lebens anbequemt, anpaßt. Vielleicht werde ich eines Tages eine Tribüne besteigen und laut sagen, daß überhaupt nur die, die gern spielen, eine wahrhaftige Verantwortlichkeit besitzen, doch ist es besser, ohne alle Umstände eine Szene zu erstellen, als erst noch lang und breit davon zu reden. Wer Lust hat, etwas zu tun, kümmert sich nicht um das, was die Leute dazu sagen; er riskiert es.

Wer weiß, ob nicht Ophelia eine freilich unschuldige Sünde dadurch beging, daß sie zu schön, zu hoch von Hamlet dachte. Vielleicht würde sie ihn von seinem Spleen kuriert haben, wenn sie ihn beispielsweise bloß mal angeschnauzt hätte. Ich würde ihn an ihrem Platz ein- bis zweimal gehörig haben abfahren lassen, hätte ihn mit Geringschätzung überhäuft, verspottet. Dieses schöne Kanzlerstöchterchen besaß eben keinerlei Spiellust. Sieh da, wie's wieder hierauf ausklingt! Sie war zu schlicht, zu ernst, vielleicht etwas zu edel, sozusagen zu vornehm, und sie war vor allem viel zu lieb zu ihm. Sie verwöhnte ihn, und er wurde vor Verwöhntwerden träge, fett und unzart. O, wenn wir immer alles von uns wüßten, wenn wir Folgen überblicken könnten. Vielleicht hätte übrigens ein anderer diesen Essay besser geschrieben, obwohl ich es im Grund nicht glaube, denn ich glaube, daß diese Zeilen bedeutend sind, und ich möchte befürworten, daß man die Knaben frühzeitig ans Ertragen von Blamagen, Niederlagen usw. gewöhnt. In Hamlet sehe ich einen ausgesprochenen Verzärtelten, Verweichlichten, daher seine Unlust und seine Unzartheiten. Gestrafte, Zurechtgewiesene sind zart. Die Undank erlebt haben, vermögen für irgend etwas zu danken. Wir Ungebändigten alle!

WAHRHEITEN

Es ist mir schon auch, wie andern, klar, daß man die Hände nicht in den Schoß legt, aber ich bin mir ebenso klar, daß aus einer erledigten Aufgabe immer eine neue wächst, daß es gar kein eigentliches Aufgabenerledigthaben gibt. Die Griechen erfanden in diesem Sinn die Sage von der Hydra, die gleichsam problemgespickt ist. Man schlägt ihr das Haupt ab, und sogleich wächst ihr ein frisches, und die Schlangenhäupter bedeuten Aufgaben. Wer will gegen das Kämpfenmüssen ankämpfen? Wer will es leugnen? Ich könnte einige Unglücksfälle verzeichnen, aber ich verzichte auf die Wiedergabe von Ungefälligkeiten, denn ich verlange von mir, ich sei möglichst geschmackvoll. So hat z.B. in einer Gegend, wo dergleichen sonst nicht vorkommt, ein Sturm Bäume ausgerissen, Häuser abgedeckt. Ich rede von einem Zyklon, der in unserm gemäßigten Klima etwas Überraschendes ist. Eine offenbar unschuldige Frau hat Unglück gehabt. Wir sind alle insofern arme Menschen, als uns plötzlich etwas heimsuchen kann. Es kommen seltsame, unerklärliche Unfälle vor, und das Einfache oder das Seltsame ist, daß uns die Gabe verliehen ist, uns mit Unverstandenheiten abzufinden. Ich möchte nun zu mir sprechen: «Rede von etwas anderem!» So will ich denn etwas von den Wahrheiten sagen.

Mir selber passierte schon, daß ich Lesern Wahrheiten

auftischte oder Leuten sie mündlich ins Gesicht sagte. Man macht sich damit augenblicklich oder früher oder später verhaßt. Nun ist auch mir irgend jemand mit einer Wahrheit «gekommen», und ich habe mir das gemerkt, d.h. ich will offen heraussagen, daß ich gegen den Betreffenden etwas wie einen Haß nährte. Es ging mir also genau, wie es in dieser Hinsicht andern geht. Ich bin also in dieser Hinsicht normal, und weil ich das bin, tat ich was? Ich rächte mich. Rachenehmen ist eben etwas Schlichtes, Normales. Gewisse Mittelmäßigkeiten scheinen für uns unumgänglich. Wer ist diese Person, an der ich mich gerächt habe? Wenn sie etwas wie Großgefühl in sich hat, wird sie sich auf gewisse Art über mich freuen, sie wird mich eventuell sogar lieb gewinnen. Ich rede da, wie man merken wird, von etwas Außerordentlichem in uns, vom «Wunderbaren», von den sehr schönen Möglichkeiten, über die die Seele verfügt. Unsere Seelen sind Schauplätze voll sehr feiner Vorgänge. Hierüber zweifelt wohl niemand. Er wird erschrecken, wenn er erfahren wird, wie ich boshaft gewesen bin; er wird sich aber sehr wahrscheinlich sogleich sagen, daß Bosheit gewissermaßen zu unsern Genüssen zu zählen sei, mit einem Wort, er wird Verständnis für mein Auftreten gegen ihn haben. Er ist gescheit, und gerade die Gescheitheiten sind es ja, die milde urteilen zu können in die eigentümliche Lage geraten, was ja eine Art Gefahr für sie bedeutet. Vielleicht besitzen alle Gescheiten, Verstehenden, Aufgeklärten, Feinfühlenden etwas wie ein Masochismuszipfelchen, denn sie neigen innerlich zum Nachgeben. So z.B. rächen sie sich sehr ungern, weil ihnen das «wehtut», den feinen Nerven, und ich möchte glauben, sie bewunderten diejenigen, die die, ich weiß nicht, ob schlechte oder schöne Kraft haben, sich Genugtuungen zu holen.

Also dieses Wahrheitsagen, hm! Was folgere ich daraus? Wie langsam ich hier übrigens denke! In diesem Augenblick drehe ich mir nun wieder einmal so eine an sich vielleicht ganz dumme, unpassende Zigarette. Scheinbar haften üble Gewohnheiten an mir, wie z. B. die Gewohnheit, mich plötzlich unglaublich wohlzufühlen, unverschämt gesund zu sein. Ich erblicke übrigens irgendwo ein Bild, worin sich ein Heimkehrender seiner Mutter oder seiner Braut in die geöffneten Arme wirft. Schon allein die charakteristische Militärmütze, die ihm auf dem schönen, ehrlichen Gesicht sitzt! Er ist in der Gefahr gestanden, hat Schweres erlebt, geschaut, hat dieses Schwere im tapfern Herzen verarbeitet, hat oft an die gedacht, die ihrerseits zu Hause an ihn gedacht haben. Man mag bezüglich Militär gesinnt sein, wie man will, so hat solch ein Bild etwas Ergreifendes. Man lächelt vielleicht ein bißchen über eine derartige Darstellung, die heute ganz und gar nicht mehr Mode ist, und doch hat es etwas, was dich besticht, was dir gefällt. Natürlich beginnt nach solch einer Heimkehr, nach solch einem schönen Wiedersehensmoment sogleich der Alltag seine unabweisbare Macht geltend zu machen. Unzählige haben das schon erlebt. Die, die Helden gewesen sind, als solche betrachtet, behandelt wurden, verwandeln sich aufs freundlichste, leiseste, aber auch aufs gewisseste in alltägliche Erscheinungen. Vom Rechthaben usw. sage ich so viel: es kann ungewöhnlich bemühend sein, recht zu haben, und es kann von großer Annehmlichkeit sein, als Ungerechter dazustehen.

ETWAS VON DER SCHANDE

Wer mich liest, und wie man mich liest, kümmert mich nicht. Schreiben bedeutet für mich eine Erholung, eine Art Schlafmittel. Dieses Metier beruhigt, erheitert mich.

Heute rede ich von Schändlichkeiten, wobei mir der Schandpfahl oder Pranger einfällt, woran zu früheren Zeiten diejenigen placiert wurden, die sich Fehler in mehr oder weniger hohem Grad gegenüber ihren Mitmenschen zuschulden kommen ließen. Ich las einmal in aller wünschenswerten Bequemlichkeit eine Prangergeschichte, die in einem Gartenlaubeband stand. Wie ich sie interessant fand! Das Fenster stand offen. Im Garten zwitscherten die Frühlingsvöglein, Blümchen, gelbe, blaue kokettierten mit ihren lieben, weichen Lippen. Ich bildete mir ein, sie lächelten. Ich lag im Bett, ich war krank, aber ich bekam die feinsten Speisen zu essen. Täglich stattete mir ein Arzt seinen behutsamen Besuch ab. Meine Hände, die ich so aufs Bettuch hinlegte, erschienen mir wie die Geduld, wie die Frömmigkeit, wie die Intelligenz selber. Sie erinnerten mich an geistreiche Essays. Der Fenstervorhang liebkoste mich, indem er mir Märchen erzählte. Nie war mir das Leben so schön vorgekommen, als vom Krankenzimmer aus angeschaut. Ich kann nicht beschreiben, wie ich mich über ein bißchen Blau freute, das ich sah, wenn ich nach oben blickte. Ich meine damit den Himmel. Von Zeit zu Zeit erschien meine Geliebte. Sie stand ein Viertelstündchen oder auch etwas weniger lang in sehenswerter Unbeweglichkeit da, mich liebevoll anschauend. Das ist selbstverständlich. Nie sprach sie ein Wort, aber mit dem Gesicht, mit den Augen plauderte sie anmutig und lebhaft.

«Ich kann dir unmöglich treu sein, und ich bitte dich, mir das nicht übel zu nehmen!» sprach ihre schöne, sanfte Haltung.

Um sie zu beruhigen, erklärte ich ihr: «Ich nehme das nicht so genau.»

Wenn ich gesund gewesen wäre, hätte ich vielleicht nicht so generös gesprochen. Entzückend war es, ihre Hand anzufassen. Heute ist mein Verhältnis zu ihr bei weitem nicht mehr so überfließend lieb. Ich bin empörend gesund, und aus dieser Gesundheit heraus, über die ich mich verwundere, erinnere ich leicht und mit einer gewissen Belustigtheit daran, daß es eine Zeit gab, wo quasi auf Kaiser Josefs des Zweiten Verfügung Adlige, die sich als unsolid und unzuverlässig erwiesen, zur Strafe die Straßen Wiens mit Staubbesen fegen mußten, eine Beschäftigung, die ihnen Unbehagen verursacht haben wird, was man ohne weiteres annehmen kann.

Das war eine Schande, das!

Ich sah nämlich als Knabe im Elternhaus hierüber eine Abbildung, eine Art packenden Kupferstich, der mir noch heute deutlich vorschwebt. Bisweilen fasziniert mich mein gutes Gedächtnis förmlich. Ich kann aber auch sehr vergeßlich sein.

Mit was für Schmählichkeiten kann ich sonst noch aufwarten?

Mich wundert, wie anständige Leute über eine Strafanstaltspersönlichkeit, wie Oscar Wilde eine gewesen ist, prunkvolle Aufsätze, ja sogar Bücher zu schreiben imstande sein können. Dies begründet sich jedoch mühelos so: Mit der Zeit verwandelt sich so eine Schmach und Schande in etwas Rührendes, ja beinahe Schönes und Gutes. Ein bedeutender Sünder interessiert uns stärker als eine mittelmäßige, belanglose und klanglose Tugendhaftigkeit. Zu Wildes Lebzeiten ging man natürlich vorsichtig, zurückhaltend mit ihm um. Als er aber von dannen gefahren war, schmückte man ihn, ich möchte sagen, mit einem Heiligenschein, den er sicher in jeder Beziehung, d.h. aufs redlichste verdiente. Das Schicksalhafte ist es, das einen Dichter in die Unvergeßlichkeit hebt, ihn zu einer immer jungen, grünenden Erscheinung macht! Dichter, wie Oscar Wilde, fangen erst nach ihrem Ableben eigentlich an zu wirken, zu leben. Von ihnen geht ein wundersames Aladdinlicht aus, das die Treppen, Gänge und Stuben der Zivilisation und der Bildung festlich beleuchtet.

War es nicht auch für Gottfried Keller beinahe eine Schande, daß er von so und so vielen Hübschigkeiten und Geschmackvollgekleidetheiten so und so viele allerliebste, mit Spöttelei verzierte Körbchen abbekam? So und so oft fragte er aufs zarteste an, ob er sich das Recht herausnehmen dürfe, sich beliebt zu machen, und so und so oft erhielt er abschlägige Antwort. Dieser große Zürcher schleppte erstens seine einzigartige Bedeutung und zweitens Junggesellenmakel mit durchs Dasein.

Wie man sieht, bin ich hier in einer illustren Gesellschaft.

AUFSATZ

Ich stand gestern wieder vor so einem «orientalischen Bazar», dessen kleines Schaufenster wie ein Gemälde anmutete. Es sind da Galanteriewaren zur Schau gestellt. Mich muß so ein Geschäft deshalb interessieren, weil ich sozusagen in der «Branche» aufwuchs, indem meine Eltern solch ein «Gewölbe» innehatten. Nun las ich gelegentlich im Archiv, worin ich vorübergehend als Gehilfe tätig gewesen bin, von einem Patrizier des zwölften Jahrhunderts, einem «Stammhalter», der Edelsteinhandel trieb, der ihn bis nach Kairo, Granada usw. führte. Wie interessant, farbig, vielfältig, abwechslungsreich, sagen wir, eine Reise etwa nach Bagdad war, wo Saladin residierte.

Es war dies, so primitiv meine Geschichtskenntnisse sind, die Zeit der Kreuzzüge, die Erfindungszeit der orientalischen Märchen, die Zeit der Hohenstaufen und die Zeit des Grafen von Gleichen, der sich den poesieumwobenen Luxus zweier Gemahlinnen erlaubte, von denen ihm die eine rechtmäßig, christlich, die andere sozusagen «bloß kulturell» angetraut war. Die Chronik teilt uns jedoch mit, daß beide Frauen vortrefflich zusammen auskamen, indem sie sich gegenseitig Freundlichkeiten erwiesen, die kein Ende nehmen zu wollen schienen. Warum gerade dieses Zeitalter mir solch ein merkwürdiges «Faible» einflößt? Ich werde das ja kaum zu erklären brauchen. Wie bin ich außerdem in kontinuierlicher Eile! In besagtem Bazar nun lagen Blätter aus der Manessischen Liederhandschriftsammlung ausgestellt. Bekanntlich sind diese Blätter illustriert.

Es handelt sich hiebei also um das «ritterliche Europa», das sich gleichsam von der Marienburg in Preußen bis zur Gralsburg in Spanien erstreckt hat. Manchem von uns kommt nun ja alles Ritterliche schier ein wenig komisch vor. Möglich ist, daß alle diese Leute, diese Ritter des Mittelalters, in der Tat überspannt, d. h. wie «im Fieber» waren. Jedenfalls leisteten sie aber ganz bestimmte Bildungsdienste, stellten einen bedeutsamen Literatur-, d. h. Zivilisationsfaktor dar. Ich meine, so etwas gilt es anzuerkennen. Man sollte versuchen, unter keinen Umständen zu verkennen, was vor uns in Kunst- und Geistesangelegenheiten geleistet wurde, und in dieser Hinsicht standen die Ritter, trotz vielleicht allerlei Rauheiten, neben den zarten ins Dasein hineingestellten Mönchen an erster Stelle. Seien wir ihnen nicht undankbar. Stellten sie nicht etwas wie Boten, Missionäre, Sendlinge dar, die von Hof zu Hof, von Burg zu Burg wanderten, um den Bewohnern derselben, vorab der wissensbedürftigen Damenwelt, Neuigkeiten zu erzählen?

Wie ich gern vermute, werden sie diese Aufgabe mit viel Geschicklichkeit absolviert haben; sie werden mit huldigend ausgestreckter Hand dagestanden sein, in der Positur der Statuen, schön aufrecht, möglichst unbeweglich; nur ihr Mund wird sich berichterstattend bewegt haben. Vergegenwärtigten sie nicht etwas wie den «Pressedienst» ihres Zeitalters? Sorgten sie nicht aufs fleißigste für Verbreitung eines überall geltenden «europäischen Tones», für das Aufblühen eines allgemein gültig sein sollenden Ideales bezüglich werdender Humanisierung?

Ich zweifle nicht, daß sie als Vermittler von Kulturerrungenschaften und Vertreter einer noblen und feinen Internationalität überall dort auftraten, wo ihnen dies passend schien und möglich gewesen sein mochte. Vermöge ihrer Schilderungen bildeten sie das aus, was man Mode nennt. Sie waren Poeten, Journalisten, Aufklärer, Sänger, und wie die Zeit, worin sie das Vergnügen hatten zu leben, beschaffen war, auch noch Kämpfer. Letzteres waren sie also nicht aus Laune. Ob uns die Lieder dieser

«Kulturpioniere» nicht speziell um des Lebensernstes willen teuer sind, in dessen Sphäre sie sie dichteten?

DAS BRUEGHELBILD

Bei all dem, d.h. nebenbei, was unter dieser Einleitungsphrase zu verstehen sein mag, braucht mich kaum zu kümmern, denke ich, und dies wird nur ein kleines, verschwindend geringes Aufsätzchen werden, an den gefangenen, nackten Mann von anno dazumal.

Habe ich nötig, den Zeitpunkt, das Jahrhundert anzugeben? Als wenn die Zeitangabe eine Rolle spielte, durchaus unerläßlich wäre! Mich beschäftigt da übrigens eine beinahe abenteuerliche Frage, nämlich die kleine und doch wieder wichtige, große Tagesfrage, ob einem Masseur gestattet werden kann, die Frau, die er zu frottieren, gleichsam herauszumodellieren hat, zu Schönheitshervorzauberungszwecken zu küssen. Könnte es hiebei nicht zu Überraschungen, theatralischen Auftritten, Unannehmlichkeiten erster Ordnung kommen? «Mensch, was erlauben Sie sich da?» würde zu einem Körperkünstler gesprochen werden können, dem es einfiele, die Grenze seiner Obliegenheiten, die Bestimmungen seines Berufes tunlich auszudehnen.

Doch zurück zu meinem armen Mann, der gänzlich nackt dasteht. Darf man bezüglich dieser Kreatur von einer Ausgesetztheit ohnegleichen reden? Ich hoffe, daß man das darf. Heute strahlt die Sonne auf einen Tag herunter, der als Säuglingsfürsorgetag bezeichnet werden darf. Ein Mädchen, das jung wie eine Knospe ist, fragte mich an, ob ich gesonnen sei, irgend etwas für diesen humanen Zweck zu tun. Durfte ich mich da weigern? Das würde mir als unmöglich erschienen sein.

Ein berühmter Dichter liegt in Gedrucktheitsform neben einem eingekauften Stück Brot in der Schublade meines Kleiderschrankes, und nun wird von meinem Mund, der etwas Lachendes an sich hat, wofür ich Vater und Mutter verantwortlich mache, vielleicht etwas sehr Eigentümliches gesagt: der bereits hervorgehobene Gefangene stand in einer Art Kasten oder eisernem Schrank vollständig isoliert und aufrecht da. Bei der geringsten Bewegung, die er sich im leisesten Sinne leistete, stachen ihn Dolche, zwischen deren geschliffenen Spitzen er eingesperrt, eingezwängt, eingeklemmt war. Welche Einsamkeit das für ihn bedeutete! Kaum vermag man sich einen Begriff davon zu machen. Die Sache mit diesem hervorragend armen, bedauernswerten Mann war so: er hatte sich irgend etwas zuschulden kommen lassen; er wird sich in starkem Maß unbeliebt gemacht haben, und zur Strafe für diese Sünde schmachtete er jetzt in außerordentlicher Art und Weise in einem verhältnismäßig denkbar engen Käfig, worin es ihm sicher unaussprechlich ungemütlich vorkam.

Gestern genoß ich in einem Wirtshauswinkel einen scheinbar ausgezeichneten Leitartikel. Darf ich glauben, daß auch mein Artikel hier um so eher die Note «ausgezeichnet» verdienen wird, als vielleicht noch eine Anzahl Blinder auftreten könnte? Ich ging da nämlich in eine hiesigen Platzes veranstaltete Kunstausstellung und fand bei diesem Anlaß ein Gemälde von Brueghel vor, das eine Blindenszene zur Darstellung brachte, wie man sie sich bedeutungsreicher, frappierender, tiefsinniger, gedankenvoller kaum zu denken vermag. Blinde haben

Händel miteinander, bearbeiten einander mit Wanderstöcken, daß es sozusagen beinahe eine Freude ist. Hiebei handelt sich's um einen hohen Grad von Tragikomik, und es ist möglich, daß dieses Blindenbild das stärkste Gemälde in der Gemäldeausstellung war.

Blind sind wir ja in gewissem Sinn und Maß alle, alle, obwohl wir Augen haben, mit denen wir sehen. Einmal begegnete ich in irgendeiner Straße einem Blinden, an dem mir vorzüglich die Ruhe, gleichsam die Ausgeglichenheit, das mit sich und in sich Abgeschlossensein, eine Übereingekommenheit mit seinem Schicksal auffiel. Auf dem Brueghelbild hauen sich also Menschen blind auf die gegenseitigen, werten, ehrenwerten Köpfe. Das geschieht in einem trefflich zur Anschauung gebrachten Dorf zur Nachtzeit. Die ganze Menschheit, kann man sagen, schläft um diese Stunde in ihren Stuben und Betten, und in all dieser Stille, in all diesem allgemeinen Schlummern führen diese umherziehenden Leute eine Prügelei auf, von der man glauben darf, sie sei unvergleichlich gewesen. Lichtbegnadete Erde, was bist du? Menschen, die ihr diese schöne Erde bewohnen dürft, wer seid ihr, woher stammt und kommt ihr? Eigentlich dürfte dies eine banale Frage sein, die aber immerhin Klang hat.

Erbarmen wir uns jetzt wieder ein bißchen unseres armen, im Kasten voll Messer und dergleichen versorgten, verborgenen Mannes. Ich sah diesen guten, unsäglich armen Mann nämlich als Knabe auf der Abbildung irgendeines Blattes, das vielleicht «Kunst für Alle» hieß. Gab es nicht damals unter anderem eine Zeitschrift, betitelt «Vom Fels zum Meer», die womöglich auch zu heutiger Zeit noch heiter fortblüht? Nimmt man an, daß keine liebe, nette Frau sich mehr darum kümmerte, ob der Gefangene überhaupt nur noch Strümpfe besitze, oder was er zu essen bekomme, so bemächtigt sich einen mit diesem Stück vollkommenen Verlassengewesenseins ein aus allen Unmittelbarkeiten springendes, singendes Mitleid.

Lieber Leser, solltest du nicht Grund haben, erstens froh, d.h. beinahe überglücklich zu sein, daß du nicht blind umherzuziehen nötig hast, zweitens, daß du weder Prügel auszuteilen noch einzuheimsen in die Lage gerätst, und drittens, daß dich keine Dolche bei der leisesten Bewegung kitzeln? Sprich für die Blinden lieber hin und wieder ein kurzes Gebet, anstatt wegen Kleinigkeiten, die dich stören, aufzubegehren, und denke zu deinem geistigen Vorteil von Zeit zu Zeit an jenen armen Mann im Eisenschrank, ehe du es über dich zu bringen wagst und es unternimmst, dich wegen dir zu beunruhigen.

Was den Masseur anbelangt, so sei er ersucht, vorsichtig vorzugehen.

Schöne Frauen schmücken die Promenade mit ihrer Gegenwart, und ich sitze und schreibe hier?

DER STERNHEIMSCHE RIESE

Ich klage mich der Zierbengelei an. Sollte ich mich zum sogenannten pomadisierten Gorilla entwickelt haben? Wäre das nicht im höchsten Grad bedenklich? Wie ist übrigens die Epoche, in der wir leben, wädelig und schenklig! Brauche ich beizufügen, wie ich mit diesem Ausruf auf die Röckchen der Mädchen anspiele, die vielleicht nachgerade besser wieder dezidierte Röcke wären?

Ich ziehe mir beinahe gewaltsam Satz für Satz zum zögernden Mund heraus. Welche Rücksichtslosigkeit gegenüber mir selber!

Gleichsam neugebacken trat ich gestern oder vorgestern in eine nette, passende Gesellschaft, bestehend aus einem Sternheimschen Riesen, dessen Tochter und einem Gegenstück zum höflich zuerst Erwähnten. Meine Gebügeltheit verlieh mir ein sicheres und gewandtes Auftreten. Beiläufig gesagt, kommt ein Anzug meiner Meinung nach als solcher nur dann in Frage, wenn man ihm augenblicklich die spärliche Gebrauchtheit, d.h. besser, die absolute Unabgetragenheit ansieht. Ob ein Anzug fünfzig oder dreihundertachtzig Franken gekostet hat, spielt keine Rolle. Darf ich versichern, daß es so ist? Ich rede aus einem Reservoir von Erfahrung.

Mein Benehmen glich, als ich mich in den sehr netten Kreis setzte, der strenggeschliffenen Hosenfalte, die ich zum Glück mein eigen nannte. Unwillkürlich stellte ich zwischen mir und dem höchst ehrenwerten pomadisierten Gorilla eine Reihe stiller Vergleichungen an, die dahin resultierten, daß ich in die Lage kam, mir sagen zu können, wir ähnelten uns eventuell ein bißchen. Die Summe meiner Neugebackenheiten machte mich vergnügt lachen.

«Sie gehören sicher nicht zu denen, die es sich zur Lebensaufgabe machen, überall der Dame den Vorantritt zu gönnen», meinte das Töchterchen.

«Warum glauben Sie in dieser Hinsicht nicht an mich?» fragte ich belustigt und verriet mich mit meiner Belustigtheit. Alle Sternheimschen Riesen finden Anfragen bezüglich Ritterlichkeit usw. kolossal komisch.

Armes Mädchen! Sie entgegnete: «Lassen Sie mich dulden und schweigen!»

Da hatte ich's! Ich wies also das Talent auf, in meiner Gegenwart einer gebildeten Tochter den Eindruck zu verschaffen, sie sei eine Märtyrerin. Möglich ist, daß «ihr Barbar von Vater» jetzt mit mir sympathisierte, indem ich gesunden Menschenverstand an den Tag oder an die Nacht gelegt hatte. Wahrheit ist, daß es zirka zehn Uhr abends war, und daß eine gewisse Hofluft von mir ausging, ähnlich wie Antolikus sie ausströmte. Sie wissen, jener Intelligentikus in Shakespeares «Wintermärchen», als er sich mit dem alten und dem jungen Schäfer über Reiseangelegenheiten unterhielt. Welch herrliche Frauenfigur diese Hermione doch ist! Doch weiter! Übrigens wird diese Skizze nur eine kurze sein, worüber sich ihr Schöpfer freut.

Eine Bürolistin erzählte mir einmal eine rührende Geschichte, die sich auf eine unerhört zartfühlende Frau bezog, die unter einem pomadisierten Gorilla litt. Pomadisierte Gorillas sind schrecklich, weil sie dir in allen Lebensfällen mit ihrer Gemütlichkeit kommen. Überall siegen sie, mit der Fülle ihrer Ausgesöhntheit.

Die Bürolistin warf mir eines Tages, um offenherzig zu sein, den Vorwurf ins Gesicht: «Sie machen ja allen Saaltöchtern den Hof.»

Wie tragisch sie sich bei diesem Anlaß gebärdete! Doch zurück zum Thema!

Sollte es um der Zivilisation willen wünschenswert sein, daß der Sternheimsche Riese überwunden, d. h. weggezüchtet würde? Wie ich mich hiezu stellen soll, weiß ich nicht recht. Beantworte doch du, lieber Leser, diese anscheinend schwierige Frage. Man muß gestehen, daß der Riese nicht übel wirkt. Schon sein Gewicht, sodann seine Ruhe! Die Kunst, die er hat, sich mit allem gleichsam freundschaftlich abzufinden. Die Kenntnis des Lebens, die Lebenslust, die Lachlust, die in ihm ruhen; die Kraft, über die er verfügt. Dieses bißchen vielleicht sehr angenehme Schwerfälligkeit, das man an ihm wahrnimmt, und womit man unwillkürlich etwas wie Mitleid empfindet. Anderseits ist er freilich ein Hemmender, er hemmt Kultur, bildet ein Hindernis für feinste Bestrebungen.

Ach, auch ich saß wie eine Art Hemmung, Hindernis da, und das Gegenstück, d.h. der Unscheinbare, Ungorillamäßige schaute gescheit, helläugig, aufmerksam vor sich hin. Wartete er auf eine Gelegenheit, sich dienstfertig zu zeigen? Ich streite diese Möglichkeit nicht ab.

Mein Haar war von strengster Gekämmtheit.

Sämtliche Anwesende hielten mich schon nur deshalb für hochanständig.

Mich amüsierte es also, wie ich dem Sternheimschen Riesen glich.

Da das bei mir nicht oft vorkommt, betone ich es. Für mich war das ja einfach ein Ereignis.

DIE HÖFLICHE LADENTOCHTER

Ich werde diese Ladentochter ersuchen, nicht zu höflich zu sein. Mir scheint nämlich, sie habe mich mit ihrer Artigkeit beinahe gequält, was zwar etwas stark gesprochen sein dürfte. Vor allem ist sie ja in der Tat hübsch, aber jedesmal, wenn ich den Laden nach erledigtem Einkauf verlasse, wirft sie sich mir nach, um die Türe hinter mir zu schließen. Wie mich dies schon enerviert hat!

Noch nie fand ich bisher den Mut, sie zu bitten, etwas weniger dienstemsig oder -freudig zu sein, denn ich muß für möglich halten, daß ich sie kränke, und ich füge nicht gern netten Menschen Unannehmlichkeiten zu. Diese Ladentochter ist nämlich ein sogenannter sehr netter Mensch. Man pflegt dies ja so zu sagen.

Sie besitzt rötliche Wängelchen. Ist das nicht an und für sich schon ein Grund, vorsichtig zu sein? Allemal paßt sie Ihnen da so auf, und wenn sie Sie im Begriff sieht, davonzulaufen, pardon, fortzugehen, so kommt sie Ihnen mit ihrer Türschließerei. Sie tut dies hastig, rasch, blitzschnell, d.h. gewohnheitsmäßig. Man kann sagen, ihre Höflichkeit sei ein Rad, das im Kreis herumgeht. Wie sie einen hinauskomplimentiert!

Dabei ist sie, wie gesagt, denkbar hübsch. Trotzdem werde ich mich womöglich eines Tages zum Ausspruch ihr gegenüber aufraffen: «Liebstes, bestes Fräulein, möchten Sie nicht die Güte haben, mich vielleicht die Türe lieber selber zudrücken zu lassen? Es wäre mir dies wahrscheinlich angenehmer.»

Die Sache verhielt sich so: sie läßt mir jeweilen nicht genügend Zeit, mich sozusagen aufs Verlassen des Geschäftsraumes vorzubereiten, d.h. sie benimmt sich ein bißchen zu betriebsmäßig. Sie schiebt mich mir nichts, dir nichts hinaus. Sie tut das, ohne an irgend etwas dabei zu denken.

«Engel, bedenken Sie, daß es Höflichkeiten gibt, die lästig fallen, weil sie überflüssig sind», werde ich mich vielleicht nächstens erkühnen, ihr zu sagen. Ich freue mich aber auf eine solche Auseinandersetzung keineswegs. Wie? Wenn ich ihr wehtäte, sie irr an sich werden ließe? Sie könnte ja glauben, ich hätte sie längst im stillen kritisiert, sie als nicht in jeder Beziehung erbaulich empfunden.

Für mich wird es eine Tat bedeuten, ihr die Bemerkung zu machen, die ich andeutete. Ob diese Ladentochtervorgefaßtheit zur Ausführung kommen wird? Noch bin ich mir dessen nicht bewußt, aber ich hoffe, daß ich die Kraft finden werde, den starken Mann zu spielen. Selbstverständlich werde ich, wenn es so weit kommt, beifügen, daß es für mich, allgemein betrachtet, kaum je etwas so Liebes, Sympathisches wie sie gegeben habe. Ich meine, eine solche Beifügung gliche einem Ausgleich, gleichsam einer Art Zucker. Ich käme mir gesalzen sowohl wie zuckerig vor.

Sie wird sich bedrückt und zugleich befreit fühlen. Auch mit mir wird dies der Fall sein. Ladentochter, bereite dich auf ein Ereignis vor! «Entzückt von Ihnen, wie ich bin, gestatte ich mir, Ihnen anzuvertrauen, daß ich, was Ihre Unübertroffenheit betrifft, etwas auf dem Herzen habe», wird's mir vielleicht über die Lippen sprudeln.

«Was könnte das sein?» fragte sie.

Da würde ich es ihr mit langsamer Behaglichkeit sagen.

«Gut, ich will mir's merken», würde sie verlauten lassen und dabei ein wenig niedergeschlagen aussehen. Ich aber würde total unbefangen dastehen, so tun, als wenn ganz und gar nichts arriviert wäre.

Wie uns manchmal Kleinigkeiten beschäftigen!

Ist es großzügig von mir, daß ich eine Ladentochter interpellieren will?

Gehöre ich zu den Sensiblen, Feinnervigen? Es scheint so!

Wir wünschen die Leute entweder mitunter höflicher oder weniger höflich, als sie sind. Diese zarten Unzufriedenheiten innerhalb allgemein verbreiteter Zufriedenheit.

Spaßhaft!

DISKUSSION

Möglich ist, daß ich mir ein Marcel-Proust-Buch, und zwar natürlich in der ursprünglichen, also nicht in der Übersetztheitssprache, anschaffen werde. Noch kenne ich keine Silbe von Romain Rolland, was ich als einen Beweis auffassen kann, daß ich kulturell nicht ängstlich, nicht neugierig bin. Übrigens hielt ich diesen Autor für noch sehr jung. Daß er bereits sechzig ist, tut mir leid. Einst schrieb ein nachmals viel- und wie z.B. von Bismarck gerngelesener Jude von seinem Verbannungsort Paris aus in die Augsburger Abendblätter, und nun schaute ich jüngst in eine Zeitschrift hinein, die mir Fuggerhausabbildungen vors Gesicht stellte. Heute erhielt ich einen gekränkten Brief, d.h. nicht der Brief war verstimmt, aber sein Absender. Dieser Heinrich Heine ist von einer grünenden Immortalität, und doch dichtete er die unmoralischsten Sachen, aber sein Schicksal stempelte ihn zum Unvergeßlichen. Ich liebte einst eine Frau, die sowohl ein uneheliches Kind als eine Menge von Heinebegeisterung aufwies. Ich hatte sozusagen bei dieser Frau einen Stein im Brett. Und nun schrieb da jemand, der sich auch schon darüber äußerte, wie man Bücher behandeln solle, über das himmlische italienische Lachen einen umfangreichen Aufsatz, der aber seinerseits nichts Lachendes an sich hatte. Gelegentlich einer Zusammenkunft in den Räumlichkeiten der Berliner Sezession sagte mir einst Walter Rathenau, der «Peter Camenzind» von Hesse habe es ihm angetan. Ich wieder teilte einem Mädchen mit, Hesse habe sich mit einer Serviertochter vermählt. Die Empfängerin dieser Benachrichtigung war so liebenswürdig, sie für wahr zu halten. Man kann mit zwanglos aufgetischten Lügen vollen Glauben einheimsen. Man kann für einen Lügner gehalten werden, dort, wo man aufrichtig ist, und man kann als artig gelten, dort, wo man sich Dreistigkeiten herausnahm. Tolstoi zog aus ethischem Fieberzustand heraus gegen Shakespeare zu Feld, um hernach aus Gram über diese Freveltat umzukommen, was natürlich anekdotisch gesprochen ist. Vor einigen Tagen hörte ich einen Drehorgelmann spielen und einen Humoristen einen Vortrag abhalten. Der erste stand in der Landschaft; der zweite saß am Lesepult vor einem gewählten Publikum. Aber dieser las ebenso gut für Geld, wie jener orgelte, nur mit dem Unterschied, daß dem Orgler die Belohnung in den dargehaltenen Hut gelegt wurde, indes man das Vortragseintrittsgeld an der Kasse zahlte. Sodann sah ich einen Stuhl vor Freude darüber glänzen, daß er einem Fräulein als Sitzgelegenheit hatte dienen dürfen. Semmeln lagen unsäglich ruhig auf schimmernd-weißen Tellern. Dann befand ich mich in einer Kirche, worin Haydns «Vier Jahreszeiten» aufgeführt wurden. Zwei Lehrer waren dabei, die sich auf die geschulteste, also ausgesuchteste Art aus dem Weg zu gehen pflegten, da sie sich nicht ausstehen mochten. Eine Sängerin sang fast zum Krankwerden schön, aber man gesundete in dieser Krankheit, und nun sprach mir wieder jemand von einem unglücklichen, jungen Dichter, dessen Unglücklichsein darin bestand, das zwischen seinem Lebenwollen und Figurierenwollen eine Unüberbrücktheit klaffte. Ich antwortete dem Überbringer dieser Sensation, daß innere Uneinigkeit bei Kulturbeflissenen von jeher an der Tagesordnung gewesen sei. Einmal wurde ein sehr liebes, gutes, feines, vornehmes, in mancher Hinsicht verzwicktes, widerspenstiges, sonst aber an sich bedeutendes Buch von einem Mädchen in die Hand genommen. Im mädchenwarmen Händchen zerfloß das literarische Produkt wie Schnee, wenn's April wird. Auch ich gehöre zu denen, die schon Anatole France lasen. Mit der Bitte, vorliegendes Geschriebenes nicht zentnerschwer, nein, eher schwanenflaumleicht zu nehmen, gebe ich mir die Erlaubnis, mich zu empfehlen, obschon ich wohl bald wieder komme.

PLAUDEREI (II)

Einer, mit dem ich mich duze, und mit dem ich eine Zufallsbegegnung hatte, sagte mir: «Komme zu mir ins Dorf und schreibe Dorfgeschichten voll Ursprünglichkeit, wofür ja die heutige, kräftebedürftige Menschheit eine nicht in Abrede zu stellende Eingenommenheit hat.» Dabei lächelte er beinahe geringschätzig. Zwar merkte ich sogleich, daß die Geringschätzigkeit lediglich gespielt war, und diese sicher sehr feine Beobachtung mußte mich natürlich «wieder einmal» freuen. Die Wahrheit war, daß er ganz einfach bloß eine Zeitlang in meiner Gesellschaft zu sein wünschte.

Daher sollte ich zu ihm ins Dorf ziehen, eigenhändig Suppe kochen und mir einbilden, schlichte Gerichte mundeten mir besser als die kultivierteste Küche. «Dorfgeschichten sind nun nicht gerade meine Spezialität», wich ich seiner Beständigkeitsaufforderung aus. Und nun dachte ich, wie ich wohl offenbaren darf, kürzlich, d.h. gestern, um wieviel Uhr, spielt keine Rolle, ans Schweizervolk und seine Literatur und kam zu allerlei gedanklichen Ergebnissen, die ja nicht unbedingt richtig zu sein brauchten. «Die Schweiz», so kam mir in den Sinn, zu mir zu sagen, «hat im Weltkrieg Glück gehabt, indem sie mit Angriffen auf ihren Kräftebestand verschont blieb, und sie wurde um dieses Erfolges willen vom gesamten Ausland beneidet, beinahe bewundert. Um ihrer Hilfstätigkeit willen wurde sie geliebt, vielleicht, falls man das denken darf, ein bißchen über Gebühr gelobt. Es ging der Schweiz gut, und denen es schlecht ging, stand es an, über die Heiterkeit einer seltenen Ausnahme zu staunen.»

Nach solcher und ähnlicher Richtung hin bewegten sich die verhältnismäßig sauberen und blanken Wellen meines Gedankenflusses oder, wenn man will, bloß Flüßchens. Was ich mir gegenüber ausführte, stellte ein Plauderbächlein dar, wie ich ja bisweilen überhaupt anscheinend gern «reklamiere», «aufbegehre», mit anderen Worten, mit mir selber rede, was ich geneigt bin, für einen Fehler zu halten, der mir korrekturbedürftig scheint. «Die schweizerische Literatur», sprach ich gewissermaßen mit großartiger Gelassenheit zu mir, «weist zur Zeit keine Werke hinreißender Art auf, wie dies zu früheren Zeiten vorkam.» Selbstverständlich bin ich nicht der einzige, der zu solcher Einleuchtung fähig ist. Übrigens scheine ich einer schönen, zweifellos bedeutenden Frau einen auf vollkommenem Mißverständnis beruhenden Brief geschrieben zu haben, dem es immerhin an Eleganz des

Stiles nicht gemangelt haben dürfte. Dieser «imponierenden» Frau beliebt es nun, mir sozusagenermaßen «den Kopf zu machen», was mich natürlich bis zu einer gewissen Grenze spaßhaft berührt, obwohl ich mir sage, daß es nicht sehr schön ist, über fremde Verstimmtheit vergnügt zu sein.

Nun halte ich es für «europäisch», für «westlerisch», d.h. für eine der westlichen Kultur angehörende Eigenschaft, still in sich hineinzuzürnen, wenn eine Mißliebigkeit vorliegt, und ich gebe meiner Meinung dahin Ausdruck, daß ich sage, ich wünschte, daß bei uns, d.h. in Europa, und besonders in gebildeten Kreisen die Geneigtheit nach und nach zu überwinden sein könnte, bei einem Mißverständnis sogleich und wenn möglich für immer gekränkt zu sein, indem die Fähigkeit aufblühen würde, in solchen Fällen mit der Partei, die den Fehler beging, freundlich zu sprechen.

Meine bedeutsame Wenigkeit hält dieses hier Geschriebene für nicht unwert, beachtet zu werden, und was Dorfgeschichten betrifft, deren Niederschrift mir anempfohlen wurde, so erkläre ich, daß ich davon abstrahiere, indem ich es Kollegen anheimstelle, für Verbreitung von Urwüchsigem und allzu Urwüchsigem zu sorgen. Ganz allgemein bin ich mir bewußt, die Dorfgeschichte sei keineswegs unanfechtbar. Gute Exemplare dieses Genres sind nichtsdestoweniger denkbar. Bezüglich des Kopfmachens, des jemand schweigend etwas Nachtragens, gelobe ich, mir in Zukunft die größte Umgehungsmühe zu geben. Wenn ich mißverstanden werde, will ich das für begreiflich halten. Es sind dies durchaus Sachen zur Behandlung von humanem Standpunkt aus.

Ob das Schweizervolk etwas wie eine Krisis in literarischer und sonstiger Hinsicht durchmache, bleibe eine zartmahnende Frage. Eine Fraglichkeit bedeutet ja an sich schon irgend etwas. Für mich steht fest, daß der Schweiz gegenwärtig einige sehr aufgeweckte, gewandte Schriftsteller blühen, womit ich weder zu wenig noch zu viel gesagt haben möchte. Geschicklichkeit stellt zweifellos einen Wert dar, wenn gewiß zunächst einen mäßigen. Hiebei bitte ich den Leser dieses Artikels, das Mißverstandenwerdenkönnen zu beachten und auf die Wesentlichkeit und zugleich wohl auch Unwesentlichkeit der Dorfgeschichte das Augenmerk zu lenken.

Meine diesmalige Aufgabe besteht in einer Plauderei, die mir erfüllt scheint.

GEBURTSTAGSPROSASTÜCK

Ich bin in diesem Moment ein Engländer, den anscheinend nichts zu ergreifen vermag, was mir eine sehr hübsche Prosastückposition zu sein scheint, aus der heraus ich verlauten lasse, daß es einer in der Hand hat, ob er Versuchskaninchen sein will oder nicht. So etwas ist Standesbewußtseinsangelegenheit. Nun etwas von Geburtstagen usw.

Mein Namenstag ist der 24. September, mein Geburtsdatum der 15. April. Somit wäre etwas Herbstliches, Herbes und etwas Frühlingshaftes, Liebes an mir.

Wir leben in einer sündhaften, weil nüchternen, gescheiten Zeit. Wie sanken in früheren Zeiten Dichter frühzeitig hin, so romantisch, gefühlvoll, so entzückend kränklich, müde, voll Weltschmerz und dergleichen. Hievon gibt es heutzutage leider keine Spur mehr. Oder muß man sagen: glücklicherweise? Das käme auf die Auffassung an. Der bedeutende Petöfi erreichte bloß ein Alter von 26 Jahren, Georg Büchner, der geniale Dramatiker, wurde auch nicht viel älter. Hölderlin hielt es für angezeigt, d.h. für taktvoll, im vierzigsten Lebensjahr seinen gesunden Menschenverstand einzubüßen, wodurch er zahlreichen Leuten Anlaß gab, ihn aufs unterhaltendste, angenehmste zu beklagen. Rührung ist ja etwas überaus Bekömmliches, mithin Willkommenes. Über einen großen und zugleich unglücklichen Menschen weinen, wie schön ist das! Wie viel zarten Gesprächsstoff lieferten solche unalltäglichen Existenzen! Novalis, dieses Talent ersten Ranges, lebte und starb wie eine Blume, kurz, aber gleichsam einen verführerischen Duft ausströmend.

Genannten war es nicht vergönnt, fünfzigste Geburtstage zu feiern. Bald werde auch ich fünfzig Jahre zählen. Was alsdann?

Gehöre auch ich zu den Dichtern, die es darauf abgesehen haben, die Mitwelt durch Beweisablegung eines womöglich geradezu maßlos normalen Verstandes zu erschrecken? Soeben haben fünf bis sechs vorzügliche Autoren ihren fünfzigsten Geburtstag erlebt. Weitere Feierungen werden folgen. Wie unsäglich gewöhnlich wir eigentlich sämtlich geworden sind! Keiner mag mehr eine Ausnahme sein. Jeder bebt vor einem etwaigen Schicksal. Auch ich bewege mich durchgängig zweckhaft. Ich gehöre zu denen, die sich vorgenommen haben, alt zu werden. Dennoch ist etwas in mir, das mich wegen der Geburtstage, die ich erleben werde, auslacht. Nächstens kommt bezüglich Geburtstäglichkeit mein Freund Feinohr an die Reihe. Er läuft im Hinblick hierauf ganz verwundert herum. Von andern wäre ähnliches zu sagen.

Wir verstehen scheinbar alle nicht mehr, rechtzeitig zu welken. Es fehlt uns also etwas. Wie schön und kühn starb z.B. Körner. Er und andere verzichteten aufs vornehmste auf den fünfzigsten Geburtstag. Sie waren unvorsichtig, was im Grund sehr nett von ihnen war.

Wie ich mich freue, daß man mir zu meinem kommenden, herannahenden Fünfzigsten wird gratulieren müssen!

Gott sei Dank vergehen alle diese Geburtstage verblüffend rasch.

Was dies hier für ein Geburtstagsprosastück ist.

POTPOURRI

Ich wurde einst von einem übrigens anscheinend durchaus ehrlichen Verleger ernsthaft ersucht, nicht nebenbuhlerische Verleger gegen ihn auszuspielen. «Ich setze mich für Sie ein und darf nicht gestatten, daß sich die Konkurrenz für Sie interessiert», schrieb er mir.

In diesen Tagen erhielt ich einen Brief von einer Frau, worin sie mich gleichsam aufmunterte, Erinnerungen mit ihr auszutauschen. Was antwortete ich der Vortrefflichen anderes, als daß ihre Ermutigung erstens schmeichelhaft für mich sei, lebhaft in Anspruch genommene Zeitgenossen, die dies in wirklich erheblicher Ausdehnung zu sein beabsichtigten, jedoch kaum für Dinge, die es irgendeinmal gab, und die zu den Entschwundenheiten gehörten, zu erwärmen seien. Die in der Tat ungemein gediegene, ja feine Frau erlaubte sich meiner Wenigkeit gegenüber die zweifellos etwas zu ungezwungene Anspielung: «Wie ist es anziehend mit einem Ungezogenen, wie Sie einer sind, zu korrespondieren.»

«Ich war zeitweise Glaspavillonbewohner», glaubte ich ihr immerhin zunächst erwidern zu dürfen, womit ich sie um eines gewissen Zierlichkeitsprinzipes willen sozusagen angelegentlichst anlog.

«Als ich noch Commis in einer Getreidehandlung war, schritten ich und er immer höher die Straßenwindungen zum Bergdorf empor. Er sprach kaum ein Wort; ich ebenfalls nicht. Ich glaubte in diesem Augenblick, seine starke Hand bebe in ihren Nerven. Das Schöne, das dort oben in einer Stube beim Licht der Lampe lebte! Aus dem oben geglückten kleinen Satz geht klar hervor, daß die Situation etwas Spannendes besaß. Tief unter uns lag das schwachschimmernde Seidentuch des nächtlichen Sees. Ich frage mich, ob ich die Bäume zu Vergleichungszwecken heranziehen oder ob ich dies besser unterlassen soll. Ich liebte und er liebte sie; sie war sein und mein. Von Zeit zu Zeit schauten wir uns an und verglichen gegenseitig unsern Wert. Lust und Unlust, uns die schickliche Achtung nicht vorzuenthalten, wechselten ununterbrochen ab, und weiter ging's, bis beide vor dem Hause standen. Bevor wir eintraten, fand eine umständliche, auffassungsauseinanderlegende Unterhaltung statt, deren Ergebnis uns durchaus dieselben Differenzierten bleiben ließ. Während man spricht, täuscht man sich vor, man sei irgendwie gewachsen, habe sich verändert, sei wesentlich besser, sicherer usw. Ist man mit Sprechen fertig, so ist's mit der Annehmlichkeit der Vorspiegelung aus. Er seufzte, und ich lächelte über sein eigentlich recht motiviertes Beunruhigtsein, und im Lichte seines Empfindens sah er's; seine Seele war's, die mich da so vor mich hinlächeln sah, als wenn ich mich mit etwas Weitentferntem unterhielte. Er erblickte meine Belustigtheit, obwohl er nicht eine Handbreit zu schauen vermochte. Indem er seine eigene Freundschaftlichkeit in Zweifel zog, öffnete er mit ‹eiserner Energie› die Türe, und wir traten mit geschauspielerter Alltagsmäßigkeit hinein, als ließe sich alles ordnen.»

Dies ungefähr antwortete ich der Briefschreiberin auf die Frage, ob ich nicht auch der Meinung sei, in Wirklichkeit Mensch zu sein sei etwas Eigentümliches.

Die Sehnsucht nach dem Leben ist eine mir ohne weiteres verständliche Spezialzuständlichkeit bei Menschen, die das Leben für zu lebendig, die Erziehung dagegen für zu reizlos halten, was nicht die Ansicht derjenigen ist, denen Schulung und Bildung ebenso unerläßlich wie vergnügenspendend zu sein scheinen, und die sich beispielsweise des Vorzugs teilhaftig sehen, in einer Stadt zu wohnen, wo eintrittsgeldfreie Vorträge über die Schönheit veranstaltet werden, die in der Kenntnisnahme der Gegenwartskulturbestrebungen zu suchen sowohl wie zu finden sein kann. Städte scheint es zu geben, deren Einwohner in die fixe Idee hineinspaziert sind, in andern Städten esse, schlafe, schaffe, dichte, sterbe, bummle und atme es sich besser als in der eigenen.

Eine mittelhohe Birke, auf deren zarten Zweigen Amseln und sonstiges Geflügel zierlich sangen, stand vor dem Fenster des Zimmers, worin ich an einem Biedermeierschreibtisch Operettentexte herzustellen bemüht war und nebenbei Verlagshäuser eifersüchtig machte.

Hervor jedoch nun mit euch, Dienstmädchenkammern, in denen ich Goethegedichte zu erfassen mir die unzweifelhafteste Mühe gab und mit unerhörter Unauffälligkeit behufs Reizedurchstöberung und Unanständigkeitsanständigmachung Zofenkleiderschränke öffnete. Schon nur vorsichtiges Hineinschauen schien mir ein verwegenheiteinschließendes Abenteuer zu sein.

An alten Häusern und jugendlichen Schulmädchen ging ich vor so und so viel jungen, alten, schmachtenden und unbenommenen Tagen vorbei und sah auf dem Wege irgendwelche Bedeutung vergegenwärtigende Denkmäler, stand eine Zeit lang still, ging wieder weiter, kam in unscheinbar und doch auch großartig aussehende Dörfer, worin jedes erdenkliche Problem seine Lösung gefunden zu haben schien, und die Buben schauten aus, wie wenn sie alle Unwissenheit verloren hätten, die eine so zuverlässige Jugendbefestigung bildet, als wenn ein frühes Allesbegriffenhaben sie belästigte. Geholfen kann sicher nur den Unbehilflichen werden, aber aus den diversesten Ursachen wachsen Hilfsbedürftige.

Jederzeit können also Verleger verblüfft und Angehörige des zarteren Geschlechtes sowohl mit irgend etwas bestärkt wie in ihrer Selbstschätzung schwankend gemacht werden.

«Vergeblich wende ich mich an dich», rief die eine Wertvolle beinahe schon etwas zu entschieden aus, und «wer hätte überhaupt zu dir Vertrauen?» lehnte mich die zweite, was Schönheit und gediegenes Denken betrifft Einzigdastehende ab, indes es womöglich um uns Nacht war. War die Dezidierte vielleicht in Wirklichkeit keineswegs ihrer sicher und suchte die Klagende und Suchende so wenig wie sie bat, forschte oder sich bang nach Auswegen umsah?

Aus Neutralitätsgründen lasse ich Wolken, Bauern,

Heustöcke, Hütten, Schutthaufen und Knechte weg. Klar war, daß ich weder von der Unduldsamen noch anscheinend von der Geduldigen, Langmütigen verstanden wurde. Beide verstanden bloß, ich verstände sie und das berühre sie als etwas Unpassendes, und bei dieser Situation blieb es, und nun glaube ich, von Glashäusern und Verlagsanstalten abgesehen und allfällige Frauen- oder Wälderfragen lediglich aufs behutsamste gestreift habend, etwas wie eine Schriftstellermeisterleistung gezeigt zu haben. Ich blicke auf den Erzählungsversuch, der hier vorliegt, immerhin wie ein Onkel auf seine Nichte, wie ein Vater auf seinen Knaben oder wie ein sorgenvoller Pädagoge auf den sorglosen Eleven herab. Nun folgt ein wahrscheinlich etwas sonderbarer

THEATERAUFSATZ,

in welchem ich ehrlich sein werde, ich fühle es. Darf ich gehorsam gestehen, daß ich in meinem Aufsatz kurzangebunden zu sein entschlossen bin? Das derzeitliche Glaubensbedürfnis, d.h. was man unter Modeliteratentum versteht, erblickt in dem und dem gefeierten Dichter einen Dramatiker, während er für mich ein Lyriker und Epiker ist, in dessen ausgesprochen lyrischer und erzählerischer Ader die Sehnsucht nach dem Dramatikertum gleichsam bebte, tobte, stampfte. Die Zeilen hier werden es, wie ich hoffe, nicht an Klarheit fehlen lassen. Was brülle und zische, d.h. betone ich nunmehr mit so viel Berichterstatteranstand wie möglich? Dieses und jenes Stück sei eher nur etwas wie ein höchst liebenswürdiges Gedicht in Dialogform als ein Drama. Irre ich mich nicht, so kommt in diesem Theaterstück, das keines ist, eine imposante Tante vor. Beweist nicht vielleicht schon nur dieser häubelige oder löckelige Umstand, daß da keinesfalls ein Drama vorliegt? Der tantliche Dichter läßt den Zuhörer von Anfang an spüren, daß dem Freund Lamentabel, oder wie seine angebliche dramatische Figur sonst heißt, um seiner guten Jungenhaftigkeit willen nichts Übles passieren wird. In der Seele des Zuhörers ist, sobald der Vorhang in die Höhe geht, die außerordentlich undramatische Gewißheit eines Idylls lebendig, und Ähnliches oder Haargenaues ist bei einem weiteren vorgeblichen Theaterstück desselben prächtigen und rührenden Dichters der Fall, wo dem Zuhörer gleich von Beginn an die Empfindung eingeimpft wird, daß es zu einer Vermählung zwischen Held und Heldin komme, einem Geschehnis, das ausschließlich freundlicher Art ist. Eine mit einer Hochzeit abschließende Dichtung ist in meinen Augen kein Drama, sondern lediglich eine sympathische poetische Leistung. Die Stücke erwähnten Dichters haben aus angegebenen Gründen etwas Naives, Jünglingeliges, dagegen lesen Erwachsene sein erzählerisches Werk mit Genugtuung. Was die eigentliche Aufgabe des Dramatikers betrifft, so besteht sie vermutlich, d.h. meiner Ansicht nach hauptsächlich in der Kreation eines Charakters, dem man von Anfang an, im Theater sitzend, zutraut, daß ihm irgend etwas Zuherzengehendes, Nachdenklichmachendes zustößt. Der Zuhörer wird schon beim Anhören der Anfangsworte eines wirklichen Dramas von, er weiß nicht recht was, ergriffen. Der Dramatiker vermittelt ihm bezüglich des Auftretens der Hauptperson ein Ahnen, daß mit ihr etwas geschehe, das ihn aus dem Alltagsdenken, diesem an weiter nichts Denken, aufrütteln wird. Der Dramenverfasser erblickt ohne Zweifel darin seine Hauptpflicht, daß er in des

Zuhörers Seele eine theaterabendverwesentlichende, gleichsam -verherrlichende Erwartung weckt. Unaufgeklärtheiten sind gleichsam wie Flügeltüren geöffnet, die in den Gang des Stückes hereinblicken lassen. Man hört, was der Held spricht, sieht wie er sich benimmt, und man hat das Gefühl, er werde Ernstes erleben, um dessenwillen es sich vielleicht erst eigentlich lohnt, in die Vorstellung zu gehen. Der echte Dramatiker läßt die Seele seines Zuhörers einen dramatischen Zustand erleben, der ein zwielicht- und zweifelhafter ist. Man möchte beinahe glauben, die Sonne dürfe in einem Drama nicht scheinen. Ich meine, daß graziöse Ausdrucksweise, reizende sprachliche Modulationen, Poesie schlechthin noch in keiner Weise den Dramatiker ausmachen und ich erlaube mir den Salon, den meiner Meinung nach mein Essay hier aller Wahrscheinlichkeit nach bildet, da es bereits reichlich spät wurde, zu verlassen.

ZEITSCHRIFTBESPRECHUNG

Ich fand in dieser Zeitschrift zunächst einen recht flotten, umfangreichen Beitrag von einem Schriftsteller, der als mein Schüler gilt. Ich durfte demnach seinen Aufsatz, wie man so sagt, überfliegen. Politik sei grau, beteuerte eines Tages jemand, den ich hochschätze. Mithin ließ ich eine politische Abhandlung, die mir das Blatt darbot, ungelesen. Etwas anscheinend Lesenswertes zu ignorieren, hiezu bedarf es eines sogenannten Charakters. Ich scheine hierüber ja denn auch zu verfügen. Weiter, weiter, schnell, schnell! Diese Langsamkeit, die mir eigen ist! Essays schreibe man nicht bloß, nein, man lächle, hauche sie blitzartig. Sie müssen wie geatmet sein und sollen Ähnlichkeit mit etwas Auftretendem haben, das sogleich gefälligst wieder verschwindet. Was kommt ihr mir mit einem Künstler daher, über den ich einen meiner Kollegen abfällig sprechen hörte? Auf Aussagen von Freunden usw. stütze ich mich. Das dünkt mich ebenso bequem wie vornehm, scheint mir von ebensoviel Lauterkeit wie Selbständigkeit zu zeugen. Ich verwarf da also gleichsam wieder so einen Artikel. Wieviel Vergnügen liegt in Ablehnungen! Man stolziert hiebei im sonnenbeschienenen Appartement herum und singt oder pfeift ein Liedchen. Jetzt hatte ich es plötzlich mit einem Beitrag zu tun, den ein vielleicht nur zu gutmütiger Mensch geschrieben hatte, dessen wohl fast zu große Güte darin bestand, daß er insofern riesig nett zu mir gewesen war, als er mir einen ihm gegenüber begangenen Fehler verzieh. «Kann sein Beitrag von etwas Wichtigerem als von seinen guten Absichten der Beweis sein», rief es in mir. Auf diese Weise enthob ich mich der Mühe des Kenntnisnehmens. Was wir in uns aufnehmen, muß jedesmal fleißig verarbeitet sein, was natürlich lästig werden kann. Aperçus gegenüber darf man den Zerstreuten spielen. Gott, es wird ja speziell heutzutage unglaublich viel Geistreiches gesagt. Naturgemäß verwöhnt einen das! Einer war mit einem sicher glänzenden Aufsatz über einen bedeutenden Dahingegangenen vertreten. Ich ließ aus Aktualitätsgründen, die ja überzeugend sind, die Vergangenheitsäußerungen aufs hochachtungsvollste unbeachtet, indem ich mich damit begnügte, daß ich mit dem Gedicht einer Dichterin eine Ausnahme machte. Ich las es und fand es schön. Auch wenn mich totale Leseunlust beseelt, habe ich immer noch Appetit nach ein paar Versen. Gedichte sind für mich weitaus die angenehmste und günstigen Falles bedeutungsreichste Lektüre. Man verliert dabei verhältnismäßig wenig Zeit, da sich der Lyriker konzentriert gibt. Er huldigt der feinen Aufgabe, mit möglichst wenig Worten möglichst viel darzubieten. Durch vorliegende Besprechung fühle ich mich frei, daß es eine Freude ist. Lesen ist eine Arbeit, für die bloß der Lektor bezahlt wird. Ein vernünftiger Mensch schafft nicht gern lohnlos. Liegt nicht auf diesen Zeilen ein Grandseigneurschimmer? Indem ich mir Beifall zolle, grüße ich Sie.

ICH LAS DREI BÜCHER

Wieder las ich ziemlich viel, wie beispielsweise drei Bücher, von denen mir das erste so vorkam, daß ich gestehen kann, es sei das interessanteste, eigenartigste von den dreien gewesen. Ich las dieses Buch, wie man so sagt, in einem Atemzug herunter.

Was das zweite Buch betrifft, so enthielt es ein Vorwort, worin auf das Meisterliche des Werkes hingewiesen wurde. Ich fand den Hinweis vollauf bestätigt, indem ich mich beim Lesen mit einem der hinreißendsten Erzeugnisse der Literatur bekanntmachte. Meine Ansicht, d.h. mein Gefühl, läßt mich glauben, ein Meisterwerk brauche nicht absolut das zu sein, was man unter «interessant» versteht. Interessant kann ein Schmarren sein; es liegt dies jedenfalls im Bereich der Möglichkeit. Als ein Meisterwerk erscheint mir ein Buch, das vor allem die Eigenschaft hat, daß es dem Wandel der Mode, der Zeit standhält, daß es sich mit seines Inhaltes, seines Geistes Vorzüglichkeiten gleichsam sieghaft durchsetzt. Ein Meisterwerk weckt sowohl erstens Rührung, als es zweitens dem guten Geschmack zu keiner Zeit Mühe verursacht, sich mit ihm zu befassen. Natürlich kann man Meisterhaftigkeit auch noch anders definieren. Solch ein Buch besitzt etwas wie eine hypnotische Kraft; es hat Leute bezaubert, die anders aufzutreten, anders zu denken gewöhnt gewesen sind als wir, und es bezaubert nun auch uns Lebende, Moderne.

Zum dritten Buch übergehend, das mich in diesem Aufsatz am eingehendsten beschäftigt, scheint mir zunächst gegeben, zu beteuern oder auch bloß die Bemerkung zu machen, dieses habe einen ausgezeichneten Eindruck auf mich gemacht, wobei ich gleich von Anfang an das Bekenntnis ablegen zu dürfen meine, des Buches Vortrefflichkeit hätte mich beinahe einzuschläfern, gähnen zu machen, zu ermüden vermocht. Wie Sie sehen, rede ich hier frei von der Leber weg.

Dieses dritte Buch war ein Roman, und dieser Roman besaß einen nicht sonderlich interessanten Inhalt. Vielleicht wäre dieser Inhalt übrigens für jemand anders sehr einnehmend gewesen. Buchinhalte sind Geschmacksache. Man reagiert ja hierauf individuell. Nun langweilte mich also der Inhalt, der Vorgang dieses Buches beinahe ein bißchen, indem es sich um eine unerhört feinfühlende, vornehme Gestalt handelte, die in einem fort gleichsam fleißig eifersüchtelte. Klar ist, daß sie feinsten Kreisen angehörte. Als mich der Autor dies mit außerordentlicher Unzweifelhaftigkeit wissen ließ, gratulierte ich sowohl ihm wie speziell mir hierzu.

Das erste Buch las ich, wie schon gesagt, so gut wie in einem einzigen Zug, d.h. ich trank, schlürfte, verschlang es förmlich, so sehr fesselte es mich. Auf dem zweiten Buch, nämlich auf dem Meisterwerk, lag ich wie in einer Art Hängematte, so schön, leicht faßlich, einschmeichelnd war es geschrieben, in einem so ohne weiteres überzeugenden Ton schien es mir abgefaßt. Es klang, es sang etwas in mir, als ich dieses Lebensbuch in mich aufnahm, das das Menschentum überhaupt umschrieb. Es gibt eben Bücher, die dadurch, daß sie wie spielend gedichtet zu sein scheinen, und daß sie wie spielend genossen, «bewältigt» werden können, nichts an Wert einbüßen, und vielleicht habe ich mit dieser Anspielung das Bezeichnende der Meisterleistung ausgesprochen.

Am dritten Buch las ich am längsten, sozusagen am mühsamsten, und als ich es zu Ende gelesen hatte, konnte ich nicht umhin, mir für die Arbeit des Lesens die Anerkennung zu zollen, die ich meiner Ansicht nach verdiente. Mich durch eine Menge Herzensengigkeiten hindurchgearbeitet zu haben, schien mir sehr schön von mir zu sein. Ich hatte da viel Geduld gezeigt und durfte mir darum ein Lob erteilen. Die «edle Gestalt» hatte eine Tochter. Solange sich die besagte Gestalt von ihrem Liebhaber bevorzugt sah, merkte sie das Vorhandensein ihrer Tochter kaum. Erst als er zwischen ihr und ihrer Tochter Vergleichungen zu ziehen gesonnen schien, fing sie an, sie wahrzunehmen und kämpfte nun natürlich den härtesten Kampf, und dieser Kampf wird in diesem dritten Buch aufs minutiöseste beschrieben. Um nicht zu riskieren, daß man mich mißverstehe, erkläre ich, daß mir das Buch, worin eine distinguierte Frau häufig ihren Freund fragte: «Was hast du?» um seiner geschmackvollen Verfaßtheit willen imponierte. Das Buch schloß fast begreiflicherweise tragisch, also sehr ernsthaft, und zwar insofern, als sich die Tochter, die ihrer Mutter vorgezogen wurde, standesmäßig verehelichte, wodurch er zwischen Stuhl und Bänke gesetzt wurde, der sich zwischen Mutter und Tochter Vergleichungen herausgenommen hatte. Indem er die Jüngere der Älteren vorzog, vollzog sich in ihm eine für ihn ungünstige Verschiebung in bezug auf seine Gesamtlage.

Ich lege in diesen Zeilen mit Freimut dar, wie mich ein interessantes Buch nicht ruhen ließ, bis ich es ausgelesen hatte, weil eine eigentümliche Romantik in ihm lebte, die ja an sich etwas billig sein mag, die aber nichtsdestoweniger stark auf mich einwirkte.

Ich sprach hierauf von der Unverwelklichkeit eines Meisterwerkes, dessen Fortblühen etwas Rätselhaftes ist.

Drittens strengte ich mich an, ein realistisches Buch um seines ausgezeichnet wiedergegebenen Realismusses willen schmackhaft zu finden, und nun möchte ich der Meinung sein, ich sei inspiriert, lautbar zu machen, daß uns das, was uns anstrengt, am meisten beruhigt, am ehesten befähigt, mit uns ausgesöhnt zu sein.

Ich glaubte, ich täte gut, nachdrücklich auf ein Buch hinzuweisen, das ich mit Mühe las, dessen Lektüre mich gleichsam zappeln ließ. Ein nicht sehr unterhaltendes Buch gewährte mir vielleicht seiner Exaktheit, das heißt seines Zeitgeistes wegen die nachhaltigste Unterhaltung, und wenn man mir gestattet, noch etwas beizufügen, so fordere ich die Leser gegenüber dem, was sie lesen, gewissermaßen zur Nachsicht auf und lade sie ein, lesen zu – – lernen.

GEDICHTBESPRECHUNG

Sind wir irgendwie beruflich tätig, hemmt uns dies auf manche Art, denken wir dann in den Feier- oder Mußestunden über «alles das» nach, besinnen uns auf uns selbst, auf die Natur, und fällt uns etwa ein, daß wir, obgleich man uns Anerkennung usw. zollt, eine Position verschafft hat, dennoch vom Verhängnis abhängig sind, der Möglichkeit ausgesetzt sind, Zahn- oder Kopf- oder Magenweh bekommen zu können, so stimmt uns das «poetisch», und leicht kann es dann vorkommen, daß wir zur Feder greifen, um ein Gedicht zu schreiben, worin sich unser Persönliches abspiegelt. Entstehen uns im Lauf der Zeit verschiedene Gedichte, so werden wir eines Tages mit der Anfrage an ein Verlagshaus gelangen, ob die tit. Firma geneigt sei, ein Gedichtbuch von uns herauszugeben. Kommt so eine Edition zustande, was vielfach nicht der Fall zu sein pflegt, was aber doch dann und wann stattfindet, worüber sich keiner mehr freut als der Autor der fraglichen Verse, so versendet er sie an seine Freunde und Bekannte, denen es natürlich angenehm ist, auf solch köstliche Art von einem Menschen wieder einmal etwas zu vernehmen, der in den Kreis ihres Denkens, Interesses, Teilnehmens eingedrungen ist. Schon das Loslösen des Inhaltes der Sendung aus der Umhüllung gewährt ein spezielles, durch und durch knisterndes Vergnügen. Nunmehr, und so liegt das Gedichtbuch, das vielleicht im Buchhandel vier Mark achtzig Pfennige kostet, völlig freigebig, artig, höflich, will sagen, kostenlos da, man braucht bloß anzufangen, darin zu blättern, und siehe, man tut es. Vielleicht fällt jetzt einem ein, sämtliche Gedichte, die natürlich zeitgemäße, moderne sind, Stück für Stück, säuberlich der Reihe nach laut vorzulesen, ungeniert und doch wieder besonnen, schön und still dastehend und sich befehlend, beim Vortrag so wenig Gesten wie möglich zu vergeuden, indem man sich sagen muß, daß beim Lesen von Gedichten, wie ja auch von Prosa, die Hauptaufmerksamkeit auf die Deutlichkeit der Aussprache zu legen sei. Gut vorlesen heißt soviel wie keinerlei Silbenunterschlagungen möglich werden lassen. Das Lautlesen hat die Bedeutung, die darin besteht, daß man sich über die Qualität des Buches verhältnismäßig rasch orientieren kann. Man weiß hiebei sofort, woran man mit dem ist, was uns der Herr Autor darbietet. Außerdem bereitet es uns Spaß, wenn wir dafür sorgen, daß uns unsere eigene Stimme entgegenhallt; wir übermitteln uns in solchen Fällen das nicht zu unterschätzende Gefühl, wir seien lebendig, hätten etwas zu sagen, stellten etwas vor. Gab es nicht einmal einen jugendlichen Lyriker, der einem Mitbürger von Ansehen seine allerdings einstweilen noch ungedruckten Gedichte mit der etwas abschreckenden Bemerkung einsandte, er werde sich erlauben, nach Abfluß von so und so viel Zeit mit dem Revolver in der Hand vorzusprechen, um das Urteil über die Erzeugnisse seines sinnenden, dichtenden Geistes in Empfang zu nehmen? Man sieht hieraus, wie Kritisieren, eventuell bloß Besprechen, mitunter nicht ohne Bedenklichkeit ist. Kann man energisch auf Gedichte losgehen, ich meine, bei der Untersuchung, was sie wert sind? Wird man nicht beim Abschätzen von Zartheiten Zartheit an den Tag zu legen haben? Jedem Literaturkundigen ist bekannt, wie häufig es vorkommt, daß ein Gedicht an Länge leidet. Ein bis zwei Strophen zuviel genügen oft schon zur Verunstaltung. Demgemäß lade ich alle Dichtenden ein, beim Herstellen eines Gedichtes so wortkarg wie möglich zu sein. Tatsächlich läßt sich in dieser Hinsicht viel tun, das heißt vieles beiseite werfen, manches vermeiden, allerlei umgehen. Gewöhnlich scheint uns nun ja das Papier eines Gedichtbuches an sich schon beinahe himmlisch; glatt ist es, und dennoch, so möchte man sagen, von körperhafter Festigkeit, Anfaßtüchtigkeit. Kann auch ich poetisch werden? In der Tat scheint es sich so zu verhalten. Wenn sich in einem Gedichtbuch, sagen wir, vier bis sechs ganz schöne Gedichte, die sich einem lieb und wie für immer einprägen, wohnlich aufhalten, so dürfte dies beinahe schon als ausgezeichnet erklärt werden, denn ich bekenne, daß ich das Gedicht, allgemein betrachtet, sozusagen für die penibelste, schwierigste Dichtungsform anschaue, die es innerhalb des Rahmens literarischen Bemühens gibt, eine Meinungsbekundung, die selbstverständlich bestritten werden kann. Wenn ich mir einen Rat herausnehmen darf, und weshalb sollte ich das nicht dürfen, so rate ich, daß man Lyrikern gegenüber die Zuvorkommenheit, Rücksichtnahme selbst sei. Unsäglich leicht fühlt sich ja so ein Tempelerbauer im Innersten verletzt, verwundet. Nehmt Lyriker, ich flehe euch an, so, als wenn sie Mädchen wären, denen gegeben ist, vor der leisesten Antastung zu zittern. Wird uns zum Beispiel abwechslungsweise nicht auch ein mißlungenes Gedicht gefallen können? Ist denn das Dichten, das reine, absichtlose, nicht das unschuldigste, schäferlichste Geschäft, von A bis Z aus nichts als Güte und Menschenfreundlichkeit bestehend? Ich erhielt in diesen Tagen eine Gedichtsammlung, Otto Pick, Wenn wir uns mitten im Leben meinen, Prag, Bücherstube, und vorliegende Äußerungen sind die Folge des verdankenswertesten Geschenkes.

LENAU (II)

Wenn ich sage, Lenau sei in Ungarn geboren worden, so sage ich vielleicht damit nichts so Neues, als wenn mir einfiele, glaubhaft machen zu wollen, er sei ein unfreiwilliger Humorist gewesen, und zwar dadurch, daß er oft tief über sich und andere nachdachte. Man vermag sich ihn kaum mit lachendem Antlitz begabt vorzustellen, und man ist kaum imstande, zu denken, er habe zu vermeiden verstanden, in Gesellschaft mit Vorliebe melancholisch zu sein.

Zunächst dies: er bedichtete mit Vorliebe Herbheiten. Falls ich mich nicht irre, unternahm er im Verein mit sonstigen Auswanderern, worunter sich Zigeuner befunden haben mögen, eine Reise zu Schiff nach Amerika, um daselbst das Volksleben zu studieren, die Fortschritte auf dem Gebiet etwa der Technik und der Organisation einer sorgfältigen Prüfung zu unterwerfen, d.h. mit den trauervollsten Augen wahrzunehmen, die es je gegeben haben mag.

Lenaus Existenz scheint ein Trauerspiel gewesen zu sein. Hie und da scheint er sich eine Portion rohen Schinkens gekauft zu haben, eine Speise, deren Dünngeschnittenheit er zweifelsohne hochschätzte. Einst trat er in den grünen, kühlen Wald, setzte sich auf eine Bank, die unter einer Buche angebracht war, und nahm sich den Luxus heraus, heiß zu weinen. Letzteres war gleichsam so seine Spezialität. Falls man der Meinung sein darf, der Weltschmerz sei eine Kunst, so sieht man sich für berechtigt an, hervorzuheben, Lenau sei darin ein Meister gewesen.

Natürlich trug er beständig einen schwarzen Anzug. Wenn wir seine Seele mit einem schwarzen Meer vergleichen, so erscheint das allerdings auf den ersten Blick kühn, dürfte aber immerhin ziemlich stimmen. Besaß nicht die Grasebene seines Heimatlandes, die man Puszta nennt, etwas Flutenhaftes, Unabsehbares? Solch eine immense Ebene mutet wie die Versinnbildlichung des Lebens an.

Was Lenaus Lebenswerk betrifft, so hat er eine Gestalt zu gestalten, eine Figur auf Dramatisierungsweg zu beleben versucht, die unter dem weitbekannten Namen Savonarola kulturelle sowohl wie historische Bedeutung besitzt. Ich hatte einst einen Freund, der für dieses Bühnenstück, das wohl nie aufgeführt worden sein dürfte, schwärmte. Ich zählte damals, warten Sie mal, zirka neunzehn Jahre, und die zwei Schwestern meines Freundes, von Beruf Konzertsängerinnen, reichten mir eines Abends im Hause, worin sie gewohnt haben, der Straßenname und die Hausnummer entfielen inzwischen begreiflicherweise meinem Gedächtnis, ihre weiche, bleiche und, ich darf wohl hinzufügen, gütige Hand. Ich selbst bewohnte damals ein Haus, das den einladenden Titel führte: «Herberge zur Heimat». Indem ich mir Freibillets zu verschaffen gewußt hatte, sprang ich beinahe allabendlich ins Theater, um heute den Egmont klagen, morgen den Othello Unannehmlichkeiten aussprechen zu hören. Tagsüber übte ich das Schreibergewerbe aus, das im Aufsetzen von Briefen bestand, zu deren Abfassung meine Mitmenschen teils zu ungeübt, andernteils zu bequem waren.

Nun wieder zurück zum Gegenstande vorliegenden Aufsatzes, wobei mir die holde, beinahe großartige Klanglichkeit auffällt, die für alle Zeiten mit dem Begriff und Namen desjenigen verbunden sein wird, der eines Tages, ganz in Sonnenschein gebadet, der ins Zimmer oder Gemach hineinfiel, das nicht ihm gehörte, sondern in das er sich begab, um in eine Stimmung zu geraten, nach der er sich sehnte, vor dem Bett der Dame, die er liebte, hinkniete. Wie es zu diesem Zeitpunkt in diesem Zimmer still gewesen sein mochte! «Verzeihe mir», redete er die Abwesende leise an, «daß ich einen Teil der Gesinnungen, dic dir gehören, zu Gedichtherstellungswerken verwendet habe und wahrscheinlich fernerhin wohl verwenden werde.» Prächtig wird er in dieser Situation ausgesehen haben.

Möglich ist übrigens, daß sein Haar Blondheiten aufwies. Sicher aber strahlten seine Augen faszinierend, und ebenso sicher ist es, daß er sich gewissen Wehmütigkeiten, gewissen Zärtlichkeiten und gewissen Fassungslosigkeiten zu sehr hingab. Doch wer dürfte hieraus einem Lyriker einen ernsthaften Vorwurf machen? Wer könnte so hartherzig sein, von einem Dichter erstens des Biedermeierzeitalters, zweitens des an Lyrismen schon an und für sich reichen Ungarlandes zu verlangen, daß er schneller und besser hätte kopfrechnen sollen, als wie er's tat?

Ich setze gern voraus, daß in seiner Art, Unterhaltung zu machen, etwas Langsames, Träumerisches lag. Wenn man seine Gedichte tüchtig schüttelt, so fliegen Raben usw. mit der solchen Vögeln eigenen Artikulation daraus herauf, und es wachsen aus seinen Versen Bäume mit dunkelsilbernem Gefieder oder Geäste, und es ist eine gleichsam rosige Nacht, ein kosendes Trauern in allem, was er hervorbrachte. Was ihm gelang, mag von Vertretern der Literatur beurteilt werden, wie es kann und will, immer wird es junge Leute geben, die sich in den Buchhandlungen nach einem Buche von ihm umsehen.

Wie glich gestern um die Mitternachtsstunde der Garten, worin ich noch ein wenig herumspazierte, ehe ich mich ins Haus hineinzutreten entschließen konnte, einer lautlosen großen Lenaulandschaft.

HIER WIRD DIES UND DAS GESPROCHEN

Manche singen in ihren Zimmern ganze Opernrepertoires durch, aber still steht draußen die Bergwelt. Ob ich nicht irgendwo vom allmählichen Verbleichen des Pirandello-Sternes las? Warum treten gerade solche, die das Leben bejahen, mitunter leicht als Pedanten auf? Und warum gibt es Leute, die sich anstrengen, einen gebildet zu machen, ohne zu bedenken, daß sie's vielleicht selbst bloß halb sind? Und nun habe ich da in Büchern gelesen, die zu der Bibliothek eines Sozialisten gehören, der nicht mehr lebt, der aber, als er am Leben war, aufrichtig bestrebt gewesen zu sein schien, sich Anschauungen, Kenntnisse usw. anzueignen. Unter anderem fischte ich aus der Bücherei einen gewissen Russen, nämlich Herrn Arzybaschew, dessen Roman «Sanin» sich ja, wie Sie wissen, seinerzeit zu einem erstrangigen Schlager auswuchs. Bei Arzybaschew kommen Gymnasiasten vor, die aus Erregtheit, daß sie ihr Examen nicht bestehen und weil sie ihre Frau Mama unsäglich zu betrüben fürchten, den Schuldirektor erschießen. Arzybaschew macht anderswo aus dem Füsiliertwerden eines Eisenbahnangestellten in Revolutionstagen meines Erwägens, Fühlens nach zu viel Aufheben. Wurde nicht auch der Herr Herzog von Enghien im Jahre 1804 *sans grande façon* niedergeknallt? Ich meine, die Zeit, wo für die und die

Klasse geschriftstellert wurde, sollte eigentlich überwunden sein. Was erhalte ich, nebenbei gesagt, von doch gewiß ganz bedeutenden Verlagshäusern für resigniert lautende Briefe, daran erinnernd, daß unglaublich wenig gute Literatur mehr gekauft wird. Ich brauche aber nur auf die Vollkommenheit der Sportsverbreitetheit hinzuweisen. Wie ging meine Wenigkeit im Alter von zwanzig Jahren so eigentümlich oft in die Buchhandlungen. Dafür lief man damals in unansehnlicheren Anzügen einher. In einer weiteren Novelle Arzybaschews hängt sich ein Mädchen auf, weil man ihr die ihr unerläßlich scheinende Unschuld genommen hat. In eine dreibändige Weltgeschichte werde ich noch mehrmals mit Vergnügen blicken. Bis dahin befaßte ich mich mit gewissen Altertumsabschnitten, u.a. mit den Phöniziern, die sich zweifellos Verdienste erwarben. Wie ich mich zum voraus schon auf den Genuß dessen freue, was z.B. die Merowinger Interessantes taten und unterließen. Auf Arzybaschew zurückkommend, erzählt er irgendwo folgendes: Ein Ungeheuer in Menschengestalt tötet sowohl eine brave Frau als ein überaus junges, nettes, naives Mädchen, hierbei die hervorragende Güte an den Tag legend, einen Knaben zu verschonen, der sich sehr talentvoll beim Übeltäter einschmeichelt. Eigentümlich und doch wieder gar nicht seltsam mutet es an, daß Rußland seit dem Kriege hinsichtlich Dichtkunst keinen Vertreter von europäischem Ruf hervorgebracht hat.

Vor nicht sehr langer Zeit lag ich im Spital. Die Krankenschwester merkte mir offenbar an, ich läse gern Entsetzlichkeiten. Mit der fast strahlenden Bemerkung: «Hier bringe ich Ihnen etwas Grausames», brachte sie mir einen Kurt Aram. Indem ich sagte: «Sie irren sich wahrscheinlich», lehnte ich das Dargebotene verhältnismäßig höflich ab. Als sogenannte Grausamkeitslektüre wirken auf mich Schilderungen russischer Zuchthauszustände. Wieder führte ich mir nun einige Gottfried Kellersche Novellen ruhig vors Gemüt, indem ich neuerdings dieses Dichters reiche Bildung, feinen, allen möglichen Meinungen, Ansichten rechnungtragenden Verstand anerkannte, und die Anerkennung bestand ganz aus still mich überwältigender Bewunderung. Bei Keller macht sich z.B. ein fünfjähriger Knabe geltend, der seiner Mutter, die eine gescheite, liebe Frau ist, in einem Moment zu Hilfe eilt, wo sie sich von einer Art Umgarner fangen lassen will.

Von Jeremias Gotthelf fiel mir eine Erzählung in die Hand, die sich «Der Sonntag des Großvaters» betitelt und die vielleicht ein kleines Welttheater darstellt. Kaum je, so lange ich mich schon mit Büchern beschäftige, las ich etwas so Schönes, so Liebes, und dabei so Großes. Das Schöne und Große dieser kaum vierzig Druckseiten einnehmenden Schrift liegt in ihrer Sprache. Die Szene ist ein Bauernhaus. Der sein Ende herankommen fühlende Großvater liegt im Bett. Er spürt, wie er kalt wird. Nun wird geschildert, wie Kinder mit ihm reden. Möglich wär's, daß man aus dieser so alltäglichen Geschichte, an der es absolut nichts Romantisches gibt, eine Art Mysterium für die Bühne herrichten könnte, doch wer läse dieses rührendschöne Werkchen und brächte es über sich, solch ein Kleinod ländlicher Milieuzeichnung für anderweitige Zwecke umzuformen? Bei Gotthelf sind kleine, leise Wörtchen bedeutend. Kaum Beachtetes nötigt Achtung ab, wenn man's einmal wahrnimmt. Das Wahrnehmen wird manchmal bei Büchern so schwierig wie im Leben. Ich las das Büchelchen halblaut für mich vor, und ich kann von einer wahren Freude sprechen, die sich auf das Eingehen, Mitgehen gründete. Sohn und Tochter des alten Großvaters, die sich auf seine Befürwortung hin geehlicht haben, sind nicht so glücklich, wie sie es sein sollten, der Großvater weiß das, und nun redet er hierüber mit der Frau und klagt sich an. Bei diesem Anlaß gebraucht der Dichter Worte, wie ein anderer sie nie fand, so eigentümliche, von irgendwoher beleuchtete, daß man über des Verfassers Kunst, so ganz er selbst zu sein im Denken, in der Anwendung desselben, hier und da staunt. «Er könnte freundlicher, leichtherziger sein», sagte er vom Sohn zur Tochter, aber man muß lesen, wie er das sagt. Kein Zweiter kann das so zart sagen wie dieser Dichter, der seines eigentlichen Berufes Pfarrer war. Hierauf hat der Großvater noch ein Gespräch mit dem Sohn, spricht dann noch mit sonstigen Bewohnern, und er nennt Tränen schön, die von jemandes andern Weinen begleitet sind, und beklagt das Weinen, das sich ergießt, wo Umgebungen bloß dazu lachen. Dann wünscht er hinausgetragen zu werden, man tut es, und jetzt sitzt er vor dem Haus an der Sonne und gibt im Anblick der ihm bekannten Gegend den Geist auf, und indem der Dichter von diesem Vorgang so schön spricht, kommt's mir vor, als halte er den Alten, das Haus, die Welt rund herum so auf seiner Hand, schaue allem zu, wie einem Spielzeug, zart, aufmerksam, gütig. Viele würden vielleicht solch ein «geringes» Buch nicht so hochschätzend lesen wie ich. Uns schüchtern des Lebens Nötigungen häufig genug ein. Hochgesinnt steht ein Dichter da, der uns mit seinem Bericht, den er ablegt, so sehr aufweckt und zugleich so sehr beruhigt.

EUGEN SUE

Ein hellerleuchteter Salon

Eine Dame: Sie treten also quasi für ihn ein?
Der Autor dieses Prosastückes: Nicht, als täte ich dies durchaus. Er fiel mir bloß so ein. Vielleicht erlauben Sie mir, Ihnen zu sagen, daß ich ihn gleichsam schon deshalb schätze, weil sein Name, seine Gestalt in eine romantische Obskurität gehüllt ist. In die Reihen der Feinen gehört er nicht unbedingt.
Die Dame: Deshalb interessiert er Sie?
Der, der für diesen Essay haftet und ihn fortsetzt: Mir scheint, daß Sie mich erraten haben. Sind Sie nicht übrigens der Meinung, man fühle heraus, wie dieser Salon hier auf luftiger Höhe steht? Was ihn betrifft, der den Gegenstand dieses Gespräches bildet, so las ich ihn in einer Mansarde. Ich kaufte einen Roman von ihm, worin sich ein Pferd im Walde nächtlings hochaufbäumt, für vierzig Centimes auf dem Markte. Für mich hatte die Freizügigkeit, Zufälligkeit des Einkaufs etwas Sympathisches. Kurz zuvor hatte ich einer allerliebsten Jugendlichen auf einem Vergnügungsplatz das Täschchen, das sie fallengelassen hatte, aufgehoben. Eine Erwachsene, die den Artigkeitsauftritt mit ansah, musterte mich hiebei nicht ohne einen Gesichtsausdruck voll Verneinung.
Die Dame: Dann vertieften Sie sich also in ihn und fanden das hübsch?
Der, der für den Inhalt dieser Zeilen aufkommt: Ja, das tat ich. Schauspielerinnen gestanden mir einst, sie hätten gefunden, er unterhalte sie sehr gut. Ein Buch von ihm, das betitelt ist: «Memoiren einer jungen Frau», besitzt einen ausgezeichneten Aufbau. Wenn ich Verleger wäre,

könnte ich von der Möglichkeit überzeugt sein, eine illustrierte Ausgabe davon zu veranstalten.
Die Dame: Wie schreibt er?
Der, der von einem in gewisser Hinsicht nicht in Betracht Kommenden zu sprechen wagt: Er tut ausdrucksvoll, was er ebenso leicht seicht hätte tun können. Ich möchte Sie glauben machen, seine Schreibweise sei markant. Er hat Seiten geschrieben, die mir unvergeßlich blieben.
Die Dame: Jetzt interessiere ich mich für ihn.

BILDBESPRECHUNG

Dies Bild stellt etwas wie eine sittliche Verwahrlostheit dar.

Sind aber nicht Sittenlockerungen mitunter elegant?

In dieses Kapitel gehören Frauen, die erstens schön sind und sich zweitens auf Irrwegen usw. befinden.

Eine Art Abirrung scheint der Gegenstand des Gemäldes zu sein, das ich hier betrachte, und das außerordentlich fein, vorsichtig, gewählt, gescheit, geschickt, melodiös gemalt ist.

Das in gewisser Hinsicht sicher kostbare Werk stammt aus den 70er Jahren des verflossenen Jahrhunderts, aus der Zeit der Brüder Goncourt, aus der Blütezeit des Schaffens Emile Zolas. Um jene Zeit dürfte Flaubert seine «Education sentimentale» geschrieben haben, worin bekanntlich die feinfühlende Madame Arnoud vorkommt.

Auf dem Bild hier ist eine Frau abgebildet, die einen an Madame Arnoud erinnert, wobei man natürlich an jenen Frédéric denkt, der ihr Geliebter war und ihr als solcher eines Tages in einem Pariser Warenhaus die denkbar lieblichsten, niedlichsten Pantöffelchen kaufte, damit sie ihre reizenden kleinen Füße damit bedecke.

Die Frau, die uns hier erscheint, scheint geistreich und gleichzeitig überaus gefühlvoll zu sein, und sie ist mit der Haartracht der Epoche, in der sie lebt, geschmückt, und sie schaut sich in einem Spiegel, der oval ist, und den man als Toilettenspiegel bezeichnen kann. Der Tisch, woran sie sitzt, ist mit einem Teppich bekleidet. Man könnte auch Tischtuch zu dieser Tischbekleidung sagen, und nun ist zu berichten, daß das Tischtuch sehr sorgfältig gemacht ist, daß es förmlich strahlend lächelt, und nun dürfte die Anmerkung am Platz sein, daß die Frau eminent malerisch dasitzt. Vor allen Dingen verdient ihr Kostüm, das einen gewissen feierlichen Faltenreichtum zeigt, mit dem Ausruf «entzückend» beehrt zu werden.

Ich bin froh, daß mir dies eingefallen ist zu sagen, und kann nun die Tapete des Gemaches erwähnen, das eines jener Gemächer zu sein scheint, wie sie zu Hunderten in den europäischen Großstädten errichtet worden sind, als unsere heutigen Großmütter als kleine Mädchen umhersprangen und durch allerlei Abweichungen von den ihnen auferlegten Vorschriften ihren Erzieherinnen zu tun gaben. Wenn man behauptet, die Tapete sei in hellem Grün gehalten, so dürfte die Behauptung das Recht haben, zu beanspruchen, daß man sie anerkennt, und wenn nun unter dem Tischtuch auf allen Vieren, auf dem glattpolierten Fußboden ein Engelchen, das mit rosigleuchtenden Flügelchen ausgestaltet sein mag, hervorkriecht, so dürfte dieses Phänomen auf einer Tatsache beruhen, die selbstverständlich von uns mißbilligt wird. Es ist der junge, kleine freche Gott Amor, der uns mit einem Gesichtsausdruck voll Unverantwortlichkeit anblickt. Sie fühlt seine Gegenwart, die sich fragt, ob ihre Schönheit immer noch fähig sei, den Blicken eventueller Kritik standzuhalten. Besorgt scheint sie zum Glück nicht zu sein. Uns ist lieb, daß sie zuversichtlich und ruhig ist. Ihr Liebhaber fährt jetzt womöglich in irgendeiner Droschke, plaudert mit einem Freund oder unterhält sich vielleicht sogar mit einer zufällig zu Gesicht bekommenen Schönen.

Wir haben eine Stube, eine Frau, einen Spiegel, einen Tisch samt Tischtuch, eine Tapete und eine Gottheit in Augenschein genommen und ziehen nun noch ein Bild in Betracht, das im Bild vorkommt, nämlich ein Herrenporträt, das nur halb sichtbar ist. Wie man zu vermuten Anlaß zu haben glaubt, ist es das Porträt ihres Gatten, und daß es vom Türflügel halbiert wird, scheint als Andeutung aufgefaßt werden zu können, daß die Gattin jetzt nur noch halb an ihren Gemahl denkt. Ihre Füßchen, die kokett aus der Stoffülle ihres Rockes pläuderlen und äugeln, und die mit Schuhen eingefaßt sind, wie sie ehemals Mode gewesen sein mögen, unterstützen, was wir soeben von der Halbiertheit ihrer ehelichen Treue gesagt haben. Sie fragt sich lispelnd: «Wo mag er sein?» Damit meint sie nicht den Gatten, der jetzt nur noch als Schatten in ihrer Seele figuriert, sondern den, der wie ein fröhlicher Wanderer durch die bläulichgepolsterte Welt ihres Herzens zieht, das vielleicht in dieser Minute still aufjauchzt, das in nichts als in wogende Morgenstimmung getaucht ist. Der Herr Gemahl wohnt im Halbdunkel ihres Gefühls; derjenige aber, dessentwegen sie sich im Spiegel beschaut, residiert in der Helligkeit.

Jedenfalls belebt er sie in hohem Grad, worin immerhin eine Art Rechtfertigung des leisen Skandals sozusagen gesucht und gefunden werden kann.

In der Annahme, daß dies ungefähr so sei, trete ich vom Bilde weg, das ich Ihnen mit einiger Grazie vor die Augen geführt zu haben meine.

DAS ANKERALBUM

Ich blätterte in diesem Album an einem Familientisch, um welche Tageszeit, ist gewiß nicht maßgebend. Die Mutter hatte mich ihren vier verheirateten Töchtern mit der Bemerkung vorgestellt, daß diese ihr Mühe genug verursacht hätten. Ob sie dies etwa nicht recht einsähen? fragte ich mit möglichst viel Leichtigkeit. Die Frau, die in des Vaters Abwesenheit das Oberhaupt bildete, lenkte das Gespräch im Gefühl, daß es empfindsamen Anspielungen nicht gegeben sei, gesunde Stimmungen zu verbreiten, auf einen andern Gegenstand.

«Gestatten Sie, daß ich mich mit diesen Abbildungen beschäftige?»

Mit diesen vielleicht allzu gemütlichen Worten machte ich mich im Kreis von Leuten, die ich kaum kennen gelernt hatte, an meine kunstinteressierende Aufgabe. Ich hörte eine der Töchter mit einer gewissen Gebieterinnenmiene, d.h. mit einem Gesichtsausdruck, der eine gewisse Uneinverstandenheit mit meinem Benehmen zur Schau stellte, über den Tisch hinüber sagen: «Gönnen wir ihm seine Eigentümlichkeit.»

«Der Maler, den ich da vor mir habe, gehört nicht zu den Großen», sprach ich behaglich-halblaut vor mich hin.

Das Toupet, mich mit mir selbst zu unterhalten, fand gebührende Beachtung. Ein Familienglied glaubte sich über den Tee, der aufgesetzt worden war, äußern zu dürfen, er sei wieder einmal nicht stark genug.

Die Mutter: «Wenn er dir nicht schmeckt, hättest du ihn selber zubereiten sollen.»

Das erste Blatt des Ankeralbums stellte einen Großvater vor einem Bauernhaus dar, der einigen Kindern Geschichten erzählt. Wie die Kinderchen die Artigen spielen! Sie sind scheinbar von der großväterlichen Darbietung entzückt. Drinnen im Hause mag jetzt vielleicht gekocht werden.

Anker malte gleichsam Zeit seines Lebens äußerst behutsam. Er blieb gewissermaßen in einer zu großen Vorsichtigkeit stecken.

Was er aber hervorbrachte, hat «Hand und Fuß». Seine Kunst ist im Landstrich, worin er zur Welt kam, verankert, im bernischen Seeland, das der Schreiber dieser Zeilen oft zu Fuß durchwandert hat, und das eine um seiner Zierlichkeit, feinen Horizontlichkeiten sehenswerte Landschaft ist.

Ich kenne eine Frau, die dieser Landschaft entstammt, die erstens Geist besaß, und der ich zweitens auf einem leisen Ausflug pompös sagte: «Ich bin eine bäurische Kraft.» Sie erwiderte: «Inwiefern Sie auf Ihrer Oberlippe kein Härchen dulden, dagegen um Wangen und Kinn herum einer Fülle von Bewachsung die Erlaubnis erteilen, in Erscheinung zu treten, dürfte richtig sein, daß Sie sind, was Sie zu sein sicherlich etwas zu prompt behaupten.»

Ich ließ mich damals von einem genialen jungen Menschen photographieren, den das Geschick früh den Seinigen entriß.

Ein zweites Blatt zeigte mir eine Jeremias-Gotthelf-

Leserin in einer frühmorgendlichen Stube. Eben ist sie aus dem Bett aufgestanden. Halbangekleidet, die Schicklichkeit dabei aber nicht außer Betracht lassend, sitzt sie, von der Lektüre gefesselt, da.

Indem ich mir sagte, daß mir Anker sympathisch sei, weil er nicht Stimmung, sondern Sachlichkeit gebe, sich an Gegenständlichkeiten hingebend, fand ich ein Blatt betitelt: «Die Eisenbahn kommt!» Auf einer Wiese sitzt Dorfjugend beider Geschlechter, Männern aufmerksam zusehend, die Messungen für den kommenden, epochemachenden Bau sorgfältig vornehmen. Man gewahrt von Obstbäumen halbverdeckte Gehöfte.

Anker ist der ausgesprochene dörfliche Maler. Nichtsdestoweniger nimmt er es sowohl auch mit der Historie wie mit Königinnen auf, wie z.B. mit der Königin Bertha von Burgund, die um die Zeit der Anfänge des Christentums als Beherrscherin des Seelandes dessen Einwohnern die Kunst des Spinnens beibrachte, indem sie allen, denen sie Unterricht gab, mit dem arbeitsamsten Beispiel voranging. Sie zögerte nämlich nicht, hoch zu Roß die Kunkel zu handhaben.

Aus der Frühmittelalterlichkeit in die Neuzeit zurückkehrend, versetzt mich ein Blatt in eine Amtsstube und in die Gewichtigkeit eines Zinstages. Ein sonntäglich gekleideter Landmann legt den Zins auf den Zahltisch. Der empfangende Beamte schaut ihm mit einer Haltung voller Behördlichkeit, den Daumen in die Ärmelöffnung seiner Weste gesteckt, mit der verschwiegenen Miene eines autorisierten Einkassierers milde zu. Hinter dem zahlenden Landwirt steht dessen Gattin.

Ein weiteres Blatt führt mir vor die Augen, wie es Menschen zumut ist, die in den Geldstag geraten. Hier wird folgendermaßen gepfändet. Über die Habseligkeiten einer zahlungsunfähigen Familie wird Auktion abgehalten. Weinend verbirgt die Hausfrau ihr Gesicht in den Händen. Sie schämt sich und ist hoffnungslos. Unterdessen wird mit ihrem Besitztum, mit Kommode, Bettstatt, Tisch, Tuchvorrat usw. emsig geschachert. Das Leben will es so, das für uns unmöglich immer nur sonnig und froh sein kann, das uns züchtigen muß, weil wir seine Bedeutung verkannt haben.

Ich fahre zu blättern fort und komme zu einem Herrn Gemeindeschreiber, der, sein Pfeifchen rauchend, ein Aktenstück visitiert. Zu Ankers Zeiten bediente man sich zum Schreiben und Schriftstellern noch des Gänsekiels. Englische Stahlfedern waren damals entweder überhaupt noch nicht erfunden worden oder waren erst im Hervorsteigen aus dem Abgrund der Unbekanntheit begriffen.

Nun machte ich mich mit einer Wiedergenesenden bekannt, die im Lehnstuhl saß. Ihr Gesicht ließ überstandene Duldungen erraten. Die Erscheinung zittert vor Ergebung in ihr Schicksal und zittert wieder vor stillaufkeimendem Verschwinden der Willenlosigkeit. Das Antlitz blaß; im Fensterraum ein schwaches Hineinschimmern von Sonne, als nehme sie Rücksicht auf den geringen Grad des Aufnahmevermögens der dem Krankenlager Entwichenen, sie angenehm ermutigend. Draußen duften Bäume und tönen Stimmen. Dort gehen Gesunde ihren Geschäften nach, während hier drinnen kaum erst wieder etwas gewünscht wird. Wünsche setzen Kräfte voraus.

Als das schönste Blatt erklärte ich dasjenige, das mich eine Sterbeszene erblicken, miterleben ließ.

In einem Bett liegt ein totes, junges Mädchen. Ich muß zugeben, daß mir selten ein ergreifenderes Bild zu Gesicht gekommen ist. Drei bis vier Schülerinnen, Schulkameradinnen der Verstorbenen, stehen vor dem Mysterium, das mit seiner erhabenen Größe in die blühenden Seelen hineingreift und kältend haucht. Ihnen ist bang; sie begreifen sich in ihren Übungen und Spielen nicht: die Eltern, die Wohnungen, die Felder, die Kirche, aber sie werden dies alles am nächsten Tag oder schon in der nächsten Stunde wieder erfassen, wieder in das Gewöhnte hineinkommen. Jetzt aber, wie sie abschiednehmend vor der Leiche ihrer Freundin stehen, ist ihnen alles Bekannte unbekannt, die Unbekanntheit vertraut. Sterben ist ja so großartig und wieder doch nur namenlos geringfügig. Es ist wie irgend etwas anderes, wie Kirschenpflücken zur Zeit des Reifwerdens, oder wie Schlittenfahren im Winter, oder wie Kaffeetrinken. Sie haben die Taschentücher vor den Gesichtern, aber keins weint das schöne, weiche Weinen eines natürlichen Schmerzes. Ein übergroßes, über sie herabhängendes Staunen, das vom Bemühen gesättigt ist, etwas, was nicht begriffen werden kann, zu begreifen, hindert sie daran. O, dies Mädchenstaunen ist hoch und groß wie ein Höhenzug, wie ein beflügeltes Gebirge. Die Kleidchen, die sie tragen, scheinen ihnen in unsägliche Entfernung gerückt. Aber sie werden sie wieder spüren, ihre Notwendigkeit, Lieblichkeit fühlend an der Haut haben. Jetzt ist es ihnen, als seien sie hautlos. Lautlos, trautlos ist es in der sonst trauten, stimmenbelebten Stube. Auch die Stube ist tot, die Uhr an der Wand, die Möbel, aber die Gegenstände würden wieder aus Sinn- und Bedeutungslosigkeit erwachen, wieder Sinn bekommen, und die Waage den geduldig und manierlich dieser Stunde gewaltigstille Eisigkeit aushaltenden Kindern von neuem freundlich, bildlich erscheinen. Die geknickt gewesene Hoffnung nimmt ja jedesmal wieder rosige Gestalt an.

Ich sprach noch mehr am Tisch zu mir, und ich glaubte hierauf zu den Anwesenden mit träumerischer Betonung sagen zu können: «Ihr schaut mich gewiß für sehr ruhig an. Seid doch auch ihr es.» Ich war zufrieden, und kein Gedanke kam mir an Möglichkeiten des Unzufriedenseins anderer mit mir.

BELGISCHE KUNSTAUSSTELLUNG

Diese von der belgischen Regierung mit Unterstützung der schweizerischen Behörden und der Stadt Bern auf hiesigem Platz veranstaltete Ausstellung ist in zwei Gebäulichkeiten untergebracht worden, erstens im Museum, zweitens im Kunsthaus. Ich besuchte zuerst letzteres. Nachdem ich mit diesem ersten Besuch fertig geworden war, ging ich zunächst in ein Kaffeehaus, in das ein breiter Sonnenschimmer hineinfiel, und wo mich Musik umtönte, die ich aufs unvoreingenommenste auf mich einwirken ließ. Hüte und Mäntel ruhten am und auf dem Kleiderständer still, gleichsam selbstvergnügt. Der Anblick erheiterte mich; der Kaffee, den ich trank, tat dies ebenfalls, und so ging ich denn, nachdem ich flüchtig an meine Geliebte und an einen Traum gedacht hatte, der mir eine Frau, deren Gesicht sehr kantig war, und die sich einen Spiegel von mir erbat, um sich darin anzuschauen, vorgespiegelt und -gezaubert hatte, ins Ausstellungsgebäude Nummer zwei, vor welchem die belgischen Flaggen wehten und standen. Nebenbei betont gibt es hier zur Zeit eine Ausstellung von Werken älterer bernischer Künstler aus der sogenannten Übergangszeit, worunter man die Zeit etwa von 1780 und 1820 verstehen kann.

Hörten Sie schon von einem Maler Niklaus Manuel? Er vertritt die bernische Malerei der Renaissancezeit, ist an sich sehr interessant und hatte eine Landvogtstelle am Gestade des Bielersees inne, nämlich in Erlach, einem entzückend gelegenen ehemaligen Grafenstädtchen, wo ich beim Ausbruch des Weltkrieges im Jahre 1914 als Landwehrsoldat mein bißchen Pflicht ausübte. Für vierzig Centimes erhielt man zu jener Zeit eine starke Portion oder Handvoll sehr feinen kalten Braten. Damals reinigte ich meine Ausrüstungsgegenstände; heute eile ich als Berichterstatter durch die Straßen unserer Stadt und trete in Räumlichkeiten hinein, wo repräsentative Kunst ausgestellt ist, um mich journalistisch daran zu erproben. Welche schicksalsvolle Rolle das Land zur Weltkriegszeit spielte, dessen neuere und ältere Malerei gegenwärtig hier zu sehen ist, weiß man ja. Neuester Erkundigungen zufolge, die ich über sie einzuziehen für angezeigt fand, reiste meine «große Freundin» zunächst in die Vereinigten Staaten Nordamerikas, aber sie belebt mich nichtsdestoweniger auch heute noch aufs freundlichste. Wie bin ich ihr beispielsweise dankbar, daß sie mich eines Tages in der Nähe eines Kaufhauses mit wundervoller Würdigkeit «abputzte». Unter Abputzen versteht man eine Art Fallenlassen, Ablehnen. Ich finde, daß es süß ist, sich zu bemühen, bei einer Geliebten, Bewunderten anzukommen, ohne daß die Anstrengung von Erfolg begleitet ist. In Sachen Liebe ist ja alle Erfolglosigkeit beinahe etwas Beglückendes. Der Traum, von dem ich soeben sprach, spielte sich auf einer Barke ab, die von jener Frau befehligt wurde, die sich bespiegelte, und die, als sie dies getan hatte, hörbar seufzte. Unmittelbar nach dem Traum stützte ich noch lange meinen Kopf aufs nachdenklichste in die «zarte» Hand. Schön, fast groß kam ich mir hiebei vor.

Was nun die belgische Kunst betrifft, so befriedigte sie mich im allgemeinen sehr, d.h. sie machte mich gleichsam hell vor Interessiertheit. Denkt man beim Städtenamen Brüssel nicht sogleich an Goethes schönen hochherzigen Egmont, mit dem die Regentin Margareta von Parma reichlich haderte, indem sie dachte, sie werde nie fertig mit ihm? Ich lernte übrigens kürzlich eine Bernerin kennen, die einen Belgier geheiratet hat, der sich gegenwärtig im Kongogebiet aufhält, wohin sie ihm nachreisen soll, was sie nicht ohne Bedenklichkeitsüberwindung tun wird. Während des verflossenen Krieges wurden belgische Kinder in unser Land geschickt, um hier verpflegt zu werden. Aber wann werde ich anfangen, über die Kunst zu reden? Über viele Bilder zusammenfassend zu reden, bildet für mich eine Schwierigkeit, die ich mir sozusagen von Herzen gönne. Ich sah da bald eine Frühlings-, bald eine Schneelandschaft, bald ein Blumen-, bald ein Frauenbild. Als ich vor einem auf weichem Sofa ruhenden weiblichen Akt stand, sprach mich jemand an, indem er mit seiner Kritik vor mir zu paradieren versuchte. Ich fand jedoch für richtig, ihm zu verstehen zu geben, daß Vorlautheit nicht nach meinem Geschmack sei. Es gibt in Belgien eine wundersame «gestorbene Stadt», das sogenannte nordische Venedig, eine Stadt mit stillen Kanälen und hohen alten Patrizierhäusern, die zu schweigen scheinen. Ich glaubte, diese Stadt auf einem der zahlreichen Bilder wiedergegeben gefunden zu haben. Bruges ist schon schier unzählige Male zum Gegenstand von Essays oder Gedichten gemacht worden. Von einem Mädchenporträt mit seltsamen, blauen, großen Augen kann ich bekennen, es habe mich stark angezogen, aber mir fällt hier eine Epoche aus der Geschichte der schweizerischen Eidgenossenschaft ein.

Ums Jahr 1470 regierte in Burgund, im heutigen Belgien, Herzog Karl der Kühne, der nicht nur Inhaber des goldenen Vließes war, sondern sich auch noch zu Eroberungen auserkoren fühlte. Hierzu scheint er sich die Schweiz ausersehen zu haben. In Robert von Diesbach besaß nun aber das damalige Bern einen vorzüglichen Diplomaten. Wie erzählt wird, war er es, der den burgundischen Heißsporn in das Netz seines Feldzugsplanes hineinzog, der für den prunkliebenden, erfolgsüchtigen Fürsten denkbar unvorteilhaft endete, indem sich die Schweiz seinen Machterweiterungsabsichten gegenüber ruhmreich behauptete. Gerade um jene Zeit aber blühten in Belgien in außerordentlich hohem Grade Kunst und Kultur. Der Mann, der im Burgunderkrieg die Führung der Truppen übernommen hatte, die unsere Heimat verteidigten, hieß Adrian von Bubenberg, dessen Denkmal unsere Stadt ziert, und nun sind hier Gemälde von Roger van der Weyden, Memling und anderen Meistern belgischer Malerei zu sehen. Ums Jahr 1470 gab es noch keine Kunstausstellungen. Damals gab hauptsächlich die Kirche den Malern Aufträge, und die Gemälde besaßen im Erstelltheitszustand eine ans Heilige streifende Bedeutung. Übrigens kann man sich heute in dieser Hinsicht leicht irren. Uns Heutigen mag manches aus der Perspektive «bloß so vorkommen»; in Wirklichkeit verhielt es sich aber anders. Es ist beispielsweise sehr schwer, zu wissen, wie die Früheren diese Bilder betrachteten, mit was für Augen, was für Beseeltheit, was sie dabei dachten, was sie ihnen bedeuteten. Die großen belgischen Maler malten unerhört feine Landschaften und unglaublich anmutige, liebe Gesichter, Brueghel malte blinde Wanderer, die sich auf einer Dorfstraße schlagen, daß es gekracht, geknallt haben muß. Ein anderer wieder malte einen Dorfarzt, der von einer alten Frau befragt wird, und der voll komischer Zuversicht auf einem geflochtenen Stuhl sitzt. Diese alten Maler bewältigten solches Genre mit feinstem Elan, mit einer Sicherheit, der es nicht am schicklichen und schönen Vibrieren gebricht, als hätten sie die ledigliche Virtuosität virtuos zu umgehen verstanden, sie bloß als Mittel zum Zweck handhabend. Ich fand da ein Selbstporträt von Rubens, umfänglich nur klein, aber innerlich, malerisch von größtem Format, von unsäglich feiner Modulation. Ein Bild von dem bereits erwähnten Brueghel, der über die Schweizer Alpen nach Italien wanderte, dort die Städte, das helltönige öffentliche Leben sah, nennt sich «Ikarus' Fall»: Ein rotberockter Bauer pflügt seinen Acker. Ein Schafhirt schaut «zur Natur hinauf», hört die Vögel singen, bestaunt ihren leichten Flug. Ein Prachtsegelschiff ankert am Gestade. Man sieht auf eine Bucht hinaus, die mit Inseln besäet ist, auf denen sich Ansiedelungen sehen lassen. Ikarus ist soeben ins Meer hinuntergepurzelt, sozusagen aus schwindelnden Höhen, aus den Keckheiten und Unerlaubtheiten seiner Kulturabsichten herab. Man nimmt an, er werde sich erholen, seine Versuche erneuern. Um zu Rubens zurückzukehren, so begegnet man seiner Gattin

Helena mit verzückt-blinkenden Rehaugen. Auf einem Christusbeweinungsbild ist mir ein gezacktes, entlaubtes Bäumchen aufgefallen, dessen Äste gebannt tanzen, unbeweglich sind und gleichzeitig seltsam viel Bewegtheit darstellen. Ich sah einen Christus mit einer Wunde dicht unter der Brust; die Wunde glich einem Munde.

Bezüglich einer Landschaft aus dem siebzehnten Jahrhundert habe ich folgendes zu sagen: Die neueren Maler berücksichtigen beim Malen sozusagen den Salon nicht; sie führen uns Grasgrünheiten in die Stuben hinein, was ja sehr naturhaft ist, aber etwas durchaus Unvornehmes an sich hat. Die früheren Maler stimmten den Landschaftston für ein Bildungsbedürfnis entsprechend ab. Offenbar waren sie des Glaubens, es schicke sich nicht, daß das Natürliche in einem Gemach laut töne, sich unabgedämpft gebärde und geltend mache. Sie besaßen, was man Takt oder Stilgefühl nennt, womit ich nicht gegen die neue Malerei rede; ich suche bloß einen Unterschied zu illustrieren.

Indem ich mich freue, Gelegenheit gehabt zu haben, über ein stattliches und schönes Kunstereignis zu sprechen, halte ich mich für verpflichtet, mich, was die Ausdehnung meiner Äußerungen betrifft, einzuschränken. Was ich unterließ zu sagen, kann von anderen ausgesprochen werden.

BEARDSLEY

Sahen Sie schon je Zeichnungen von diesem Engländer, den man sich nur jung vorzustellen vermag? Ich zweifle nicht, daß er stets sehr elegant angezogen einherging.

Aus seinem Lebenslauf weiß ich eigentlich nur dies, daß er nach Paris zog, offenbar weil ihn eine Art Sehnsucht in diese Stadt zog. Er mietete sich ein großes, feintapeziertes Zimmer. Natürlich können es auch zwei, sogar drei Räume gewesen sein. Hier las er zahlreiche Bücher und zeichnete nebenbei, oder vielleicht zeichnete er in erster Hinsicht und las erst in zweiter, dritter oder sogar vierter. Ich erinnere mich, eine wundervoll gezeichnete Schere von ihm erblickt zu haben. Wenn ihn das Zeichnen vielleicht ein wenig ermüdete, so griff er zur Schreibfeder, um damit zu dichten. Ich las ein ganz kleines Prosabuch von ihm, das mich als etwas Entzückendes anmutete, d.h. das mir sehr kapriziös und geschmackvoll gedichtet, will sagen, geschrieben zu sein schien. Hie und da schrieb er auch Verse. Vor allem aber zeichnete er wie ein Frühling so zart, träumerisch. Doch das Ausgezeichnete dabei war, daß es ihm an Festigkeit, die etwas Festliches besaß und an Präzisiertheit, die von etwas Pläsierlichem sprach, nicht gebrach. Wenn ich ihn mir richtig vorstelle, lag er oft tagelang mit graziöser und sehr exakter Trägheit im luxuriös ausgestatteten Bett. Seine Trägheiten glichen einer Arbeit. Seine zeichnerischen Gebilde sahen so aus, daß man meinte, Buchfinken, Rotkehlchen hätten diese Stickereien, wie man seine Kunstwerke nennen möchte, jubilierend, tonlich tändelnd hervorgebracht. Machte er sich als Illustrator einen Namen? Gewiß! Ging er häufig ins Theater? Ich glaube es! Starb er früh? Es scheint so! Unter anderm existiert ein Blatt von ihm, das uns eine brennende Kerze zeigt. Vielleicht hat noch nie ein Zeichner das Flämmeln einer Kerze so kerzlich, so flämmelnd wiedergegeben. Er zeichnete Frauen mit unsäglich verlockenden Lippen und unsagbar zarten Näschen, und er zeichnete, wie Frauen frisiert werden, und er führte uns mit dem Zeichenstift in die verworrensten, vegetationsreichsten Gärten. Als er sein Erdenende herannahen fühlte, irritierte ihn einiges, das er gezeitigt hatte, scheinbar leider beinahe ein bißchen zu sehr. Er hatte hiezu wenig oder keine Ursache. Er fühlte sich ganz einfach bloß schwach, Krankheit macht uns im Verhältnis zur Gesellschaft, zu den Mitmenschen, etwas zu gutmütig. Vielleicht war er in die Gebärde des Abbittens verliebt, denn er war ja sehr sensibel.

Möglich ist, daß er uns Augen vorzuführen gewagt hat, die vom Weltgenuß ein zu sprechendes Zeugnis ablegten, dies und einiges andere bereute nun der Gute mit einer Aufrichtigkeit, die für diejenigen beschämend ist, die lächelnde Blicke auf die Blätter geworfen haben, derentwegen er sich abhärmte, was er sich erspart hätte, wenn ihm Unempfindsamkeit eigen gewesen wäre.

Heute scheint er ein wenig in Vergessenheit geraten zu sein. Nun, dann erinnern diese Zeilen an ihn.

Es ist nett, von jemand zu sprechen, der nicht das Gespräch des Tages bildet.

Man kommt sich fein vor, indem man das tut.

CÉZANNEGEDANKEN

Wollte man, so ließe sich ein Mangel an Körperlichkeit konstatieren; es handelt sich aber um eine Umfassung, um ein sich vielleicht langjährig mit dem Gegenstand Befaßthaben. Er, von dem ich hier rede, schaute sich beispielsweise diese Früchte, die sowohl alltäglich wie merkwürdig sind, lange an; er vertiefte sich in ihren

Anblick, in die Haut, wovon sie straff umspannt sind, in die sonderbare Ruhe ihres Seins, in ihr lachendes, prangendes, gutmütiges Aussehen. «Ist es nicht beinahe tragisch», sprach er womöglich zu sich, «daß sie sich ihres Nutzens und ihrer Schönheit nicht bewußt zu sein vermögen?» Er hätte ihnen seine Denkfähigkeit mitteilen, einflößen, übertragen mögen, da er sie wegen ihres Unvermögens, sich über sich Vorstellungen zu machen, bedauerte. Ich meine überzeugt zu sein, er habe sie beklagt, und dann habe er wieder Mitleid mit sich selbst gehabt, und er habe lange nicht gewußt, weshalb das eigentlich.

Auch dieses Tischtuch habe seine eigentümliche Seele, wünschte er sich einzubilden, und jeder diesbezügliche Wunsch ging augenblicklich in Erfüllung. Bleich, weiß, rätselhaft-reinlich lag es da: er trat zu ihm hin, gab ihm Falten. Wie sich das Tuch anfassen ließ, ganz wie's dem Antastenden beliebte! Es mag vorgekommen sein, daß er's mit dem Wort: «Belebe dich» anredete. Man darf bei allem dem nicht vergessen, daß er zu seltsamen Versuchen, Übungen, spielerischen Prüfungen, Untersuchungen die nötige Zeit hatte. Er hatte das Glück, eine Frau zu haben, der er die Alltagssorgen, die Wirtschaft usw. mit der größten Beruhigung überlassen konnte. Er scheint sich seiner Frau gegenüber ungefähr wie gegenüber einer großen, schönen, nie die Lippen, den Kelch, zu einer Unzufriedenheitsäußerung öffnenden Blume benommen zu haben. Diese Blume, o, sie behielt alles, was ihr an ihm nicht angenehm war, für sich; sie war, wie ich mir einrede, ein wahres Gelassenheitswunder; sie glich an Duldung mit ihres Mannes Wunderlichkeiten, Bedächtigkeiten einem Engel. Letztere waren für sie ein Zauberpalast, den sie sein ließ, guthieß, in den sie nie mit einer leisesten Anspielung eindrang, den sie geringschätzte, zugleich aber respektierte. Sie mochte diesbezüglich zu sich sagen: «Das sind Sachen, die mich nichts angehen.» Sie besaß zweifellos darum, daß sie ihres Lebensbegleiters «Schülerhaftigkeiten» nicht tangierte, wie ihr seine Bestrebungen mitunter schier vorkommen wollten, Humanität, sozusagen Geschmack. Stunden-, tagelang zielte er darauf hin, Selbstverständliches unverständlich, für Leichtbegreiflichkeiten eine Grundlage des Unerklärlichen zu finden. Er erhielt mit der Zeit lauernde Augen vom vielen exakten Herumschweifen rund um Umrisse, die für ihn zu Grenzen von etwas Mysteriösem wurden. Sein ganzes stilles Leben lang kämpfte er den lautlosen, und, wie man versucht sein könnte, zu sagen, sehr vornehmen Kampf um die Gebirgigmachung, so dürfte vielleicht der umschreibende Ausdruck lauten, des Rahmens.

Der Sinn ist der, daß z.B. ein Gebiet durch Berge größer, reicher wird.

Nun versuchte ihn scheinbar seine Frau oftmals zu bewegen, aus dem Aufreibenden dieses fast eine gewisse Lächerlichkeit besitzenden Kampfes herauszutreten, irgendwohin zu reisen, sich nicht beständig so in ein Einziges, in dieses Einerlei zu senken.

Er antwortete: «Sehr gern! Darf ich dich bitten, gleich das Nötige einzupacken?»

Sie tat es, aber er reiste nicht, sondern blieb, d.h. er reiste, kreiste wieder um die Grenzen der Körper herum, die er wiedergab, bildend wiederherstellte, und sie nahm, was sie auf das sorgfältigste eingepackt hatte, ebenso schonungsvoll und etwas nachdenklich wieder aus dem Korb oder Koffer, und alles blieb beim Alten, das sich dieser Träumer immer wieder verjugendlichte.

Man wolle die Sonderbarkeit im Auge behalten, daß er seine Frau so ansah, als wäre sie eine Frucht auf dem Tischtuch gewesen. Für ihn waren die Umrisse, die Konturen seiner Frau genau dasselbe höchst Einfache, mithin wieder Komplizierte, was sie ihm bei den Blumen, Gläsern, Tellern, Messern, Gabeln, Tischtüchern, Früchten und Kaffeetassen und -kannen gewesen sein werden. Ein Stück Butter war für ihn ebenso bedeutungsvoll wie das zarte Sichabheben, das er am Gewand seiner Frau wahrnahm. Ich bin mir hier unvollständiger Ausdrucksart bewußt, möchte aber der Meinung sein, man verstehe mich trotzdem oder vielleicht, um solcher Unausgearbeitetheit willen, worin Lichteffekte schimmern, sogar noch besser, tiefer, obwohl ich selbstverständlich prinzipiell Flüchtigkeiten beanstande. In einem fort war er diese Art Ateliernatur, die sicher vom Familien- und Vaterlandsstandpunkt aus angefochten werden konnte. Man muß schon fast glauben, er sei «Asiat» gewesen. Ist denn nicht Asien die Heimat der Kunst, der Geistigkeit, die der denkbar stärkste Luxus sind? Hielte man ihn für einen Menschen, der nicht Eßlust gehabt hätte, so würde das wahrscheinlich ein Irrtum sein. Er aß Früchte so gern wie er sie studierte; er fand Schinken so schmackhaft wie als Form und Farbigkeit «wundervoll» und als Vorkommnis «phänomenal». Trank er Wein, so bestaunte er die Tatsache des angenehmen Mundens, was zwar nicht übertrieben charakteristisch gesprochen sein dürfte. Auch den Wein übertrug er übrigens in die Region des Bildenden. Er zauberte Blumen aufs Papier, daß sie mit all ihrem pflanzlichen Schwanken auf demselben zitterten, jubelten, lächelten; es war ihm um das

Fleisch der Blumen zu tun, um den Geist des Geheimnisses am Unverstandenen des besonders Beschaffenen.

Alles, was er erfaßte, vermählte sich, und wenn wir von Musikalität bei ihm sprechen zu dürfen glauben, so entstand sie aus dem Reichtum seines Beobachtens, und dadurch, daß er jedes Gegenstandes Einwilligung zu erhalten, zu gewinnen suchte, sich ihm wesenhaft zu offenbaren, dadurch überhaupt erst recht, daß er Großes und Kleines in denselben «Tempel» stellte.

Was er betrachtete, wurde vielsagend, und was er formte, schaute ihn an, als wär's beglückt gewesen, und schaut auch uns noch heute so an.

Man wird die Behauptung aufzustellen das Recht haben, daß er den ausgedehntesten, an Unermüdlichkeit grenzenden Gebrauch von der Gelenkigkeit und Willfährigkeit seiner Hände machte.

DAS MÄDCHEN MIT DEM ESSAY

Cécile stand in einem Kostüm, das die Blicke der Herren in deren Mitte sie sich begeben hatte, keinen Augenblick von sich ablenken ließ, mit einem Aufsatz in der schmalen Hand, gleichsam also im Besitz eines Beweises geistigen Sichangestrengthabens, in der Redaktionsstube.

Zweifellos machte ihre vorstädteliche Grazie auf die Vertreter und Verbreiter von Wissen und Bildung einigen Eindruck, was insofern vielleicht zu kühl gesprochen sein dürfte, als diejenigen, die Cécile baten, sich gütigst zu äußern, artig, d.h. besser ein bißchen schon ins Unartige hinein lächelten und zugleich, wie man sagen möchte, stutzten.

«Uns mit einer Peitsche ausgerüstet zu besuchen, wie bizarr das ist», entfuhr es laut dem Haupt, durch das sämtliche Fäden liefen. Zerstreutheit, mit der ich mich hier quasi brüste, sei mir gegrüßt und sei genauster Prüfung bestens empfohlen.

«Sie hat ein Gesichtchen», glaubte einer der Herren, offenbar ein Witzbold, bemerken zu sollen, «das mich vergessen läßt, wo und wer ich bin.»

Cécile schien ein Wunderwerk, aus Spöttelei und Schüchternheit zusammengesetzt, zu sein. Ihre Schuhe mit Ruhe anzuschauen, kostete beispielsweise Mühe, d.h. man besann sich dabei auf seine Intellektualität.

«Ich bin die Überbringerin eines Essays oder einer Glosse, die von einem Menschen stammt, der sie zu meinen Füßen schrieb.»

«Was es heutzutage für eine Sorte von Autoren gibt», raunte der Chef, der am Pult saß, während ihn die übrigen umstanden, die seine Gehilfen zu sein schienen.

«Liebes Fräuleinchen, wie heißt Ihr Freund?» wurde zielbewußt oder absichtslos gefragt.

Cécile erwiderte: «Wie er heißt, hat er mir nicht gestattet, Ihnen zu sagen, und was die Art betrifft, wie es Ihnen gefallen hat, mich anzureden, so bin ich nicht gewöhnt, daß man allzu schön mit mir umgeht. In einer Stadt, die von lauter verantwortungsvollen Jetztzeitmenschen bevölkert ist, wurde einst eine Dichterin auf einen Buchhändler und Verleger böse, weil er ähnlich mit ihr umging, wie soeben Sie mich befräuleinelt haben.»

Cécile sah entzückend hübsch aus, indem sie sich in diese Empfindlichkeit hinauf wie auf einen Berggipfel verstieg.

«Sichtlich zürnt sie sich», entglitt es einem der Angestellten. Vielleicht wäre «Beamter» hier das passende Wort gewesen.

«Ich würde, was Sie beobachten, an Ihrem Platz nicht ausgesprochen haben», sagte tadelnd der Führende, und er fügte bei: «Jedenfalls lese ich ein Manuskript gern, das mir eine Person überreichte, die nicht nur eine reizende Erscheinung ist, sondern sich durch ihr Auftreten meine Sympathie erwarb.»

Er entfaltete, was ihm Cécile eingehändigt hatte. Mit einem kaum merklichen Stirnrunzeln ersuchte er seine Umgebung um das nötige Quantum Geduld, sich selbst gleichsam innerlich einen Verweis erteilend, daß er sich mit der Lektüre eines Erzeugnisses aus der Feder eines Unbekannten abgebe.

Nunmehr las er:

«*Chopin*. Schwer setze ich mich an den Tisch, beinahe bleischwer, denn indem ich an die Novelle ‹Das verlorene Lachen› von Gottfried Keller denke, worin eine herzige Frau, die von Gestalt die Annehmlichkeit selbst war, sich mit ihrem wackeren Gatten auf eine sich auf einer Anhöhe befindende Bank setzte und diesem ihrem Angetrauten achselzuckend sagte, sie finde, er sei ein ‹Schlufi›, was ihn selbstverständlich aufs innigste kränkte, wird mir ganz lustig, d.h. ich wollte eigentlich sagen, ernst zu Mute, und indem ich mich außerdem vom Gedanken packen oder umfangen lasse, der mir zulispelt, Chopin müsse ein Mensch gewesen sein, der die perlendste, rieselndste, schmachtlockenhafteste Musik gedichtet, vielmehr komponiert habe, und daß er wie aus einem fremden, verlornen, immerhin freundlichen, grünlichen, heimeligen Gebirge in eine Stadt herabzog, um mit seiner irgendwelches Erstaunliches aufweisenden

Kunstfertigkeit sämtliche Frauen zu bezaubern, die diese Stadt bewohnen mochten, so, nicht wahr, der Satz zieht sich in ungeahnte Länge, ist es mir, als sei ich in einem Grad Empfindungsmensch geworden, wie sich dies ja bei der Porträtierung eines Lockenträgers und Klaviertastenbearbeiters höchst wahrscheinlich schickt, von dem zu behaupten sein mag, er habe das Glück gehabt, eines Tanzlehrers Sohn zu sein, wie ich einst flüchtig in einem bereits vergilbten Essay gelesen zu haben glaube.

Vor ungefähr dreißig Jahren las ich das, und jetzt streue ich's aus, als wär's meine eigene Eingebung, obschon das Wesentliche an diesem Aufsatze sein dürfte, daß mir einfällt, zu sagen, er habe kaskadenhaft geklopft, gespielt, gepoltert, gedonnert, indem es meines Dafürhaltens jeweilen, wenn er sich ans Instrument setzte, wovon er erklärte, es sei sein Liebling, zu einem vorläufigen Auftakt voll unvergleichlicher Wucht kam, wonach dann Juwelen usw. aus der Luft des Konzertsaales, d.h. wie aus dem großartig bemalten Plafond herab auf die zarten Schultern der zu tiefster Dankbarkeit neigenden Zuhörerinnen herunterfielen, sie so berührend, als wenn sie sie geküßt haben würden, derart, daß ein nervöses Zucken, elektrisch auffunkelnd, über diese salonhafte Haut hüpfte, samt ihrer vorher schon zu Hause vorgenommenen, äußerst sorgfältigen Pflege, woran keiner Anlaß hat, auch nur eine halbe Minute lang zu zweifeln, und nun ist es für mich natürlich ungemein schwer, die Schwermut zu verneinen, die bei der Vorstellung der musikalischen Veranstaltung, die Chopin darbot, über mich hinzittert und -läutet und -läuft, und es dürfte für mich mit noch weit mehr Schwierigkeit verbunden sein, die Architektur zu überblicken, die mir zu schaffen gelungen zu sein scheint.

Woge, oh, rolle, wohin du willst, doch, oh, ihr Chopintöne, treibt es nicht zu bunt.

Als sich einstmals der Verehrer einer frühgotischen Königin an den Platz, den sie einnahm, etwas zu nahe heranwagte, fertigte sie ihn mit dem Ausspruch ab: ‹Jeder Narr hat seine Kappe›, wodurch er sich, man darf es glauben, wie durchbohrt fühlte.

Chopin scheint in der Tat nie gelacht zu haben. Hieraus folgt, daß er sein Lachen nie verlor. Beständig blickte er düster vor sich hin. Sämtliche Aufheiterungsprojekte prallten an dem ihm angeborenen Bedürfnis ab, der Duzfreund der Wehmut zu sein, der er treu blieb, weil er sie schön fand und sie infolgedessen bevorzugte. Er kokettierte sein Leben lang, wird vielleicht erlaubt sein, zu meinen, mit dem Tod, und da jede feine Frau dies ebenfalls gern tut, weil es romantisch ist, was alsdann Wunder, wenn die Frauenwelt für Chopin und sein Werk schwärmte.

Eine Eigentümlichkeit bei ihm war, daß er sein Zutrauen nie bloß einer Einzigen zu weihen vermochte, sondern daß er seine Befreundungen echt chopinhaft, tönegleich, über vier bis fünf Angehörige des zarteren Geschlechtes schüttete und hingleiten und -leuchten ließ. Er scheint sich mit der Zeit auf eine Insel zurückgezogen zu haben, wo ihn an einer etwas einseitigen Lebensauffassung nichts hinderte.

Wie froh ich über diese Parade bin! So nenne ich nämlich mit des Lesers Einwilligung meinen Aufsatz.»

Der Chefredakteur dachte, nachdem er von diesen Zeilen Kenntnis genommen hatte, ein Weilchen über «irgend etwas» nach. Den andern kam es vor, als sei er ernst gestimmt, aber nicht zu sehr.

«Obschon mir scheint, Ihr Freund habe mehr aussprechen wollen, als was er bezüglich seines Themas vortrug, bin ich vielleicht geradezu darum geneigt, seine Arbeit für brauchbar zu erklären, die ich für eine gelegentliche Veröffentlichung gern behalte. Korrekturabzug wird ihm gegebenenfalls zugehen. Wollen Sie ihm dies mitteilen? Aber wie schade ist es, daß nun der Moment gekommen ist –»

«Wo mich die Herren sie nicht länger stören sehen», sagte Cécile.

Es gab Komplimente!

ÜBER MOZARTS «DON JUAN»

Ich hatte eine aus dem Frühgottesdienst kommende, lahme Frau kurz gegrüßt, absolut unmitleidig, beabsichtigt-fröhlich, im Gefühl, und mein Verstand sagte mir das ja ebenfalls, daß gerade die sogenannten Unglücklichen keineswegs bemitleidet sein wollen, denn in denen, die leiden, lebt eine Würde, die mit einer Art Kraft Ähnlichkeit hat, und man würde sich sehr täuschen, wenn man alle Kranken zur Gruppe oder Kategorie der Geschwächten zählte, da sie seelisch oft über weit mehr Widerstandsfähigkeit verfügen als die sogenannten Gesunden. Ich meine, man tue gut, dies stets ins Gebiet der Möglichkeit zu ziehen, die Enterbten, Betrogenen, Enttäuschten, Armen usw. stellen meiner Meinung nach eine Macht vor, die man sich gewiß das Vergnügen bereiten kann, gering zu nehmen; es kann aber Naturen unter uns geben, die keine Lust, nicht das geringste Bedürfnis haben, zu irgendeinem von jenen Genannten zu sagen: «Hier, mein guter, armer Mann, oder: hier, meine liebe, arme Frau, schenke ich Ihnen etwas.» Es kann Wissende, Empfindende geben, die in solchem Fall vorziehen, zu denken, daß diese Verunglückten auf ihre Art und Weise und durch ihre durchaus besonderen Umstände so glücklich sein können wie diejenigen, die sich nur zu schnell mit der Einbildung schmeicheln, daß dies nur bei ihnen möglich sei. Ich finde, man müsse bezüglich Hilfeleistung immer erst säuberlich abwarten, es heraushorchen, sorgfältig in Frage ziehen, ob Helfen wirklich auch am Platz sei. Abzuwägen, wo wirkliche Notdürftigkeit vorliegt, beruht auf der Menschenkenntnis, auf dem Studium der Charaktere und des von Fall zu Fall ganz andern Bedürfnisses.

Ich schrieb gestern einen Brief, von dem ich annehmen darf, daß er imstande sein werde, im Empfänger allerlei Nachdenklichkeit zu wecken, und besuchte abends eine Opernvorstellung, die mir zur Sensation wurde, worüber ich hier Bericht ablegen will.

Vielleicht hätte ich, ehe ich in diese Vorführung ging, Rotwein trinken sollen, gleichsam um stimmungsvoll zu sein, mich sozusagen aufnahmefähiger zu machen. Leider kam ich aber nicht dazu. Übrigens werden derartige Mittel meiner festen Überzeugung nach kaum von so eingreifender Wirkung zu sein vermögen, wie man es sich gern einreden möchte.

Um von der Bühnendekoration ein Wort zu sagen, so zielt meine Auffassung dahin, daß die Malerei das dargebotene Stück bloß ausschmücke, daß man aber unter keinen Umständen von ihr zu erwarten habe, sie werde die Inhaltlichkeit, die Bedeutung eines Theaterabends erhöhen können. Das Dekorative scheint mir ganz einfach nur eine Verfeinerung des bereits vorhandenen Genusses zu sein, der vor allem auf dem Werk selber, das gespielt wird, beruht. Mehr oder weniger gute Stimmen der Mitwirkenden ergeben meiner Ansicht nach bestimmt nicht das Wesentliche, das durch die Qualität des Stückes repräsentiert wird, womit ich mich auf einen Standpunkt stelle, der den Darstellern, dem Herrn Dirigenten und den Dekorateuren willkommen sein kann, indem sie nicht zu befürchten haben, ich falle über sie her, wolle sie kritisieren, meinen Witz an ihnen erprobend, was mir um der Wichtigkeit willen total fernliegt, die ich jedesmal, wenn ich das Theater besuche, lediglich aus der Schöpfung herzubeziehen wünsche.

Der Erfolg des Stückes schien mir, bei einigem um mich Herumblicken, durchaus nicht gesichert. Der Zuschauerraum ließ an gedrängter Besetztheit sichtlich zu wünschen übrig. Vielleicht garantiert einen Erfolg immer die Tribüne, womit ich sagen will, das Volk, das diesmal, wie mir schien, nicht sehr vollzählig, d.h. keineswegs in Scharen herbeizuströmen gekommen war, was vielleicht daran lag, daß es sich da «bloß so» um eine «Neueinstudierung» handelte, wie der Theaterzettel vielleicht etwas unzutreffend, ich meine, womöglich etwas ungeschickt, d.h. allzu bescheiden zu lauten für richtig gefunden hatte. Studium, hat das nicht immer beinahe einen Beigeschmack von etwas Tastendem, Unsicherem, von etwas, womit man «nicht fertig wird», so, als wenn eine vorangegangene mühselige Schulung dringend nötig gewesen sei, eine Einübung, die natürlich in Ordnung war, denn das muß ja so sein, aber meines Ermessens nach hat man nicht Grund, es die Öffentlichkeit deutlich merken zu lassen.

Diese Kleinigkeiten in Kunst und Leben, wie sie viel bestimmender, beeinflussender sind, als die meisten annehmen.

Sollte es sich mit der Tatsächlichkeit vereinbaren, daß ich etwa zu rüstig, zu gesund in diese Vorstellung gegangen bin, die auf mich im großen und ganzen nicht den vorausgesetzten großen Eindruck machte? Ich betrat nämlich das Bühnenhaus in dem nur zu schönen Vorurteil, daß ich die bedeutendste deutsche Oper zu hören bekommen würde, was ich nun aber merkwürdigerweise nicht finden konnte, so warm, so herzlich ich auch einzelne wundervolle Partien begrüßte, mit freudigster Anerkennung umarmte.

Wie man sieht, kontrolliere ich mich hier in jeder Hinsicht genau, dulde keine Begeisterung, die nicht begründet ist.

In der Oper, die ich mir hier die Ehre gebe zu besprechen, traten zwei betrogene Frauen auf, die ihre Enttäuschung, ihre Betrogenheit, ihren Seelenschmerz klanglich, gesanglich zum Ausdruck brachten, was die eine vielleicht ein wenig stürmischer besorgte als die andere. Beiden ist es aber um ein und dasselbe zu tun, um eine Anklage, und nun überkam mich das Gefühl, das mir sogleich als ein durchaus zeitgemäßes vorkam, daß sie gleichsam mit ihrem «Aufbegehren» nicht sehr vorteilhaft «abschnitten», daß dieses ihr Klagen, Weinen usw. einer «entschwundenen Zeit» angehöre, daß dies alles nicht mehr sehr stark in die unserige, in die heutige, passe. Dieses Gefühl oder dieser Eindruck, dessen ich mich unmöglich zu erwehren vermochte, stimmte mich vielleicht gegenüber den «Ergießungen» der beiden Frauen, allzubedauerlich, wie sie sich zu gebärden schienen, etwas prosaisch, d.h. trocken. Vielleicht sind mir da viele sehr wertvolle Stimmungen fast augenblicklich verloren gegangen.

«Wegen wem klagen sie so sehr?» entstand in mir die völlig unschuldige, fast selbstverständliche Frage. War der Gegenstand der Enttäuschtheit wert, daß sie sich sie so sehr zu Herzen gehen ließen? Mit nämlich weiter nichts als ein paar Schürzenjägerallüren faszinierte er sie, das stand klar am Tage. Zur Entschuldigung diente den Frauen immerhin, daß er ihnen unersetzlich erschien, d.h. daß sie ihn in jeder Hinsicht allen sonstigen Mitgliedern der Herrenwelt vorzogen, und er wußte das und war fürchterlich stolz darauf, und dennoch, und hiemit gelange ich zu etwas ebenso Einfachem wie Sonderbarem, brachte er es nicht einmal zu einer Bravourarie, wie sie doch sonst von jedem großen Sänger und Sieger gesungen und herausgeschmettert zu werden pflegt, um seine vollkommene Überlegenheit zur Geltung gelangen zu lassen. Herrlich scheinen ja solche «Helden» in der Unverschämtheit, schön mit ihren Frechheiten und unbezahlbar und bezaubernd in der gebirgshaft aufsteigenden Summe ihrer Herzlosigkeit zu sein, die mit ihren Körpergeschmeidigkeiten prangen.

Ich befaßte mich von Akt zu Akt lebhafter mit dem Komponisten und kam zu einem für ihn nicht sonderlich günstigen Ergebnis. Beispielsweise sagte ich mir, daß die wahre Klage eher stumm als klang- und wortreich sei. Gewiß kann ein Komponist nicht verstummen, er kann einen Höhengrad des menschlichen Erlebens nicht dadurch kennzeichnen oder vergegenwärtigen, daß er «schweigsam» bleibt, aber er stand hier bezüglich des Problemes der Demonstrierung der Klage, der Trauer scheinbar einfach vor einer für seine Wesensart unlöslichen Aufgabe: dieser Eindruck war's, den er mir übermittelte, was ich selbstverständlich bedauerte, da es sich um einen von mir im übrigen geliebten und bewunderten Meister handelte.

«Wird er jetzt nicht ein bißchen langfädig?» Diese Frage war's, die sich in meinem sehr um ihn besorgten Gemüt bemerkbar machte, mit einem Wort, der Wunderbare, derjenige, der mir in seinen sonstigen Werken als ein Wunderbarer vorgekommen war, kam mir hier anders vor, er kam mir vor wie einer, der mit seinem letzten Werk, freilich immer noch überaus schön tönend, aber wie über sich selbst klagend und irgend etwas wie Resignation aushauchend, der Welt lebwohl sagt, sich vom geliebten, angenehmen Leben, eine gewisse Bedrücktheit, eine Dumpfheit nicht total besiegen und überwinden könnend, verabschiedet. In Wirklichkeit war ja denn auch diese Oper des Lieben und Großen letzte künstlerische Leistung, in die etwas wie ein «ach, wie ist es schade, daß mir nicht mehr gegeben ist, weiterzuschaffen», hineinzufließen, gleichsam hineinzuduckmäusern, zu seufzen gekommen ist.

Im Helden seines Stückes will er nämlich einen grandiosen Trotzigen vertonen, einen kolossalen Bösewicht, einen Sünder hartgesottenster Sorte, und diese Aufgabe ist ihm meines Empfindens nach nicht restlos gelungen. Wo er die Strafe tonlich malen will, die über den Frauen- und Mädchenkränker und -ärgerer hereinbrechen soll, bricht ihm in der Tonaufwendung etwas entzwei. Noch nie, seit ich Theaterbesucher bin, unterlag ich einem überzeugenderen Ungenügendheitseindruck. Ich bringe dies offenherzig zur Sprache, weil nur der Bedeutende und Gute nicht nötig zu haben scheint, daß er bemäntelt, d.h. daß man ihn nicht zu bemängeln wagen würde.

Tatsache schien mir zu sein, daß er die Kraft, die Wucht nicht in sich aufzubringen vermochte, wo er musikalisch Rache zu nehmen hatte, wo er sich kompositorisch vor die Nötigung gestellt sah, zu vernichten. Für mich blieb keinen Augenblick zweifelhaft, daß er zu einem solchen «Geschäft» nicht genügend Haß, Verachtung, Härte in sich fand, in einem Gemüt, das ein lieber Freund und Diener war, ein in jeder Minute, möchte man sagen, bürgerlich besorgter, rücksichtnehmender Gatte. In der Oper, über die ich zu reden unternahm, gibt es eine Nebenfigur, ein Frauchen aus dem Volk, die ihren Mann vom Boden aufhebt, als er schwach hinfiel, und ihn nun begütigt und tröstet, treulich wiederaufrichtet, und ihm trotz allem, d.h. obwohl sie sich vielleicht hinsichtlich zu ihm Stehens einen kleinen Vorwurf zu machen haben könnte, ergeben ist, und diese Figur, dieses Figürchen, dem bestimmt ist, fröhlich zu bleiben, stattet er mit allem unglaublich anmutigen Liebreiz und mit einer aus allen hinreißenden Genialitäten zusammengewobenen Schönheit aus, der nicht Herz genug gehabt zu haben scheint, in das Verderben zu blicken, sich sozusagen nicht zutraute, es zu erleben, es seine Zuhörer sehen und miterleben zu lassen, und der Mozart heißt, wie die Oper, mit deren Vollführung er in den Tod ging, Don Juan.

GLOSSE ZU EINER PREMIERE VON MOZARTS «DON JUAN»

Abgesehen davon, daß ich nicht einzusehen vermag, welche Vorteile für die Gesellschaft herauskommen, wenn die Courtoisie übertrieben wird, die nur insofern ihren Wert, ihre Geltung behält, als sie sich gemäßigt gibt, befand ich mich gestern – wenn Ihnen erwünscht ist, daß ich Ihnen dies zur Kenntnis bringe – auf der Tribüne eines Theaters, um zunächst meinen Augen zu erlauben, Zuschauerraumsspaziergänge zu unternehmen, wobei mir das exquisite Exemplar eines Füßchenpaares als beachtenswert auffiel, wonach der Vorhang in die Höhe gezogen wurde.

Sogleich entzückte mich eine gewisse prunkreiche Dürftigkeit der Ausstattung, indem sich die Dekorierung von einer blendenden Ärmlichkeit, einer bezaubernden Anmutlosigkeit zeigte, worüber ich in der erfreutesten Seele tief erschrecken zu müssen meinte, doch da ging der Atem der Handlung über die gespannt verharrende Bühne, und wenn sich nun nichts Lieblicheres, Humaneres, Netteres, Bewillkommenswerteres zutrug, als daß einer Kapazität, einer in hohem Grade verantwortlichen Persönlichkeit, die lustigen Lebenslichter von der zartesten Ruchlosigkeit, der besonnensten Zügellosigkeit, der fleißigsten Schlendrianerei und der frechsten Fürsorglichkeit ausgeblasen wurden, etwa so, wie wenn man ein Lampenlicht ausblasen würde, so entschuldige man mein lautes Lachen über ein Vorgehen, das ich händeklatschend mißbilligte, weil es mir sowohl als etwas Hinreißendes wie als etwas Unqualifizierbares erschien.

Himmlisch-schön schrie und rief nun eine sich in der

Wucht ehrlich empfundenen Schmerzes über die Hingesunkenheit herabbeugende schmiegsame Bühnengestalt um Rache. Ich gestehe, daß mich dieser Akt rührte, obgleich er auf einem denkbar wirkungslosen, trockenen, in sich zusammensinkenden oder dies doch wenigstens scheinbar wollenden, gleichsam wie mit Ölfarbe angestrichenen Podium stattfand, dem ich meinen aufrichtigsten, demnach also geheucheltsten Beifall zollte.

Einige behende Figuren, die mit den dünnsten und unschuldigsten Beinen der Welt behaftet zu sein schienen, sprangen dienstfertig herbei und schafften fort, was aussehen sollte, als sei es für immer von hinnen gegangen, was sich aber in Wahrheit Gott sei Dank anders verhielt. Was ging es mich an, und was konnte ich dafür, daß es da jemanden gab, dem das Leben gefiel, und dem zwei Frauen nicht sonderlich gut gefallen wollten, die sich bewogen fühlten, die langgezogensten Klagelieder über seine tadellose Tadelnswürdigkeit anzustimmen, die ihnen die Überzeugung beibrachte, sie zerflössen in lauter Mitleid mit sich wegen ihm, und sie würden in einer teppichhaftgewobenen Köstlichkeit des Leidens zergehen müssen, dessen stolze, große, über und über mit Abenteuerlichkeit verzierte Ursache er sei.

Das überaus Sonderbare an der Geschichte schien jedoch zu sein, daß der Haudegen ein Mädchen war, die sich das verwegene, nicht uninteressante Vergnügen leistete, als Held aufzutreten, und die im gewandtesten, geriebensten oder gewiegtesten Burschen einen Bedienten besaß, der für sie jeden Augenblick durchs Feuer gehen zu wollen sich durch die natürlichsten Fröhlichkeiten genötigt und durch die naheliegendsten Beweggründe eingeladen sehen mußte.

«Ach, arme Frauen, ihr ragt durch eine Treue hervor, und ihr strahlt in einer Liebe und in einem Anteilnehmen, wie es angesichts des deplazierten Gegenstandes, für den ihr eure Zuneigung nutzlos vergeudet, nicht erklärlich ist», sprach ich für mich und würde die Hände über meinen Kopf zusammengeworfen haben, wenn ich eine so auffällige Bejubelung dessen, was sich vor meinen Augen abspielte, hätte billigen dürfen.

Mir die nötige Zurückhaltung auferlegend, hörte ich, wie der Betörende mit einer Ansingerei begann, deren Klimperlichkeiten ihm selbst ziemlich stark auf die Nerven fallen mußten, und durfte sodann mitansehen, wie die beiden Damen zu sich sprachen: «Sie hält sich nicht für einen Mann; wir halten sie auch nicht dafür, und sie traut uns nicht zu, daß wir sie für etwas halten, was uns Besorgnis einflößen könnte, und wir glauben nicht von ihr, daß sie sich in Wirklichkeit einreden könnte, sie habe sich gegenüber uns irgendwie vergangen.» Reizend war's, wie sie sich vor Lachen schüttelten, und nun prahlte, tafelte «sie», führte großartige Reden, verlor die wohlabgemessenste Menge von herausforderischen Gesten, um sich hierauf von einer in jeder Hinsicht ungerechtfertigten und zugleich nur zu wohlverdienten Strafe ereilen zu lassen.

Die Kulissen, die ihn umgaben, stürzten über ihn zusammen, und der Schluß der Vorstellung bestand in einem rötlichen, züngelnd auf und nieder gleitenden, seidengleich schimmernden Geloder von Flammen.

ÜBER GIRARDI UND ALLERLEI SONSTIGES

Ich vernahm vergangene Nacht einen kolossalen Knall; ein wahrer Paukenschlag von einem Ohrenwiderhall war es, der davon herzurühren schien, daß irgendein Gebieter oder Machthaber mit seinem Fuß auf den Boden stampfte, so ein Stück Grandiosität, das seine Ungehaltenheit, Ungeduld zum Ausdruck brachte. War ich es etwa selber? Zugunsten des Glaubens, ich sei eine Wohlerzogenheit, verzichte ich darauf, mir ein Herrscherbenehmen zuzutrauen. Ich bin ja so nachgiebig.

Ein als geistreich geltender Mensch lud mich neulich sehr ernsthaft ein, mich um eines verschwindend geringen Taktfehlers willen bei ihm zu entschuldigen. Ich tat es sogleich, was ich für sehr geistvoll hielt und heute noch fröhlich für sehr liebenswürdig halte.

Nunmehr einiges über Schauspiele, die ich irgendwann und -wo sah.

Beispielsweise erinnere ich mich, eine Schauspielerin gehört und gesehen zu haben, die die Manier hatte, beim Reden zu singen. Sie war jeweilen eine halbe Sprache und zugleich ein halber Gesang, und das Ganze, dieses Ineinanderverquicken nahm sich aus, als säße sie, von der ich hier spreche, im Käfigturm der Manieriertheit. Ich sah diese Schauspielerin als unglückliche Edele, um nicht anspruchsvoller zu sagen, Königin, in einem historischen Stück, und sie blieb mir, weil sie so sammetschwer und schön und schwarz gekleidet auftrat, in eigentlich durchaus angenehmster und daher bleibender Erinnerung.

In einem andern Stück, das von modernem Schlag war, trat eine sehr große Schauspielerin mit vollem Erfolg beinahe schreiend, obgleich sich dieser Ausdruck vielleicht nicht ziemt, gegen ihren undankbaren Sohn auf, indem sie auf leidenschaftlichste Art und in denkbar größter Form ihm vorzuhalten versuchte, wie er sich ihr gegenüber irre. In der Tat schaute der hübsche, junge Typ verschämt, verdutzt, überrascht zur Erde, d. h. auf den Bühnenboden herab, anscheinend an der Charaktervortrefflichkeit seiner Frau Mama nun kaum mehr zweifelnd.

Ich gehöre übrigens zu den vielen, denen es vergönnt gewesen ist, Girardi als Valentin in Raimunds «Verschwender» zu sehen und zu bewundern. Welch eine kultiviert-vornehme Art er besaß, Komik zu erzeugen; leicht hingeworfen, mit einer rührend-menschlichen Geste. Wie wenn er wie ein Bruder zu Brüdern gesprochen hätte, so warm, einfach und natürlich war dieses Schauspielers Verhältnis zu seinen Zuhörern. Mit welch großer Kunst er Couplets sang, und wie hatte er den verarmten Brotherrn herzlich lieb und die übrige lebendige Welt dazu.

Nun komme ich auf eine berühmte Liebestragödie zu sprechen, die mir im Stadttheater einer bekannten, schöngelegenen Stadt gleichsam wie auf einem Servierbrett serviert wurde. Obgleich dies schon ziemlich lang her ist, erinnere ich mich deutlich, wie ich mich eines Gefühles von Langeweile dieser poetischen Hochaufgerichtetheit gegenüber nicht zu erwehren wußte. Der Liebhaber und die Geliebte oder jugendliche Liebhaberin redeten in einem fort so schön, süß und unerhört lieb und lyrisch und herrlich, daß die ganze erhabene Angelegenheit in nichts als hoher, feierlicher Bedeutung schier sterben zu wollen schien. Ich vermißte den Witz, den Humor, gleichsam eine lustige, kräftige Essenz dabei, die mir das gewiß an sich äußerst Schmackhafte gewürzt hätten. Anderen Zuhörern ging's vielleicht wie mir, und doch schauten alle mit einer Voreingenommenheit und Andacht zu, hörten auf das Hinreißende mit einer Hingerissenheit, daß es aussah, als säßen sie und ich in einer Kirche. Die Verse, in denen das Stück gedichtet ist, sind nur schon beinahe zu prächtig und üppig.

Eine Wohltat war mir's, mit der Aufführung eines Stückes bekannt gemacht zu werden, worin ein Dreister, Frecher, Derber, Barscher, Unverschämter, Rücksichtsloser, Starker eine Zarte, aus Empfindsamkeit und Zartheit Trotzende, Widersprechende nach allen Regeln der Bändigungskunst zur höchst wünschenswerten, fröhlichen Unterwerfung zwingt und bringt. Immerhin kam's mir vor, als sei der den Lustspielhelden spielende Schauspieler zwar prächtig kostümiert, dabei aber nicht so recht befähigt gewesen, uns zu überzeugen, er sei der wahre Töchterchenbesieger, denn er schien denn doch ein bißchen sehr selbstgefällig, was ihm aber kein Zuschauer weiter übel nahm, da sich seine Rolle als die denkbar unterhaltendste darbot. Das Mädchen wurde überglücklich, dadurch, daß sie sich versteifte, auf jeden Unsinn, den er sprach, voll Frömmigkeit einzugehen. Indem sie sich besiegen ließ, blieb sie in sich selbst die zufriedene Siegerin. Sie strahlte ganz einfach in der Gedemütigtheit. Ihre Schwestern oder Kolleginnen standen wie Schattenbilder vor der Apfelsine da, denn so sah sie aus, die nachzugeben verstanden hatte, blühendheiter, von körperlicher Süße und seelischer Geadeltheit, daß mich die geschwinde, flüchtige, aber zugleich tiefe Lust ankam, sie für die Darbietung des Bildes der Herausformung ihrer Persönlichkeit zu küssen.

Das Aufsehen, das dies Buch machte! Selten wohl gab es solch einen Erfolg. Die Sensation, die dies Frauenwerk hervorrief, war ungeheuer. Ich las es vor einiger Zeit in einem Hotelzimmer und war über die Langfädigkeit verblüfft, mit der es mir geschrieben schien. Aber bei Aktualitäten kommt es nicht auf den feinen Vortrag, die Stilistik an, oder wie alle diese netten Dingelchen heißen mögen. Hier entscheiden Sujet und Rechtzeitigkeit des Erscheinens. Seit ziemlich langer Zeit schon war die Negerfrage in Amerika entbrannt. Die Gemüter brodelten, loderten lichterloh. Zwei Meinungen kämpften gegeneinander: die erste plädierte für Abschaffung, die zweite drängte auf Beibehaltung der Sklaverei. Ersteres Gutdünken herrschte in den Nordstaaten vor; letzteres im Süden. Noch schlummerte der Zwist gleichsam. Als das Buch auftauchte, das unglaublich gut gemeint war, kam es zum Ausbruch der Feindseligkeiten. Die Verfasserin rieb sich womöglich vor Vergnügen die Hände, als ihr die Nachricht vom reißenden Absatz ihres Erzeugnisses zuging. Nicht unwahrscheinlich ist, daß sie eine Prise Tabak nahm. Ich stelle mir nämlich vor, sie habe hie und da geschnupft, wobei sie sehr graziös ausgesehen haben mag.

Mache ich mich hier über die Befreiung der Neger lustig? Wie käme ich dazu! Mich amüsiert bloß, daß eine von zarter Hand verfaßte Tendenzdichtung so gewaltigen Einfluß ausübte. Wie die Autorin hieß, entfiel mir. Ich bitte dies zu entschuldigen und gütigst zuzuhören, wie sich der Inhalt des berühmten Propagandabuches in mir abspiegelte.

Ein Pflanzer besaß eine ungewöhnlich dicke Peitsche, mit der er gern in der Luft herumfuchtelte. Da seine Sklaven für ihn arbeiteten, langweilte er sich öfters, obschon seine Plantage in der angenehmsten Gegend lag und er sich ja aufs Aquarellieren hätte werfen können, was für ihn ein schicklicher Zeitvertreib gewesen wäre; doch er schien für derartige Übungen keinen Sinn zu besitzen. Hauptsächlich tat es ihm der Whisky an. In der Konsumation dieses Getränkes leistete er Hervorragendes. Wundervoll war's, wie der warme Wind säuselnd mit Palmen- und anderen Blättern spielte. All die Baumarten aufzuzählen, die sich innerhalb des Heimwesens des Peitschenschwingers vorfanden, würde zu weit führen. Geschichten gestalte ich gern möglichst prägnant. Der nahegelegene Ozean spendete kostenlos Kühle.

Nun besaß der Baumwollzüchter einen braven, seelenguten Neger namens Onkel Tom, der die Unvorsichtigkeit beging, daß er lesen und schreiben gelernt hatte. Das Lieblingsbuch dieses nicht mehr jungen, vielmehr im sogenannten besten Mannesalter stehenden Burschen war die Bibel. Er hatte die Keckheit gehabt und den Mut gefunden, zum Christentum überzutreten. Sein Eigentümer nahm sich vor, ihm dasselbe sorgsam wieder auszutreiben. Zu diesem Behufe ließ er ihn mir nichts dir nichts durchpeitschen. Eine schlichte Maßregel, das! Onkel Tom hatte insofern eines Abends Mitleid an den Tag gelegt, als er nicht einwilligte, eine Negerin zu bestrafen, die anscheinend nicht die gewünschte Summe von Arbeitsfreudigkeit bewiesen hatte. Überdies pflegte er allabendlich bei freilich primitivem Lampenlicht einen geistreichen Brief zu schreiben. Konnte das geduldet werden? Unter keinen Umständen!

Onkel Tom ertrug die Schläge, die ihm Tag für Tag zugeteilt wurden, mit der Geduld und der Frömmigkeit eines Lammes. Der über diesen Besitzer von Christentugend Verfügende huldigte mehr und mehr bereits erwähntem Betäubungsmittel. Wahrscheinlich benied er seinen Sklaven um die Geistigkeit, die ihm selber mangelte, und so prasselten Hiebe auf Hiebe auf den trotz allem in einem fort ja zum Leben sagenden Rücken des in der Tat wenig Beneidenswürdigen, der ja denn auch endlich mit Atmen usw. aufhörte, mit anderen Worten sich erlöst sah.

Ich las das Buch auch schon als Knabe in einer Spezialausgabe für die reifere Jugend und erblickte es außerdem eines Nachts verfilmt an der Berliner Straße zu Charlottenburg. Eine Kammerzofe saß neben mir, die mich mit diabolischdunklen Augen herausfordernd und zugleich zurechtweisend anfunkelte. «Onkel Toms Hütte» wurde wohl in alle Sprachen der Welt übersetzt.

Dieses Buch trug zu erheblichen Neuerungen bedeutsam bei.

Im Zeitalter der Negermusik, die jeder von uns zum Teil zweifellos schätzt, findet vielleicht vorliegende Arbeit einigen Beifall.

«VERKANNTE DICHTER UNTER UNS?»

ANTWORT AUF EINE UMFRAGE DER «NEUEN ZÜRCHER ZEITUNG»

Was mich betrifft, so habe ich mich keineswegs über Verkanntheit zu beklagen. Ich kenne Leute, die sich nach mir sehnen. Individualitäten umwerben mich. Frauen von nicht zu mißverstehender gesellschaftlicher Bedeutung freuen sich, wenn ich nur in geringem Grad artig zu ihnen bin. Jeweilen frühmorgens erquickt sich meine Daseinslust an feinstem holländischen Kakao. In meinen Schränken liegen nicht die besten, aber bekömmlichsten Weine. Meiner Meinung nach werden die Dichter im großen und ganzen nur beinahe zu gern und zu rasch anerkannt. Infolgedessen bekommt man sie dann satt. Mich laden Mädchen zum Tee im sonnigen Freien ein, stellen mich ihren Müttern vor, schreiben mir schmeichelhafte Briefe, die die Schubladen meiner Ziertische mit ihren Zartheiten schmücken. Man gibt sich um mich die erdenklichste Mühe. Um geschmackvoll zu bleiben, spiele ich den Gleichgültigen und erscheine undankbar. In dem Grade, wie ich mit meiner Anerkanntheit zufrieden bin, wünsche ich meinen Kollegen ähnliches. Meine Verleger teilen mir mit, sie seien entzückt von mir. Sie hoffen in einem fort das beste, und ich verhindere sie nicht an der Ausgestaltung der vorzüglichen Meinung, die sie sich über mich bildeten. Anderseits unterstütze ich sie aber auch darin nicht. Meine dichterischen Produkte reisen munter und zirkulieren unentwegt durch die Presse. Hie und da fliegt mir ein Goldvögelchen aus blasser und unbekannter Hand zutraulich zu. Täglich beschäftigt mich irgendein Problem. Allgemein gesprochen halte ich nichts für so gesund als eine kräftige Portion Verkennung, die gewiß auch Nachteile haben mag, aber aus fröhlicher Verarbeitung dessen, was nachteilig ist, wächst Vorzügliches.

ANEKDOTE

Ralf war von einer mustergültigen Faulheit. Es würde vielleicht feiner sein, wenn wir uns an den Ausdruck Trägheit anklammerten. Wir sind aber der Meinung und weichen von ihr nicht ab, im Worte faul liege etwas Lustiges, und wir wollen hier eine lustige, keine ernsthafte, noch viel weniger eine traurige Geschichte dichten.

Alles Ermahnen half bei Ralf nichts; er verhielt sich unglaublich still und ruhig, nämlich faul. Sein Gesicht blieb stets dasselbe unbewegte; war er doch wesentlich zu bequem, Bewegtheit, das heißt Rage, in seine Visage hineinzulegen.

Dieses Gesicht war zum Davonlaufen.

Ein anerkannt guter Springer, Läufer, Tänzer oder Turner war er. Seine Faulheit erlaubte ihm aber nicht, von seinen körperlichen Begabungen Gebrauch zu machen. Seine Schritte trugen den Stempel geradezu abschreckender Gemächlichkeit. Man bekam Hastigkeitsanfälle, wenn einen der Zufall zum Zeugen seiner Langsamkeit machte.

Für welchen hohen, erhabenen Zweck sich Ralf eigentlich aufsparte?

Er war der geborene Lacher, aber er war zu Äußerungen der Fröhlichkeit viel zu träg, viel zu kaltblütig, mithin wieder einmal viel zu faul. Glich er mitunter nicht beinahe einem ausgedienten, abgerackerten Droschkengaul? London würde sich vielleicht als Aufentshaltort für eine Figur geeignet haben, wie er eine zu sein schien.

Uns schien immer, es sei nötig, ihn zu stoßen, mit andern Worten, beständig mit Aufmunterungen hinter ihm her zu sein.

Einmal machte ihn der Eigensinn eines Mädchens unglücklich, bezüglich der er sich glauben machte, er liebe sie; aber glaubt ihr, er wäre zu bewegen gewesen, danach auszuschauen? Keine Spur! Offenbar war er zu einem Benehmen zu faul, woraus hätte geschlossen werden können, er komme sich erschüttert vor. Kein Mensch sah ihm die Nachteiligkeit an, die sich in ihm geltend machte.

Von Zeit zu Zeit litt Ralf an Schläfrigkeit, indem ihn das unangenehme Gefühl beschlich, er langweile sich. Niemals aber sah ihn jemand gähnen, und zwar ganz einfach deshalb nicht, weil er zum Ablegen dieses kleinen Faulheitsbeweises zu faul war.

Also war er sowohl zur Freude wie zum Leid entschieden zu faul. Gab es je einen größeren Faulenzer?

Da ihm das Heiraten zu viel Anstrengung zu verursachen schien, blieb er ledig.

Ich will von dieser Anekdote fortlaufen, sonst steckt sie mich an.

DER TROTTEL

Ich habe hier nichts anderes im Sinn, als zu beteuern, er sei ein Trottel, den einige für sehr gescheit halten, an den sich ungewöhnlich feine Menschen mit der Bitte wenden, er möge seine Zugeknöpftheit öffnen und sich ihnen erklären. Der erhebliche, oder besser gesagt, vollkommene Trottel gab eines Vormittags um elf Uhr einer Frau, die sich vom vielen Geld, das sie besaß, bedrückt fühlte, hunderttausend Franken, die sie ihm hatte schenken wollen, mit der geistreichen Bemerkung zurück: «Als einem Angehörigen überkultivierter Kreise schickt es sich für mich nicht, mich zum Gegenstand eines Aktes der Herzensgüte machen zu lassen. Macht mich nicht meine Trottelhaftigkeit reich genug?» Mit solcher Äußerungsart torkelte der unzweifelhafteste Trottel fort und begab sich zunächst seelenvergnügt zum Frühstück. Meiner Meinung nach bildet ein auserlesener Trottel für verschwenderisch mit Klugheit Ausgestattete etwas wie ein Licht. Der Trottel war aber natürlich zu dumm, um das zu merken, oder besaß er etwa ausgerechnet um seiner maßlosen Ahnungslosigkeit willen eine Besonnenheit in Verantwortlichkeitsmangel verwandelnde Anziehungskraft? Auf Tatsache beruht jedenfalls, daß eines Tages in einem koketten Salon eine Empfindsame in seiner Gegenwart immens tiefsinnig wurde. Der Vertrotteltheit fiel jedoch nicht von ferne ein, die naheliegende Idee zu haben, die Erwähnte habe sich sozusagen für ihn erwärmt.

«Halunke», rief ein Zeuge des Auftrittes aus.

Zum ersten Mal in seinem Leben kam den dermaßen Angesprochenen die Lust an, zu lachen. Wie ich mich glauben machen möchte, setzt eine Portion Lustigkeit immerhin eine gewisse Intelligenz voraus, zu welcher der denkbar umfangreiche Trottel jetzt gleichsam den Weg gefunden hatte.

Seine Gesamtdummheit strahlte ihm aus den Augen. Seine Nase galt Einsichtsreichen als durchaus befriedigendes Albernheitszeugnis. Seine auf geradezu unverschämte Art blühenden Wangen glichen einem Nieerratenhaben, wie problematisch das Leben für Fühlende, beziehungsweise Denkende zu sein vermag; doch die Sache verhielt sich so: vom Unwissenden begehrten die Gewitzigten irgend etwas zu erfahren, weil sie sich an seiner Geistlosigkeit zu erholen hofften. Möglich ist, daß ihn viele um der Dummheitsumduftungen willen, die ihn ein läppisches Wohlbefinden genießen ließen, beneideten.

Aus Gründen wie dem soeben angekündigten entging er eines Nachts nur um Haaresdünne der Unannehmlichkeit des Verprügeltwerdens.

Keiner begriff ihn.

Einen Dünkel hatte er, wie ihn nur ein Trottel haben kann. Worin bestand hauptsächlich sein Toupet?

Soll ich es sagen? Ja, ich will es aussprechen: er selbst hielt sich für das, was er war.

DAS GLÜCKSKIND

Daß es keine Lust bekundete, bei solch prächtigem Wetter beispielsweise baden zu gehen! Viele seiner Mitmenschen zweifelten aus folgendem Grund an seiner Gesundheit: es willigte nie in eine Eisenbahn- oder Automobilfahrt ein. Unverständlich war, daß es sich um keinen Preis durch irgendwen beglücken lassen wollte. Zahlreiche, in der Tat nette, jüngere Herren boten ihm leider vergeblich die Vorteilhaftigkeiten der Freundschaft an. Von der Mädchenwelt ist so viel zu sagen: sie liebäugelte mit ihm, und was man sich unter der Mädchenwelt vorstellt, ist doch etwas Liebes, Süßes; doch des Glückskindes Glücksbedingungen lagen in ihm selbst. Mir scheint das so. Man stellte fest, daß es ihm Freude verursachte, auf den Fußspitzen statt auf Schuhabsätzen und -sohlen zu gehen. Wahrscheinlich tat es dies aus einem Geschmack am bescheidenen Auftreten. Gewiß bildete es in dieser Hinsicht eine auffallende Ausnahme. Ein Teil der Gesellschaft, mit der es in Berührung kam, hielt das Sonntagskind, falls man es auch so nennen darf, für ein wenig beschränkt. Andernteils fand man für richtig, das heißt, sah man sich genötigt, von ihm überzeugt zu sein, es sei böse. Alle wollten es korrigieren, bekehren. Hinsichtlich des Glückskindes schien jede, auch die zufälligste und billigste Besserungsbestrebung am Platz, aber sämtliche Versuche, ihm einzuprägen, was Vernunft sei, blieben vollkommen erfolglos, denn da das Glückskind in und an sich selbst vergnügt war, wurde es durch nichts gedrängt, auf die Stimmen derer zu lauschen, die es auf den rechten Weg zu leiten begehrten, träumte es doch an einem fortlaufenden, spinnwebhaften Traum, dessen Maschen natürlich überaus fein sein mußten, und von dessen Lieblichkeit andere einfach nichts ahnten. Abgesehen davon, daß das Glückskind das besaß, was man unter einer Liebe zu verstehen pflegt, wovon es immer Stückchen abbrechen und verzehren, oder vielleicht besser gesagt, essen konnte, als wenn sein Empfindungsleben ein Kuchen gewesen wäre, der ihm herrlich gemundet haben würde, ich meine, ganz von dieser Spezialität abgesehen, die ihm Spaß machte, und abgesehen davon, daß dieser Spaß gewissermaßen eine Qualität aufwies, die das Glückskind in jeder Weise zu schätzen wußte, warf es eines Tages etwas in den Wind, wovon ich mir sogleich erlauben werde zu sprechen, nämlich, nach genau aufgestellter Berechnung, rund zwei Millionen, denn so viel war das Rittergut wert, das ihm eine Frau zu schenken im Sinne hatte, die in einem fort mit den schönsten Augen, die je gesehen worden sind, zu ihm aufschaute und die Bitte zum Ausdruck brachte: «Nimm es doch!»

Scheinbar wollte das Glückskind vom Beschenktwerden absolut nichts wissen; es ließ die liebevollste Frau, die es jemals gab, mir nichts, dir nichts stehen. – Vielleicht war es ehrgeizig und setzte sich in den Kopf, eher unglücklich als glücklich zu sein. Einem von Geburt, von Natur Glücklichen imponiert nämlich das Unglücklichsein kolossal, man wolle das, bitte, nicht außer acht lassen. Und dann war ja das Glückskind zart. Sah es z.B. etwas Schönes, so machte sich kein Antrieb in ihm geltend, dieses Schöne, Wertvolle in seinen Besitz übergehen zu lassen, damit Beschlag darauf gelegt werde. Das Glückskind war nicht herrisch oder besitzerisch veranlagt; vielmehr sah es sich so organisiert, daß es jeweilen die geschaute, irgendwo und -wann erblickte Schönheit gern auf den Wegen der Gedanklichkeit begleitete, sich gleichsam in jeder ordentlichen Beziehung mit dem Andenken begnügte. Weil es kein Verlangen nach dem Glücklichwerden hatte, wollte man es mit aller Gewalt glücklich machen, aber glücklich war es ja schon, und da es das war, lächelte es über diejenigen, die Appetit in ihm nach Kostbarkeiten zu erwecken bemüht waren.

Das Resultat dieser kurzen Geschichte ist, daß uns von allen Seiten her zufliegt, wessen wir nicht bedürfen, indem Uneigennützigkeit schön ist und man sie daher belohnen will, ansonst man nicht ruhig zu schlafen vermag. Des Glückskindes und seiner Sorglosigkeit wegen fanden so und so viele besorgte, liebe, gütige Menschen keine richtige Ruhe. Es darf dies als Tatsache gelten.

Wahrer war nie etwas, als was ich hier im Eifer, eine freilich gewiß nur geringfügige Art von Unterhaltung darzubieten, erzählt habe.

DIE BERÜHMTHEIT

Bei allen Anlässen, wissen Sie, muß sie zugegen sein, diese Pyramide.

Er stellt einen Turm dar, der verpflichtet ist, sich möglichst häufig blicken zu lassen. Sogenannte Große unterliegen ja den feinsten, kleinsten Abhängigkeiten. Fehlt er irgendwo, so fällt das auf. In dieser Hinsicht kennt ja die Gesellschaft nicht die mindeste Rücksicht. Ob's ihm leicht zu Mut ist, ob er kränkelt oder gesund und munter ist, ob er sich über irgend etwas grämt, ob er freudig, zuversichtlich gestimmt ist, danach fragt niemand. Wenn man ihn nur zu sehen bekommt, die Brocken seines Sprechens auffangen kann, ist alles in Ordnung. Seine Mission gipfelt in einem fortwährenden Schimmern; er ist ganz einfach etwas wie eine Sonne. Seine Gegenwart wird als etwas Strahlendes empfunden.

Ich meine, daß solch eine Berühmtheit, wie er eine ist, ihr ganz bestimmtes Geschick, ihr unabänderliches Los hat. Für diese glänzende Kuppel, wie ich ihn nennen möchte, arbeite ich nun im stillen. Vermögen Sie das zu fassen? Gern setze ich das voraus. Ich kenne ihn anders, als wie ihn die sonstigen, die anderen, die vielen kennen, für die er gewissermaßen eine Puppenangelegenheit ist. Die Menge stellt ja in ihrer Gesamtheit etwas wie ein aus Buntheit und Weitläufigkeit zusammengesetztes Kind dar, und er muß den Willen dieses Kindes aufs sorgfältigste zu erfüllen bestrebt sein, ansonst er sich unmöglich machen würde. So z.B. steckt er mitten in einer Flut oder in einem wahren Meer von Personalsachen, aus dem er nicht herauskommt. Wie beschäftigen ihn nicht schon bloß die Briefe, die er erhält und zu beantworten genötigt ist. Wieviel Zeit das beansprucht, werden Sie sich vorstellen können. Alsdann empfängt er Besuche und stattet wieder welche ab. Wie wäre ihm möglich, daß er sich unter solchen Umständen konzentrieren könnte? Bald soll er da sein, bald dort. Hier wollen ihn Liberale, dort Konservative hören. Bald hat er sich ums Proletariat, bald um die Salons zu kümmern. Was über ihn gesprochen wird, darf ihm keinen Augenblick gleichgültig sein. Seine Ohren und Augen gehören nicht ihm, ebensowenig seine Intelligenz, über die er mit dem größten Vergnügen verfügen wollte, wie's ihm beliebte, aber davon ist bei ihm keine Rede. Er muß auf alles acht geben und darf doch auch wieder den Anschein davon nicht erwecken. Ohne seine Zugegenheit ist keine Premiere, keine Bootfahrt, kein Fußballmatch, keine Bergpartie, kein Vortragsabend, kein Schlittschuhwettlauf usw. denkbar. Die Müdigkeiten, deren Beute er wird, nimmt niemand wahr, da das durchaus unschicklich wäre, daß er mit sich kämpft, daß sein Name eine Last für ihn ist, die er athletenhaft erträgt; daran zu denken, würde niemand von fern einfallen. Mir, der ihm menschlich nahesteht, leuchtet alles das ein, und um dieses Einsehens, Durchdringens seines Zustandes willen bin ich gern arbeitsam für ihn, und mein Dienst freut mich.

Indem er nichts als den Starken vor der Öffentlichkeit spielen darf, bildet es eine Erholung, ein Atemholen, ein Ausruhen für ihn, mir seine Wirklichkeit zu erklären, die aus allerlei leichtbegreiflichen Schwächen besteht, deren Eingestehen ihn glücklich macht. Vor den Zuständigen, Infragekommenden, d.h. kurz gesagt, vor den Leuten, darf er nicht befriedigt, sondern bloß besorgt erscheinen, als mache er sich der Allgemeinheit wegen stets die tiefsten Gedanken, komme aus den bedenkenerregendsten Bedenklichkeiten nicht heraus. Das leicht zur Seite geneigte Besorgtheitsgesicht ist das einzig gültige gegenüber der Welt. Mit jedem andern würde er «anstoßen».

Er und ich wissen das.

Er wohnt in einem Schloß, hat eine anspruchsvolle Frau. Vielleicht benähme sie sich sehr gerne bescheiden, doch das darf sie nicht. Ich aber darf es, und beide beneiden mich aufs offenherzigste um die Natürlichkeit, womit ich mich zu geben in der Lage bin, und sie sind zu mir die Artigkeit selbst, sobald sie mit mir allein sind, lachen mit mir über Dinge, die sie sonst nicht anders als ernst nehmen dürfen.

Ich könnte Ihnen mehr hierüber mitteilen, wenn ich's nicht hübsch fände, die Wahrheit mit der aufmerksamsten Behutsamkeit bloß zu streifen. Worüber man nicht alles sagt, spricht man schöner, reicher aus, als wie es geschähe, wenn man sich beim Erzählen vom Bemühen erniedrigen ließe, nichts, wovon man Kenntnis hat, auszulassen. Am ungeniertesten dürfen die Wohlwollenden reden; sie sagen das meiste.

Annehmbares ist wahr.

EIN UNSTERBLICHER

Es gab einmal einen sehr begabten Dichter, der die zartesten Verse schrieb, und der dies inmitten des hauptstädtischen Lebens tat, während vielleicht in der Provinz hauptsächlich Romane gelesen wurden. Dort, im Schimmer der Metropole, mag er für angezeigt gehalten haben, sich sozusagen mitunter, o, was für Umstände ich da mache, zu betrinken, und er führte tatsächlich aus, was ihm als überaus passend vorschwebte. In der Betrunkenheit, die man unter solcher Voraussetzung beinah heilig erklären muß, gelangen ihm die denkbar schönsten dichterischen Produkte. Natürlich nenne ich ihn nicht, die Namensnennung gliche doch wohl beinahe bereits einer Entweihung. Man soll meiner Ansicht nach mit Sündern vorsichtig umgehen. Gewiß kann Lasterhaftigkeit nicht nur im höchsten Grad rührend, sondern sogar großartig sein. Ich besitze übrigens gegenwärtig viel gesellschaftlichen Schliff, was ich speziell für diejenigen sage, die es nicht für möglich zu halten vermögen. Welch einen wundervollen, frühlingsblütenhaft sich entwickelnden Kampf ich kämpfe! Nun kam aber plötzlich der genannte bedeutende Dichter auf die drollige Idee, anständig zu werden, fein, nett, artig, lieb, brav und unschuldig wie ein neugeborenes Kind. So etwas fiel noch nie einem Menschen ein, solange die Welt steht. «Mir beliebt, zu denen zu gehen, bei denen meine Gedichte auf den tischtuchbedeckten Tischen liegen», glaubte er für gegeben erachten zu können, wo er doch schon mit dem Äußern eines nachdrücklich Gesunkenen einherlief, obschon von Laufen usw. bei ihm nicht gut gesprochen werden kann. Da begegnete ihm eine merklich hohe, für gewöhnliche Sterbliche total unsichtbare Gestalt, die zu ihm sprach: «Mach dich nicht lächerlich. Hast du vergessen, daß Größe etwas Unfeines ist, und daß bei den Feinen alles, was nicht als fein empfunden werden kann, unmöglich ist? Du gehörst mir!» Die dies sprach, hieß die Unsterblichkeit.

DIE SCHRIFTSTELLERIN

Eine Schriftstellerin, die sich von einer Menge von Einfällen umflattert glaubte, und die sich, ehe sie sich an den Schreibtisch setzte, sorgfältig angezogen hatte, dichtete folgendes: Ich versuche Otto geringzuschätzen, weil er in einem fort der Meinung ist, die Frauen hätten ihn riesig lieb. Mit seiner stattlichen Ansammlung von Jahren, der Fülle seiner Erfahrungen ist er nach wie vor ein Jüngling, der mir sowohl bodenlos klug wie namenlos naiv vorkommt. Hin und wieder zeichne ich ihn mit einem wegwerfenden Blick aus. Die Einbildung, keine einzige liebe ihn; jede, die er für fähig hält, ihn zu schätzen, denke ausnehmend gering von ihm, bedeutet für mich eine Erholung. Offenbar bildet sein Glauben an sich für ihn etwas überaus Beglückendes. Welche Mühe ich mir gebe, und wie schnell ich's fertig bringe, ihn darum, daß er sich nie bedauert, zu bedauern.

Rosa hat sich in einen bildhübschen Photographen verliebt, obschon oder vielleicht gerade, weil sie weiß, daß er nichts als Baroninnen usw. im Kopf hat, die er romantisch durch Alleen kutschieren sieht. Er nennt sich Edgar und hat mit Hilfe seines Idealismusses, der ihm ein sehr zuverlässiges Lebenswerkzeug zu sein scheint, eine fünfaktige Tragödie geschaffen. Herta verzieht den Mund, wenn sie von ihm sprechen hört, indes sich der meinige mit einem verhaltenen Lächeln schmückt, wenn von Alfred etwas erzählt wird, der die Damen mit seinen seidenweichen Höflichkeiten bezaubert, die aus der Quelle einer wundervollen, unglücklichen Liebe sprudeln. Sehe ich ihn daherkommen, so singen Stadttürme und -tore wie Singvögelnester und Konzertsängerinnen in mir. Die Geschichte, die er erlebt hat, ließ und läßt noch immer lebhaft diskutieren. Seine über alle Begriffe schlanke, schöne, von den ausgelassensten Zartheiten umhauchte Braut wurde Nonne, indes er sich mit anbetendem An-sie-denken beschäftigte. Sein Erlebnis gleicht einem irrgartenhaften Gedicht, dessen Langatmigkeit von keiner Feder bewältigt werden könnte, als höchstens von derjenigen Peters, den eine gesundheitstrotzende, tizianinerinnerungrufende Aufwartefrau beherrscht, was ein zweifellos mißbilligungweckender Umstand ist. Doch was vermögen die Verfeinerten, Verantwortlichen, die Vielwissenden und -sprechenden gegen die in sich ruhende Pracht der Impulsiven, die mit einer bloßen Bewegung zu erquicken wissen, deren Gesten wie eine Sprache sind, auszurichten?

Herta ist von skandalöser, ich meine, traumhafter Schönheit. Einige nennen sie einen Abgrund, aber der Reichtum ihrer Beziehungen gibt ihr das Recht, wie eine Frau aufzutreten, die das Gefühl hat, sie sei überall willkommen. Sie und keine andere ist es, die den famosen Alfred, dieses Wunder eines Liebhabers, in ein reizendes, hochgelegenes Gemach einsperrte, damit ihm seine Liebste entschwinde, die in der Tat aus Leid wegen seines langanhaltenden Fernbleibens in die vollständige Weltentsagung flüchtete.

Nur einer Natur wie Otto, den sein Leichtsinn unverschämt fröhlich macht, konnte gelingen, einer Millionärstochter, die ihm die Hand auf die Schulter legte, womit sie ihn sozusagen als ihren Zukünftigen bezeichnete, mit unbeschreiblichem Gleichmut den unverzeihlichen Bescheid zu geben: «Deine Neigung macht Dich uninteressant.» Alfred wurde aus Gram krank, aber die Entschlossenheit, sich mit seinem Sehnen zu vereinbaren, es wie etwas Schönes, Köstliches hochzuschätzen und die Kunst, von seinem Hoffen denkbar wenig Notiz zu nehmen, retteten ihn vor dem Verzagen.

Hertas Jours sind anscheinend außerordentlich gesucht. Eine Persönlichkeit von Belang schenkte ihr einen Dolch, der wie eine Unanrührbarkeit behandelt wird, den die Besitzerin lediglich anzuschauen erlaubt.

Neulich erhielt ich einen amüsanten, weil sentimentalen Brief.

VATER UND TOCHTER

O, was war ihr Vater für ein fremdartiger Kauz. Wie kam sie mir aber selber seltsam vor, diese sichtlich sich geistig Anstrengende, die mir, bei einer gewissen Gewöhnlichkeit, die ihr eigen zu sein schien, falls das nicht zu schroff, zu stark gesagt ist, tiefunglücklich vorkam. Wie mich das Unglück dieser Dame komisch berührte; ich sage das sehr frei heraus, und ich habe die größte Mühe, herauszubekommen, ob sie eigentlich eine Große, oder ob sie nur geringfügig von Figur war. Ganz bestimmt schien sie eher ein wenig untersetzt, und es steht fest, daß sie an einem Tisch saß. Wie lange sie einen Platz einnahm, der sie gewissermaßen zur Schriftstellerin stempelte, vermag ich nicht zu sagen. Ich wende vielleicht das Wort «sagen» zu massenhaft an, was eine Monotonie herbeiführt. Die Müdigkeit derjenigen, die mich hier hauptsächlich beschäftigt, wollte scheinbar auf mich übergehen. Vielleicht sollte unter anderm in diesen Zeilen das Wörtchen «scheinbar» nicht so häufig vorkommen. Mitunter fehlt mir's ganz einfach an Ausdrucksreichtum, wie dies jetzt der Fall zu sein scheint. Schon wieder dieses «scheinen»! Wie oft denke ich, nebenbei gesagt, dieses schon mehrmals gebrauchte «vielleicht» noch vorzubringen? Ihr Haar zeigte eine Geordnetheit, die man als schlichtbürgerlich bezeichnen zu können glaubt. Was sich schlicht gibt, ärgert Charakterschwache, freut und rührt jedoch Charaktervolle, ich meine, geistig Reiche, seelisch Aufgeweckte. Dem wirklich Intelligenten bist du immer so ziemlich intelligent, gebildet usw. genug; nicht aber denen, die bloß scheinbar intelligent sind, die überall tun, als wären sie es, die es aber in Wirklichkeit vielleicht gar nicht in sehr hohem Grade sind. Wieder streckt dieses «vielleicht» sein Köpfchen aus einem Satz hervor, als wenn er ein Häuschen gewesen wäre, und das unbeliebte Wörtchen hätte wie ein etwas unintelligentes Mädchen zum Fensterchen hinausgeschaut. Nun, es kann vorkommen, daß es Mädchen gibt, die in der Schule nicht gerade die besten Noten bekommen, die aber späterhin dennoch brauchbar sind, indem sie heiraten und ihrem Mann Suppen kochen, die ihm schmecken, und indem sie sich geschickt zu benehmen wissen. Jene sehr feine Dame schien mir also arm.

Machte sie auf mich diesen Eindruck, weil sie Sorgen hatte, und von was für einer Art können ihre Sorgen gewesen sein? Sorgte etwa ihr Vater hauptsächlich dafür, daß sie sich kaum merklich abhärmte? Ich habe übrigens schon wieder dieses bereits ein- bis zweimal in Anwendung gebrachte Wort «hauptsächlich» neuerdings für nötig gehalten, anzuwenden, was ich natürlich bedaure. Der Vater stand so da, lachte in sich hinein; er war also, was man eine starke Natur nennt. Ihm schien noch nie eingefallen zu sein, zu schriftstellern, dem Leben eine Extrabetrachtung zu widmen; dafür tat das seine Tochter, die gleichzeitig in den Tag hineinlebte und diesen Tag dann auch noch schriftstellerisch aufzeichnete, sich gleichsam in ihren Geistigkeiten abspiegelte. Hieraus entstunden, erwuchsen ihr diese ihr manchmal ganz unbegreiflichen Müdigkeiten, und man merkte ihr an, daß ihr manchmal der scheinbar so sorglose Vater beinahe widerwärtig vorkam, d.h. in seiner Ergebung in die Bedingungen des Existierens unsympathisch. Sie würde sich ihn vielleicht kämpfender, zermürbter, müder, schwächer, nervöser, böser gewünscht haben. Stets war er von solch einer schier unverständlichen Gutaufgelegtheit. Wie hell das väterliche Lachen klang! Wenn er sein Lachen, das an sich ein verdienstvolles, ausgezeichnetes Lachen sein mochte, so heraustönen ließ, aus einem Mund heraus, der die Abbildung der fröhlichen Dankbarkeit gegenüber dem Dasein zu sein schien, schon wieder übrigens dieses «schien», das gewiß anfängt, unleidlich zu werden, so war es der Tochter, als sei sie berechtigt, den Vater zu mißbilligen. Laut tat sie dies indessen natürlich nicht; dafür kam das innerlich um so lebhafter vor. Man merkte es daran, daß sich ein Leidenszug über das so eigene, feine Frauenantlitz zog und schwang, als wenn der zarte Schmerz ein in seinen Übungen sich nicht verhindern lassender Turner gewesen sei, der vielleicht den Fehler beging, die Unannehmlichkeit an sich hatte, daß er sich wiederholte. Einwendungen können ja so überaus eintönig sein. Alsdann schien sein Gesicht in einem fort die Anmaßung zu haben, zu ihr zu sagen: «Nimm mir's nicht übel», indem er eben ein lieber, sanfter Mensch war, was er vielleicht gar nicht in so großem Umfang hätte zu sein brauchen. Hie und da weinte die Feine, die Existenzbedingungenempfindende vor Zorn, vor Wut, vor Abneigung über dieses fortwährende väterliche Liebsein, über diese Kunst, männlich-stark und versöhnlich zu sein, die ihr mitunter, man möchte sagen, als etwas Stupides erschien. Schon wiederholt sich da wieder ein Gebrauchswort, doch weiter! Wie oft wünschte sie sich ihn gehässig, statt dessen nahm er «alles immer bloß so hin», scheinbar deshalb, weil das das Bequemste für ihn war. Das Wörtchen «war» wurde entschieden beinahe schon viel zu oft angewendet, so gut wie der Ausdruck «häufig» usw. Obschon dieser seltsame Kauz von Vater bloß in einem Zimmerchen oder Gemächlein lebte oder wohnte, das sich durch Kleinheit, Unkomfortabilität hervortat, das also an sich zur Grämlichkeit, Verzagtheit hätte auffordern müssen, besaß er die Harmlosigkeit, glücklich und vergnügt zu sein wie ein Fisch im Wasser oder wie ein Vöglein in der unsäglich singenden, fliegenden, hängenden, geigenden Luft, die nichts anderem als hängenden Gärten glich. Diese Begnügsamkeit kam der Dame beinahe roh, jedenfalls denkbar unfein, unvornehm vor; sie vermochte ihren Vater in dieser Hinsicht ganz einfach nicht zu fassen. Nie, nie schien eine Träne über dieses Vaters Wangen heruntergeflossen zu sein. «Er ist ein Kind», sprach sie mit einer Art Entsetztheit hie und da zu sich und schrieb diese Beobachtung in ihren Roman hinein, denn ein solcher war's, an dessen Verfassung sie arbeitete. Wunderbarerweise schien das Manuskript, das noch im Werden begriffen sein mußte, schon von einem namhaften Künstler illustriert zu sein, was mich als etwas ganz Fabelhaftes berührte. Während sie zu ihrem Vater keineswegs lieb und artig war, es scheinbar die ganze Zeit lang unmöglich sein konnte, benahm sie sich mir, dem Zuschauenden, gegenüber, also gegenüber demjenigen, der sich das Ergötzen bereitete, in den Rahmen des hier Erzählten hineinzuschauen, verhältnismäßig riesig nett, was mir um des wunderlichen Vaters willen beinahe leid tat, obschon es mich ja sicher sehr freute. Im übrigen schien sie weiter auf mich gar nicht zu achten, da ihr Lebensdrang sie vollauf in Anspruch nahm, indem sie immer an einem Menschen, den ich die Ehre habe, nunmehr vorzuführen, und der in eine sehr romantischabenteuerliche Kleidung gehüllt zu sein schien, liebend emporschaute, was vielleicht wieder etwas zu undifferenziert gesagt ist. Falls dies so wäre, würde ich's mir übel nehmen, ich darf das versichern. Dieser anscheinend fremde Mensch sah aus, als wenn er aus einer Einöde hergekommen sei und nun in nichts als Herrlichkeiten umherwandelte und -spazierte. Sein Anzug schien mir der eines Jägers zu sein. In was für einer Beziehung ich zu diesem Menschen stand, konnte nicht ermittelt werden. Die Helligkeit, die durch die Erzählung leuchtete, mußte mich natürlich blenden. So viel vermochte ich indessen zu erkennen, daß ich eine Zeitlang in einem Tal neben ihm herging, wo wir uns gemeinsam am Grün erlabten, und von wo wir später zurückkehrten, aber wohin, das weiß ich nicht. Der Vater entzog sich meinem Blick. Der schöne Mensch schien irgendwo in Anspruch genommen zu sein, was ich ihm, als ich es anfing zu ahnen, von Herzen gönnte. Am stärksten prägte sich mir vielleicht das Bild der Tochter ein, deren Wesen mir zerbrechlich und zart wie Glas zu sein schien. Wie sie so mit ihrem druckreifen Manuskript am Tisch saß! Vielleicht wird mir speziell dies unvergeßlich bleiben! Wie sie mich anschaute, so von ihrem Wert, ihrer Frömmigkeit, ihrer Kostbarkeit überzeugt! Den Vater nicht mit Worten anklagend, ihm aber nie vergebend, daß er's verstand, so froh zu sein, und dennoch immer um ihn weinend, daß ihn nicht belästigte, was er für sich behielt. Die Wohnung, so kam mir vor, war in eine Stadtmauer eingebaut. Nein, sie war nicht müde; sie würde das erstens nicht zugegeben haben, und zweitens wäre sie auch nicht fähig dazu gewesen. Sie gab sich bloß gern das Aussehen der Ermüdetheit, was vielleicht ihrer Schriftstellerinnenambition entsprach, ihren Ansprüchen, ihrem Geschmack, ihrer Menge an Abneigungen, die sie verwarf, verneinte; denn sie liebte ja, und zwar den, mit dem ich mich hier nur kurz abgab, da er mir als zu bedeutend erschien, als daß ich ihn deutlich zu zeichnen mich hätte entschließen können. Möglich ist, daß ihr Romanmanuskript hierüber, wenn der Zeitpunkt herbeigekommen sein wird, nähere Auskunft gibt. Wie ich sah, war ihr Werk bereits betitelt, aber die Überschrift entfiel mir.

KINDLICHE RACHE

EIN MINIATURROMAN

Dieser kleine Eheroman hier kränkelt. Wie blaß, abgezehrt muß er sein, darum, daß er sich erkühnt, von einem Schriftsteller zu handeln, der seiner jungen, hübschen Ehehälfte auf die Frage, ob er nicht ein wenig mit ihr ins Grüne hinauszuspazieren Lust habe, die Antwort erteilte: «Nein, heute lieber nicht, Schätzchen, denn sieh, ich seufze unter der Pflicht, heute noch einen Essay großformatig zusammenschmieden und -leimen zu müssen.» O, wie sie auf diesen hartherzigen Bescheid hin resigniert des arbeitsfreudigen Schriftstellers Schaffenswerkstatt verließ, um in ihr Ehefrauenkämmerchen hineinzuwanken und dort stillsilberne Tränen goldigsten, rosigsten Unmutes und Verdrusses zu vergießen. Starb nicht schon die Gattin des Dichters Dickens aus Kummer und Übelgelauntheit, d.h. aus eigentlich nichts anderem, als daß sie sich von ihrem emsig produzierenden Gatten total vernachlässigt sah?

Unser Schriftsteller hier brachte es auch nach verhältnismäßig kurzer Zeit fertig, daß seine überaus zarte und schöne Frau von ihm und seinen leichtsinnigen Ernsthaftigkeiten getrennt zu werden wünschte, mit anderen Worten, sie beantragte auf das schüchternste, zugleich aber auch auf das unüberbrückbarste, unerbittlichste und unabänderlichste eine reinliche Scheidung, trotzdem doch gerade jetzt ihr Herr Gemahl, der die Bedeutendheit selbst zu sein schien, einen vierhundertseitigen Roman herauszugeben in die sehr angenehme Lage geriet. Als das Frauchen ihre paar Sächelchen oder Habseligkeiten zusammenpackte, glich sie einem schmächtigen, höchst delikaten Blümchen oder Pflänzchen, das den Eindruck der Überangestrengtheit hervorrief: «Kannst du's wirklich über dich bringen, einer Persönlichkeit, die zweifellos eine Laufbahn vor sich hat, deinen holdseligen, geschmeidigen Rücken zu drehen?» fragte mit der schicklichen Bleichheit im Antlitz der einigermaßen Betroffene. Sie antwortete nichts, gab ihm zum letzten Mal die engelgleich geformte, blumenstengelhafte Hand, warf den Blick zu Boden und lispelte bloß noch dieses eine: «Mir scheint, ich habe genug.»

Und so schied sie denn, um sich bald hernach merkantilisch in einer Stadt anzusiedeln, die den Ruf des Europäismus speziell für sich in Anspruch nahm, und wo es ihr bald hernach zum Glück einfiel und gelang, Unterricht im Atmen usw. zu erteilen, durch welche Tätigkeit, der sie sich mit gehöriger Tüchtigkeit widmete, immerhin ihr bißchen Lebensunterhalt gesichert schien. Sie trat in engere Beziehung zur Frau eines Wanderschauspielers. Doch lassen wir dies auf sich beruhen und kehren wir, wenn Sie uns das gestatten, zum Regierungsstatthalter-Angreifer zurück, womit unser Romanverfasser gemeint und gedacht ist, der sich in der Tat eines schönen Vormittags oder Abends herausgenommen hatte, wovon wir sprachen. Er schrieb flink drauf los wie der leibhaftige Satan, und wenn er vom Schriftstellern nicht stets dümmer, sondern eher immer klüger wurde, so lag das am fleißigen, unentwegten Abhobeln und Schleifen seines vielleicht bis dahin noch reparaturbedürftig gewesenen Geistes, womit er nach und nach wahre Wunderdinge vollbrachte. Mit der Zeit sah er sich jedoch genötigt, neuerdings zu heiraten, und da es für ihn am bequemsten war, daß er sich diesbezüglich auf seine Magd besann und sich mit ihr einließ, die die wundersamsten blauen Augen besaß und sich überdies im Besitz einer Fülle rostgelber oder -brauner Haare wußte, auch einen Mund aufwies, der sich zu Zärtlichkeitsoffensiven trefflich zu eignen schien, so machte er kurzen Prozeß und ehelichte sie nach Verlauf von so und so viel Zeit. Sie erhielten beide ein Etwas, wovon sie sich glückstrahlend überzeugten, es sei ein Kind.

Nun beginnt jedoch die Tragik dieser Erzählung, und hier bedarf es nun natürlich großer Vorsicht im Anwenden von Ausdrücken und einer ebenso großen Leichtigkeit im Fahren- und Fallenlassen von Worten, die nicht am Platz sind. Obschon sich die schriftstellerische Hochaufgeschossenheit und die aufwartefrauelige Bodenständigkeit und Stämmigkeit die denkbar beste Mühe gaben, einem Erzeugnis von bleibendem Wert das Leben zu schenken, zeigte es sich nichtsdestoweniger, daß dies Produkt ein unfertiges genannt zu werden verdiente. Was nützte dem Schriftsteller, daß er einst in einem Kaffeehaus einen seiner Kollegen mit vielleicht nur zu viel Wucht abgetan hatte, indem er ihm den Vorwurf der Schwächlinghaftigkeit ins überraschte Gesicht schleuderte? Er vergaß, daß wir ja alle sozusagen schwach sind, und da mich ein Blick auf die Uhr belehrt, daß es zehn Uhr ist und ich gewöhnt bin, mich rechtzeitig in die Federn zu begeben, so schneide und breche ich den straffaufgebauten Lebensroman jäh, d.h. gebieterisch mit der Anmerkung ab, daß den friedliebenden, kulturtreibenden Leutchen das herzige, liebe Kindchen nur so wegstarb.

Der Schmerz der schwergeprüften Eltern war unermeßlich. Die Mutter gebärdet sich noch in einem fort wie unsinnig, indem sie beinahe nichts anderes zu tun imstande scheint, als die Lippen zusammenzupressen. Den Vater aber beschäftigt die Erfindung eines neuen Buches, das vermutlich entsetzlich schwierig zu lesen sein wird, und dessen Betitelung aller Wahrscheinlichkeit nach lauten dürfte: «Kindliche Rache.» Der hohe Sinn ist der, daß sich das Kind an denen, deren Lebensfreude es auszumachen berufen ist, dadurch rächt, daß es sich ihnen, kaum, daß es sich ihnen gezeigt hat, wieder entzieht. Der Schriftsteller setzt als ziemlich sicher voraus, daß sein Werk die Saisonsensation bilde, womit ich allen, die dies gelesen haben, gute Nacht wünsche.

SCHRIFTSTELLER UND HAUSHÄLTERIN

Die monatlichen Geldvorschüsse, die ihm sein Verleger bewilligte, dem günstige Umstände dies zu tun erlaubten, gestatteten einem Schriftsteller, der die Hauptstadt zu seinem Schaffensplatz zu erwählen für gut gefunden hatte, eine Wohnung zu mieten und sie mit passenden Möbeln auszustatten. Die Wohnung war nicht groß, doch durchaus modern. Die Zimmer, als sie mit dem Nötigen ausstaffiert worden waren, wiesen eine Helligkeit, Duftigkeit vor, die diejenigen entzückten, die dem Geistesarbeiter bei Gelegenheit ihren Besuch abstatteten. Ich verhehle nicht, daß er Mitglied eines Schriftstellerverbandes war und daß er als solches seine Obliegenheiten stets aufs pünktlichste erfüllte. Ebensowenig darf vergessen werden zu erwähnen, daß er sich eine Haushälterin zu verschaffen verstanden hatte, und daß es zwischen dem jungen, hübschen, fröhlichen, lieben, guten und gewiß ungewöhnlich braven Schriftsteller, der mit den ungezwungensten, blondechten Locken begabt war, die je zu sehen gewesen sein mochten, und seiner Haushälterin oder Bedienten mit der Zeit zu einem Verhältnis kam. Schriftstellerwohnung, du konntest so nett möbliert und so angenehm zu bewohnen gewesen sein wie du vermochtest, so sahest du jedenfalls Auftritte beinahe dramatischen Charakters. Welch grünschillerndes Augenpaar die Haushälterin besaß, womit es ihm vorkam, daß sie ihn die längste Zeit schon auf pikante Art auslache. Die Wahrheit zu sagen, deren aufrichtiger Freund ich bin, stammte sie sozusagen vom platten Land und war demnach etwas wie ein schlaues Bauernmädchen, während ihr Partner etwas wie der denkbar ehrlichste, gewissenhafteste Intellektuelle gewesen zu sein scheint, das heißt einer, der, am Schreibtisch sitzend, Worte vor sich hinwarf wie etwa folgende: «Die Gräfin wurde auf ihren Hauslehrer aufmerksam.» Wenn in des Autors Abwesenheit die Magd solche schönklingenden, einschmeichelnden Auswüchse, wie man vielleicht sagen darf, las, war nichts begreiflicher, als daß sie leise oder laut lachte und sich für den Schriftsteller zu erwärmen begann. «Er könnte produktiver sein», dachte sie bei sich, setzte aber in Gedanken hinzu: «vielleicht besitzt er zum Fleißigsein zu gute Manieren». Mägdegedanken, wohin führt ihr mich?

Goldenes Haar hatte sie, und wenn er sich mit Problemen beschäftigt sah, krempelte sie sich mit träger Behendigkeit, gleichsam in der Zerstreutheit, den Ärmel über den Arm herauf, um vor den Augen des natürlich sogleich darauf Achtenden mit Dingen zu prunken, die von ihm als anziehend erklärt werden mußten. Der Atem geht mir beinahe aus, wenn ich erzähle, wie sie ihm eines Tages rund heraus sagte: «Mir scheint, mein Lieber, du bist ein Faulpelz.» Unerhörte Redewendung einer Dienstbeflissenen gegenüber ihrem Arbeitgeber, dem denn auch vor Überraschtheit das Herz klopfte. Der Schriftsteller hatte, wie man unbedingt wissen muß, einen Roman unter der Feder, der nie fertig werden wollte, was von der Haushälterin wahrgenommen worden war. Sie hatte bemerkt, wie er mit sich kämpfte, was vielleicht dem gesunden Mädchen ein ganz klein wenig lächerlich vorkam. «Was erlauben Sie sich für Bemerkungen?» fragte mit beklommener Festigkeit der Kämpfer, der seine Kämpfe auf den Feldern des Schreibpapiers ausfocht. Auf diese Frage hin verzog sie ihren ländlichen, haushälterischen Mund zum Entzücken, nämlich zum seinigen, den ihre spöttischen Äugelchen, grün wie Wiesen, die von Sonnenstrahlen beglänzt sind, anstrahlten. Indem sie ihn auf die Notwendigkeit aufmerksam machte, arbeitsam zu sein, verlockte sie ihn aufs talentvollste, vor ihrer Person hinzuknien und so seine Arbeit, an die sie ihn mahnte, zu vernachlässigen.

«Du wirst mich von nun an anbeten! Ich wünsche das nicht nur, sondern befehle es dir.»

Natürlich blendete diese Sprechweise den glänzenden Verfasser zahlreicher bemerkenswerter Versuche oder Essays. Als solcher genoß er nämlich einen bestimmten Ruf in den Kreisen, die sich für Literatur interessierten.

Die Haushälterin sprach: «Du liebst mich und das freut mich. Lange schon interessierte ich mich für dich, und du nahmest davon nicht die geringste Notiz. Die Stunde der Vergeltung hat geschlagen. Du wirst dich von Tag zu Tag lebhafter mit mir beschäftigen. Deine Gedanken werden mich in einem fort umkreisen, umkosen und dich von deinen Pflichten ablenken.» Mit diesen sowohl bedenklichen wie beglückenden Worten ging sie aus dem Zimmer, den Schriftsteller sich selbst überlassend, dem nichts anderes übrig zu bleiben schien, als den Kopf in die sorgenvollste, blasseste Hand zu stützen, die je einem Intelligenzvorratshaus, womit ein Schriftstellerkopf verglichen werden dürfte, als Stützpunkt diente.

Leise flohen die Stunden.

Was mir anheimgegeben ist zu sagen, ist, daß es der Haushälterin mit den grünen Augen und dem goldgelben Haar zu verdanken ist, wenn ein Werk unvollendet blieb, das im Beendigtheitszustande den denkbar größten Beifall hätte auslösen können.

Mußte er sich nicht in der Folgezeit von ihr sagen lassen, er sei ein Waschlappen?

Seines Verlegers Gesicht kündigte mehr und mehr eine Besorgtheit an, die mit der Beziehung in Übereinstimmung stand, der ich die Ehre erwies, daß ich sie darstellte.

Man glaube nicht, daß mir diese Darstellung Vergnügen bereitet habe. Vielmehr entschloß ich mich zu ihr mit schwerem Herzen.

DIE GESCHICHTE VON DEN BEIDEN REISENDEN

Ich kann diese Kurzgeschichte vor Torschluß, d.h. dicht vor dem Lichtlöschen schon schnell noch schreiben. Ich schreibe sie mit einer Extraflinkheit.

Dieser große Dichter läßt gar nichts mehr von sich

hören! Natürlich nenne ich ihn nicht. Die Namensnennung wäre unzart.

Ich besitze gegenwärtig viel gesellschaftlichen Schliff. So trage ich unter anderem jetzt einen recht sehr feinen Abschlagszahlungsanzug auf meiner äußerlichen Erscheinung.

Heute kam ich mir wie ein Gigant vor. Vielleicht hat es sich da um eine Sinnestäuschung gehandelt. Ich spazierte unaussprechlich traurig durch das noble, braune Land. Im Mund trug ich eine Tabakpfeife. Sie fiel infolge Gedankenabwesenheit zu Boden, wonach ich sie aufhob, indem ich mich der Mühseligkeit des Bückens unterzog.

Alle meine Geistigkeiten schienen sich gegen meine Empfindungswelt zu empören. Welch einen wundervollen inneren Kampf ich kämpfte! Eine Frau hatte mich herausfordernd angestrahlt. Kaum vermochte ich das zu verarbeiten.

Indes es in meiner Seele wie auf einem sonnenbeschienenen See schillerte und schimmerte, und während mich die Erinnerung durchfurchte, daß ich mich ja aufs angenehmste mit einer Köchin unterhalten hatte, die mir gestand, sie trage gern schöne Kleider, und sie kenne ein allerliebst gelegenes, dichterbesungenes Dorf, fuhr mir mit einer Schnellzugsgeschwindigkeit die Geschichte von einem Wickelkind durch den Kopf, das in Begleitung eines anscheinenden Weltmannes die Welt durchreiste.

Beide langten in einer prächtigen Stadt an, die ganz mit Koloristik überdeckt war. Kuppeln leuchteten wie Kugeln in der von Winterlichkeit durchkälteten Frühlingsluft. Was ich hier vortrage, mag ja etwas seltsam klingen. Die Geschichte darf denn auch eine sonderbare genannt werden.

Lange schon hatte das Wickelkind, das sich weltgewandt genug vorkam, unter den Weltgewandtheiten des scheinbaren Weltmannes zu leiden gehabt, der das Wikkelkind in einem fort tyrannisierte, als hätte das ahnungslose nötig gehabt, daß man ihm Ahnungen beibringe.

In besagter schöner Stadt nun verabfolgte urplötzlich das Wickelkind, das bislang die Gutherzigkeit selbst gewesen war, dem nach allen Richtungen hin Bewanderten eine Ohrfeige.

Der Weltmann schrie auf. Er tat es verhalten. «Was, was?» machten seine bebenden Lippen. Auch um den Mund des Wickelkindes bebte es.

«Wenn ich bedenke, daß ich soeben eine Abfuhr davontrug, die von einem Wickelkind ausging», entrang es sich dem Weltmannsbewußtsein, «so dreht sich ein Etwas in mir herum.»

Möglicherweise meinte er damit seinen Verstand. Mitten im Wickelkind drinnen weinte ebenfalls ein Etwas über das, was es vollbracht hatte. Beide verharrten in einer langanhaltenden Betretenheit. Eisenbahnzüge fuhren in die Bahnhofhalle hinein, um mit eherner Exaktheit wieder hinauszugleiten. Es fand da ein konstanter Wechsel statt. Auch dies gab den beiden Reisenden zu denken, die nun vorläufig, ohne sich gegenseitig zu versöhnen, ihre Reise fortsetzten.

Sie schwiegen unausgesetzt.

Vielleicht machten sie deshalb um so bessere Beobachtungen.

Immer kam ihm etwas Amüsantes über die Lippen. Was ist übrigens «Peter Schlemihl» für ein entzückendes Buch, was wieder einmal so eine Nebenbemerkung ist, die aber sicher hier sehr nett am Platz ist. Frauen avancieren zu Damen, sobald man sie wie solche behandelt. Damen an sich gibt es gar nicht; es gibt an sich Frauen. Erst, wenn ich eine Frau als Dame empfinde, ist sie's.

Leider war er impotent. Man sieht, wie ich ihn rücksichtslos behandle. Ich strafe ihn da ganz einfach sozusagen mit Verachtung. War er nicht schon von zahllosen Mädchen, die wie Wiesenblümchen aussahen, aufs neckischste, färbeligste, niedlichste verspöttelt worden? Sie sahen ihm scheinbar alle die Unkapabilität an. Er machte sich aber gar nichts aus der für ihn überaus mißlichen Lage. Er stellte sich zuweilen bloß so ein bißchen dumm; spielte mit mehr oder weniger Erfolg den einfältigen Jungen, die abfälligen Äußerungen der Frauen bedeuteten ja für ihn weiter nichts als eine indirekte Anerkennung. Wie sie sich um ihn kümmerten, sich für ihn interessierten! Das war kolossal!

In gewisser Hinsicht konnte er also nichts. Gewissermaßen galt er als Schwächling. Wie oft wurde ihm seine Schwächlinghaftigkeit unter die Nase gehalten. Trotzdem arbeitete er sich immer wieder in die Region der Fröhlichkeit hinauf. Er besaß Mutterwitz. Hier macht mein dichtender Geist eine kleine Pause, indem ich im Zweifel bin, auf welche Art ich weiterfahren soll. Göttin der Erzählungskunst, steh mir bei! Das Thema ist ja auch denkbar heikel. Er benahm sich also aus Not jung, aus Laune alt, aus Intelligenz dumm, aus Geistlosigkeit geistreich und aus Lustigkeit bisweilen ernsthaft. Wie mir die Worte davonspringen! Meine Wörtchen sind Kinder, die mit mir spielen. Bald trat er frech, bald wieder bescheiden auf. Oft wußte er gar nicht mehr, wie er sich der Mitwelt gegenüber benehmen sollte. Dann sah er sehr verlegen aus und stand oder saß komisch da. Unzählige Mal lachte er über sich selbst. Vielleicht war das seine schönste und wertvollste Begabung.

Ich komme gar nicht darüber hinweg, daß er auf bedeutungsvollem Gebiet nichts konnte. Seine Augen strahlten aber, als wäre er ein Meister, eine wahre Kraft. Was lag näher, als daß ihn die Leute einen Betrüger nannten, aber er wälzte diesbezüglich jede Verantwortung von der Schulter. Er wußte um einen Menschen, der sich das Leben genommen hatte, weil ihn seine Frau aus Eifersuchtsgründen impotentierte. Ihm käme nie so etwas in den Sinn. Spielte er mit sich und der Frauenwelt? War das nicht äußerst merkwürdig? Aber er hatte immer wieder dieses fabelhafte Selbstvertrauen. Er war Inhaber eines angemessenen Toupets, besaß die Anmaßung, sich Wert beizumessen. Diese Geschichte verursacht mir Kopfanstrengung. Welche Undelikatesse, über einen so delikaten Stoff zu sprechen. War es nicht eine Sünde, zu leben und doch nicht lebendig zu sein, sich zu freuen und doch keine Freude zu kennen, zu glühen und im selben Moment zu erkalten, zu lieben und zugleich die Wohlabgewogenheit, Berechnetheit selbst zu sein, sich geringzuschätzen und zugleich hochzuachten? Seltsames Problem, höre lieber auf, mich zu beschäftigen.

Plötzlich sahen ihn seine Mitbürger sich aufs honetteste verheiraten. Das war unerhört! Gleichzeitig heiratete sein Freund, der voll Potenz war. Und nun geschah das Unerklärliche: die Frau des Potenzierten wurde unglücklich, diejenige des Unfähigen und Unglücklichen sehr, sehr glücklich. Kaum wird man das zu fassen vermögen. Ich selbst begreife es nur schwer. Dem Kraftstrotzenden wurde die Frau untreu; dem Schwächling aber bewahrte die seinige eine vollkommene Treue. Ob das verständlich ist? Was kümmert's mich? Der Witz der Geschichte ist, daß es eben allerlei Potenzen gibt. Möglich ist, daß, was sich hier als Geschichte aufspielt, eher nur eine Studie ist. Mädchen aus guten Kreisen fragen mich brieflich an, ob ich böse auf sie sei. Ich aber stehe vor der ewigen Natur; das Goldene des Alltags ist mir ein und alles. In starkem Grad besitzt einer nur, was ihm fehlt, da er's suchen muß. Im Suchen lebt er. Alle suchen etwas.

Vielleicht hat's keinen Sinn, daß wir uns gegenseitig auslachen, aber man lacht halt gern.

DER KLEINE FREIHERR

Wie begreife ich die Frauen, diese für alles, was hübsch ist, so Empfänglichen, die allem, was sie bevorzugen, solange treu bleiben, bis sie in Gottes Namen dessen nicht mehr fähig sind, speziell darin, daß sie den kleinen Freiherrn, der entzückend ungezogen sein konnte, der beispielsweise von schönbemalten, alten Öfen herab an eine Versammlung von aufmerksam Lauschenden, die nicht vorhanden waren, Ansprachen usw. hielt, sozusagen zum Fressen lieb hatten.

Wäre etwa seine Erzieherin für ihn nicht, auf einen Wink seiner feinen adligen Hand, mit tausend Freuden in den Tod gegangen, falls es sich nicht herausgestellt hätte, er sei im Grund seelengut und im Kern das rücksichtsvolle Wohlwollen selber?

Einem von Natur Artigen, wie er einer war, bereitete es natürlich große Freude, häufig den Unartigen zu spielen. Der Zufall wollte, daß er für dieses Spiel in ungewöhnlichem Maß begabt war. Wie lieb mußte es für die Damenwelt sein, ihm, nachdem sie so und so lang mit ihm gegrollt hatte, zu verzeihen. Ihn strafend anzuschauen, welch ein aufrichtig empfundenes Vergnügen bot das dar. Weshalb hätte er da je zu einem wirklich Erwachsenen heranreifen sollen? Hatte es damit Eile? Nein, keineswegs!

Wenn er im Geldspiel Tausende verlor, so schadete das nicht allzu viel, da Vater und Mutter sich mit einer Art heiterer Wehmut sogleich zur Deckung der Kosten bereit erklärten. An seinem Geschmack zweifelte niemand. Er pflegte nämlich eine Sorte von Angezogenheit zu bevorzugen, die zehn Minuten, keinesfalls mehr Zeit, in Anspruch nahm. Krawatten besaß er so viele wie der Eigentümer einer stattlichen Bücherei Bücher. Für die Inhaber oder Führer von Kaffeehäusern scheint er kaum etwas anderes als einen Gegenstand lebhafter Besorgnis gebildet zu haben.

Ich will viele Streiche, die er beging, lieber unerwähnt lassen, indem ich sie mit dem Schleier oder Überzieher sorgsamen Schweigens zudecke. Ach, und nun belehrte mich ja der Buchdeckel eines Romanes, dessen Inhalt mir durchaus fremd ist, daß der junge Freiherr umkam, und zwar ganz einfach dadurch, daß er sich, was die Chancen bei einem ritterlichen Rencontre betraf, unmöglich machte. Mit andern Worten: er hatte insofern Pech, als ihn die Kugel seines Gegners leider nicht bloß streifte, sondern durchbohrte.

Natürlich war an der beklagenswerten Affäre wieder einmal niemand anderes als eine Frau schuld. Frauen sind in der Regel aktiv an Angelegenheiten beteiligt, die Mut erfordern. Man frage mich nicht, wie sie hieß, und wie sie aussah. Sie lebt noch und dürfte mich gesetzlich belangen, falls mir an gewissen Unvorsichtigkeiten in bezug auf ihre gewiß im übrigen schätzenswürdige Person gelegen wäre. So viel darf ich immerhin verraten, sie glich an Großäugigkeit und an teilweiser Behängtheit ihres Gesichtes durch eine unordentlich geordnete Fülle von bezauberndem Haar einer Rarität auf ihrem Gebiete, d.h. einem Engel.

Sie faßte ihn einige Mal beim freiherrlichen Kinn an und sprach dazu: «Na, Schatzi», und er stammelte: «O, du Gute, wie gern rührte ich dich nur äußerst zaghaft an, weil dein Kleid so eng, so knapp an allem dem anliegt, was man die eigentliche Gestalt nennt.» Sie erwiderte hierauf: «Das darfst du nicht.» Vielleicht sagte sie das aus Berechnetheit, indem sie als Kennerin der Liebesmathematik mit Leichtigkeit herausdividierte, wie Weigerungen verführerisch wirken.

Indem ich es unternehme, den kleinen Freiherrn, der ein überaus spirituelles Näschen inmitten seines Abkömmlingsgesichtchens aufwies, erstens Odo zu titulieren, und ihn zweitens mit dem Titelbild in Zusammenhang zu setzen, das nur im Gedächtnis haften geblieben ist, lasse ich ihn nun im Zustand eines Verwundeten ins Eltern- oder Verwandtenhaus tragen, wo er in das sauberste Bett gelegt wurde, das je eines Grand-Hotels würdig gewesen sein könnte.

«Böser, das tust du mir an», rief seine Tante aus, deren Stammbaum ins Zeitalter der Kreuzzüge zurückreichte. Wie blaß, wie duldsam jetzt seine Züge aussahen, der zu Zeiten körperlichen Wohlbefindens häufig vor Ungeduld und hochroter Lebenslust mit dem Fuß den Erdboden malträtiert hatte. Aber das Schönste dieser kleinen Freiherrnerzählung kommt erst jetzt: Eine Frau, wie man sich sie unmöglich nobler vorzustellen vermag, kam mit einem Aufwand tragischer Gebärdung zur Tür herein, die dartat, in welch hohen Grad von Bestürzung ihre Seele gebadet sein mußte.

«O, mein unaussprechlich Armer!»

Mit diesem vielleicht an ein zugkräftiges Bühnenstück mahnenden Ausruf, der aus ihrem gepeinigten Gemüt wie ein Schuß aus einem Gewehrlauf sprang, sank sie am Lager nieder, in dessen Kissen ein Idyll lag, an dessen Wiederherstellung man allerseits Ursache hatte, mit vollendeter Totalität zu zweifeln.

Wie diese Hände, Gedichten ähnlich, die vom Sterben reden, herbstlaubhaft über den Bettrand herabhingen.

Alle diese rührenden Äußerungen verdanke ich nichts Bedeutenderem als der Umschlagzeichnung eines womöglich gar nicht sehr wertvollen Buches. Der Fleck am Hemd des jugendlichen Verwundeten und wieder die höchst eleganten, mondänen, auf so naheliegende Art ans Leben und seine Verfeinerung erinnernden Handschuhe an den Händen derjenigen, die dieselben graziös rang!

Würde ich nicht am liebsten noch andere Details aufzählen wollen? Immerhin sage ich mir, es sei mir doch nun schon wieder eine neue Geschichte entstanden, für die ich keinerlei Verantwortung zu übernehmen brauche, da der Bucheinband sie trägt.

Wie bequem erzählt sich's, gestützt auf Illustrationen.

DIE HALBWELTLERIN

Ich las etwas und spreche hier darüber. Ab und zu lese ich nämlich gern etwas Mittelmäßiges, was ich für amüsant halte.

Was ich las, ist ein sogenannter kurzgefaßter Roman, dessen Autor einer von jenen ist, die durchaus unbekannt bleiben, die zu irgendwelcher Zeit zur Feder greifen, um für dieses oder jenes Geldangebot zu schriftstellern. Solche Art Menschen üben einen bürgerlichen Beruf aus; sie können aber nichtsdestoweniger gescheite, mitunter künstlerisch veranlagte Mitglieder der Gesellschaft sein, die ohne jeden literarischen Ehrgeiz literarisch tätig sind. Irgendwann und -wo merkten sie sich, wie Romane verfaßt werden, und üben sich nun gleichsam in einem vergnüglichen Nebenmetier, was ich hübsch an ihnen finde.

«Die Verführerin», so und nicht anders nennt sich das kleine Buchprodukt, das ich kennen zu lernen Anlaß nahm, worin sich eine Frau gar zu gern eingebildet hätte, sie sei herzensgut, woran sie sich jedoch gewissermaßen zu ihrem Bedauern verhindert sah.

War ihr Herr Gemahl ein Ausnahmemensch? Keine Spur! Unauffällig wie der Weg ums Haus herum war er, und in seiner unzweifelhaften Alltagshaftigkeit wurde er seiner Gattin untreu.

Befinde ich mich etwa auf einem Abweg? Wie ich heute zerstreut bin!

In seiner Ehegemeinschaft lernte er eine Halbweltlerin kennen, die sich hätte berufen fühlen sollen, Unglückseligkeitswesenheiten in die bis dahin von keiner Mißhelligkeit beeinträchtigte Ehe hineinzutragen, was aber absolut nicht der Fall sein wollte.

Die wackere Halbweltlerin bat beispielsweise den emsig jeweilen abends Herumdonjuanelnden, sie schicklichkeitshalber seiner Frau vorzustellen.

In seiner aufs strahlendste mittelmäßigkeitbeweisenden Gutgelauntheit tat dies der in Frage gelangende, derart, daß sich das Mitglied der Halbwelt mit den Angehörigen der guten Gesellschaft befreundete, ein Ereignis, das weder vom Mann noch von der Frau in die Augen gefaßt worden war.

Man gebe nun acht, wie ich phantasiere!

Auf einem mit geblümtem Tuch überzogenen Stuhle sitzend brach die Ehefrau, indem sie graziös die Hände rang, in die zarte Klage aus: «Ich wünschte, mein beinahe allzu artiger Mann betrete Abwege; die Halbweltlerin stellte sich mir als Unglücksanstifterin vor. Indem sich dies jedoch gar nicht so verhält, fällt jede Begründung dahin, daß ich ihm zuerst tüchtig zürne und später sanft verzeihe.»

Lange saß sie da. Sie gehörte zu den Sentimentalen, die im Innersten unglücklich zu werden sozusagen nötig haben. Möchten nicht überhaupt viele gern von Zeit zu Zeit ergriffen, gerührt sein? Besteht nicht hierin die stärkste Lebenssehnsuchtswoge?

«Ich bin enttäuscht und bitte dich, etwas wirkungsvoller fehl zu gehen», sprach sie zum ob solcher Äußerungsart betroffenen Gatten.

«Da die heutigen Verführerinnen nicht mehr halb so

waschecht sind wie einstmals, so dürfte, was du von mir wünschest, schwierig sein», erwiderte er und glaubte beifügen zu können: «Schulung usw. hat mit mancher Unmittelbarkeit aufgeräumt.»

Die Tapfere hielt dies für sehr schade. Er ließ sie allein, die sich nunmehr an den Mahagonischreibtisch setzte, einen Bogen feinverziertes Papier aus der Schublade nahm, um mit einer von Neuheit glitzernden Feder zu schreiben:

Liebe Halbweltlerin!

Ihr Besuch war mir angenehm. Vielleicht hatte ich bis dahin vom Leben einen Durchschnittsromanbegriff. Zunächst bat ich meinen Mann, neue Versuche einzuleiten, sich interessant zu machen. Er wird hoffen, es gelinge ihm, da er mich liebt, was gewiß etwas Abenteuerliches in ihm ist. Ich fühle, er sei verpflichtet, Sie zu ersuchen, fernerhin mit Ihrem angenehmen Einverständnis zu mir zu kommen, damit sich in Ihrer Gesellschaft mein Gesichtskreis erweitere. Ich beabsichtigte, zu Ihren Ungunsten eine Vortrefflichkeit zu sein, was zu konventionell von mir gedacht war, indem mir gewisse Vorurteile unvorteilhaft für mich zu sein scheinen, die zum Romantizismus von gestern zu zählen sind.

Sie adressierte den Brief und übergab ihn mit den erforderlichen Worten dem eintretenden Mädchen.

GRÄFIN MARITZA

«Mein Landgut», sprach sie, «gefällt Ihnen? Woher stammen Sie eigentlich?»

Lässig saß sie auf einem Kanapee. Sie besaß außerdem

einen Bubikopf von feinster Qualität. Ihr Haar war schwarz wie ein blankgeputzter Schuh. Mit ihren Kostümen faszinierte sie ihre Umwelt.

Ich habe, was ich hier darbiete, aus einem Film und darf daher als Filmausbeuter bezeichnet werden.

Prosastückchen, dufte tulpengleich! Doch weiter!

Schon lächelte er, der im Verwaltersanzug vor ihr stand, indes sie, wie gesagt, saß. O, ihr Dasitzen hatte etwas Gezaubertes, Gemaltes, Gehauchtes, Gegossenes, Gedichtetes. Ihre Schlankheit machte sie zu etwas äußerst Wertvollem, und nun schaute sie ihn an, wie Herrinnen einen Abhängigen, Untergebenen anschauen.

Ihr Blick fragte ihn, woher er eigentlich den Mut nehme, in ihrer Gegenwart so wenig Befangenheit und so viel Zutrauen zu offenbaren.

Was mich betrifft, so nahm ich einen Balkon-Sperrsitzplatz ein und bat eine vor mir sitzende, sehr nette Frau um die Anständigkeitsbekundung, den aussichtwegnehmenden Hut abzunehmen. Die Bitte wurde derart ausgesprochen, daß sie augenblicklich in Erfüllung ging.

«Ihr Besitztum», sagte jetzt der Verwalter, «gefällt mir außerordentlich.» Sie sagte ihrerseits lächelnd: «Das freut mich», und sie fügte ernst bei: «Hoffentlich lassen Sie in der Bewirtschaftung meines Gutes bezüglich Tüchtigkeit nie eine Lücke eintreten.»

Diese Szene war, was ihre Bedeutung betraf, gleichsam goldig. Überdies wurde sie von geschmackvollster Musik begleitet. Landschaften mit ausgedehnten Schafherden boten sich morgenhauchlich den Zuschaueraugen dar.

Sie besaß zahlreiche Verehrer, die sie jeweilen erst lange in den Vorzimmern warten ließ, während sie in den Wellen ihrer Bäder plätscherte.

Ihr Verwalter hatte sich also ein Lächeln ihr gegenüber herausgenommen, das sie sich energisch verbat, indem sie ihn herrisch anschaute. Aber indem sie dies ausführte, lächelte sie ihrerseits über ihn, der nun ein Hochachtungsgesicht schnitt.

Vielleicht dachte sie jetzt: «Er scheint sehr nett zu sein», und vielleicht dachte er jetzt seinerseits: «Sie scheint von Augenblick zu Augenblick schöner zu werden.»

Leise sprach sie vor sich hin: «Vielleicht werden Sie mich einmal als Dienstmagd erblicken.» Er hörte diese Worte und überhörte sie zugleich. Für sich sprach er: «Sie versucht mich aus der Fassung zu bringen.» Laut erlaubte er sich zu äußern:

«Lange habe ich geträumt.»

Was er damit sagen wolle?

Eine Minute lang beobachtete er Schweigen, während welcher er an seinen früheren Grafenzustand dachte. Einst war er nämlich ein regelrechter Graf. Seinen Herrn Vater würde er einen auserlesenen Schürzenjäger genannt haben, wenn ihm eine solche Benennungsweise bedenkenlos erschienen wäre, was jedoch nicht der Fall zu sein schien. Man kann sagen, daß er auf ein Verschwendungssystem zurückblickte. Er tat es unsentimental.

Mit einmal hörte er sie ebenhin zu ihm sagen: «Vielleicht geht es Ihnen zu gut. Sie leiden an etwas, und das schmeckt Ihnen. Ich aber mißgönne Ihnen einen Zustand, mit dessen Annehmlichkeiten Sie sich wie mit Draperien behängen. Sie haben noch nie versucht, glücklich zu werden, was bekanntlich eminent schwierig ist. Es ist mir nicht lieb, daß ich hinter Ihnen etwas suchen muß.»

Er sagte ihr, er «verstehe sie nicht».

Aber der Abendhimmel ist momentan viel zu blaßblau und der hellgelbe Mond mahnt mich viel zu sehr an die Ineinandergewobenheit der Dinge, als daß ich nicht lieber jetzt ein wenig ins Atmosphärische hinausginge.

Ich wiederhole mit Nachdruck, daß sich dies Geschriebene hier auf einen Film stützt. «Gräfin Maritza» glaube ich, heißt er.

Diejenige, in deren Gesellschaft ich ihm beiwohnte, schrieb mir neulich, sie glaube an mich. Vielleicht hat sie hierzu Ursache.

DIE SCHÖNE AUFSEHERIN

Irgendwo, zauberisch in eine Landschaft gebettet, genauer angegeben, auf einen Hügel oder eine schwache Anhöhe gestellt, lag eine Korrekturanstalt oder ein sogenanntes Zuchthaus, das weit und breit einen durchaus guten Ruf genoß, indem ihm eine Aufseherin gegeben worden war, die ringsum im Land als das anziehendste Mädchen galt, und die diesen Ruhm in jeder Hinsicht, insbesondere dadurch verdiente, daß sie ein Näschen besaß, das überhaupt kaum noch wahrnehmbar war. Flanierende, phantasierende, im Bereich ihrer Einbildungen residierende und regierende Dichter bummelten des öfteren durch die Gegend, die wie eine Blume mit offen zu Tag liegenden Reizungen und Duftigkeiten nach allen Richtungen hin prangte. Ein Pfarrer pries nur sie persönlich einmal feurig. Nichtsdestoweniger fiel, nebenbei betont, vor, daß sich ein anscheinend durch besondere Umstände unglücklich gewordener schwerblütiger Denker durch Abfeuerung eines Pistolenschusses ins Herz das

Leben verkürzte. Dieser, man kann unmöglich anders sagen als tragische Vorfall hat seinerzeit in der Bevölkerung viel von sich reden gemacht, doch wo gab es je ein Ereignis, das nicht von der von Natur aus in uns vegetierenden, keimenden Vergeßlichkeit besiegt worden wäre? Nun ist es unbedingt erforderlich oder erwünscht, zu wissen, daß die Besserungsanstalt sich auf den weiblichen Teil der Menschheit bezog, indem hier ausschließlich an Frauen die notwendige Fassonierung vollzogen wurde. In Fräulein Lili, so wird uns erlaubt sein, sie zu taufen, schien nun die Anstalt, die als der imposante historische Gebäudekomplex, der sie war, schon von weitem erblickt werden konnte, ein Unikum von Erziehungsvertreterin zu besitzen, die zuweilen zu einigem Erstaunen Anlaß gab. Im allgemeinen wurde jedoch später über Lili nichts als Gutes, daß heißt Schmeichelhaftes gesagt, obwohl von einigen Zeitungen dahin Stimmung zu machen versucht worden ist, die Liebenswürdige insoweit zu profanieren, als man zu unternehmen wagte, sie eine Hetäre zu nennen, eine Bezeichnung, gegen die allerlei Erleuchtetheiten nachdrücklich Stellung zu nehmen sich gewissermaßen sogleich bemüßigt fühlten. Allseitig wurde anerkannt, indem selbst Lilis Feinde sich der Überzeugtheit anschließen mußten, die ihrer Aufführung ein geradezu brillantes Zeugnis ausstellten, daß sie sittlich von beinahe schon zu großer Strenge war. Das Resultat der bis dahin über ihre Erscheinung angestellten Forschungen oder Ermittlungen lautete demnach also, daß sie auffallend hübsch und zugleich, wie man sagen möchte, eine äußerst charaktervolle Persönlichkeit gewesen sei. Beispielsweise behandelte sie ihre Zöglinge oder Züchtlinge wie Untertaninnen von reinstem, unzweifelhaftestem Wasser. «Diejenigen, über die ich wache, sind meine Angehörigen», hat sie zu irgendeiner Zeit zu bemerken für gut befunden. Derlei Ausdrucksweise diente ja als geradezu klassisches Charakteristikum dieses vielleicht etwas extravaganten Mädchens, die innerhalb ihres Wirkungsfeldes häufig Besuch erhielt und empfing, mit dem sie jeweilen so zu verfahren wußte, daß alle diejenigen, die zu ihr gekommen waren, und sie nach Ablauf einer schicklichen Zeit wieder verlassen hatten, nachher rundheraus erklärten, sie bewege, benehme, betrage sich als Zuchthausaufseherin entzükkend. Mit welcher Grazie sie den Tee eingoß! Schon um dieses einen Beweises ihres Wertes willen glich sie einem aus dem Himmel herabdringenden Sonnenstrahl. Ihre Redeweise glich einem behaglich plätschernden, wohltönenden Brünnelein. Beim Gespräche schien sie Silbe für Silbe wählerisch abzuwägen; und dennoch, o, stellen Sie sich dies einmal, so lebhaft Sie können, vor, gab es in ihrer Anstalt keine einzige Insassin, die hätte beteuern dürfen, sie wäre nicht durchgeprügelt worden. Sie war also sowohl eine denkbar zuverlässige Anordnerin, daß Ohrfeigen oder dementsprechendes ausgeteilt wurden, als eine der talentiertesten Arrangiererinnen von Gartenfestlichkeiten. Aber das Bemerkenswerteste bei allem dem war ihre Befreundetheit mit der Vorsteherin, einer Frau, die in der benachbarten Stadt ein Palais besaß, und die, man wird das ja zu verstehen vermögen, regelmäßige Visitationen abzuhalten für unerläßlich hielt.

Ihrer Vorstehenden die Hand zehn Minuten oder meinetwegen sogar eine Viertelstunde lang mit einem einzigen, großen, zusammenhängenden, fröhliche und höchliche Umschweife machenden, sich gar nicht Genüge tun könnenden, übrigens absolut nicht stürmischen, vielmehr sich in einer Reihenfolge von Gläubigkeiten ergehenden Kuß küssen zu dürfen, war für diese in ihrer Art womöglich einzig dastehende Verfechterin des wünschenswerten Maßes von Bildung und bürgerlicher Tüchtigkeit ein Vergnügen ohnegleichen, ein Glück, ein seelisches Gondelfahren auf venetianischen Kanälen, ein Zwitschern mit dem Herzen auf elastisch-schwankenden, sich in der Luft wiegenden Zweigen, ein unhörbares Jubilieren in einem unentstellten Engelsgemüte, und alles dies, diese hohe Summe von hingegossenem Eigenleben, die Freude, sich in so viel Empfindungsschönheit zu baden, sich in solch unverkümmerter Offenheit abzuspiegeln, wurde ihr von der herzensguten Vorgesetzten gegönnt, die bloß etwa das eine oder andere Mal einwendete: «Wie kannst du aber so etwas tun, Lili?»

«Was denn?» wurde mit einem Augenaufschlag gefragt, der der Fragestellerin unbezahlbar vorkam, die dann glaubte beifügen zu sollen: «Wie verhält es sich mit den Durchprügelungen? Kaum vermag ich an so etwas überhaupt im entferntesten zu glauben. Streitet das nicht mit dem primitivsten Humanitätsbegriff?»

Lili war da natürlich sehr verlegen, und wie brächte ich es zustande, mich an ihren Errötungen zu ergötzen? Mir lag eigentlich nur daran, bis zu der Schilderung der Freundschaft zwischen beiden Frauen vorzudringen.

Dieses Experiment glückte mir.

Ferner gelang mir darzutun, daß sich in ein und demselben menschlichen Wesen Hochmut und Demut, eines hierhin, das zweite dorthin abreagierend, verknüpfen kann.

«Sei von nun an mit niemandem mehr schroff», lud die Vorsteherin ihre Fräulein Aufseherin mit einer Art gütiger Großartigkeit ein, die ihren Eindruck nicht verfehlte, indem sie ihr beide Wängelchen freundlich beklöpfelte, die wie zwei sich belächelnde Helden aussahen. Ich hoffe, die Vergleichung sei statthaft.

Sie setzte sie mit der Zeit freilich ab, nicht ohne ihr immerhin eine neue Mission anzuvertrauen.

DORFGESCHICHTE

Ungern genug setze ich mich an den Schreibtisch, um Klavier zu spielen, das heißt anzufangen von der Kartoffelnot zu sprechen, die vor Jahren ein Dorf heimsuchte, das an einem zirka zweihundert Meter hohen Hügel lag. Mühsam ringe ich mir eine von nichts Wichtigerem als von einer Magd berichtende Geschichte ab. Erstere wußte sich je länger um so weniger mehr zu helfen.

Die Sterne schimmerten am Himmel; der Pfarrer des Dorfes, worin sich zutrug, was hier aufgetischt wird, erklärte seinen jugendlichen Schutzbefohlenen das Planetensystem auf offenem Felde. Ein Schriftsteller schrieb in einer lampenbeleuchteten Stube an seinem zusehends wachsenden Werk, als die von Visionen geplagte Magd aus ihrem Bett aufstand, um ins Wasser zu laufen, was mit beinahe belachenswerter Promptheit ausgeführt wurde.

Als man sie am folgenden Morgen in einem Zustand auffand, der jedem klarlegte, daß sie zu leben aufgehört habe, stieg in diesen Landbewohnern die Frage auf, ob sie zu begraben sei oder nicht. Hand mochte niemand an das Stück Erledigtheit legen, das unbeweglich dalag.

Völkischer Unwillen machte sich geltend.

Der Landammann trat zur Gruppe, die ihn zunächst vom Standpunkt der Malerei aus interessierte, denn in seinen Mußestunden malte er, indem ihm das Regieren nicht allzu viele Pflichten auflud. Nunmehr ersuchte er die Landleute, vernünftig zu sein, doch blieben seine Ermahnungen erfolglos; sie wollten die Magd um keinen Preis bestatten, als hätten sie geglaubt, es gehe ihnen schlecht, wenn sie's täten.

Der Landvogt verfügte sich in seine Amtsstube, die drei große Fenster besaß, durch die hellstes Licht von draußen her hineinfloß, und legte über das Vorkommnis einen Bericht ab, den er an die hauptstädtische Behörde absandte.

Doch wie wird mir, wenn ich an die Not denke, die immer höhere Wellen emporwarf? Die Einwohnerschaft wurde unaussprechlich mager. Wie groß war die Sehnsucht nach Brot.

Am selben Tage schoß ein Landarbeiter, der allen überaus brauchbar schien, mit dem Gewehr, das er in echt volkstümlichem Zorn vom Nagel, woran es hing, herabnahm, auf seinen Nebenbuhler herunter, der ahnungslos über die Straße ging, indem er laut jodelte, was ein Beweis war, wie sehr er sich seines Lebens freute. Er kam nämlich gerade von einem Erfolg her, den er sich bei der Braut geholt hatte, die ein entschlußunfähiges Mädchen zu sein schien, die, mit beiden liebäugelnd, beiden den Himmel in Aussicht stellte.

Noch nie, solange ich schriftstellere, schrieb ich eine Geschichte, worin einer, von einer Kugel getroffen, umfällt. Zum erstenmal muß einer bei mir röcheln.

Begreiflicherweise hob man ihn jetzt auf und trug ihn

in die nächstbeste Hütte. Häuser im heutigen komfortablen Sinn gab es dazumal auf dem Lande keine; es existierten bloß notdürftige Behausungen, deren aus Stroh bestehende Dächer fast bis zur Erde herabfielen, was man an einigen übriggebliebenen Exemplaren noch jetzt bequem wahrnehmen kann.

Als die Braut, eine ländliche Schönheit mit wiegenden Hüften und gestreckt aufragender Gestalt, hörte, was um ihretwillen geschehen war, blieb sie kerzengerade stehen, womöglich tief über ihre Eigenart nachdenkend.

Vergeblich ersuchte ihre Mutter sie aufs eindringlichste, sich zu äußern; sie schien sich in eine Statue verwandelt zu haben.

Ein Storch flog hoch über dem Dorfdrama durch die azurene Luft, ein Kind im Schnabel tragend. Von leisem Wind in Bewegung gesetzt, lispelten die Blätter. Das Ganze sah wie ein Kupferstich aus, gar nicht natürlich.

ZARTE ZEILEN

Die Geliebte des beständig ein wenig vorwärtsschreitenden an seinem bisherigen Platz Bleibenden bekam ob dieses merkwürdigen Verhaltens willen zierliche Anfälle eines außerordentlich lieblichen mit ihm Uneinverstandenseins.

Das auf sich Zählen eines Unberechenbaren, der sich selbst nicht zu ergründen imstande war, und den diese Unfähigkeit in der Meinung, ein glänzender Rechner zu sein, nur noch bestärkte, hatte gleichzeitig etwas Belächelnswürdiges wie doch wohl manchmal bereits beinahe Beernsthaftigendes an sich.

Die Ruine jauchzte, die Frühlingsvögelein rissen ihre

singenden Mäulchen riesengroß auf, Abkömmlinge der Wüste lasen in den Caférestaurants mit undefinierbarem Behagen den durchschnittlichen europäischen Leitartikel, der immer wieder dieses eigentlich oft geistig verhältnismäßig ungewöhnlich bequeme Weltuntergangsproblem in Betracht zog.

Die Geliebte Malmalachios versuchte diesen anscheinend Beschäftigungslosen mit vergeblichem Bemühen, etwas Gestaltliches aus seiner Gestalt- oder Gesellschaftslosigkeit herauszuformen, von seiner Rechtschaffenheit zu überzeugen.

«Ich hielt mich zeitweise für einen ausgezeichnet funktionierenden Prachtsreformatoren», sprach er mit unleugbarer Stimmannehmlichkeit.

Sie versuchte ihm plausibel zu machen, er täte gut, in ein Sanatorium einzutreten, aber die Festgestelltheit seiner Gleichgewichtigkeiten lehnte jede derartige Vorsichtsmaßregelszumutung erhaben ab.

Immer wieder sprach der Direktor des Hotels mit wohlwollend rollenden Worten zum Herrenrollen interpretierenden, mit Gehirnbilligkeiten brillant ballspielenden, unumwunden bemerkt, nicht durchaus untalentierten, ich sage nur zögernd, Burschen.

Satan öffnete seinen mit wundervollen Zähnen ausgestatteten Rachen, als wolle er die Gesamtzivilisation verschlingen, was ihm jedoch zum Glück wesentlich zu beschwerlich vorzukommen schien.

Indes in den Bankkassen Fünffrankenstücke zahlschalterliche, vermöglichklingende Tänze aufführten, trat in der Untergasse ein zartfühlender Knabe in eine Apotheke, um voll verzagender Gewagtheit für zwanzig Rappen Prophetenbeeren zu kaufen.

Möchte gern mit blüh'nden Lippen
an den süßen Sünden nippen,

lispelte eine Zärtliche.

Alte Frauen und junge Mädchen trippelten die einsamsteinernen Stufen eines Bahnübergangs empor, dessen Technik in ihrer Unbestreitbarkeit einladend und zugleich gleichsam rausschmeißend wirkte.

Der einzig übriggebliebene aufmerksame, naive Literaturleser war ein stallknechthaft aussehender Privatmann, auf dessen Schultern ein Schulknabenkopf ruhte. Namenlos zarte Sätze aus dem Mund oder der Feder von schon im Jünglingsalter dahingewelkten Angehörigen der phantasieduftenden Romantikerepoche besaßen im rasselnden Alltag eine eigentümlich mächtige Wirkung, beinahe wie Schlösser, die mit feinstem Dimensionsempfinden gebaut wurden, in einer Mietskasernenumgebung.

«Du schätztest mich damals gering, und jetzt ist deine Erscheinung eine Bitte», sprach in einem mit Stadtansichten tapezierten Korridor eine Bescheidene zu einem Hochtrabenden, der jetzt zu seiner tiefen Befriedigung und zu ihrer nicht unangenehmen Überraschtheit ein anderer war, und sie ging, in die Schönheit einer nicht ohne Wehmut durchflochtenen Würde gekleidet, an dem über seine Betretenheit Glücklichen zunächst ruhig vorüber.

Bahnsteige sind gewöhnlich mit Unterführungen verbunden, so womöglich auch hier, wo langsam erzählt wird, eine Erkennungsszene habe stattgefunden.

Ich frage mich nicht, ob vorliegender schriftstellerischer Vorgang wertvoll sei oder nicht, indem ich mich mir schreibend immer wieder nähere und entfremde.

Zweifel und Zuversicht kommen aus derselben Quelle unvorhergesehen her.

JE T'ADORE

Schokolada saß, in vornehmstes Braun gehüllt, das an sich die distinguierteste Sprache sprach, im Auto, Fragmentino, ein Galan, wie er im Buche steht, im übrigen aber von ganz praktischen Lebensabsichten erfüllt, stand mit respektvoll abgezogenem Hut neben dem abfahrfertigen Fahrzeug, das stolz um sich glänzte und blickte. Der Chauffeur wartete auf Schokoladas leisen Wink, womit sie es aber nicht eilig zu haben schien. Fragmentinos Dastehen hatte etwas Ladenkommishaftes. Sein Anzug duftete verräterisch nach Eingekauftheitsschnelligkeit im Konfektionshaus. Welch einen Unerbittlichkeitsstil ich hier schreibe!

Im Spitale lag, von der Fülle ihrer Locken umschmeichelt und das Köpfchen in die Bequemlichkeit gewährenden Kissen gebettet, Fragmentinos Braut, genannt Nervosine, der er Treue bis in alle Abgelebtheit hinein versprochen hatte. Und nun? Nun versuchte er ein Zeichen von Gnädigkeit von einem Mädel zu erhaschen, die gar nicht acht auf ihn gab. Jetzt zog sie sich die Handschuhe an. Fragmentinos Hut saß auf seinem Kopf wie die bildhaft wiedergegebene Täuschung über sich selber. Da sich aber ganze Völker über sich täuschen können, verzeihen wir einem jungen Mann einen Fehler, der mit dem Leben zusammenzuhängen scheint. «*Je t'adore*» sprach er jetzt zu ihr. Um ihr gebildet vorzukommen, sprach er französisch. Sie erwiderte: «Rede erstens, wie dir der Schnabel gewachsen ist, Vater, Mutter und die Erziehung es dir einprägten, und verschone mich zweitens mit deiner stillen, tiefen Art von Liebe.»

Das Auto rollte von dannen. Fragmentino oder Adorio faßte den Entschluß, seines Weges zu gehen, d. h. gescheit zu werden. Übermütige Schokolada, arme, kranke Nervosine!

ANHANG

NACHWORT DES HERAUSGEBERS

Das Jahr 1926 war – sieht man allein auf die Zahl von rund 60 veröffentlichten Prosaarbeiten – eines der produktivsten und erfolgreichsten in Robert Walsers Schriftstellerleben. Das zeigt sich, bei allerdings etwas anderer Abgrenzung, auch darin, daß sein Ertrag in der vorliegenden Ausgabe einen ganzen Band füllt, während in den übrigen Bänden des postumen Editionsteils jeweils die verstreute Prosa mehrerer Jahre oder sogar einer ganzen biographischen Periode zusammengefaßt ist. Freilich galt bis zu dem unmittelbar vorausgehenden Abschnitt, daß Walser selbst größere oder kleinere Auswahlen seiner Arbeiten bereits in Buchausgaben gesammelt herausgegeben hatte. Das schmale Bändchen «Die Rose», 1924 entstanden und unter der Jahresangabe 1925 erschienen, sollte jedoch sein letztes Buch bleiben; alle später noch angeknüpften Verlagskontakte lösten sich ohne Ergebnis wieder auf. Der Literaturbetrieb hatte Robert Walser endgültig auf das Feuilleton als sein Rückzugsgebiet verwiesen, und er mußte sich damit abfinden, nur mehr ein «Zeitungsschreiber» zu sein.

Sein mit Routine betriebenes «Prosastückligeschäft», auf dessen bald besseren, bald schleppenderen Gang er in Briefen häufig humorvoll oder sarkastisch Bezug nimmt, muß aber 1926 den Autor einigermaßen befriedigt und jedenfalls auskömmlich versorgt haben. Zumal das «Berliner Tageblatt», das er seit Herbst 1925 als Abnehmer wiedergewonnen hatte, honorierte verhältnismäßig gut (75,– Mark pro Beitrag); die Prager Blätter, wo er in Otto Pick bei der «Prager Presse» und in Max Brod beim «Prager Tagblatt» treue Freunde und Förderer hatte, zahlten wesentlich weniger, aber sie brachten früher oder später fast alles, was er einsandte (das «Tagblatt» allerdings vor allem Gedichte). Dazu kamen noch einige andere Blätter und verschiedene Zeitschriften. Trotzdem blieben auch aus dem Jahr 1926 – wie schon aus dem vorhergehenden – eine Anzahl ins reine geschriebener Arbeiten unveröffentlicht beim Autor liegen. Was ihn davon abgehalten hatte, sie den Redaktionen anzubieten, ob einzelne vielleicht sogar eingesandt, aber – wie es Walser nicht selten geschah – zurückgewiesen worden waren, läßt sich im nachhinein nicht mehr erkennen. Nur bei dem abgebrochenen «Tagebuch» liegt die Erklärung auf der Hand: es blieb ein fragmentarisches Unternehmen und war doch bereits zu umfangreich selbst für die Zeitschriften – hier kann Walser nur an eine Buchausgabe gedacht haben.

Zu bedenken bleibt, daß wesentlich mehr Texte – im Umfang wenigstens noch einmal so viele, wie der vorliegende Band enthält – vom Autor bereits im Bleistiftentwurf liegengelassen wurden. (Es sind allerdings auch Reinschriften verlorengegangen.) Die Transkriptionen dieser «Mikrogramme», durch Bernhard Echte und Werner Morlang in ihrer Ausgabe Robert Walser, «Aus dem Bleistiftgebiet», Bd. 4 (Frankfurt am Main 1990), vorgelegt, sind also ergänzend hinzuzunehmen, will man einen Gesamtüberblick über Walsers Schaffen in dieser Zeit gewinnen. Dort werden S. 373ff. recht abweichende (Teil-)Entwürfe zu «Potpourri», hier S. 214, dem als Einlage in diesem Prosastück enthaltenen «Theateraufsatz», S. 218, «Wahrheiten», S. 189, und «Bühnenbesprechung», S. 21, mitgeteilt. (Anmerkungen und Editionsbericht jenes Bandes bieten auch noch weitere Hinweise zu Walsers Lebensumständen, Anregungen und den Motiven seiner Texte in dieser Zeit.)

Biographisch hebt sich das Jahr 1926 nicht durch besondere Ereignisse aus dem Ablauf von Walsers Berner Lebensperiode heraus. Wieder wechselte er in auffallend rascher Folge seine Logis: hatte er bis Ende April noch am Stadtrand in dem ehemals wattenwylischen Anwesen am Elfenauweg gewohnt, so war er von Mai bis Mitte August an nicht weniger als drei Adressen mitten in der Berner Altstadt zu finden, unter der letzten nur zwei Wochen lang. Dann aber bezog er ein Zimmer in der Luisenstraße im Quartier Kirchenfeld, wo er für rund zweieinhalb Jahre seßhaft werden sollte. Die häufigen Umzüge in der vorausgehenden Zeit mögen etwas mit innerer Unruhe und Reizbarkeit, mit Überempfindlichkeit gegenüber Geräuschen, mit Streitigkeiten mit Vermieterinnen oder Nachbarn zu tun gehabt haben; später sprach Walser zu Carl Seelig auch von spukhaften Erscheinungen, die ihn nachts in den Häusern der Berner Altstadt beängstigt hätten. Aber das ständige «Zügeln» – wie die Schweizer das Wohnungswechseln nennen – war nicht unbedingt ein Flüchten, es mochte sogar indirekt mit seiner Arbeit zusammenhängen: vielfach waren es ja die Alltagseindrücke aus seiner Umgebung, die ihm als Motive dienten, ebenso wie seine Beziehungen zu

Vermieterinnen und Nachbarn. Er brachte sich wie in einem Selbstexperiment immer wieder in neue Verhältnisse ein, die er beobachtete und verarbeitete, und vollzog vielleicht manchmal einen Wohnungswechsel auch nur, weil er ein Revier abgegrast hatte oder für zu wenig anregend befand.

Walsers Briefe aus dem Jahr 1926 – vor allem an die treue Freundin Frieda Mermet in Bellelay im Jura (bei ihr und seiner Schwester Lisa verbrachte er im Mai auch einmal zwei Ferienwochen), an die junge Rheinländerin Resi Breitbach, an die Redakteure Max Rychner, Otto Pick und Max Brod – sind besonders witzig und mitteilsam. Bemerkungen darin deuten an, daß es ihm in Bern auch nicht an geselligem Umgang fehlte, wenn er ihn suchte. Ob das Jahr aber tatsächlich so krisenlos war, wie es nach den erhaltenen Zeugnissen scheint, muß dahingestellt bleiben.

Daß dieser Band Prosaarbeiten aus dem relativ knappen Zeitraum nur eines Jahres vereinigt, gibt ihm eine besondere Homogenität und Dichte: was hier trotzdem an Kontrasten und Widersprüchen zu Wort kommt, geht nicht auf das Konto längerfristiger Entwicklungen und Wandlungen, sondern war eben in Walsers Wesen und seinen Interessen, in seinem Denken und in der Orientierung seines Ausdrucks zu dieser Zeit so angelegt. Freilich bleibt die Eingrenzung dieses Werkabschnitts durch zwei Kalenderdaten erstens willkürlich und zweitens – wie bei anderen Bänden auch – notwendig unscharf. In Band 17 der «Sämtlichen Werke in Einzelausgaben» wurden noch szenische Texte aufgenommen, die zwar nachweislich erst Anfang 1926 entstanden, aber nicht aus ihrer gattungsmäßigen Zugehörigkeit zu einer starken Gruppe von Arbeiten der Jahre 1924/25 gelöst werden sollten. Umgekehrt kann noch der eine oder andere Text, der in diesem Band enthalten ist, zumindest auf einen Entwurf des Jahres 1925 zurückgehen. Später erschienene Prosastücke wurden hier mit aufgenommen, soweit die Entstehung der Reinschriften oder die Einsendungen an die Redaktionen auf 1926 datierbar sind. Es sind in den folgenden Bänden 19 und 20 der Ausgabe noch weitere Arbeiten enthalten, die vermutlich bereits 1926 entstanden, ohne daß dies mir bei ihrer Zusammenstellung bekannt war. Ab Frühjahr 1926 verwendete Walser für seine Konzepte die in zwei Hälften zerschnittenen Blätter eines Tusculum-Kunstkalenders auf das Jahr 1926; er tat dies offenbar schon vor den Daten der betreffenden Wochenblätter und scheint andererseits auch 1927 noch Blätter aus diesem Kalender benutzt zu haben. Abgesehen davon, daß die Entwürfe also chronologisch oft nicht sicher einzuordnen sind, kann Walser sie auch erst Monate später bearbeitet haben; ein größerer Teil dieser Texte, deren Endfassung nicht datierbar ist, wurde erst in den folgenden Band aufgenommen.

Die Chronologie der im Nachlaß Walsers enthaltenen unveröffentlichten Manuskripte hat im übrigen ihre eigene Problematik (vgl. den Bericht dazu im Anhang von Bd. 20). Auf 1926 ist eine Gruppe von Manuskripten durch acht termini post quos (Konzeptpapiere) und zwei termini ante quos (Abdrucke, deren Manuskripte erhalten sind) datiert. Sie wurde vollständig in diesen Band aufgenommen. Für eine zweite Gruppe liegen fünf termini post quos in 1926, termini ante quos aber erst ab Sommer 1927 vor. Das hierzugehörige umfangreiche «Tagebuch»-Fragment scheint aber (vgl. Anmerkung) auch bereits 1926 entstanden zu sein. Aus dieser Gruppe wurden daneben nur die Stücke «Brief eines Mädchens an ein Mädchen» und «Brief an einen Entwickelten» sowie «Ein Fehler» aufgenommen, die übrigen aber für den folgenden Band zurückgelassen.

Die erste Abteilung der Prosastücke, an die Skizze «Aus dem Leben eines Schriftstellers» angeschlossen und unter deren Titel gestellt, führt eine Gattung weiter, die Rober Walser schon früher entwikkelte: subjektive Notizen, ein Kaleidoskop von Erlebnis- und Gedankensplittern, Spaziergänge in der äußeren und inneren Wirklichkeit. Walser baut diese lockere, feuilletonistische Form des Berichts aus. Nimmt er sich, seinen Alltag, seine Eindrücke, seine Meinungen über dies und das so wichtig, daß er davon in den Zeitungen sprechen muß? Nein, es geht hier vielmehr um drei Grundmomente aller Literatur, die, in der Tradition noch zu den unbefragten fundamentalen Erscheinungen gehörend, in der Moderne problematisch wurden: Weisen der Begegnung eines Ich mit der Welt, die Konfrontation des Bewußtseins, und nun insbesondere des künstlerischen Bewußtseins, mit der Wirklichkeit, und schließlich die literarische Kommunikation, das Sichmitteilen des Autors. Die Reflexion auf alle drei Momente trifft sich hier mit Walsers provokanter Vorliebe für das anscheinend oder wirklich Triviale der Alltagsdinge und mit der Lust an artistischen Figuren, freien sprachlichen Pirouetten, und das Ganze ist schließlich Produkt spontaner Notierung, Beispiel der «vollkommenen Durchdringung äußerster Absichtslosigkeit und höchster Absicht», die Walter Benjamin bei Walser feststellte.

Im übrigen sind die Texte natürlich nicht gleichartig – hier überwiegt das Objektive, der gegenständliche Gehalt von Impressionen, dort das Subjektive von Gefühlen und Überlegungen. Eine Grundspannung, die fast immer wirksam ist und oft auch zum erklärten Thema wird, ist schon im Titel durch die Worte «Leben» und «Schriftsteller» angedeutet: die Sphäre, oder besser die Zuständlichkeit des unbewußt in sich kreisenden, von den vitalen Kräften bewegten Daseins und zweckhaften praktischen Tuns, von Walser häufig mit der Vorstellung des Schlafs verknüpft, und auf der anderen Seite das sich darüber erhebende Denken, das Bewußtsein, die Freiheit, auch und besonders der schriftstellerisch-künstlerische Umgang mit dem «Stoff» der Wirklichkeit. Den äußerst differenzierten Anspielungen auf diesen Gegensatz, in dem eine eigentümliche Dialektik waltet, begegnen wir auch in vielen anderen Texten dieser und der späteren Zeit Walsers, in ausführlichen «Essays» wie in Parabelfiguren oder bloßen Rand- und Zwischenbemerkungen. Aus dem «Bericht» ergeben sich hier in dieser Gruppe auch Übergänge in Phantasiespiele, es wird karikiert und parodiert, das Ich nimmt groteske Masken an und tritt in burlesken Farcen auf.

«Brief für alle» umfaßt die meisten Prosastücke der späteren Zeit Walsers, die der charakteristischen Briefform zugehören; in ihr wird zunächst aus dem tagebuchartigen Bericht die bestimmtere Adresse, die Anrede an einen imaginären Partner. (Allerdings gab es auch unter den «Berichten» schon Stücke, in denen unversehens der Leser als «Du» angesprochen wird.) Briefe gibt es im Werk zu allen Zeiten, als Einlagen finden wir sie auch bereits in den Romanen «Geschwister Tanner» und «Der Gehülfe», aber gerade hier im Jahr 1926 läßt sich nun aus ihnen eine ganze Gattungsgruppe bilden. Robert Walser war auch im Privaten, wenn danach gestimmt, ein kunstvoller und höchst origineller Briefschreiber, freilich keiner, der sich unverstellt öffnet und bekennt: viele seiner schönsten Briefe sind eher ein Theater mit Worten, das dem Empfänger, manchmal ihn einbeziehend, vorgespielt wird. Sie nähern sich damit Prosastücken wie gerade diesen «Kunstbriefen». Die Anmerkungen belegen, daß sich der Autor bei deren Abfassung wiederum wirklicher Personen als vorgestellter Modelle für die Angeredeten bedienen konnte. Als Stoff Selbstrechtfertigung, Spiegelung; darin kritisch-bewußt Fixierung einer Perspektive auf Welt und Leben, Beispielhaftes; und dies nun in der spezifischen Pose des Briefschreibers vorgebracht, aus der gespielten Situation heraus, die bestimmte technische Wendungen erlaubt und dem Text einen fiktiven «Leitstrahl» leiht, zu dem er sich auch wieder in mannigfaltiger Weise verhalten kann: das ist es offenbar, worauf es Walser in diesen Briefen ankommt, was ihn an der Form reizt. Aber es gibt dann Übergänge zu genauer gezielten, weniger im subjektiven Feld spielenden Mitteilungen, wo die gleiche Form zum Vehikel bestimmter gesellschafts- und kulturkritischer Überlegungen wird.

Die letzten «Briefe» leiten mit ihrem Gehalt über zu den «Essays», wie Walser sie gelegentlich und nicht ohne Ironie nennt: Betrachtungen oder Plaudereien, erweiterte Aphorismen oder kleine Traktate, kurz Texte, die überwiegend durch einen reflexiven Gehalt bestimmt sind, obwohl sie sich mit erzählenden oder berichtend-beschreibenden Elementen verbinden können. Hier zeigt sich besonders deutlich, wie solche Elemente von Walser in Zusammenhänge eingebaut werden: sie haben zwar auch eine repräsentative oder verweisende Funktion, sind aber dabei häufig nicht eindeutig und ablösbar, sondern besitzen ihr Gewicht, ihre besonderen Valeurs nur in der abgestimmten Komposition eines bestimmten Textes.

Die «Essays», eine sich in der Mitte der 20er Jahre bei Robert Walser besonders ausprägende Gattung, zerfallen hier in zwei Gruppen: unter dem Titelstück «Moralpredigt» sind allgemeine Themen berührende, kultur- und gesellschaftskritische Betrachtungen entfaltende Texte versammelt; darauf folgen unter dem Titel «Diskussion» die Erörterungen zu literarischen und literarhistorischen, künstlerischen und theatralischen Gegenständen. In vielen dieser Prosastücke wird deutlich, daß es Walser nicht so sehr um die Erscheinungen selbst geht als um Vorgänge in der Kommunikationssphäre, um die Dialektik von Wirkungszusammenhängen, nicht zuletzt um die Orientierung der eigenen künstlerischen Existenz in der gewissermaßen als «vernetztes System» bewußten Wirklichkeit des Geistigen. Damit ergeben sich höchst moderne Perspektiven – das Ernstnehmen von Phänomenen der Trivialkultur ist nur eine davon. Bei aller Betonung des Gedanklichen und allen Bezugnahmen auf Inhalte der Kulturtradition sind aber auch diese «Essays» zuletzt literarische Glossen, die spielerisch alle Freiheiten des Feuilletons nutzen und sich ihre eigenen poetischen Gesetze geben – sie wollen nicht zu wissenschaftlich-kritischen Arbeiten in Vergleich treten, sondern diese allenfalls parodieren.

Hinter dem Tagebuch-, Briefe- und «Essay»-Schreiber tritt in dem hier dokumentierten Zeitabschnitt der Geschichten-Erfinder Walser sehr zurück. Die verhältnismäßig schmale Gruppe der frei als Fiktionen dastehenden Erzählungen findet sich unter dem Obertitel «Anekdote» am Schluß des Bandes – mehrere von ihnen zeigen in der Tat die verknappten, typisierenden, das Wesentliche einer ausgefallenen und doch exemplarischen Situation oder eines entsprechenden Vorgangs bezeichnenden Striche der Anekdote; viele haben einen parabelhaften Einschlag wie die früheren «Bilder» und «Geschichten» oder folgen einer Tendenz zum Farcenhaften und Grotesken.

Daß ihm das gesellschaftliche Leben, unter aufgeklärter Perspektive betrachtet, eher Stoff zu Possen als zu ernsthaften Novellen zu bieten schien, war Walser längst als Problem bewußt, denn mit der falsch adressierten Forderung, den Literaturbetrieb doch lieber mit richtigen Novellen zu beliefern, mußte er sich sein Leben lang herumschlagen. Die Feuilletonredaktionen freilich richteten nun andere Wünsche an ihn: am 29. April 1926 erwähnt er in einem Brief an Otto Pick, eine deutsche Zeitung habe einen Aufsatz von ihm zurückgewiesen. «Die betreffende Zeitung bat mich, ihr Sächelchen einzusenden, worüber gelächelt werden könne. Ich bin jetzt damit beschäftigt, diese Art von belächelnswerten Sächelchen auszuarbeiten, was natürlich mitunter mit Mühe verknüpft ist. Die Zeitung ersucht mich um Prosastücke, worin Leute oder auch nur Leutchen in Beziehung zueinander gebracht werden. Das ist manchmal gar nicht sehr leicht.»

Robert Walsers Berner Prosa, das am wenigsten bekannte Drittel seines Werks, wird in jüngster Zeit immer häufiger zum Gegenstand kritisch deutender und erschließender Untersuchungen gewählt. Sie bedarf aber zuallererst einer unbefangenen Aufnahme durch den Leser. Die hier geäußerten Hinweise und Bemerkungen wollen dieser so wenig wie möglich vorgreifen, sondern nur die vom Herausgeber getroffene Gruppierung und Anordnung der Texte charakterisieren und begründen; die im übrigen vom Leser kritisch zu überprüfen bleibt.

ANMERKUNGEN

S. 18 *Ich wanderte in ein Städtchen:* Der Entwurf dieses Stücks, das, offenbar aus dem Vorrat von viele Jahre früher eingesandten Manuskripten Walsers, erst am 5. Januar 1937 in der «Prager Presse» erschien, dürfte zwischen Januar und Anfang Mai 1926 entstanden sein, denn er findet sich auf demselben Kalenderblatt, das auch den Entwurf zu «Zeitschriftbesprechung» (Prager Presse 9. Mai 1926) enthält.

S. 21 «Glaubt man, weil Petrarca seinerzeit Sonette schnitzelte und schrieb ...»: An Otto Pick schrieb Walser am 16. April 1926: «Halten Sie mich, bitte, nicht für einen, der je schon ein Petrarca-Sonett gelesen hätte. Ich gehöre bloß zu denen, die den Namen kennen.» Diesem Brief lagen verschiedene Gedichte, darunter zwei Sonette, bei (schon 1924/25 hatte Walser die Sonettform benutzt).

Bühnenbesprechung: Wahrscheinlich mit Walsers Brief an Otto Pick vom 29. April 1926 eingesandt, jedoch erst am 20. August 1936 in der «Prager Presse» erschienen.

S. 23 «Ein Ausspruch St. Evremonds fiel mir ein ...»: Die Zeitschrift, in der Walser «dieser Tage» einen Aufsatz über den normannischen Adligen, Feldmarschall und geistreichen kritischen Schriftsteller las – er lebte von 1613 bis 1703 –, war die «Neue Schweizer Rundschau» (19. Jg., Heft 3, 1. März 1926), der Autor Ernst Robert Curtius. Im gleichen Heft war von Robert Walser «Die Ruine» erschienen. Dieser schrieb am 18. März 1926 an Max Rychner, den ihm sehr wohlgesonnenen Redakteur der «Neuen Schweizer Rundschau»: «... teile ich Ihnen über den Inhalt des Heftes mit ... St. Evremond ist ein sehr hübscher, interessanter Essay, den nun eine Glätterin liest, die eine meiner Freundinnen ist und der ich Ihr Heft einsandte ...» (Wie häufig, hatte er das Belegexemplar an Frieda Mermet gesandt.) Einen Ausspruch genau des Wortlauts, auf den Walser in seinem Prosastück anspielt, enthält der Artikel von Curtius nicht, jedoch heißt es dort u. a. (a. a. O. S. 291): «Er [d. h. St. Evremond] sagt von sich, er habe nie sehr an der Literatur gehangen und nur die nutzlosesten Stunden des Tages dazu verwandt, planlos und regellos. Er zog dem Lesen die ‹conversation des honnêtes gens› bei weitem vor ... Seine Lebensgrundstimmung drückt sich in dem Satz aus: ‹Nous avons plus d'intérêt à jouir du monde qu'à le connaître›. So erklärt es sich auch, daß St. Evremond die Wissenschaften nicht besonders hoch schätzte.» (St. Evremond schrieb nur zum eigenen und zum Vergnügen weniger Freunde seine kritischen Briefe, Essays und andere Werke.)

S. 24 *Porträt eines Kaufmannes:* Modell dieser Erinnerungsskizze ist der bedeutende Berliner Kunsthändler und Verleger Paul Cassirer, zeitweilig geschäftsführender Direktor und Präsident der Berliner Sezession, Vermittler der französischen Malerei des ausgehenden 19. Jahrhunderts und einflußreicher Förderer namhafter Künstler wie z. B. Oskar Kokoschkas. Robert Walser hatte ebenso wie sein Bruder Karl während seiner Berliner Jahre 1906-1912 engeren Kontakt zu Paul Cassirer und war kurze Zeit sein Sekretär gewesen. Der starke, wenn auch zwiespältige Eindruck, den die Persönlichkeit Cassirers auf ihn gemacht hatte, spiegelt sich außer in diesem auch in anderen Prosatexten (vgl. «Die kleine Berlinerin» in «Aufsätze», SW Bd. 3, S. 88; «Der Sekretär», in SW Bd. 16 «Träumen», S. 272; «Frau Bähni», ebenfalls Bd. 16, S. 277; auch die Fragmente des «Theodor»-Romans, in SW Bd. 17 «Wenn Schwache sich für stark halten», S. 345) sowie in dem Brief an Resy Breitbach («Briefe», 1975 bzw. 1979, S. 255) vom 15. Januar 1926, der unter dem Eindruck der Nachricht vom Tode Paul Cassirers geschrieben wurde: er hatte sich einige Tage zuvor erschossen. Etwa in dieser Zeit dürfte das vorliegende Prosastück entstanden sein. – In der letzten Zeile des vorletzten Absatzes wurde ein offenbarer Druckfehler des Erstdrucks korrigiert: «ungewürzte Gourmandise» statt wie dort «ungestürzte». – In Carl Seeligs Auswahl «Unveröffentlichte Prosadichtungen» steht dieses Stück unter dem Titel «Bild eines Kaufmanns». – (Vgl. auch Tilla Durieux, «Eine Tür steht offen», Erinnerungen; Berlin 1954; auch als Taschenbuch. Die berühmte Schauspielerin war die zweite Frau Paul Cassirers und kannte auch die Brüder Walser.)

S. 31 *Emil und Natalie:* Etwa März 1926 schrieb Walser in einem Brief an Resy Breitbach: «An der Thunstraße dichtete ich eines Sonntags, um elf Uhr vormittags, ein Gedicht, das ungefähr mit den Worten anfing: ‹Nasenflügelbeglückender Duft von saurem Mocken – wollte mir heute einen Jubelruf entlocken –› ...» Dieses (nur im Entwurf erhaltene) Gedicht wäre demnach im Herbst 1925, als Walser Thunstraße 20 wohnte, entstanden, und das Prosastück wohl spätestens in der Zeit des zitierten Briefes. – «Saurer Mocken»: Fleischgericht, eine Art Sauerbraten. – Die titelgebende, aber nur am Schluß zur Sprache kommende Geschichte von Emil und Natalie hatte Walser rund ein halbes Jahr zuvor in einem nur im Entwurf erhaltenen Text bereits einmal nacherzählt (vgl. «Ob sich diese Zeilen nicht wie von einer Serviertochter verfaßt anhören werden?», in «Aus dem Bleistiftgebiet» Bd. 1, 1985, S. 143). – Die Entstehung dieses Prosastücks Frühjahr 1926 wird auch durch den Entwurf nahegelegt, der sich auf demselben Kalenderblatt wie der Schluß von «Ich wanderte in ein Städtchen», S. 18 (vgl. Anmerkung weiter oben) findet.

S. 47 *Elmenreich:* «Salü Blagueur»: etwa «Grüß dich, Prahlhans» (von frz. salut, im Schweizer. umgangssprachlicher freundschaftlicher Gruß, und blaguer: scherzen, lügen, jemanden hochnehmen). – Für die beiden Blätter mit – allerdings relativ stark abweichenden – Entwurfsteilen dieses Stücks sind die termini post quos 1. September 1925 und 1. Januar 1926 gegeben; der eine Teil findet sich zusammen mit «Zarte Zeilen», S. 322.

S. 49 *Selenwanderung:* Der von Walser eindeutig so geschriebene Titel enthält vermutlich nicht einfach einen Schreibfehler, sondern leitet sich von Selene, der griechischen Mondgöttin, her und deutet also auf Nachtwandeln, wobei sich Walser jedoch des etwas verwirrenden Gleichklangs zu «Seelenwanderung» zweifellos bewußt war. In der Figur des abgesetzten Pfarrers dürfte eine Reminiszenz an «Gösta Berling» von Selma Lagerlöf, resp. an den Film nach diesem Roman, vorliegen (vgl. «Über einen Film», SW Bd. 17 «Wenn Schwache sich für stark halten», S. 48, und «Stück ohne Titel (II)», SW

Bd. 19 «Es war einmal», S. 303), diese Figur wird dann aber zu einer Maske Walsers. Der Text, in dem unverkennbar Phänomene psychischer Störung beschrieben, aber damit auch objektiviert werden (wie auch in «Brief an die Geduldige», S. 125), entstand vermutlich im späteren Lauf des Jahres 1926. – Der «Kollege», der sich mit «Astronomie» (gemeint ist allerdings Astrologie, die Verwechslung der Begriffe dürfte ironisch-mutwillig sein) befaßt, war wahrscheinlich Alfred Fankhauser (1890-1973), schweizerischer Romancier, Kritiker und Astrologe.

S. 59 *Das «Tagebuch»-Fragment von 1926:* Das 53 Seiten umfassende Manuskript im Nachlaß Robert Walsers trug keinen Titel (wie auch noch einige andere Manuskripte). Carl Seelig gab ihm die provisorische Überschrift «Tagebuch (über Frauen)», die engere Kennzeichnung darin ist aber kaum ganz zutreffend. Zu diesem Text sind auch die Entwürfe in Walsers «Mikrogrammen» erhalten, und zwar finden sie sich auf Teilen von Kalenderblättern aus dem April 1926. (Bernhard Echte hat sie mitsamt genauer Transkription in einer Faksimile-Ausgabe ediert: Privatdruck der Carl Seelig-Stiftung, Zürich 1996.) Da Walser solche Kalenderblätter zuweilen auch vor dem Datum, das sie tragen, als Konzeptpapier benutzt hat und dies andererseits auch beliebig lange nach dem Datum getan haben kann, gewinnt man hier nur als terminus post quem etwa den 1. 1. 1926. Es heißt dann im Inhalt: «Vor zirka fünf oder sechs Jahren langte ich in hiesiger Stadt an.» Robert Walser zog zum Jahresanfang 1921 nach Bern, die Angabe würde also auf eine Entstehung des Textes im Laufe des Jahres 1926 schließen lassen, was durch inhaltliche Motive bestätigt wird.

Sowohl die Konzepte wie insbesondere die Reinschrift lassen rein äußerlich erkennen, daß die Niederschrift abschnittweise und mit Unterbrechungen geschah, auch die Reinschrift stellte Walser offenbar sukzessive und parallel zur Konzipierung her. Daß er überhaupt eine Reinschrift abfaßte – anders als etwa beim «Räuber»-Roman und vielen weiteren Arbeiten –, zeigt, daß er eine Veröffentlichung immerhin erwog; es handelt sich nicht etwa um den Ansatz zu einem wirklichen intimen Tagebuch, der sich dann nur in anderer Richtung entwickelt. Die Tagebuchform oder etwas ihr entfernt Ähnliches wird hier etwa so adaptiert wie bei den Prosastükken der in diesem Band folgenden Gruppe die Briefform. Tatsächlich handelt es sich eher um den Versuch, aus der Gattung des «Berichts» eine Großform zu entwickeln (dies zeigt auch der Vergleich zu Walsers früheren Tagebuch-Romanen «Jakob von Gunten» und «Theodor» – dort waren der Tagebuchschreiber und seine Situation noch Gegenstände einer deutlich konzipierten Fiktion). Dieses Experiment ist insgesamt wieder eine Auseinandersetzung mit der Spannung zwischen «Kunst» und «Leben», eine Expedition auf ihrer Grenzlinie, implicite auch eine Diskussion des Begriffs von Wirklichkeit, und schließlich eine Erprobung oder Demonstration von Schreibtechniken. Inwieweit dahinter noch ein Gedanke von Selbstanalyse, Selbstbehandlung vielleicht sogar steht, eine Veranstaltung des Autors mit dem Ziel, eine gewisse Krise zu überwinden, muß hier ebenso offenbleiben wie die Frage, ob der Abbruch des Unternehmens in irgendeinem Sinn einen Abschluß oder ein Scheitern bezeichnet.

S. 65 «... ich sei zeitweise hier als Kanzlist angestellt gewesen»: In den ersten Monaten nach seiner Ankunft in Bern arbeitete Walser als 2. Bibliothekar beim Berner Staatsarchiv. Die Aufgabe dieser Anstellung erfolgte offenbar in der Folge eines Konflikts mit dem Vorgesetzten, allerdings kann dabei ein Betrag, den Walser aus dem Nachlaß seines am 1. Mai 1919 verstorbenen Bruders Hermann erhielt, eine Rolle gespielt haben; etwas größer war eine andere Erbschaft, die vermutlich (von seiten eines wohlhabenden Basler Onkels) erst ein Jahr später eintraf, dann allerdings Walser längere Zeit von der unmittelbaren Notwendigkeit des Verdienstes unabhängig machte. – Das im folgenden beschriebene Liebeserlebnis scheint dasjenige zu sein, dem auch die «Edith»-Stücke des Bandes »Die Rose», SW Bd. 8, und des Bandes 17 dieser Ausgabe «Wenn Schwache sich für stark halten» sowie der «Räuber»-Roman, SW Bd. 12, gelten. Biographisch nicht aufgeklärt, dürfte es am ehesten den Jahren 1922/23/24 zugehören, wirkte aber, wie gerade dieser Text zeigt, noch lange intensiv nach.

S. 70 Zu der Bemerkung über Mozarts «Don Juan» vgl. die Prosastücke «Über Mozarts ‹Don Juan›» und «Glosse zu einer Premiere von Mozarts ‹Don Juan›», S. 261 und S. 268; am 8. Oktober 1926 hatte die Oper im Berner Stadttheater Premiere.

S. 72 «Vernichtiger»: eine mutwillige Übersetzung des schweizerisch-mundartlichen «Vernütiger», jemand, der herabsetzt, verneint, zu nichts macht (nicht ein Vernichter).

S. 75 «Geschichte vom Goldfabrikanten und seinem Gehilfen»: vgl. das Prosastück «Der Goldfabrikant und sein Gehilfe», SW Bd. 17 «Wenn Schwache sich für stark halten», S. 336. – Die zeitweilige Übung Walsers, gelesene Trivialromane zum Stoff variierender und paraphrasierender Prosastücke zu machen (auf sie spielt er auch schon S. 63 an), ist in diesem Band durch «Die Halbweltlerin», S. 311, belegt. In anderen Bänden und auch in den vom Autor unbearbeitet liegengelassenen Entwürfen gibt es dafür Dutzende von Beispielen.

S. 77 «... schrieb ich ... eine Art Roman»: Bezieht sich zweifellos im Kern auf den Roman «Theodor», den Walser 1921 schrieb und von dem nur wenige Kapitel erhalten sind (vgl. SW Bd. 17, S. 345). Die Familie mit den Töchtern spielt auch im «Räuber»-Roman eine Rolle.

S. 111 *Brief für alle:* Erster Absatz, 12. Zeile, «zusammengelesen»: der Erstdruck hat hier «zusammengelegen», zweifellos ein Druckfehler.

S. 128 *Brief an die Geduldige:* Der «Kollege», der sich «in ein Gebirgsdorf» verheiratete, könnte wieder eine Anspielung auf den Berner Schriftsteller Alfred Fankhauser sein, mit dem Robert Walser zeitweilig recht gut bekannt, zu dieser Zeit aber schon auseinandergeraten war (vgl. Anm. zu «Selenwanderung»). Zwischen Weihnachten und Silvester 1925 gibt er die gleiche ihm zugekommene Nachricht an Frieda Mermet weiter, woraus sich eine ungefähre Zeitbestimmung für die Entstehung des Prosastücks ergäbe. – «die Beardsleysche Mademoiselle Maupin»: Von Aubrey Beardsley (1872-1898) gibt es sechs Zeichnungen zu Théophile Gautiers Roman,

«Mademoiselle de Maupin» (1835). – Der Tenor dieses Briefes läßt vermuten, Walser habe bei seiner Abfassung an Frieda Mermet, seine langjährige Freundin, als vorgestellte Empfängerin gedacht.

S. 129 *Brief eines Mädchens an ein Mädchen:* Das Manuskript trug ursprünglich den Titel «Gotthelflandschaft» und schloß «... dachte ich an Gestalten des Dichters Jeremias Gotthelf.»

S. 132 *Brief an einen Entwickelten:* Das Stück spiegelt etwas von dem Zerwürfnis zwischen Robert Walser und seinem ihm früher sehr nahestehenden Bruder Karl, dem Maler, obwohl es nicht wie ein wirklich an diesen gerichtetes Schreiben verstanden werden darf. Karl Walser, der noch bis in den Ersten Weltkrieg hinein in Berlin gelebt hatte und sich zeitweilig auch in Österreich aufhielt, war vor allem als Wandmaler sehr erfolgreich und erhielt viele bedeutende Aufträge; er war viel eher als Robert ein Gesellschaftsmensch, zeigte sich anpassungsfähiger, war beliebt und geschätzt.

S. 145 *Brief an ein Mitglied der Gesellschaft:* Am 20. 6. 1927 schreibt Robert Walser, den Korrekturabzug zurückgebend, zu diesem Stück an Max Rychner: «Die Sache mit diesem Brief an ein Mitglied der Gesellschaft ist die, daß er ursprünglich, d. h. auf dem Brouillon, an eine hiesige Dame gerichtet wurde, daß ich aber diskretionshalber fand, dieser besondere Umstand, weil er als etwas zu pikant empfunden werden könnte, müsse verschleiert, verallgemeinert, vermännlicht, d. h. ganz einfach zu einer kulturellen Angelegenheit umgestempelt werden, indem ich mich zu dem Grundsatz bekenne, ein Schriftsteller habe dringend Modelle nötig, die ihn beleben; er sei aber verpflichtet, diese seine Modelle nach Möglichkeit zart anzufassen, will sagen, vollständig unangerührt, ungekennzeichnet zu lassen.» – Ob der Text noch 1926 entstand, ist nicht sicher; der Schluß des Entwurf, findet sich auf einem 1926er Kalenderblatt zusammen mit dem Entwurf zu «Das schöne Städtchen» (SW Bd. 19 «Es war einmal», S. 68) – dieses Stück erschien am 27. Februar 1927 in einer Frauenbeilage der «Frankfurter Zeitung».

S. 149 *Brief an einen Zeitschriftredaktor:* Auch bei diesem Text ist die Entstehungsdatierung unsicher; das Prosastück «Balzac-

Phantasie» (SW Bd. 17 «Wenn Schwache sich für stark halten», S. 225; Erstdruck am 5. Januar 1926 im «Berliner Tageblatt») beginnt: «Ich teilte einem Zeitschriftenherausgeber meine Meinung mit, die an Offenheit nichts zu wünschen übrig ließ ...» Dies könnte sich kaum schon auf das Prosastück (term. p. quem des Entwurfs: 1. Januar 1926), aber vielleicht auf einen diesem vorausgegangenen, Walser als Modell dienenden wirklichen Brief beziehen.

S. 153 *Brief an einen Verleger:* Am 26. 12. 1927 schreibt Robert Walser an Frieda Mermet: «Die Veröffentlichung eines Briefes an einen Verleger in einer Basler Zeitschrift hat viel Aufsehen hervorgerufen, und der Brief ist von mir und er ist nur ganz kurz und ich schrieb ihn vor einem Jahr, er sah aber in der Zeitschrift so aus, als würde ich ihn unmittelbar, bevor man ihn in die Druckerei gab, geschrieben haben ...» An Resy Breitbach schrieb er schon am 14. 12. 1927: «Ich schrieb kurz und verbindlich in einem ‹Brief an einen Verleger› über Mussolini, Hagenbeck, Balzac, Goethe und Friedrich den Großen, ohne die erlauchten Namen auszusprechen.» Anlaß war der «Almanach auf das Jahr 1927» des Leipziger Paul List Verlags mit dem Titel «Erzählerkunst». Er enthielt u. a.: Mussolini, Lebensgeschichte/Ein Brief. – Carl Hagenbeck, Von Tieren und Menschen/Dressur wilder Tiere. – Victor Hugo, Balzacs Tod. – Thomas Mann, Nachwort zu Goethes Wahlverwandtschaften. – Friedrich der Große, Briefe aus der Zeit des Siebenjährigen Krieges (aus Gustav Freytags «Bilder aus der deutschen Vergangenheit»).

S. 159 *Exposé:* Der Entwurf findet sich auf demselben 1926er Kalenderblatt wie «Geburtstagsprosastück», S. 212, das am 28. September 1926 in der «Prager Presse» erschien.

S. 162 *Notizbuchauszug:* Entwurf auf einem 1926er Kalenderblatt zusammen mit «Die höfliche Ladentochter», S. 203, Erstdruck «Prager Presse», 8. September 1926. – Die kleinen Abweichungen im Text von Carl Seeligs Auswahlausgabe «Unveröffentlichte Prosadichtungen» gehen wahrscheinlich auf dessen Korrekturen zurück und wurden nicht übernommen.

S. 165 Max Liebermann: impressionistischer Maler und Graphiker (1847-1935), unter dessen Führung 1900 die «Berliner Sezession» gegründet wurde, jene Künstlervereinigung, die sich gegen die reaktionär-chauvinistische Kunstpolitik Kaiser Wilhelms II. stellte (dieser bezeichnete die Moderne als «Rinnsteinkunst»). Robert Walsers Bruder Karl arbeitete zeitweilig eng mit Liebermann zusammen, er selbst war kurzzeitig Sekretär der Sezession (vgl. Anm. zu «Porträt eines Kaufmanns» w. o.). – Grete Wiesenthal: einst gefeierte Wiener Tänzerin (1886-1970), die zusammen mit ihren Schwestern reformierend auf den Bühnentanz einwirkte – im Sinne einer «natürlichen» Körpersprache.

S. 166 *Aufsatz über Bismarck:* Robert Walser an Otto Pick am 14. 5. 1926: «Der Aufsatz über Bismarck wurde s. Zt. der Wiener Freien Presse erfolglos vorgelegt. Inzwischen ist er neu bearbeitet, d. h. ausgefeilt worden ...» Die vorliegende Fassung weicht vom Entwurf in den «Mikrogrammen» tatsächlich ziemlich weit ab.

S. 179 *Frauenauftatz:* Robert Walser an Frieda Mermet am 20. 4. 1926: «Ich spedierte nach Berlin einen sehr seltsamen Frauenaufsatz ...» Der Beitrag erschien am 24. 4. 1926, also sehr bald nach Einsendung.

S. 182 *Der Bubikopf:* Walser am 13. Oktober 1926 an Resy Breitbach: «... soeben schrieb ich eine Abhandlung über den Bubikopf ...»

S. 184 *Hamlet-Essay:* »Reif sein ist alles» steht nicht in «Hamlet», sondern in «König Lear» (V, 2). Hamlet sagt dagegen, mit anderer Bedeutung: «In Bereitschaft sein ist alles» («the readiness is all», V, 2).

S. 189 *Wahrheiten:* Entwurf auf einem 1926er Kalenderblatt – tatsächliche Entstehung in diesem Jahr aber nicht gesichert.

S. 192 *Etwas von der Schande:* Entwurf auf einem 1926er Kalenderblatt zusammen mit einem in der Ausarbeitung nicht erhaltenen Stück «Stil», das vermutlich mit einem gleichbetitelten, am 29. April 1926 an Otto Pick («Prager Presse») eingesandten Stück identisch ist.

S. 194 *Aufsatz:* Entwurf auf 1926er Kalenderblatt; das in Prag erhaltene Manuskript läßt auf eine Entstehung auch der Reinschrift 1926 schließen.

S. 197 *Das Brueghelbild:* Die belgische Kunstausstellung in Bern, die

Walser erwähnt, fand vom 27. März bis 7. Juni 1926 statt – daraus ergibt sich auch ein Datierungsanhalt für den Text. Das erwähnte Bild «Kampf der Blinden» ist laut Katalog kein Werk von Brueghel selbst, sondern entstammt seiner Nachfolge.

S. 200 *Der Sternheimsche Riese:* Eine Anspielung auf Carl Sternheims Komödie «Die Hose», die – aus Zensurgründen – 1911 unter dem Titel «Der Riese» uraufgeführt worden war, und ihren Helden Theobald Maske.

S. 207 *Diskussion:* In seinem Brief vom 8. 2. 1926 bietet Walser dieses Stück Otto Pick von der «Prager Presse» «mit dem ergebenen Hinweis an, daß ich zuerst ‹Diskussion› statt ‹Diskution› schrieb.» «In der ‹Diskution› würde ich Ihnen ganz, ganz ausnahmsweise, wenn's nötig sein sollte, eine Streichung achtungsvollst gestatten.» Pick änderte den Titel aber dann doch wieder in «Diskussion», und Walser korrigierte ihn auf dem Belegausschnitt nicht mehr. Es war ihm wohl auf eine ironische Verfremdung des als modisch empfundenen Wortes angekommen, deren Wirkung auf den Leser aber doch zweifelhaft blieb.

S. 214 *Potpourri:* Der eingefügte «Theateraufsatz» war im Entwurf ein eigenständiges, und zwar auf Kleist bezogenes Prosastück (vgl. «Aus dem Bleistiftgebiet», Bd. 4, S. 378 ff.).

S. 226 *Gedichtbesprechung:* Die Anzeige des 1926 erschienenen Gedichtbandes von Otto Pick, dem Prager Erzähler und Lyriker, der als Redakteur der «Prager Presse» Walser die Spalten seines Feuilletons stets offenhielt, ist ein Unikum unter Walsers Arbeiten. Die Glosse, in der er diesen Gefälligkeitserweis versteckte, erschien in der von Anthroposophen herausgegebenen Zeitschrift «Individualität» (1. Jg., Buch 3, Oktober 1926, S. 113 f.).

S. 232 *Hier wird dies und das gesprochen:* Arzybaschew: Michail Petrowitsch A. (1878-1927), bedeutender Erzähler der Revolutionszeit, Vertreter jedoch eines extremen Individualismus und grundsätzlich pessimistischen Gesellschaftsbildes. – Kurt Aram: vielgelesener Unterhaltungsschriftsteller der Zeit vor dem Ersten Weltkrieg, mit einem Einschlag von Schauerromantik.

S. 229 *Lenau (II):* Das am 12. Juni 1927 in der «Prager Presse» erschienene Stück wurde von Walser bereits mit einem Brief vom 14. Mai 1926 eingesandt. – Vgl. «Lenau (I)» in «Kleine Dichtungen», SW Bd. 4, S. 43.

S. 236 Eugen Sue: Eugène (eigentl. Marie-Joseph) Sue (1803-1857) war als volkstümlicher Romancier außerordentlich erfolgreich (bes. «Die Geheimnisse von Paris» in zehn Bänden ab 1842 – der erste Fortsetzungsroman in einer französischen Tageszeitung). Sue engagierte sich auch als republikanisch-revolutionärer Politiker. – Der von Walser erwähnte Roman «Mathilde ou les Mémoires d'une jeune femme» erschien zuerst 1841. – Das Papier des Entwurfs zu diesem Text bietet als terminus post quem den 18. Mai 1926 und wurde wahrscheinlich nicht allzu lange nach diesem Tag benutzt.

S. 240 *Das Ankeralbum:* Am 29. April 1926 schreibt Walser an Otto Pick: «Jetzt schreibe ich über ein Album.» Am 21. August 1926 übersendet er Frieda Mermet den Abdruckbeleg dieses Prosastücks und verteidigt sich für seinen Umgang mit der Familie, in deren Kreis er sich mit dem Album beschäftigte: «In dieser Familie lernte ich also doch wenigstens den Maler Anker neuerdings kennen und schätzen.» – Albert (Samuel Albrecht) Anker (1831-1910) aus Ins hatte zunächst Theologie studiert und sich erst kurz vor dem Abschluß der Malerei zugewandt. Nach längeren Aufenthalten in Paris lebte er, von Reisen nach Italien, Süddeutschland und der Bretagne abgesehen, in seinem Heimatort und hielt vor allem Land und Leute des «Seelands» in vielen Genrebildern fest, daneben pflegte er Bildnis und historische Themen. «Toupet»: frz. und schweizer. figurativ für Anmaßung, Dreistigkeit.

S. 242 «Geldstag»: bäuerlich-mundartlich für Konkurs.

S. 245 *Belgische Kunstausstellung:* Diese Ausstellung fand statt vom 27. 3. bis 7. 6. 1926. «Ich besuchte hier letzthin die Ausstellung belgischer Kunst, die mich sehr interessiert hat ...», schreibt Walser im Frühjahr 1926 in einem undatierten Brief an Frieda Mermet, ausführlich vor allem von den Bildern des »Bauernbrueghel» berichtend. Vgl. Anm. zu S. 197 «Das Brueghelbild» (nur der «Sturz des Ikarus» gilt als Werk Pieter Brueghels d. Ä.).

S. 250 *Beardsley:* Aubrey Beardsley (1872-1898), Zeichner des englischen Jugendstils: Das auf der folgenden Seite erwähnte «ganz kleine Prosabuch» dürfte sein: «Unter dem Hügel. Eine romantische Novelle» (Aus dem Englischen von R. A. Schröder, Leipzig: Insel-Verlag 1905), eine Version der Tannhäuser-Sage.

S. 252 *Cézannegedanken:* wurde von Walser am 14. Mai 1926 an Otto Pick («Prager Presse») eingesandt.

S. 261 *Über Mozarts «Don Juan»:* Dieses Prosastück liegt im Nachlaß Robert Walsers nur in einer Korrekturfahne vor, deren Satzbild der Zeitschrift «Individualität» (Dornach) entspricht; es konnte aber weder dort noch an anderer Stelle im Abdruck aufgefunden werden. Der Entwurf findet sich – zwischen Entwurfteilen des «‹Tagebuch›-Fragments von 1926» – in naher Nachbarschaft auch zum Entwurf des folgenden Stücks «Glosse zu einer Premiere von Mozarts ‹Don Juan›». Vgl. die Anmerkung zu S. 70.

S. 268 *Glosse zu einer Premiere von Mozarts «Don Juan»:* Schon 1912 hatte Walser eine «Don Juan»-Glosse in der «Schaubühne» veröffentlicht, die er dann in die Sammlung «Aufsätze» (SW Bd. 3, S. 50) aufnahm. Zum Schluß des vorliegenden Stücks: «Die Kulissen ... stürzten über ihn zusammen ...», vgl. die frühere Ausformung dieses Bildes in «Beantwortung einer Anfrage», SW Bd. 15 «Bedenkliche Geschichten», S. 35.

S. 271 *Über Girardi und allerlei sonstiges:* Girardi: Alexander G. (1850-1918), Charakterkomiker an Berliner und Wiener Bühnen. – Zur Datierung: Entwurf auf einem 1926er Kalenderblatt; das in Prag erhaltene Manuskript scheint auf eine Abfassung noch 1926 zu deuten.

S. 274 *Onkel Toms Hütte:* Die Autorin des 1852 erschienenen Romans war Harriet Beecher-Stowe. – Zur Datierung vgl. die vorige Anmerkung (gleiche Sachlage).

S. 276 *«Verkannte Dichter unter uns?»:* Robert Walsers Antwort erschien in der zweiten Folge dieser Umfrage-Veröffentlichung der «Neuen Zürcher Zeitung» am 18. April 1926 (Nr. 613 – die erste Folge war in Nr. 535 vom 4. April 1926 erschienen). Unter den vielen Antwortenden waren auch Hugo von Hofmannsthal, Hermann Hesse, Heinrich und Thomas Mann,

R. A. Schröder, Stefan Zweig, Rudolf Borchardt, Jakob Schaffner, Robert Faesi und Fritz Strich.

S. 287 *Ein Unsterblicher:* Der Entwurf zu diesem Stück findet sich auf demselben Blatt wie drei andere Texte, die Walser am 8. Februar 1926 an Otto Pick einreichte und die am 27. April 1926 in der «Prager Presse» erschienen («Moralpredigt», «Die Geschichte von den beiden Reisenden» und »Diskussion«).

S. 299 *Schriftsteller und Haushälterin:* in Carl Seeligs Auswahlband «Unveröffentlichte Prosadichtungen» unter dem abgeänderten Titel «Die Haushälterin».

S. 305 *Schwäche kann eine Stärke sein:* «Peter Schlehmils wundersame Geschichte» von Adalbert von Chamisso (1814) handelt von einem, der dem Teufel seinen Schatten verkaufte, ohne dafür das versprochene Glück zu erhalten.

S. 306 «Toupet»: frz./schweizer. figurativ im Sinne von Einbildung, Anmaßung.

S. 302 *Die Geschichte von den beiden Reisenden:* Robert Walser an Otto Pick («Prager Presse»), 8. 2. 1926: «Was die ‹Geschichte beider Reisenden› betrifft, so, sei Ihnen kundgetan und eröffnet, daß Herr Paul Cassirer meinen lieben Bruder Karl eines Tages in der Geärgertheit oder sonst irgendeiner Stimmung ein Wickelkind, nämlich das Wickelkind oder Hätschelkind der Berliner Sezession nannte ... Unter dem anscheinenden Weltmann ist Bernhard Kellermann gemeint, den Paul Cassirer s. Zt. mit Karl Walser nach Japan sandte. In Moskau, der russischen Hauptstadt, kam es zwischen den beiden Abgesandten zum Charakteraustrag ...» Bernhard Kellermann (1879-1951) wurde vor allem durch seine äußerst erfolgreichen technisch-utopischen Romane bekannt, war jedoch in seinen ersten Büchern eher ein impressionistischer, neuromantischer Erzähler und veröffentlichte auch Reiseschilderungen. Später wandte er sich der Zeitkritik zu.

S. 311 *Die Halbweltlerin:* Entwurf auf Teil eines Kalenderblatts vom 14. Februar 1926.

S. 325 *Je t'adore:* Entwurf auf 1926er Kalenderblatt, außerdem deutet das in Prag erhaltene Manuskript auf eine Entstehung 1926.

Zeittafel
zur Biographie Robert Walsers

1878

15. April: Robert Otto Walser als siebtes von acht Kindern des Buchbinders und Kaufmanns Adolf Walser und seiner Frau Elisa, geb. Marti, in Biel, Kanton Bern, geboren.

1884 - 1892

Volksschule und Progymnasium in Biel. Allmählicher Niedergang der väterlichen Geschäfte. Gemütserkrankung der Mutter.

1892 - 1895

Lehrzeit bei der Bieler Filiale der Berner Kantonalbank.

22. Oktober 1894: Tod der Mutter. Ab 1894 Theaterbegeisterung, Mitwirkung im Bieler Dramatischen Verein, Träume von einer Schauspielerlaufbahn.

1895

April - August: in Basel. Dort Wohnung bei Verwandten, Anstellung als Sekretär bei einer Spedition und Bank.

Ab September: in Stuttgart. Zusammenleben mit dem Bruder Karl in einer Gesellenherberge, Anstellung bei der »Union« Deutsche Verlagsgesellschaft bzw. beim Verlag Cotta. Scheitern der schauspielerischen Hoffnungen.

1896

Bis Ende September: in Stuttgart. Fußwanderung zurück in die Schweiz. Wohnung Zürich, Zeughausstraße 3, Anstellung als Hilfsbuchhalter bei einer Versicherung.

1897

In Zürich. Umzug in den Zeltweg 64, dann in die Zurlindenstraße 49. Begeisterung für den Sozialismus. Frühestes erhaltenes Gedicht.

Ende November: Kündigung der Anstellung, erste Reise nach Berlin.

Anfang Dezember: wieder in Zürich, Wohnung in einer Mansarde Aemtlerstraße 106. Viele Gedichte entstehen.

1898

8. Mai: Erste (anonyme) Veröffentlichung einiger Gedichte durch J.V. Widmann im »Sonntagsblatt des Bund«, Bern. Daraufhin Bekanntschaft mit Franz Blei.

Spätherbst: Wohnung in einer Mansarde auf dem Zürichberg, Vogelsangweg 1. Weitere Gedichte.

1899

Januar - (vermutlich) September: in Thun; dort verschiedene Anstellungen.

Ab März: Niederschrift der vier frühen Dramolette.

Mai/Juni: möglicherweise kurzer Aufenthalt in München.

Juli: erstes Prosastück (»Der Greifensee«) im »Sonntagsblatt des Bund«.
August: Gedichte in der »Wiener Rundschau«.
Oktober: in Solothurn; Angestellter der dortigen »Hülfskasse«. Gedichte in der Zeitschrift »Die Insel«.

1900

Bis April in Solothurn, anschließend vermutlich vor allem in Biel und Zürich. Gedichte und Dramolett »Dichter« in der »Insel«.
Ab Ende November: Aufenthalt in München.

1901

Januar: in der Schweiz, wahrscheinlich Zürich.
Juli: erneute Reise nach München.
August/September: sechs Wochen in Berlin, anschließend wieder in München.
Mitte Oktober: Rückkehr nach Zürich.
In München Umgang u. a. mit A. W. Heymel, R. A. Schröder, O. J. Bierbaum, Max Dauthendey, Frank Wedekind, Alfred Kubin, Marcus Behmer. Veröffentlichungen in der »Insel«.

1902

Januar: Reise nach Berlin, enttäuschte Rückkehr.
Februar - April: Aufenthalt bei der Schwester Lisa in Täuffelen am Bielersee. Anschließend in Zürich, Wohnung Spiegelgasse 23. Zeitweilig Arbeit in einer Schreibstube für Stellenlose.
»Fritz Kochers Aufsätze«, »Der Commis«, »Ein Maler« in Fortsetzungen im »Sonntagsblatt des Bund«, weiteres in der »Insel«.

1903

März - Juni: in Winterthur als Angestellter einer Elastikfabrik, anschließend sechswöchige Rekrutenschule in Bern.
Juli: in Zürich, Froschaugasse 18.
Ende Juli - Dezember: als »Gehülfe« bei dem Techniker/Erfinder Carl Dubler in Wädenswil am Zürichsee.
Nur eine Veröffentlichung im »Sonntagsblatt des Bund«.

1904

Januar: in Zürich, zunächst Froschaugasse 18, dann Trittligasse 6, ab Juni Frankengasse 24, ab Juli Schipfe 43. Anstellung bei der Kantonalbank. Zusammenstellung des ersten Buches »Fritz Kochers Aufsätze« (erscheint im Dezember im Insel-Verlag, Leipzig).
November: Militär-Wiederholungskurs in Bern.
Wenige Veröffentlichungen neben dem Buch.

1905

Ende Februar: Kündigung bei der Kantonalbank.
Nach Aufenthalt in Biel Ende März: Aufbruch nach Berlin. Woh-

nung beim Bruder, dem Maler Karl Walser. Im Sommer vorübergehend in der Schweiz. Wieder in Berlin. Besuch einer Dienerschule.
Oktober - Dezember: Diener auf Schloß Dambrau, Kreis Falkenstein, Oberschlesien.
Einige Veröffentlichungen in Zeitschriften.

1906

In Berlin. Durch Karl Walser Bekanntschaft u. a. mit den Verlegern Samuel Fischer und Bruno Cassirer. Wohl auf Anregung des letzteren in sechs Wochen Niederschrift des Romans »Geschwister Tanner«, der von Christian Morgenstern lektoriert wird.
September/Oktober: Niederschrift eines zweiten Romans; er wird trotz Morgensterns Empfehlung abgelehnt und wahrscheinlich von Walser vernichtet.

1907

In Berlin. Februar: »Geschwister Tanner« erscheint bei Bruno Cassirer. Vorübergehend Tätigkeit als Sekretär der Berliner Sezession, deren Geschäftsführer der Kunsthändler Paul Cassirer ist. Bekanntschaft mit vielen Persönlichkeiten des Berliner Kultur-, speziell Theaterlebens, auch mit Walther Rathenau.
Im Sommer: Bezug einer Wohnung in Charlottenburg, Wilmersdorfer Straße 141. Niederschrift des Romans »Der Gehülfe«.
Zahlreiche Veröffentlichungen in vor allem Berliner Zeitschriften, zumal der »Schaubühne«.

1908

In Berlin. Frühjahr: »Der Gehülfe« erscheint bei Bruno Cassirer.
April - September: in der Atelierwohnung des Bruders Karl am Schöneberger Ufer 40, während dieser nach Japan reist.
Im Frühsommer: Teilnahme an einer Freiballonfahrt von Bitterfeld an den Ostseerand.
Sommer/Herbst: Niederschrift des Romans »Jakob von Gunten«.
Ende des Jahres: Erscheinen der »Gedichte« in einer bibliophilen Ausgabe bei Bruno Cassirer (Druckvermerk: 1909).
Zahlreiche Veröffentlichungen in der »Schaubühne«, der »Neuen Rundschau«, der »Zukunft«, dem »Simplicissimus«, »Kunst und Künstler« und weiteren Blättern, auch Zeitungsfeuilletons.

1909

In Berlin. Frühjahr: Wohnung Kaiserdamm 96 in Charlottenburg.
Mai: »Jakob von Gunten« erscheint bei Bruno Cassirer.
Veröffentlichungen in Zeitschriften zurückgehend.

1910

In Berlin. Frühjahr: in Karl Walsers Wohnung am Kurfürstendamm 29. Kurze Reise nach Rügen.
Sommer/Herbst: Rückzug in ein Zimmer in einem abgelegenen

Haus am Spandauer Berg 1. Vermutlich Arbeit an weiteren Romanvorhaben, die schließlich scheitern. Nur wenige Veröffentlichungen.

1911

In Berlin. Tätigkeit als eine Art Sekretär für die Hauseigentümerin, die dafür freie Kost und Logis gewährt.

Wenige Veröffentlichungen.

1912

In Berlin. Wohnung weiter am Spandauer Berg 1 (die Hauseigentümerin stirbt jedoch Ende September). Suche nach Verlagen für Sammlungen kleiner Prosa. »Aufsätze«, schließlich auch »Geschichten« von Ernst Rowohlt/Kurt Wolff, Leipzig, angenommen.

Wieder häufigere Veröffentlichungen in Zeitschriften, u. a. nun den »Rheinlanden«, und in der »Vossischen Zeitung«.

1913

März: Rückkehr in die Schweiz.

Bis Mai/Juni: Aufenthalt bei der Schwester Lisa in Bellelay im Berner Jura. »Aufsätze« erscheinen bei Kurt Wolff.

Sommer: Nach vorübergehender Unterkunft in dem Haus in Biel, in dem auch sein Vater wohnt, bezieht Walser eine Mansarde im Bieler Hotel Blaues Kreuz, seine Wohnung für die kommenden sieben Jahre. Beginn der Freundschaft mit Frieda Mermet in Bellelay.

Zahlreiche Zeitschriftenveröffentlichungen, besonders in »Die Rheinlande«.

1914

In Biel. 9. Februar: Tod des Vaters.

Frühjahr: Vorbereitung der Sammlung »Kleine Dichtungen«, für die Walser auf Vorschlag Wilhelm Schäfers und Hermann Hesses im Sommer einen Preis des »Frauenbundes zur Ehrung rheinländischer Dichter« erhält.

Sommer: Erscheinen der »Geschichten« bei Kurt Wolff.

Nach Ausbruch des Ersten Weltkriegs: 5. August - 4. September Militärdienst in Erlach, 21. September - 13. Oktober in St. Maurice. Am Jahresende: Reise nach Leipzig, um die für den »Frauenbund« hergestellte Erstauflage der »Kleinen Dichtungen« zu signieren.

Zahlreiche Veröffentlichungen in Zeitschriften, u. a. nun auch in »Die weißen Blätter«, in »März«, im »Neuen Merkur«, ferner in der »Neuen Zürcher Zeitung«.

1915

In Biel. Anfang Januar: Besuch bei Karl Walser in Berlin. »Kleine Dichtungen« erscheint bei Kurt Wolff.

Militärdienste: 6. April - 13. Mai in Cudrefin, 6. Oktober - 3. Dezember in Wiesen.

Viele Veröffentlichungen, u. a. in der »Schweiz« und im »Schweizerland« sowie in der »Neuen Zürcher Zeitung«, im »Bund«, Bern, und in der »Vossischen Zeitung«, Berlin.

1916

In Biel. Sommer: Anfragen der Schweizer Verlage Huber und Rascher bei Walser.

September: Manuskript »Der Spaziergang« für Huber abgeschlossen.

Oktober: Abschluß der Sammlung »Prosastücke«, die Ende November (mit Druckvermerk 1917) bei Rascher erscheint. Plan eines Bandes mit den frühen Dramoletten (erst 1919/20 realisiert).

17. November: Tod des Bruders Ernst in der Nervenheilanstalt Waldau bei Bern.

Zahlreiche Veröffentlichungen, überwiegend in der Schweiz.

1917

In Biel. Frühjahr: Zusammenstellung der Sammlung »Kleine Prosa«, die im April bei A. Francke in Bern erscheint. Ein weiterer Band »Studien und Novellen« findet keinen Verleger (er geht - nach Überarbeitung der Texte - später in »Seeland« auf).

April: Erscheinen des »Spaziergangs« bei Huber & Co, Frauenfeld.

Mai: Zusammenstellung der Sammlung »Poetenleben«, die im November (mit Druckvermerk 1918) bei Huber erscheint.

16. Juli - 8. September: Militärdienst im Tessin und im Misox.

Neben den in die Bücher aufgenommenen neuen Texten zahlreiche weitere Veröffentlichungen, besonders in Schweizer Zeitungen.

1918

In Biel. Januar: Abschluß des Manuskripts »Seeland«, das der Rascher Verlag, Zürich, annimmt.

18. Februar - 16. März: Militärdienst in Courroux.

Mai: Abschluß des Manuskripts für einen Prosaband »Kammermusik« (nicht erschienen).

Winter: Arbeit an dem Roman »Tobold«.

Häufigere Veröffentlichungen in der »Neuen Zürcher Zeitung«, daneben nur noch in den »Rheinlanden«.

1919

In Biel. März: Roman »Tobold« fertiggestellt (nie erschienen, Manuskript möglicherweise 1920 von Walser vernichtet).

1. Mai 1919: Selbstmord des Bruders Hermann, Geographieprofessor in Bern.

Bei Bruno Cassirer, Berlin, erscheint eine 2. Auflage der »Gedichte«.

November/Dezember: Zusammenstellung mehrerer kleiner Prosasammlungen (u. a. »Mäuschen«, »Liebe kleine Schwalbe« – alle nicht erschienen).

Viele Veröffentlichungen in deutschen und schweizerischen Zeitschriften und Zeitungen; trotzdem Äußerungen akuter Geldnot.

1920

In Biel. »Seeland« erscheint in einer bibliophilen Ausgabe bei Rascher (Druckvermerk: 1919), der Band »Komödie« mit den frühen Dramoletten bei Bruno Cassirer (ebenfalls Druckvermerk 1919).
8. November: Leseabend in Zürich.
Zahlreiche Veröffentlichungen in Zeitungen und Zeitschriften. Infolge der Zeitumstände erreichen Honorare aus Deutschland Walser jedoch z.T. nicht (und fallen später der Inflation zum Opfer).

1921

Januar: Übersiedlung nach Bern, Wohnung Murifelweg 14. Antritt einer Stellung als zweiter Bibliothekar am kantonalen Staatsarchiv.
Frühjahr: Aufgabe der Anstellung. (Ev. zuvor:) Erbschaft von 5.000 Franken seitens des Bruders Hermann.
Sommer/Herbst: Arbeit an dem Roman »Theodor« (im November abgeschlossen, nur Teilabdruck erhalten).
November: Umzug in die Manuelstraße 72.
Dezember: Walser erhält vom Schweizerischen Schriftsteller-Verein aus dessen Werkbeleihungskasse ein Darlehen von 1.500 Franken auf »Theodor«.
Viele Veröffentlichungen in schweizerischen und deutschen Zeitungen und Zeitschriften.

1922

In Bern. Februar: Umzug in die Manuelstraße 3.
8. März: Vorlesung aus dem Roman »Theodor« in Zürich, anschließend bei dem Maler Ernst Morgenthaler in Wollishofen zu Gast.
März/April: Walser tritt dem Schweizerischen Schriftstellervein bei, der sich in die (vergebliche) Verlagssuche für den Roman »Theodor« einschaltet.
April: Umzug in die Kramgasse 19. Erbschaft von 10.000 Franken vonseiten eines Basler Onkels.
Wenige Veröffentlichungen, fast ausschließlich in der »Neuen Zürcher Zeitung«.

1923

In Bern. Juni: Spitalaufenthalt wegen Ischias.
Herbst: Fußwanderung nach Genf.
Sehr wenige Veröffentlichungen in ausschließlich Schweizer Zeitungen und Zeitschriften.

1924

In Bern. März/April: Längere Bemühungen des Grethlein Verlags, Leipzig und Zürich, um eine Übernahme von Werken Walsers scheitern an dessen Honorarforderung und abweisendem Verhalten.
Mai: Umzug in die Fellenbergstraße 10.

22. Juli: Walser erklärt seinen Austritt aus dem Schweizerischen Schriftsteller-Verein.
Sommer/Herbst: Zusammenstellung der Sammlung »Die Rose« für den Ernst Rowohlt Verlag, Berlin. Ankündigung auch eines Gedichtbandes, der nicht erscheint.
November: Umzug in die Gerechtigkeitsgasse 51, nach einem Monat in die Junkerngasse 29.
November/Dezember: »Die Rose«, das letzte Buch Walsers, erscheint bei Rowohlt (Druckvermerk: 1925).
Wieder wachsende Zahl von Veröffentlichungen in Zeitungen und Zeitschriften. Zusätzlich liegen aus diesem Jahr erstmals unveröffentlichte Entwürfe, darunter nun auch wieder viele Gedichte, vor.

1925

In Bern. Februar: Wohnung Thunstraße 21.
April: Gerechtigkeitsgasse 29.
April/Mai: Niederschrift der »Felix«-Szenen (im Entwurf liegengelassen).
Juli/August: Niederschrift des »Räuber«-Romans (im Entwurf liegengelassen).
September: Umzug in die Thunstraße 20.
Vermutlich Sommer/Herbst: Zusammenstellung einer nicht erschienenen Prosasammlung (Verhandlungen mit dem Orell Füssli Verlag, Zürich).
Dezember: Umzug an den Elfenauweg 41.
Sehr viele Veröffentlichungen, jetzt auch wieder Gedichte, in Zeitungen, von nun an besonders in der »Prager Presse«, dem »Prager Tagblatt« und dem »Berliner Tageblatt«, sowie einigen Zeitschriften. Noch mehr Arbeiten bleiben in Reinschriften oder Entwürfen unveröffentlicht.

1926

In Bern. Mai: Wohnung Junkerngasse 26.
Juni: Gerechtigkeitsgasse 50.
August: Umzug in die Kramgasse 32, nach zwei Wochen in die Luisenstraße 14. Dies bleibt für die folgenden rund zweieinhalb Jahre Walsers letzte Wohnadresse in Bern.
Im Oktober Niederschrift des sog. »Tagebuch«-Fragments (letzte größere Prosaarbeit, unveröffentlicht geblieben).
10. November: Walser-Texte und Gedichte werden in einer Radiosendung des Senders Zürich-Höngg vorgetragen.
Außerordentlich viele Abdrucke von Prosastücken und Gedichten, vor allem in der »Prager Presse« und im »Berliner Tageblatt«, aber auch in der »Frankfurter Zeitung«, der »Neuen Zürcher Zeitung«,

der »Literarischen Welt« und einigen Zeitschriften. Daneben viele unveröffentlichte Arbeiten und Entwürfe.

1927

In Bern. Winter/Frühjahr: vergebliche Verhandlungen mit einem Wiener Verlag über einen Prosaband.

Sommer/Herbst: vergebliche Verhandlungen mit dem Paul Zsolnay Verlag, Wien, über einen Gedichtband.

Zahl der Veröffentlichungen im Vergleich zum Vorjahr stark zurückgehend, aber noch immer beträchtlich. Im Mai fordert das »Berliner Tageblatt« Walser auf, ein halbes Jahr nichts einzusenden, druckt aber bald wieder Beiträge von ihm. Viele unveröffentlichte Manuskripte und Entwürfe.

1928

In Bern. 15. April: 50. Geburtstag Robert Walsers, nur in wenigen Zeitschriften und Zeitungen knapp gewürdigt.

Veröffentlichungen etwa wie im Vorjahr, daneben sehr viele unveröffentlichte Manuskripte und Entwürfe.

1929

In Bern. Zweite Januarhälfte: Schwere psychische Krise, auffälliges Verhalten Walsers. Die von den Vermieterinnen gerufene Schwester Lisa begleitet ihn zu einem Psychiater. Von diesem beraten, sucht er am 25. Januar die Heilanstalt Waldau bei Bern auf, wo Schizophrenie diagnostiziert wird. In der Anstalt nach längerer Pause Wiederaufnahme der literarischen Arbeit (vor allem Gedichte) und der Korrespondenz mit Redaktionen; (letzte Berner Wohnung als Adresse).

Wenige Veröffentlichungen (überwiegend im zweiten Halbjahr). Größere Zahl unveröffentlichter Manuskripte und Entwürfe.

1930

In der Heilanstalt Waldau. März: Walser erhält ein Einzelzimmer, wird jedoch auf seinen Wunsch in den Wachsaal zurückverlegt. Fortsetzung der literarischen Arbeit und des Verkehrs mit Redaktionen, jedoch in – gegenüber früheren Jahren – stark reduziertem Umfang. Nicht sehr viele Veröffentlichungen. Eine Reihe unveröffentlichter Arbeiten.

1931

In der Heilanstalt Waldau. Ende des Jahres Bezug eines Zweibettzimmers. Vermutlich gelegentliche Besuche in Bern (z. B. zu Theateraufführungen). Offenbar wieder zunehmende literarische Produktivität, die sich auch in häufigeren Veröffentlichungen (besonders im »Berliner Tageblatt«) niederschlägt. Daneben größere Zahl von unveröffentlicht gebliebenen Arbeiten in Reinschrift oder Entwurf.

1932

In der Heilanstalt Waldau. Zahl der Veröffentlichungen (die zum Teil noch auf Jahre zurückliegende Einsendungen zurückgehen) abnehmend, auch weniger unveröffentlicht liegengelassene Arbeiten.

1933

In der Heilanstalt Waldau. Januar-Mai: weiterhin eingeschränkte Fortsetzung der literarischen Arbeit und der Bemühungen um Veröffentlichungen (nur in der »Neuen Zürcher Zeitung« und, zum Teil auf frühere Einsendungen zurückgehend, in den Prager Zeitungen). Februar: Vertragsabschluß über eine Neuauflage des Romans »Geschwister Tanner« bei Rascher, Zürich.

Mai/Juni: Der neue Direktor der Waldau will im Zug einer Reorganisation die leichteren Fälle entlassen bzw. in Heimpflege auf Bauernhöfe geben. Das letztere lehnt Walser für sich ab. Weigerung seiner Geschwister, die Sorge für ihn zu übernehmen.

19. Juni: gegen seinen Willen und unter Anwendung körperlicher Gewalt wird Walser in die Heilanstalt seines formellen Heimatkantons Appenzell-Außerrhoden in Herisau verlegt.

1934 - 1956

In der Anstalt Herisau. Rückzug in ein angepaßtes Patientendasein, Verweigerung weiterer schriftstellerischer Arbeit; von solcher wurden auch keine Spuren aufgefunden.

Juli 1936: erster Besuch des Zürcher Schriftstellers und Journalisten Carl Seelig (1894 - 1962) bei Walser. Er unternimmt in der Folgezeit viele Wanderungen mit ihm, beschafft Geldmittel, schreibt über ihn und wird sein Herausgeber (Auswahlen »Große kleine Welt«, 1937, und »Stille Freuden«, 1944, Auszüge »Vom Glück des Unglücks und der Armut«, 1944, Neuausgaben »Gedichte«, 1943/44, und »Jakob von Gunten«, 1950, fünfbändige Sammelausgabe »Dichtungen in Prosa« ab 1953; ferner der über die geführten Gespräche berichtende Band »Wanderungen mit Robert Walser«, 1957).

28. September 1943: Tod des Bruders Karl Walser in Bern.

7. Januar 1944: Tod der Schwester Lisa Walser in Bern.

26. Mai 1944: Übernahme der Vormundschaft durch Carl Seelig.

Buchausgaben neben den von Carl Seelig besorgten: Neuausgabe »Der Gehülfe« (1936), Auswahl »Dichterbildnisse« (1947).

Walser zeigt für die Rezensionen kaum Interesse, ebensowenig für Würdigungen, die zu seinem 65., 70. und 75. Geburtstag erscheinen, oder für die erste kleine Monographie »Robert Walser der Poet« von Otto Zinniker (1947).

25. Dezember 1956: Tod des 78jährigen Robert Walser auf einem allein unternommenen Spaziergang in der Schneelandschaft bei Herisau.

INHALT

AUS DEM LEBEN EINES SCHRIFTSTELLERS

BRIEF FÜR ALLE

MORALPREDIGT

DISKUSSION

ANEKDOTE

Robert Walser
Sämtliche Werke in Einzelbänden

Band 1: Fritz Kochers Aufsätze
Band 2: Geschichten
Band 3: Aufsätze
Band 4: Kleine Dichtungen
Band 5: Der Spaziergang,
Prosastücke *und* Kleine Prosa
Band 6: Poetenleben
Band 7: Seeland
Band 8: Die Rose
Band 9: Geschwister Tanner
Band 10: Der Gehülfe
Band 11: Jakob von Gunten
Band 12: Der Räuber
Band 13: Die Gedichte
Band 14: Märchenspiele und szenische Dichtungen
Band 15: Bedenkliche Geschichten
Prosa aus der Berliner Zeit
Band 16: Träumen
Prosa aus der Bieler Zeit
Band 17: Wenn Schwache sich für stark halten
Prosa aus der Berner Zeit I
Band 18: Zarte Zeilen
Prosa aus der Berner Zeit II
Band 19: Es war einmal
Prosa aus der Berner Zeit III
Band 20: Für die Katz
Prosa aus der Berner Zeit IV